Victorine

Sylvie Anne

# Victorine
ou le pain d'une vie

Roman

198, boulevard Saint-Germain
75007 Paris

*Un livre proposé par Jean-Marie Gibbal*

Illustration de la couverture :
*Champ de blé*, par R. Marti Alsina (1826-1894)
Musée d'Art moderne de Barcelone

Si vous souhaitez recevoir notre catalogue et être tenu régulièrement au courant de nos publications, envoyez vos nom et adresse en citant ce livre aux

*Presses de la Renaissance
198, boulevard Saint-Germain 75007 Paris*

© Presses de la Renaissance, 1985.
ISBN 2-85616-322-X   H 60-3374-0

Je tiens à remercier très cordialement celles et ceux qui, par leur hospitalité, leurs témoignages patients, ont accepté de m'aider à rebâtir cette vie.

Un merci tout spécial à Robert Mathan, historien, sans qui ce livre ne serait pas ce qu'il est.

*A Victorine*

*A la mémoire bocaine
où s'est enracinée sa vie*

## Première Partie
### *L'épi*

*On trouvera en page 356 un tableau généalogique des Cantelou.*

# 1

Un cri.
Dans cette matinée du 2 décembre 1872, la lumière perçait à peine les volets clos. La chambre mal éclairée par les lueurs des lampes à pétrole s'alourdissait de cette naissance, dans la pénombre et la clarté.

« C'est une fille. »

La sage-femme Corbel, épouse de l'aubergiste, descendit au fournil. Nicolas-Victor Cantelou prit son temps. Posément, il pliait son tablier, rangeait la pelle à défourner, passait les doigts sur son épaisse moustache. Enfin, la lente remontée marche par marche vers la chambre où Marie-Aimée attendait : « C'est pas un gars mais c'est toi tout *récopi*... » La maladresse de ses mots : un sentiment de faute derrière la joie de sa maternité. Elle l'entendait encore, lui, l'impassible devant elle, l'indifférent : « Un *fieu*, ce sera un *fieu* pour la boulangerie... »

Françoise, la mère de Nicolas, présente et silencieuse, dévisageait son fils qui ne bougeait toujours pas. Elle espérait un geste, un signe... La petite Victorine ressemblait tant à son père, cheveux noirs et fournis, peau brune. Le boulanger sortit de la chambre. En bas, au rez-de-chaussée, il ouvrit brutalement le haut buffet en noyer, d'un large mouvement il remplit à ras bord un verre de calva et l'avala d'un coup sec. En reposant le verre, il eut un rot sonore qu'il ne prit pas la peine d'étouffer.

Un cri.

Sa vie à lui aussi avait été un cri mais un cri sourd, rugueux comme ses mains après le brassage de la pâte. Se souvenir, tisser à l'envers le temps qui court, remonter le fil de la mémoire pour y chercher une autre dimension. Combien de fois ne l'avait-il pas fait ? Dans sa déception, Nicolas-Victor était encore une fois prêt à fermer les yeux. Un an qu'il avait perdu Marie-Anne, sa première femme, et Victor son fils unique de vingt ans. Une année lourde de l'absence, de la double absence. Les premières nuits, il l'avait revue partout, étendue de tout son long dans la boutique, tombée vers l'arrière comme assommée, alors que le gendarme porteur du télégramme répétait : « C'est pas d'ma faute, c'est pas d'ma faute. » Elle n'avait pas su, pas pu accepter. Déjà l'enrôlement de Victor pour cette maudite guerre de 70 l'avait secouée, brisée, et puis, alors que tout semblait s'achever enfin, la terrible épidémie de variole qui avait décimé le restant de l'armée... Nicolas-Victor se souvenait une fois de plus, tirait vers lui l'épaisseur du temps. Elle était morte quinze jours après la perte de leur fils. Il avait appris dès lors ce qu'était la solitude. Les verres d'alcool l'empêchaient de penser quand les nuits s'éternisaient. L'aubergiste le ramenait à sa mère : « Vère ! I'n'défait pas ! » raillait-il en recevant la pièce que Françoise lui tendait pour le remercier.

Entre deux beuveries, pour défier le destin, le boulanger s'offrait des filles. Pas les traînées qu'on rencontrait encore parfois sur la grand-route de Rennes ou dans les tavernes des villes à Vire ou Aunay, non, les plus enviées, les plus fortunées. Il les cherchait vers les fermes imposantes aux larges dépendances, aux troupeaux de vaches grasses, puissantes : « C'est riche, ça ! » Il le disait tout haut, se postait derrière les bosquets des chemins. Il plissait les yeux, tendait le cou comme un loup qui sent l'agneau. Avec ses plans de conquête dont il se vantait comme de faits d'armes, sans égard pour son deuil, on le vit aux bals, aux fêtes. Il repérait la robe la plus belle, le tissu le plus fin ; il savait leur parler, racontait son malheur la larme à l'œil, la tête inclinée : « Vous êtes si jeune, vous ne pouvez pas comprendre. Pour moi la vie maintenant... » Il haussait les épaules, pris à son propre jeu. En général, elles succombaient les unes après les autres, certaines plus rapidement que d'autres ; lorsqu'elles posaient enfin la main sur son bras ou son épaule, c'était gagné. Venait alors le rituel des accordailles. Tous les curés des alentours, du Fresne à Brémoy, annonçaient l'événement le dimanche, à tour de rôle, après la messe de onze heures : « Il y a promesse de mariage entre Nicolas-Victor Cantelou, veuf de dame Marie-Anne Vengeon et... » Suivait le nom de la promise puis la mise en garde d'usage : « Si quelqu'un veut s'opposer au mariage, qu'il le dise avant trois semaines. » Et toujours, parce qu'il croyait en trouver une plus riche ou parce qu'il se lassait, le boulanger rompait lui-même ou envoyait un de ses compagnons le faire à sa place.

Son manège avait ainsi duré des mois, l'obligeant de plus en plus à élargir son terrain de prospection. Enfin, quand l'argent commença à manquer sérieusement, lors d'une tournée à pied à Sallen-en-Bessin, le pays « des jolis herbages et du bon beurre », il avait repéré Marie-Aimée Lesage, une grande et belle jeune fille de vingt et un ans. Comme les autres, la promise s'était vite amourachée de cet homme trapu et brun de cinquante-deux ans qu'une aura de tragédie rendait si vulnérable. Docile, elle lui avait apporté de surcroît une bonne dot, une carriole et un cheval. Le mariage célébré neuf mois auparavant n'avait pas été un mince événement. Il avait fallu installer la mariée dans le logis conjugal à La Ferrière. Massés en un troupeau compact, ils étaient bien trente à les guetter. Le charivari traditionnel lors d'un remariage dégénéra en fureur malsaine, tintamarre assourdissant de casseroles entrechoquées, de rires, de cris, d'obscénités. Larmes si proches de Marie-Aimée alors que Nicolas-Victor claquait son fouet de colère, cinglait les frères, les amis de ses anciennes fiancées venus les chahuter. Après les six lieues de chemins pénibles et de raides montées, la carriole enrubannée en devenait ridicule. Pourtant, il y avait eu devant elle cette poussière phosphorescente sous le soleil déclinant et l'odeur des bruyères mêlée à celle des fougères vers le bourg étagé contre sa colline sombre.

L'angoisse d'habiter un nouveau pays, de s'y faire accepter, avait cédé le pas à la confiance. Distributions de brioches, rasades de la meilleure goutte, la meute avait apprécié la pitance, se dispersant enfin dans la nuit, mais Marie-Aimée n'était plus qu'un frisson.

Nicolas-Victor se souvenait. Images d'un passé qu'on retient pour mieux lier l'avenir. Plus forts que lui, cette nausée par vagues et le verre si proche, si tentant. En douze jours, il n'avait pas dessoûlé. Douze jours pourtant où la jeune mère avait dû se cacher, attendre le matin de ses relevailles pour rejoindre l'église où l'attendait Lemonnier, curé de la paroisse qui avait baptisé une semaine auparavant la petite Victorine. Un baptême qu'il n'était pas près d'oublier... Les cloches avaient à peine sonné, Anthénor, le frère du boulanger, et Françoise, leur mère, avaient tout fait pour ne pas attirer les gens. Il ne fallait pas qu'on sache, que l'histoire s'ébruite : un père qui préfère nocer dans quelque taverne malfamée plutôt que d'assister au baptême de sa fille. Un scandale sur leur famille qui les marquait au fer rouge.

A sept heures du matin, la nuit faiblissait à peine, laissant des ombres épaisses portées par un vent glacé. Marie-Aimée s'enveloppa dans la longue pèlerine, rabattit la capuche noire. « N'oubliez pas le pain ! » Françoise, derrière elle, lui tendit la tourte de froment, enveloppée dans un torchon propre. Dehors, le froid pesa soudain sur les épaules, le front de la jeune femme, pénétrant même les tissus de laine et de chanvre. Elle se mit en marche. On ne voyait pas grand-chose encore, plusieurs fois elle heurta du bout de ses sabots les pierres du chemin. Elle évitait l'abord des maisons, passait, furtive, serrait la tourte sous sa pèlerine, tête baissée, pleine encore de son péché. Parvenue au tournant de la grand-route, elle reconnut le porche de pierre et la silhouette du curé adossé à la porte. Après une rapide bénédiction, il prit Marie-Aimée à part : « J'ai croisé Cantelou hier soir... »

Elle pencha davantage la tête : « Mon père, moi, ce n'est rien encore, mais la petite...

— Courage, je prierai pour vous, Dieu vous regarde. » Lemonnier accorda ses pas aux siens jusqu'à la porte. De sa main gauche il tenait la tourte fraîche de six livres, bien serrée contre son surplis. L'odeur du pain se mêlait à l'encens, à l'humidité sombre du lieu sacré où brillaient quelques rares bougies. Marie-Aimée remarqua sous ses pieds les grandes pierres tombales en granit, sculptées et gravées, puis la porte grinça sous la pression de ses doigts.

Parce qu'elle ne voyait aucune autre issue et peut-être pour qu'on la plaignît, elle se prit d'une envie d'église. Chaque matin, elle partait pour la messe de sept heures. Sa stricte silhouette enveloppée dans un long manteau noir, elle suivait le chemin courant qui la portait.

« Morbleu ! elle y repart. » Nicolas-Victor jurait devant le gindre qui alignait les pâtons sur la toile de chanvre. Par la fenêtre, il saisissait l'envolée du tissu brun alors que le ciel bocain semblait peser sur elle dans sa ligne de fuite. « Fi d'garce ! » Il tapait du pied contre le sol, une poussière de farine grise s'en élevait un instant. « Elle cédera », — il se tournait vers l'apprenti : « T'entends c'que j'dis ? Elle cédera ! » L'autre mordait ses lèvres, attendait la violence, parfois un geste qui balayait les ustensiles, parfois une secousse qui s'abattait sur lui comme la foudre et qu'il fallait toujours accepter en se taisant. Lorsqu'elle revenait, le boulanger traversait la route en courant : « T'étais avec ce bon à rien de curé, hein ? » Les passants s'arrêtaient, fixaient ce couple étrange, puis Cantelou s'éloignait enfin, après un ultime accès de rage. Marie-Aimée glissait alors dans sa solitude comme un chien qu'on libère de sa laisse. Elle posait son front sur la porte de leur salle à manger, un froid qui lui faisait du bien. Françoise près d'elle tenait Victorine :

« Ça finira mal, disait-elle, ou peut-être qu'il va se reprendre ?

— Ce matin sur la route, continuait Marie-Aimée, j'ai vu la Jeanne...

— Ah ? dit Françoise, elle rôde encore. »

La Jeanne, l'une des fiancées de Cantelou, qui ne désarmait pas. Elle poursuivait Marie-Aimée de sa vengeance, aveugle, pitoyable. Il lui arrivait de pousser la porte de la minuscule boutique : « Salope ! » Elle jetait son cri comme un animal qui attaque : « C'est d'ta faute s'il est comme ça... » On la surprenait à déambuler dans le village, à raconter son histoire, impudique. Marie-Aimée pensait même que certains soirs, elle et Cantelou...

Françoise gardait son calme, essayait de les porter tous autant qu'ils étaient, à bout de bras, à bout de cœur, simplement pour la petite qu'elle berçait et pour que rien ne filtrât au-dehors ou le moins possible de leur enfer.

# 2

A l'approche de Noël, les bois vers Ondefontaine et Brémoy livrèrent les grosses souches de pommier ou de frêne qui servaient à garnir les cheminées. Marie-Aimée ne se sentait pas le courage d'y aller : « J'ai peur des regards, disait-elle à Anthénor lorsqu'il franchissait le seuil de la boutique ; de toute façon, Victorine est encore trop petite. »

Anthénor roulait une cigarette en tirant le tabac d'une poche de sa blaude. « Marie et moi, on lui fera son Noël. » Il hésitait sur la phrase, parlait bas de peur de la blesser.

Marie-Aimée rougissait légèrement, poussait une tourte ou deux sur l'étagère de bois : « Merci », murmurait-elle.

Dehors, un vent de Nordé gonflait les arbres avant de les plier. Le ciel n'en finissait pas de s'ébrouer comme empêtré de boue, des charrois passaient sur la grand-route, les cris des conducteurs se mêlaient aux bruits de la forge toute proche, de l'autre côté de la boulangerie. Par moments, on saisissait le jeu des étincelles qui giclaient sur l'enclume.

Anthénor ouvrit la porte : « Le froid continue... » Il tourna la tête à droite et à gauche, attendit un instant avant de poursuivre : « Tu crois que je vais devoir m'y remettre ? » Marie-Aimée baissa la tête : « Moi, je n'peux rien dire, il faut voir avec la mère. »

Anthénor tira doucement la poignée avant de s'éloigner. Le moment redouté arrivait, les finances de la boulangerie devaient être au plus bas, voilà même deux jours que son ivrogne de frère avait renvoyé le gindre dans une crise de colère, alors ? Alors en dernier ressort, c'est Françoise qui choisirait, qui lui demanderait sans doute de cuire quelques fournées pour ne pas perdre le patrimoine des trois générations précédentes. Il marchait lourdement vers la carriole et le cheval attachés sur la berme de la route. Par instants, le froid le saisissait tout entier, il pensait à Marie qui l'attendait là-bas au Fresne. « Que va-t-elle dire ? » Lui qui avait vaguement appris à boulanger à quinze ou seize ans avant de la rencontrer... En détachant le cheval, il cherchait les gestes, s'efforçait de retrouver des souvenirs vieux de trente ans.

A peine assis, il s'empara des rênes avant de lever le fouet. Sa rencontre avec Marie Thomas, fille de cultivateurs, lui avait fait abandonner l'idée du fournil ; il s'était mis consciencieusement à gérer la petite ferme et une terre de quinze vergées apportées en dot. Une vie presque trop rangée.

« Et ce bon à rien !... » Il serrait les dents en pensant à son frère, sa colère le fit jurer à deux reprises entre deux cahots.

Trois jours plus tard, en fin de matinée, il apprit par un charretier de Sallen la soudaine disparition de Lesage, le père de Marie-Aimée. Une congestion foudroyante qui l'avait terrassé en plein champ.

« Elle doit hériter, ça va leur faire des sous, commenta Marie.

— Si l'autre arrête de boire, oui, sinon... » Anthénor évaluait le poids du vice, pas grand-chose à côté de quelques liasses. Il imaginait Marie-Aimée, ce nouveau coup dur pour elle à dix jours de Noël. Ses yeux allèrent jusqu'à la grande cheminée de la salle, la bûche était prête sur le bord de l'âtre. Marie suivit son regard : « Si elle veut, nous la prendrons quelques jours avec nous. »

Par les carreaux des vitres, on voyait les champs tout en terres brunes. Le ciel envoyait une drôle de lumière gris et bleu, métallique, qui finissait en reflets mauves sur les arbres vers Saint-Martin.

A l'intérieur, une odeur de chou cuit remplissait la salle, la soupe dans le chaudron en fonte achevait son clapotis de bulles sous le grésillement du feu. « C'est prêt », dit Marie. Elle se pencha, éparpilla les cendres avec le tisonnier. Avant de remplir la soupière pour l'apporter sur la table, elle souleva le couvercle du chaudron avec un torchon enroulé autour de ses doigts. Anthénor s'était assis derrière elle, un peu plus loin près de la table en chêne. Il se frotta les mains de satisfaction et versa le cidre dans les verres : « Si elle est aussi bonne qu'elle sent bon... » Marie déjà versait des louches épaisses dans les assiettes, raclait le fond du récipient pour trouver les morceaux de lard cuit, les plus gros pour lui. « Coupe donc le pain avec ton couteau. » Elle s'assit à son tour après un rapide signe de croix ; l'église de Coulvain sonnait l'angélus, ils en percevaient toujours les échos jusque chez eux.

Une mort propice pour Nicolas-Victor. Avec l'argent qui lui revint, il décida d'ouvrir un café jouxtant la boulangerie. Les comptes de plus en plus durs chaque mois, les fournées qu'il oubliait de préparer une fois sur deux nécessitaient ce nouveau commerce. Il contacta lui-même deux maçons d'Aunay qui commencèrent à construire la pièce supplémentaire. Marie-Aimée et Françoise avaient eu beau protester contre la nature du fonds, il avait passé outre.

La veillée de Noël fut longue et triste. Les deux femmes ne cuisirent même pas le *garot* traditionnel. Malgré l'invitation des Cantelou du Fresne, elles passèrent la soirée ensemble près de la cheminée à veiller Victorine dans son berceau en merisier.

Le boulanger ne respecta pas la trêve, il provoqua une dernière fois sa femme avant de la laisser : « Maintenant tu ne peux plus y aller, là-bas, hein ? »

« Là-bas »... Sallen où Marie-Aimée se réfugiait du

vivant de son père. La maison vendue, sa mère partie habiter chez une de ses sœurs à Cametours, elle n'avait plus le choix.

« Ça va t'occuper, le café, tu serviras. »

Parce qu'elle ne répondait pas, Nicolas-Victor parlait fort vers sa mère, la prenant à témoin : « Fini les promenades chez le curé à n'importe quelle heure, y va bien falloir qu'elle les serve les clients.

— Tais-toi, tais-toi, répétait Françoise, tu vas réveiller la petite. »

Il s'exaspérait de les sentir unies par une force indéfinissable qu'il ne comprenait pas.

« Toi aussi, t'es contre moi ? Toutes les deux, alors ? »

Son poing frappa la table d'un seul coup, Victorine se mit à hurler.

Déjà, au-dehors, des colonnes de villageois avec leurs torches allumées serpentaient vers le bourg. On les apercevait sur les hauteurs intermittentes, entre les vallons. Des chants encore confus résonnèrent d'une colline à l'autre, soutenus par le carillon cadencé de l'église.

« C'est pour éloigner les loups-garous, dit Françoise.

— Ou la Dame blanche. » Marie-Aimée se signa avant de continuer. « Il vaut mieux que je reste ici, on vient des alentours pour la messe, je ne veux pas qu'on me montre du doigt.

— Ce qui compte, ce n'est pas ce qu'ils pensent, c'est ta prière ; je veillerai sur la petite, va.

— Non, je ne peux pas. » Marie-Aimée, assise devant la cheminée, posa son front dans ses mains jointes sur ses genoux.

« Si tu ne le fais pas pour toi, fais-le pour elle. » Françoise désigna le berceau du menton. Lentement alors, sans un mot, Marie-Aimée se leva.

Dix heures, la nef était pleine. On se pressait, femmes d'un côté, hommes de l'autre. Marie-Aimée se glissa dans un dernier rang près des fonts baptismaux. La longue psalmodie de la généalogie du Christ, lue par plusieurs paroissiens, monta dans une odeur d'encens et de cire chaude. Le maître-autel avait été décoré de gui, de quelques roses qui fanaient déjà, il régnait ici une douceur qu'elle aurait nommée réconfort si son chagrin avait été moins douloureux. La porte ne fermait pas bien, elle sentait un filet d'air froid battre ses jambes, monter jusqu'à sa taille sous la pèlerine, puis les mots la prirent dans leur sempiternel ronronnement. Elle mêla sa voix à celle des autres, articula les prières quotidiennes : « *Credo in unum Deum, patrem omnipotentem...* » Devant elle, la masse des fidèles, unie, chantait, vibrait. Elle repensa aux enfants venus hier à la boulangerie. Ils avaient chanté aussi, mais c'était un vieux refrain bocain :

> *Aguignettes, aguignettes,*
> *Coupez-mé un p'tit cagnon*
> *Si vous n'voulez pas l'couper*
> *Baillez-mé le pain tout entier.*

Chez eux, ils n'avaient rien reçu, pas même un sou ou une friandise. Elle revoyait le bras levé de Nicolas-Victor, menaçant : « Foutez-moi l'camp ! »

Ils s'étaient tous éparpillés, comme une nichée d'oiseaux surpris par la buse. Elle avait bien essayé de les rattraper, mais ils avaient traversé en criant les champs et les bosquets, affolés. Encore un affront supplémentaire qu'elle avait dû accepter, qui lui donnait l'impression irréversible d'un enlisement.

Anthénor apprit vite à se lever dès deux heures du matin. Au début, les nuits d'hiver tombaient encore dru sur lui. Il traversait la cour, attelait le cheval. « Je vais prendre la relève du fainéant », disait-il pour s'encourager.

Avant d'aller ouvrir le café, Marie-Aimée préparait les ustensiles, les rangeait, surveillait le pétrin. Pour le *brié*, elle avait elle-même appris la manière. Elle nouait sa jupe entre ses jambes, chaussait les sabots blancs protégés par une toile, enjambait la maie. Le rire de Victorine encourageait sa danse insolite sur les kilos de pâte fraîche. Car il fallait tasser le plus possible, enlever les bulles d'air. A cette seule condition la mie du pain devenait compacte, serrée et pouvait se garder huit jours. Anthénor la remerciait de son aide, parfois il tendait un petit pain à Victorine : « Tiens, je l'ai fait en forme d'oiseau, il est tout chaud. »

La petite tendait les mains, mordait à pleine bouche. Elle se cramponnait au tabouret bas dans un coin d'ombre. Ses yeux ne quittaient pas son oncle et sa mère. Elle les apprenait, les découvrait : la sueur ruisselante sur le torse d'Anthénor, les rouleaux de pâte qui s'enroulaient autour de ses bras comme des chaînes souples, tous les mouvements précis, scandés par des halètements vifs sous l'effort qui gonflait les veines du cou. Puis les flammes se brisaient sur la voûte en brique du four. Victorine y accrochait son regard. La chaleur en sortait dans un jaillissement suffocant, traversait la petite pièce jusqu'à elle. Moiteur envahissante qui la figeait. Impulsive, elle battait des mains, lançait quelques cris avant que sa mère ne la prît : « Il faut que j'aille au café, Anthénor, avec le marché d'Aunay, le monde arrive. »

Les clients affluaient souvent dès huit heures, pour la plupart des voyageurs de la grand-route, heureux de pouvoir faire une halte avant de continuer. Cidre, café ou vin les réconfortaient, ils amenaient aussi des nouvelles des pays traversés, se contentaient de la simplicité rudimentaire du lieu, du moment qu'on les accueillait par un sourire. Les rares instants d'illumination pour Marie-Aimée arrivaient avec le chemineau itinérant, joueur d'orgue de Barbarie. Il poussait son instrument sur la grand-route, fréquentait tous les marchés, foires ou fêtes. On le connaissait bien par ici, il s'arrêtait devant le café Cantelou, s'arrangeait pour passer vers onze heures lorsque la messe et le fournil n'accaparaient plus Marie-Aimée. Il l'interpellait dans le café : « Alors, patronne, une p'tite chanson ? »

Parfois, quelque chose se dénouait en elle, amenait une bouffée d'enfance. En riant, elle plaçait les deux mains dans les grandes poches de son tablier après avoir rajusté sa bonnette blanche. Se laisser aller doucement, un meilleur

inattendu dans ce pire quotidien. En tournant légèrement sur elle-même, elle fredonnait quelque vieille romance des marins d'Ouistreham ou d'Arromanches. Sa voix légère s'affermissait peu à peu, les clients applaudissaient : « Encore, une, madame Cantelou... » Mais c'était tout. Le chemineau, accompagnateur improvisé, recevait son verre de cidre ou sa petite goutte de calva. Il s'appuyait sur son orgue, poussait sa casquette vers l'arrière et levait son verre à la ronde : « A la gloire de la musique et à la jolie voix de la patronne ! »
Occasion pour tous de retrinquer familièrement.

Jusqu'aux beaux jours, Nicolas-Victor, ronflant dans le fond de la carriole que le cheval ramenait, s'arrangea pour rentrer ivre mort une nuit sur deux.

Françoise guettait derrière les rideaux de sa chambre, s'efforçait de garder les yeux ouverts. Crissements des roues sur le gravier ; elle descendait, tenait d'une main la lampe Pigeon, de l'autre la rampe en bois de l'escalier. Elle déchargeait le corps lourd, le traînait par les épaules. « Il m'a tout pris, m'a vidée ; même pour son frère, je n'avais plus rien. » Elle repensait à sa maternité, l'éprouvait à travers le poids inerte qui échouait entre ses mains. Elle hésitait, envie de le bercer comme avant parce qu'il s'abandonnait, elle esquissait un geste : « Mon petit, mon tout petit... » Mais la honte, la réalité remontaient en elle comme des remous, elle tournait la tête de peur qu'on ne l'ait vue. Le cacher, effacer le péché, Françoise le déposait dans le fournil : « Avec la chaleur ici, ça ira. »

De la chambre où elle dormait seule à présent, Marie-Aimée épiait les moindres bruits. Les sabots du cheval sur la route la sortaient de son lit, elle bondissait à la fenêtre : « Seigneur, est-ce possible ? » Elle se signait sans faire attention au froid humide qui l'entourait parce qu'on ne rallumait le feu que tôt le matin.

Elle restait là, immobile, n'osait pas descendre à son tour pour aider. Elle attendait seulement, grelottant de froid, le léger grincement de la porte du couloir, l'extinction de la lampe et le silence, enfin.

La Saint-Pierre arriva sans que les femmes aient eu le temps de souffler. Le travail s'alourdissait de jour en jour avec le café, le fournil et la petite. Lorsqu'elle n'en pouvait plus de voir Nicolas-Victor assommé par l'alcool ou qu'elle l'entendait se disputer avec son frère, les rares fois où il retrouvait sa lucidité, Marie-Aimée partait. Elle marchait sur la route, sa longue jupe grise tachée de farine, sa bonnette mal attachée et son regard fixe qui ne trompait personne.

« La Marie-Aimée qui part encore... » Lebret, le forgeron, suspendait son geste, haussait la tête pour mieux voir. La femme de l'horloger Constant la prenait en pitié, elle sortait sur le pas de sa boutique, venait vers elle : « Venez donc prendre quelque chose chez nous, j'ai du cassis tout frais, ça vous fera du bien... »

Marie-Aimée s'arrêtait, se laissait prendre par le bras. Elle aimait rentrer chez les Constant. Là, tout était beau et propre, différent. « C'est qu'avec de l'argent... », se disait-elle. Anne Constant la faisait asseoir dans leur salon Empire. Marie-Aimée osait à peine se poser sur le velours vert ou mettre une main sur le grand guéridon.

« Je vais vous chercher notre liqueur, elle vient du jardin, vous verrez, c'est un délice. » Pendant qu'Anne disparaissait, Marie-Aimée détaillait les objets, s'imprégnait des tentures lourdes, des napperons en dentelle, de l'argentier qui abritait des tasses en porcelaine fine gravées d'abeilles d'or. Il y avait aussi les portraits sur les murs, le plus beau était celui du maréchal d'Empire, ancêtre de la famille et dont tout le décor et l'atmosphère de la pièce semblaient dépendre. « Ici, pensait-elle, ils sont heureux, *des argentus*, ça se voit. »

Le cassis remplissait les petits verres d'un jus carmin un peu épais. Marie-Aimée buvait d'abord en trempant ses lèvres, levait son petit doigt. En face d'elle, Anne Constant croisait harmonieusement ses jambes sous le satin de sa robe. Elle n'était pas vraiment belle, une figure trop étroite et des lèvres tombantes, mais elle possédait le maintien des femmes qui côtoient le monde et elle savait bien s'habiller. Fille d'un riche marchand de bestiaux, elle avait su, comme d'ailleurs ses deux autres sœurs, faire ce qu'on appelle un beau mariage. Le père Dégremont, comme rasséréné sur l'avenir de ses filles, avait passé l'arme à gauche en peu de temps, leur laissant ainsi un très bel héritage.

Mal à l'aise, Marie-Aimée rentra ses sabots sous sa jupe, elle aurait dû les changer à la Mi-Carême, mais il avait d'abord fallu payer les factures que le boulanger laissait dans toutes les tavernes, de Maisoncelles à Craham ou Coulvain.

« Je vous raccompagne. » Anne Constant lui tint à nouveau le bras jusqu'à la porte. Elle sourit : « Allez, allez, ça ira, madame Cantelou, pensez à Victorine, elle a tant besoin de sa mère ! »

Souvent Marie-Aimée n'allait pas plus loin, elle retournait au café, prenait la petite dans ses bras : « Ah ! toi, si je n't'avais pas ! » Elle la serrait contre elle si fort que Françoise intervenait : « Tu vas nous l'étouffer ! » Alors elles se mettaient toutes les deux à rire et Victorine sans comprendre y joignait son gazouillement aigu.

# 3

Avec l'été, les hameaux retrouvèrent l'animation des grands jours. Le café ne désemplissait pas et, jusqu'à fort tard le soir, on y discutait des prochaines moissons et de la fête du double couronnement à Notre-Dame de la Délyvrande.

Début août, les femmes allèrent prier à Sainte-Anne de Kéry. Françoise les rejoignit plusieurs fois. A genoux devant la statue, elles se recueillaient ainsi depuis bien des générations pour que les récoltes soient bonnes. Il valait mieux se concilier les grâces divines avant les travaux des champs, car on racontait qu'il y a deux siècles les tiges de blé et de seigle se desséchèrent sur pied au moment de la fauche et qu'il s'ensuivit une famine épouvantable.

Sur la grand-route, Marie-Aimée vit passer les premiers journaliers, venus se louer. Bientôt, ils se rassemblèrent devant l'église avec leurs faux et leurs faucilles à lame dentée. Le café se vida aussitôt, les femmes, les enfants coururent jusqu'à la place. Selon la coutume, tous les journaliers, bénis par le curé, chantèrent avant de rejoindre les champs :

> *Faucilles et faux*
> *C'est le cri de bonne guerre*
> *Que lancent les fils de la terre*
> *Faucilles et faux*
> *C'est du pain pour les jours chauds.*

Ces *aoustiers* se mirent en route après qu'on leur eut servi une soupe de choux verts. Etranges colonnes d'hommes en culottes de toile, aux chemises échancrées et aux grands chapeaux de paille, accompagnés des cris d'enfants et de femmes portant le repas de midi et qui s'agitaient dans une brume légère annonçant une forte chaleur.

Anthénor avait engagé deux journaliers : Bitot et Louis, son fils ; avec la Jacqueline et Marie, il en avait assez pour ses quinze vergées. Bitot et Louis se mirent au travail. « Toi, tu fais ce côté, et toi, l'autre, leur montra Anthénor, Marie et Jacqueline lieront les javelles. » Le temps pressait, il fallait faire vite. Demain peut-être le ciel allait s'obscurcir, amener ses rafales coutumières de vent et de pluie. Marie n'avait pourtant pas oublié de fleurir la statue de saint Isidore, mais les revers du ciel étaient parfois impitoyables.

Des champs de blé, d'orge, d'avoine montèrent des chansons qui rythmaient les gestes. Parfois, quand les voix se taisaient, entre les respirations hachées, on surprenait les sifflements, les vibrations des outils qui déchiraient l'espace dans des éclairs argentés. Une seule grande pause vers midi. Marie-Aimée apporta le pain et le lard promis. Avec la carriole, elle en avait pour un bon quart d'heure à venir au Fresne. En descendant, elle prit trois paniers recouverts d'un torchon propre. « J'ai mis le cidre dans une serpillière mouillée, ça va le garder frais. »

Marie et elle s'embrassèrent, puis Anthénor s'approcha : « Avec cette chaleur, on a les bêtes partout sur le dos, les bras... » Il mordit dans le pain. « Et Victorine ?

— Elle est restée avec la mère. »

Les paniers passaient déjà de main en main, on y puisait la nourriture, la force nouvelle pour continuer. Le cidre coula dans les moques en grès. Les hommes assis par terre à l'ombre d'un orme mangeaient en silence. Marie et Jacqueline, la femme du tisserand, les rejoignirent.

On n'entendait plus tout à coup que le sourd tremblotement de l'air chaud, lourd, crevé de temps à autre par le bourdonnement d'un insecte ou les cris des corbeaux. La sueur coulait encore en rigoles sur les poitrines, les bras et le cou, on l'essuyait du revers de la main, on écartait aussi les cheveux indociles. Ils étaient tous là, déchaussés, à moitié nus, dans un relâchement qui gagnait tout leur corps déjà fourbu.

Marie-Aimée repartit la première. En montant dans la carriole, elle fit un signe à Anthénor : « Sais-tu ce qu'il a fait ? dit-elle tout bas, il a ramené la Jeanne chez nous et il la fait manger à notre table ! La mère a pris Victorine et reste au café. »

Elle se laissa aller soudain vers la main d'Anthénor : « Comment supporter tout et ne rien dire ? » Sa phrase s'acheva dans un sanglot étouffé. Anthénor la saisit à l'épaule, la serra doucement, une main d'homme qu'elle n'avait jamais sentie tendre.

« Dès ce soir, tu m'entends, Marie-Aimée, dis-le à la mère, dès ce soir j'y vais, et si c'est pas lui, c'est elle qui passera par la fenêtre ! »

Partout dans les champs, les gerbes s'amoncelaient en bottes régulières prêtes à être chargées vers le soir. Des femmes ramassaient les javelles par deux pour qu'une autre les lie sur la torche de seigle posée sur le sol. En passant, Marie-Aimée voyait tout, saluait des femmes aux bras rouges, aux doigts courts et épais qui serraient les gerbes sur leur poitrine dégrafée tant elles avaient chaud. Derrière un arbre, l'une ou l'autre allaitait le dernier-né que le frère ou la sœur apportait, certaines se soulageaient derrière une haie, croyant n'être pas vues, mais les garnements avaient tôt fait de leur piquer l'arrière-train avec une tige de roseau ou de noisetier. Ils s'éclipsaient alors à toute vitesse en hurlant : « Pour pisser comme cha, elle a dû *beichonner* (boire) toute la réserve ! » Ne restaient alors que l'écho de leurs rires, les injures de la malmenée et bien sûr l'hilarité des faucheurs qui n'en finissait plus.

La fraîcheur et le soir tombèrent vite sur les derniers chariots qui portaient à la ferme les bottes séchées. La journée avait été harassante, les moissonneurs traînaient la jambe sur les chemins rocailleux, leurs sabots butaient sur des pierres qui roulaient jusqu'aux lisières des fossés. L'air se teintait de voiles brumeux qui cachaient par endroits les hauteurs et le soleil qui s'enfonçait derrière l'horizon avait des reflets fauves, striés de nuages opaques. « La pluie », ils n'avaient que ce mot à la bouche. Par bonheur, ceux du Fresne avaient fini, mais les autres, de La Ferrière, de La Bigne, de Saint-Martin ?... Il leur faudrait attendre encore quelques jours pour que tout sèche avant de poursuivre.

Anthénor et Marie distribuèrent leurs sous (un franc par vergée) à Bitot, Louis et Jacqueline après les avoir nourris, selon la coutume, d'une gigue de mouton aux haricots. Ils chantèrent tous une dernière fois avant le départ de Jacqueline et pour la *venue* ou *goutte de première**  qu'on servait aux hommes en fin de repas. Les deux journaliers iraient ensuite coucher dans la grange car dès l'aube, ils devaient repartir pour se louer ailleurs, du côté de Mortain ou Domfront. Anthénor les quitta avant la goutte. Il se tourna vers Marie :

« Tu sais où je vais ?

— Encore là-bas, dit-elle, tu ferais mieux d'y mettre un lit. »

Un silence les écrasa soudain, puis à nouveau la voix d'Anthénor :

« T'es colère, je l'sais bien, mais cette ordure qui s'assoit à la table de la mère, personne ne pourrait le supporter. »

Il se leva, ramena sa chaise d'un mouvement brusque. Marie baissait la tête, pinçait la bouche. Lorsqu'elle le vit arriver à la porte, elle parla par saccades comme si elle avait

---

\* Alcool sorti en premier et dosé à 65 ou 70°.

peur : « A force, on jase, on raconte que toi et la belle-sœur dans le fournil... »

Anthénor s'était retourné d'un seul coup, elle crut qu'il allait se précipiter sur elle pour la secouer ou la battre. Elle ferma les yeux, puis elle sursauta à l'énorme bruit que fit la porte en claquant sur le chambranle. Il était parti. Alors Marie se détourna des journaliers et s'éloigna vers la cuisine en pleurant. Eux n'avaient pas attendu leur reste, ils avaient déjà avalé l'alcool, pris leurs sous et s'étaient échappés vers la grange presque en courant.

Calmement, Anthénor attacha le cheval. Il marchait pesamment, passa près du café, fermé à cette heure. Il n'entendait que les hurlements d'un chien dans le lointain ou le jeu du vent dans les arbres. Après un court instant de recueillement, il ouvrit brutalement la porte de la salle. Il y avait là son frère, en face de lui la Jeanne, et tout au bout sur un coin de table Marie-Aimée, plus blanche que la nappe. Nicolas-Victor eut tôt fait de se mettre debout :

« Et qui donc t'a dit de venir ? J'vais pas t'emmerder chez toi, alors fous-moi la paix ! » Anthénor ne répondit rien. Dans ses yeux plissés comme des fentes, Marie-Aimée lut pour la première fois une agressivité extraordinaire, une détermination absolue.

A peine avait-elle fini de crier : « Mère, vite, descendez ! » qu'Anthénor avait empoigné son frère au col de sa chemise et le secouait de toutes ses forces. Marie-Aimée réalisa soudain combien Nicolas-Victor avait maigri, s'était tassé à côté de son frère qui le dominait de ses larges épaules. L'ombre de lui-même, voilà tout ce que son époux était devenu.

Le boulanger tenta vainement de se dégager mais n'y parvenant pas, il cria : « Jeanne, prends le tisonnier, frappe, frappe ! »

L'autre obéit, courut vers l'âtre, geste inutile car Anthénor venait d'assener un formidable coup de poing à son frère qui s'effondra par terre, le nez ensanglanté. Alors Anthénor regarda vers la Jeanne qui demeurait interdite, le tisonnier à la main. Il ne l'avait jamais vue d'aussi près, on lui avait raconté qu'elle était aguichante et coquette, il remarqua les boucles blondes qui retombaient sur son front, la petite bouche aux lèvres épaisses et la poitrine tendue sous le corsage de toile. Il l'attrapa à pleins bras, la fit tourner pour la maintenir par-derrière.

Elle hurlait : « Fi d'garce ! fi d'putain ! Lâche-moi ; j'te retrouverai. »

Anthénor éprouvait une jouissance étrange à la sentir contre lui, chaude, haletante, de l'avoir pour une seule fois à sa merci ; il la jeta avec violence sur la route. Elle roula, s'écorcha les genoux et les bras. « Et que je n'te revoie plus ici ! » Il referma la porte en la barrant à double tour. Derrière, on entendit la Jeanne vociférer encore : « Fumier, salaud, j'me vengerai, j't'aurai, j'vous aurai tous... », puis elle courut dans un petit sentier à l'écart qui allait vers l'église car déjà des fenêtres s'ouvraient.

Françoise et Marie-Aimée emportèrent le boulanger sur son lit.

« Si c'est pas malheureux, hein ? Regarde, il est en sang », disait Françoise en gémissant. Marie-Aimée la laissa le baigner à l'eau froide. En bas, Anthénor s'était servi un verre de calva et le buvait petit à petit, étrangement apaisé.

« Peut-être que tu l'as tué, dit Marie-Aimée, il ne bouge plus.

— Ça m'étonnerait, d'ailleurs j'aurais dû taper plus fort. » Anthénor serra son poing encore rouge du coup puis il s'approcha de Marie-Aimée qui s'était accoudée au bas de l'escalier.

« T'es pas comme les autres, toi... Un mari soûlard qui t'oblige à travailler double, qui t'amène ses maîtresses et voilà que tu le pleurerais presque.

— C'est que... » Elle ne put achever, la main d'Anthénor était sur son bras, le pressait avec force, elle leva son regard vers celui de son beau-frère.

« C'est vrai, fit-il, t'es pas comme les autres. »

Ils restèrent ainsi quelques secondes, le temps que la porte du haut s'entrebâillât et que leur parvînt la voix de

Françoise : « Il a ouvert un œil, l'autre est tout noir mais ça passera avec de la glace, le marchand vient justement demain. » Elle descendait l'escalier lourdement, sa taille épaisse serrée dans son éternel tablier gris, ses sabots-billots usés sur les côtés et qu'elle rafistolait elle-même avec des bouts d'écorce de bouleau. Seule, sa bonnette était blanche, impeccable. « A ça, disait-elle toujours, on reconnaît la femme d'intérieur. »

Anthénor rentra dans la nuit au Fresne. Marie était déjà couchée lorsqu'il se glissa dans le lit mais, au lieu de lui demander ce qui s'était passé, elle murmura seulement : « T'es glacé comme un serpent. »
Le lendemain, comme prévu, la pluie fit son apparition. Une pluie fine portée par un vent d'ouest qui laissait sur les haies et les arbres des traces nacrées. Avec le soleil qui perçait de temps à autre, la terre prenait des couleurs irisées qui scintillaient surtout dans les vastes flaques de la route. De bonne heure, dans les champs moissonnés, Marie vit arriver les glaneuses, les plus pauvres, celles qui par décret préfectoral avaient le droit de chercher ce qui restait des épis ou des tiges. Par la fenêtre, elle reconnut la Pellevey, la Letot et la Blanche de l'Hôpital. Toutes étaient âgées, certaines revenaient chaque année, d'autres non, emportées par l'hiver trop rude. On les retrouvait souvent bien des jours après, recroquevillées dans leur cabane au milieu d'une saleté repoussante. Elles s'appuyaient sur le sol avec une canne ou un bâton, fouillaient la terre grasse d'humidité de leurs vieilles mains déformées. La Pellevey se traînait sur le sol, écorchant ses genoux entre les tiges, elle saisissait avec avidité le moindre épi ou les grains épars qu'elle jetait comme les autres dans une *pouche* (sac en toile) et, lorsqu'il était rempli, dans son *devanté* (tablier) aux bords relevés, attachés à sa ceinture.
Marie les regardait, ça lui faisait mal quelque part dans la poitrine. Elle se couvrit d'un châle et partit les rejoindre : « Holà ! vous viendrez bien prendre quelque chose à la maison, après. » Elle les hélait de la bordure du champ, le vent

soulevait son châle et sa jupe, portait sa phrase. Lentement, la Blanche de l'Hôpital se tourna vers elle, elle avait la figure burinée d'un vieux matelot, un fichu noir troué au niveau de la tempe et une bouche tout édentée. « Tiens, v'là Marie », dit-elle en étirant sa bouche dans un sourire.

Les autres tournèrent à peine la tête. « J'dis pas non », reprit la Blanche. Marie l'aida à se relever tandis que la Pellevey s'excusait : « Moi, c'est pour mes lapins, j'ai c'qu'y faut chez moi. » Marie savait. Avec les deux autres, elle n'obtiendrait rien. Leur fierté les rangeait à part. Il fallait ruser pour leur donner une brioche ou une part de teurgoule, elles n'acceptaient de cadeau que de la main anonyme d'un enfant de chœur. « C'est la main de l'innocence ou du p'tit Jésus », disaient-elles. Alors, Marie et d'autres voisines portaient les présents au curé qui s'occupait de les faire distribuer.

Blanche s'assit sur le bord d'une chaise : « J'm'accouve (j'm'accroupis) plus comme avant. A soixante-douze ans sonnés, j'suis plus qu'une vieule. »

Marie souriait, apportait une assiette de soupe aux poireaux qui restait du matin : « Prenez, ça n'peut pas vous faire de mal. » Elle remplissait l'assiette, cassait du pain recuit.

« Ch'est raide bié com'cha » (c'est très bien comme ça), remerciait la Blanche. Elle avalait la soupe et le pain en peu de temps, levait des yeux interrogatifs vers Marie. « Ah oui ! la goutte... », disait Marie. Elle approchait alors un petit verre et la Blanche l'avalait d'un seul coup puis rotait en s'excusant : « Ch'est trop bon... »

Avant de s'en aller avec sa pouche sur l'épaule, elle prenait le paquet de tabac à priser que Marie lui tendait. « L'bon Dieu te l'rendra », disait-elle encore, puis elle disparaissait derrière les champs, petite silhouette ronde et tassée que les grands chênes semblaient engloutir.

Une semaine entière passa ainsi sans qu'Anthénor aille à La Ferrière. Il n'avait aucune nouvelle de la boulangerie et du café, à part quelques « Ça va » de charretiers ou de paysans mal informés. Marie le sentait préoccupé, parfois elle avait des élans tendres, le caressait légèrement sur le front ; d'autres fois la jalousie l'embrasait comme un feu de broussailles : « T'es pas comme d'habitude, disait-elle, c'est à elle que tu penses, évidemment elle est jeune encore, elle peut plaire. »

Anthénor la dévisageait, regardait l'écume des cheveux argentés qui s'échappaient de sa bonnette, il surprenait ses yeux bleus pleins d'une avidité douloureuse. « Il va bien falloir que j'aille cuire la fournée de la semaine », disait-il en roulant une cigarette. Il ne répondait pas à ses questions insidieuses, il la laissait même des fois en trembler de colère, le menacer. Pour la rendre plus sage, il connaissait la manière. Lorsqu'elle en avait assez, elle partait à la grange s'occuper des bêtes. Il la suivait sans bouger, en clignant les yeux. Au moment où elle s'emparait de la fourche ou du râteau, elle le retrouvait derrière elle, il l'entourait de ses bras, plaquait ses mains sur le corsage dans les rondeurs souples. « Viens, ma toute belle », disait-il, elle sentait le souffle pressé sur son cou, une main qui descendait vers ses reins, remontait la jupe, elle résistait faiblement, déjà heureuse qu'il la désire encore. Elle se laissait aimer comme ça, debout, dans cet endroit aux odeurs fortes d'humidité chaude, entre les animaux indifférents et les bottes de foin. Elle avait des petits rires et des cris, satisfaite qu'il soit à elle et qu'il le lui prouve.

Anthénor savait qu'après il avait la paix et le champ libre.

Il attendit le début de l'après-midi pour gagner la boulangerie. Du café, Marie-Aimée avait reconnu le bruit de la carriole. Elle s'avança. Anthénor ne vit d'abord que ses yeux immenses, trop grands dans le visage creux presque émacié. « Tu vas tomber malade », lui dit-il, puis il remarqua ses bras enveloppés dans des bandes blanches. « Qu'est-ce que c'est ? » demanda-t-il encore. Françoise arrivait tenant Victorine dans ses bras ; elle parla : « Il s'est vengé sur elle, il lui a dit que c'était elle qui t'avait prévenu. » Sa voix baissa soudain. « Il l'a cravachée pendant que j'étais partie à Notre-Dame de la Délyvrande. »

En silence, Anthénor se dirigea vers le fournil.
« Où est-il ? fit-il seulement.
— Parti boire, sans doute. » Marie-Aimée le suivait, n'articulait que quelques mots, elle s'assit à même le sol : « J'vais pas pouvoir faire le brié. » Elle restait là, perdue, sans force, et ses larmes ne cessaient de couler.

4

Victorine courait.
Elle essayait toujours de courir ainsi, yeux fermés, tête renversée. Lorsque la peur devenait trop forte, elle s'arrêtait. Elle se couchait alors sans faire attention à la rosée qui persistait dans ces journées claires mais tout humides d'avril. Les herbes froides lui chatouillaient les jambes, les mains et elle entendait la voix de Françoise : « Mais où donc vas-tu te traîner ? » C'était plus fort qu'elle. Dès que l'école la libérait, elle avait envie de ce vertige, l'attendait. Depuis octobre, elle partait tôt le matin, sortait du bourg après avoir traversé la petite place de l'église et là, juste avant le chemin de Migny, elle apercevait les deux écoles : celle des garçons et celle des filles.
La « maison d'école » pour les filles était une vieille bâtisse louée à parts égales par la commune, le curé et quelques familles. Les enfants, faute de mieux, avaient fait leur la pauvreté des lieux : six tables-bancs, avec encriers de plomb qui reposaient sur un sol d'argile poussiéreuse et, dans un coin, le tableau noir, avec les poids et les mesures. Les dos se voûtaient pour d'interminables leçons d'écriture : l'anglaise, la ronde, l'italique et la gothique sur des cahiers

parsemés de figures d'anges et de croix reproduites selon le modèle du maître.

Victorine s'asseyait parmi les autres, ni meilleure ni pire, simplement un peu distante parce que la vie l'avait déjà différenciée. Il lui suffisait parfois d'ouvrir une porte ou de sentir l'odeur des fleurs séchées dont sa mère ornait les vases pour qu'aussitôt des images réapparaissent. Sa mère courant sur la route et elle qui pouvait à peine marcher et qui criait en pleurant : « Attends-moi, maman, où vas-tu ? » Nicolas-Victor se précipitait, la tirait par un bras : « Ta mère, ah ! ta mère... Tu ne sais pas, mais un jour tu comprendras. » Il l'asseyait dans la carriole, fouettait le cheval pour avancer plus vite. Victorine regardait son père : ses yeux injectés de sang, sa mâchoire serrée dans un rictus violent. Elle se cachait. Ne rien dire, ne pas pleurer parce que les pleurs de sa mère suffisaient bien. Ç'avait été le temps de l'enfance, la découverte de la haine bien avant celle de l'amour. Il avait fallu qu'elle attende d'avoir cinq ans pour s'unir à sa mère par un lien secret qui s'accomplit tout à fait par hasard.

C'était une journée d'hiver comme il y en eut beaucoup cette année-là, glacée, rude, avec un vent qui n'arrêtait pas de siffler sous les charpentes et les portes. On ne se sentait bien qu'à la veillée, assis près des cheminées où flambaient les branches de châtaignier, de pommier ou de hêtre. Françoise servait au café des *flipots*\* à presque tous les voyageurs de la grand-route qui craignaient toujours de trop fortes gelées pour les cultures. Elle eut même l'idée d'en faire porter par Victorine à Marie-Aimée et Anthénor qui actionnaient la brie\*\* au fournil. En tenant la bouteille, Victorine était passée derrière le café. Malgré le vieux châle enroulé et noué autour de ses épaules, elle sentit le froid comme une brûlure.

---

\* Cidre sucré, chauffé, additionné de calvados. Remède contre le rhume.
\*\* Longue barre, appuyée sur une charnière au plafond qui comprime dans un mouvement de va-et-vient la pâte que l'on fait tourner, assis à califourchon sur une longue table, étroite, afin d'éliminer les poches de gaz.

Prudemment, elle ouvrit la porte du fournil, se faufila ; la chaleur du four arrivait déjà vers elle avec des effluves de pain cuit. Elle s'arrêta un instant, s'assit sur une marche et se pencha. A moins de deux mètres d'elle, elle découvrit Anthénor et sa mère, enlacés, qui s'embrassaient à pleine bouche. Marie-Aimée se retourna la première : « Que fais-tu là ? Qui t'a dit de venir ? »

Anthénor s'était accroupi devant la sole du four, absorbé par la surveillance de la cuisson qui finissait.

« C'est du flipot pour toi et mon oncle. » Victorine tendait la bouteille, restait droite.

Marie-Aimée la prit à part, se courba jusqu'à son visage :

« Tu es assez grande maintenant pour jurer que tu ne diras rien de ce que tu as vu. Promets-le devant le petit Jésus. »

Elle se mit à caresser les cheveux noirs de la petite.

« C'est notre secret à nous deux, personne ne nous le prendra, personne ne le saura. Plus tard je te raconterai, je t'expliquerai tout. Tu dois simplement retenir que si l'on s'aime, on ne fait rien de mal. Et maintenant, on va boire le flipot et je t'en donnerai même sur un sucre... »

Dès qu'elle entendait la cloche de la sortie, Victorine courait de toutes ses forces vers sa solitude habitée. Elle retrouvait ses mondes, les faisait vivre brutalement dans des vertiges dont elle s'étourdissait, au bord de la jouissance. Puis elle empruntait les chemins plantés d'arbres trapus, comme arrimés au sol, leurs branches tordues déformées par les vents. Elle avait beau prendre garde à ses sabots, il y avait toujours des flaques boueuses qui subsistaient dans les ornières, entre les pierres grisâtres.

Elle arrivait enfin, descendait directement au fournil. A force de voir, elle avait appris, retenu, lavant chaque ustensile, courbant son corps menu par-dessus le bord du pétrin, ses longs cheveux noirs attachés par des rubans. La ténacité déjà, le courage derrière son front.

« Tu es donc ici ? » Marie-Aimée s'étonnait de la trouver là. « Qu'as-tu fait à l'école aujourd'hui ? »

Mais il n'y avait pas de réponse à ses phrases, Victorine découvrait la silhouette de son oncle derrière sa mère, elle agitait sa main : « Je vous laisse », disait-elle sérieusement, et elle s'enfuyait au café.

Avant de descendre, Anthénor passait une dernière fois le revers de sa main sur le col de sa veste. « Il ne faut pas qu'elle sache, qu'elle se doute », pensait-il. Il rentrait la carriole dans le hangar, détachait le cheval. Marie arrivait, s'approchait de lui qui tressaillait légèrement, en alerte. « Si tu passes tout ton temps là-bas, faudra prendre un ouvrier pour le travail ici. »

Il avait des gestes très lents, comme s'il s'appliquait à ne pas trembler. Marie l'attaquait souvent de face. Anthénor redoutait les tête-à-tête des repas et même l'intimité de leur lit. Il avait beau se laver, se relaver, il sentait l'odeur de cette autre femme dont à présent il tirait son plaisir et qui collait à sa peau.

Déjà presque un an qu'il l'avait aimée pour la première fois. Il n'avait rien précipité, rien exigé, il s'était simplement laissé aller dans le fournil à serrer sa main. Il avait alors vu son trouble, sa rougeur, deviné le feu tapi que personne n'attisait ; puis vint le don de sa bouche, avide, ardente, et aussi l'entrée de Victorine qui avait failli tout compromettre.

« Tu veux un œuf dans ta galette ? » Marie le servait, elle qui avait peur de savoir tout en le souhaitant, et qui continuait devant lui comme si de rien n'était.

Les galettes de sarrasin arrivaient de la cheminée à la table. Marie prenait la tournette pour les empiler d'un geste précis. Anthénor mangeait, un peu gêné qu'elle soit là à le nourrir alors que lui... « Tu les fais de mieux en mieux. » C'est tout ce qu'il trouvait à lui dire, et d'ailleurs que dire d'autre ? Leur vie avait été toujours ordonnée, équilibrée. Une vie sans l'enfant que Marie aurait aimé lui donner et dont elle conservait la nostalgie, une forme d'absence qui la minait.

La cheminée s'emplissait de l'odeur chaude du saindoux

qui fondait dans la galettoire, le jour déclinait derrière les collines et les peupliers avec des couleurs d'église : blanc et or.

Anthénor repensait à Marie-Aimée, à son corps souple qui s'abandonnait sans un mot, juste un soupir comme à regret. Il la voyait se relever de sur les sacs vides de farine, couche improvisée. Elle rajustait son corsage, brossait sa longue jupe. Il l'aurait voulue plus amoureuse, plus soumise, mais elle ne se préoccupait plus que de la fournée et n'admettait aucune allusion à leur étreinte. « Etrange, pensait-il, sauvage... » Une semaine, il avait essayé de ne pas la toucher, exprès, parce qu'il voulait savoir, et c'est elle qui s'était collée à lui, fougueuse : « Tu ne me veux plus ? Tu ne me veux plus ? » Alors il l'avait possédée avec violence jusqu'à ce qu'enfin elle ait un cri.

Depuis leur altercation, rien n'allait plus entre les deux frères. Ils s'esquivaient, s'épiaient à distance. Quand Nicolas-Victor apercevait Anthénor, il crachait par terre, faisait un bras d'honneur provocateur. Françoise en avait un chagrin fou : « Dire qu'on les a élevés pour ça, arriver à soixante et onze ans et les voir pires que chien et chat, disait-elle à Marie-Aimée. Si leur pauvre père... » Elle n'achevait pas, sanglotait en s'essuyant les yeux, tournait entre les tables du café pour les laver d'un rapide coup de torchon humide.

Marie-Aimée s'interrogeait : savait-elle ? Etait-elle au courant qu'elle et Anthénor... ? Françoise avait beau ne rien changer au rythme de la maison, par instants, on eût dit qu'elle se doutait de quelque chose. Mais rien n'était sûr ni simple. Marie-Aimée en éprouvait parfois une honte insondable. Elle pleurait des nuits presque entières. Il se mêlait en elle un mélange d'obsession et de repentir. A l'église, elle se voulait plus dure : « Je vous salue, Marie... » La prière commençait et avec elle l'assurance qu'elle allait dire non, se refuser enfin. Elle n'osait plus communier ni se confesser ; comment oser formuler tout haut sa propre damnation ? De ce combat intérieur, elle sortait pantelante, abasourdie. En quittant l'église, elle choisissait une grosse pierre sur le chemin, s'y asseyait pour tenter d'ordonner les pensées contradictoires qui l'assaillaient, encore plus oppressantes après la lecture des textes sacrés. Mais le printemps autour d'elle n'avait jamais été si beau : les bruyères mauves entre les buis et les houx, le soleil qui coulait dans les feuillages des hêtres déversaient jusqu'au sol des traînées lumineuses qui doraient les herbes et les mousses.

Marie-Aimée s'attardait, écoutait encore quelques pies se disputer non loin d'un champ de seigle. Elle soupirait, reprise par cette vie qui la narguait jusqu'au cœur. Elle se levait, marchait plus loin en dénouant sa pèlerine qui lui tenait soudain trop chaud. « La prochaine fois, finissait-elle par penser, je lui dirai non. » Puis elle oubliait, faiblissait, malheureuse.

Dans le village, on la plaignait toujours. « La Marie-Aimée, disait-on, elle porte sa croix. » Elle passait, droite devant les maisons où les rideaux se soulevaient subrepticement derrière elle. Elle saluait les connaissances, celles qui venaient une fois par semaine chercher le pain à la boutique, une tourte de dix ou douze livres qu'il fallait tenir à deux bras. Elle admirait la vitrine du potier Thomas, récemment venu de Noron, s'évertuait à faire comme les autres, prenait des nouvelles chez Marie-Victoire, la tricoteuse : « Et Léontine Lehoux, que devient-elle ? »

La Victoire l'invitait à s'asseoir. Chez elle, tout semblait sortir d'un grenier comme si un marchand de ferraille y avait déchargé sa marchandise. Les chaises dépaillées piquaient la peau à travers le tissu, la table avait été consolidée avec des lattes de cageots et gardait une allure si bancale qu'on hésitait à y poser même un doigt. Sur le sol en terre battue de la maisonnette, des poules couraient et caquetaient dans un tapage assourdissant. Il fallait d'abord les mettre dehors si l'on voulait s'entendre, mais à elle seule, Marie-Victoire valait la peine du détour. Elle se résignait à cette pauvreté dont elle était parvenue à tirer la sagesse comme un vin d'abondance. Jamais on ne l'avait entendue dire du mal de qui que ce soit. « Dame ! riait-elle, je n'ai pas du lard tous les jours et je ne vais pas à la ville, mais je sais que le bon Dieu me regarde et ça me suffit bien ! » A qui faisait-elle peur avec sa bouche édentée, sa figure toute fripée dans son sourire permanent ? Aux enfants sans doute, comme Victorine qui ne voyait en elle que les poils noirs de son menton : « Elle est vilaine, maman. » Marie-Aimée, seule alors, traversait La Ferrière pour aller lui parler ou l'entendre raconter sa vie comme un livre qu'on n'aurait eu qu'à ouvrir à la même page. Elle ne se trompait pas, toujours le même mot au même endroit, presque un ronronnement, les ratés d'une mémoire qui se bat contre le temps... Lorsqu'elle avait fini, Marie-Aimée sortait la tourte de pain, prise en cachette de Nicolas-Victor, car elle, qui avait passé sa vie à travailler pour les autres, à quatre-vingts ans tricotait encore des petits napperons pour subsister d'un peu de lait caillé et de fromage. « C'est trop, c'est ben trop pour moi, il ne faut pas... » Mais elle s'en coupait vivement une tranche et la dégustait dans un long recueillement méditatif.

A l'approche des Pâques fleuries, parmi les autres femmes, la Marie-Victoire se déplaça jusqu'à l'église. Elle fit bénir son buis, brûla l'ancien dont elle recueillit les cendres dans de petits sacs qu'elle conservait avec ceux des années passées dans un vieux coffre en sapin. « C'est pour les esprits », racontait-elle. Les esprits, ou le diable, frappaient selon de vieilles croyances, par la foudre ou les épidémies. Marie-Victoire, comme beaucoup de sa génération, conjurait le sort en accrochant ces petits sacs à sa porte. Marie-Aimée, elle, se contenta de brûler le buis jauni et de placer le nouveau derrière le crucifix de la grande salle.

Le temps clair ne cessait pas, partout les jeunes épis promettaient une récolte plus rapide et bien fournie. « Si ça continue, disait Anthénor, on s'en souviendra, de cette année-là ! » Il arpentait ses terres, clignait les yeux en caressant les tiges, en soupesant quelques fourreaux encore verts mais prêts à s'ouvrir : « C'est bon tout ça », disait-il. Marie aussi se réjouissait en le suivant de loin ; cette terre, ils la partageaient en travail et en récoltes, elle devait leur rendre la vie qu'ils s'acharnaient à lui transmettre. « Encore quelques jours et ce sera les Rogations... » Marie croisait les bras à l'entrée de la pièce — le champ —, pensait tout haut pour Anthénor qui se courbait, satisfait, vers les pousses.

 Trois jours avant l'Ascension, La Ferrière commença la grande procession. Dès cinq heures, le cortège des hommes se forma sur la place de l'église. Le vieux Ygouf, revêtu d'un surplis d'enfant de chœur, marchait en tête, agitait une clochette dans chacune de ses mains. Le jour était à peine levé derrière les collines, un vent frais semblait dévaler du ciel, tourner au milieu des plaines et des vallons avant de revenir cingler les hommes à contre-courant de leur marche. C'était comme s'il puisait sa force parmi les grands châtaigniers ou les ormes dans une spirale encore humide de rosées nocturnes. La colonne se serra davantage, certains craignaient la pluie. Ygouf tendait le nez, regardait de tous côtés : « Ça viendra plus tard », disait-il. Derrière lui, Thouroude, le charpentier, tenait à deux mains la longue croix de bois qui dominait le défilé, le curé au milieu d'eux en chasuble blanc et or se mit à réciter les prières. Ils passèrent ainsi, tête nue malgré l'air vif, devant les fermes où femmes et enfants s'agenouillaient avec un signe de croix. A hauteur de la boulangerie Cantelou, Nicolas-Victor, assis sur le pas de sa boutique, n'ôta même pas son chapeau, Marie-Aimée se signa en pleurant. Malgré cet incident dont personne ne souffla mot, le curé bénit les foins avant de reprendre le chemin de l'église où les femmes attendaient les hommes pour assister à la messe.

 Le deuxième jour, ce fut la bénédiction des cultures et le troisième, celui des herbages. La Providence n'avait plus qu'à se montrer bienveillante mais rien pourtant n'était acquis. Par double mesure de prudence jusqu'à la fin d'un été qui tint ses promesses, les cierges constellèrent les statues de saint Isidore et de saint Pierre, protecteurs des moissons. Mais pendant toute cette période, les Bocains durent en revanche s'habituer à une chaleur écrasante qu'ils n'avaient pas connue depuis longtemps. Invariablement, le soleil montait à son zénith dans un ciel cristallin et le jour traînait de tout son poids sur les hommes. C'était comme si chaque geste coûtait. Les animaux se groupaient près des murs de pierre, s'y collaient pour sentir la fraîcheur. Les travaux des champs mouillaient les corps fourbus. Mouches ou taons bourdonnaient autour des têtes tant et si bien qu'il fallait sans cesse agiter une main ou son chapeau. Au lavoir, les femmes sans mot dire frottaient en ahanant sous l'effort alors que d'habitude on entendait de loin les échos de leurs voix mêlés aux clapotements de l'eau. Oppressées, elles ne se parlaient presque pas, se gaussant seulement des plus grasses, affalées dans un coin et qui respiraient avec peine.

Anthénor, de son côté, avait résolu de cuire le pain bien avant le lever du jour ; Marie-Aimée lui préparait une assiette d'*émiée* ou soupe froide de lait avec du pain trempé qu'ils goûtaient souvent ensemble.

Les jours passaient ainsi dans une torpeur qui figeait même les plus enclins au travail. Il fallut attendre septembre pour que les orages apportent enfin la pluie et un peu de mieux-être.

Dès six heures, les carrioles qui emmenaient les femmes vers les filatures ou les tanneries d'Aunay roulèrent alors sur la grand-route à un rythme plus allègre. Françoise les saluait du pas de sa porte : « Il fera moins chaud aujourd'hui ! » Les ouvrières répondaient à son salut, serraient leurs grands parapluies noirs en désignant d'une main le ciel alourdi qui touchait les collines vers La Hyguière. Celles qui se déplaçaient à pied partaient vers les quatre heures car il y avait bien trois kilomètres à parcourir pour rejoindre l'ancienne abbaye transformée en filature.

En les voyant revenir tard le soir, Nicolas-Victor attrapait Victorine par le bras : « T'as d'la chance d'être ici, sinon tu irais à l'usine aussi. » La petite ne comprenait pas toujours, elle jetait vers sa mère un regard inquiet ou, prise de peur, elle s'enfuyait en criant : « Moi, je f'rai le pain. » Sans entendre le rire de son père, elle se recroquevillait en haut de l'escalier, le cœur affolé par sa course et la panique qui venait en elle comme une douleur.

« Pas l'usine, murmurait-elle, pas l'usine. » Elle pensait à Marguerite Vaussy ou à Jacqueline Bellery, ses camarades de classe dont les mères partaient chaque matin. Et le jour où elle avait découvert leurs mains dans la boutique, des mains comme les pierres sur la route de Fleury, dures, déformées avec des fissures creusées dans la chair... Un autre monde qui l'avait heurtée tout à coup sans qu'elle en sonde pourtant la nécessaire réalité. Brusquement alors, elle s'était interposée entre la tourte et les doigts effrayants comme pour protéger le pain d'une souillure. Et Marie-Aimée l'avait giflée.

Depuis ce jour, la menace s'était immiscée en elle, de plus en plus précise, de plus en plus lourde. « Hein, Bonne Maman, disait-elle à Françoise à l'heure du goûter, hein, j'irai pas à Aunay ? » Et il fallait que Françoise la rassure, la caresse pour qu'elle morde enfin dans la tartine qui tremblait dans ses mains.

## 5

Le vent s'était levé d'un seul coup. Victorine arrondissait son bras sur la table, posait dessus sa joue. Le vent grinçait sous la porte, s'engouffrait dans tout ce qu'il trouvait sur son passage. On aurait dit qu'il écumait de colère et sous lui, la campagne se plaignait, gémissait. Des tourbillons de feuilles mortes s'élevaient sur la grand-route avant de retomber dans la poussière et bientôt ce fut la pluie qui se mit à cingler les vitres. Les gouttes s'écrasaient, éclataient avant de couler comme de minuscules ruisseaux qui allaient grossir l'eau des gouttières.

Victorine se dressa. A l'intérieur régnait un silence étrange où ne crépitait que le feu de la cheminée. De son doigt, elle choisit une, puis deux, puis trois gouttes. De plus en plus vite, elle suivait leur tracé sur les carreaux.

Elle s'arrêta. Novembre dehors faisait le gros dos sur les collines, on n'y voyait presque plus tant les nuages sombres semblaient battre leurs rondeurs, s'enfoncer vers le sol comme pour noyer ce qui restait de vivace. Victorine eut l'impression d'un combat : vie contre mort ou mort contre vie. Le temps devenait essentiel, à portée des yeux comme du cœur ; elle frissonna douloureusement. « Là-haut, pensa-t-elle, mon Dieu, faites que... », mais elle ne put achever, on frappait à la porte. En ouvrant, elle reçut le froid comme un choc et le curé qui la salua se dépêcha d'entrer et de refermer. « Fait meilleur ici », dit-il en souriant. Sa pèlerine ruisselait sur le carrelage, Victorine l'accrocha près du feu. D'un vieux sac de voyage en cuir, il sortit les saintes huiles, son étole et son livre de prières. « Elle est là-haut, n'est-ce pas ? » demanda-t-il. Déjà l'escalier craquait sous ses pas. Victorine de plus en plus pâle le suivait en traînant sur chaque marche. En haut, Marie-Aimée accueillit le père Gallot. Tous trois pénétrèrent dans la chambre où seule veillait une lampe à pétrole derrière les volets fermés qui claquaient de temps en temps sous la pression du vent. Sur le lit d'alcôve dont on avait tiré les rideaux, Françoise reposait, les traits durs, ses cheveux plus jaunes que blancs sur l'oreiller de dentelle que Marie-Aimée venait de changer.

« Alors, ma bonne... », dit le curé, en se penchant.

Françoise ouvrit les yeux, le fixa longuement. « J'ai eu peur que vous soyez en retard, articula-t-elle tout bas, même lui (elle souleva faiblement un bras vers Marie-Aimée)... ne sera pas là. » Elle s'arrêta, exténuée, tandis que le curé se retournait vers Marie-Aimée. Non, Nicolas-Victor n'était pas là et personne ne savait où il se trouvait.

Puis le curé passa l'étole autour de son cou, ouvrit son livre : « *Pater et filius et spiritus sanctus.*

— *Amen.* »

La prière fut courte. Il fit un signe pour qu'on le laissât avec la mourante.

Victorine ne pleurait pas. A huit ans, elle découvrait la mort, la séparation définitive. Elle prenait conscience de la relativité qui touchait non seulement les choses mais les êtres, s'étonnait qu'on ne pût rien y faire.

« Mais enfin, maman, avait-elle dit, si on prie, le bon Dieu nous la laissera.

— Si c'est sa volonté, nous devons nous y soumettre, ta grand-mère sera plus heureuse avec lui. »

Mais l'enfant qu'elle était ne réalisait pas que sa grand-mère pût être mieux avec d'autres qu'avec elle qui ne l'avait jamais quittée. Elle la rêvait encore, l'imaginait qui descendait l'escalier, son tablier noir sur sa longue jupe et sa bonnette impeccablement blanche... Non, elle ne pouvait pas partir comme ça, la laisser, elle, ici, avec les secrets d'une aventure dont elle ne soupçonnait peut-être rien...

La porte s'ouvrit enfin doucement. Le père Gallot redescendit. A Victorine qui accourait, il se voulut rassurant : « Elle est en paix avec Notre-Seigneur. » Il se dirigea vers Marie-Aimée qui attendait près de la fenêtre. « Il faut prier encore, ayez du courage pour la veiller jusqu'à ce que... » Il ne finit pas sa phrase, questionna : « Qu'a dit le médecin ?

— Il est venu ce matin d'Aunay, répondit-elle, il est reparti assez vite, il craignait le mauvais temps. C'est une congestion, nous a-t-il expliqué, à son âge on ne peut rien sauf lui poser quelques ventouses pour la soulager un peu. » Marie-Aimée baissa la tête en serrant les lèvres. « C'est bien son heure..., fit-elle.

— Courage, priez... De mon côté, je dirai une messe pour que sa fin soit douce. Et votre mari ? »

La question embarrassa Marie-Aimée, elle haussa les épaules, hocha la tête : « Pour lui aussi, il faudrait prier... » Elle attendit un peu puis, avec une rougeur que seule Victorine remarqua, elle continua en raccompagnant le prêtre : « Dans le fond, nous aussi, nous avons besoin de vos prières. »

Le père Gallot tapota la joue de Victorine et serra l'épaule de Marie-Aimée : « Dès demain matin, je reviendrai ; mais je crois qu'elle n'y sera plus. »

Il s'engouffra dans la nuit qui était pleine des odeurs de la terre et des champs mouillés. Sa pèlerine claqua une ou deux fois dans le vent qui se calmait un peu.

On entendait sans bien les distinguer les balancements des peupliers proches de la route. Par endroits, les trouées du ciel couleur d'encre se greffaient d'étoiles et l'air chargé de courants agités semblait fouetter la campagne.

« Rentrons », dit Marie-Aimée.

Françoise mourut au petit matin. Elle était d'abord

restée calme, le souffle moins rauque, puis vers onze heures elle avait désiré parler à Victorine.

« Tes sabots, lui avait-elle dit, il faut les changer, demain tu iras au bois de Mondain, tu demanderas une belle paire neuve en hêtre avec tes initiales gravées à l'intérieur, je te les paierai moi-même, c'est promis. » Marie-Aimée avait glissé une couverture sur les épaules de Victorine qui tremblait dans sa chemise de nuit. En se taisant, la petite posa sa main sur celle de sa grand-mère, elle était déjà presque froide.

Jusqu'à minuit environ, Françoise était retombée dans un demi-sommeil, la tête inclinée sur l'oreiller, la respiration moins rapide et, alors qu'on la croyait endormie, elle s'était redressée soudain les yeux grands ouverts : « Il arrive, petite, avait-elle dit, ton père arrive, j'entends la carriole dans le chemin... Aide-moi, je vais y aller. » Marie-Aimée et Victorine la soutinrent un peu mais elle retomba vite sans force, en étouffant.

Personne ne venait et Nicolas-Victor depuis deux jours n'était pas rentré. Enfin, vers une heure trente du matin, alors qu'au-dehors le vent s'était assoupi, qu'on percevait les étoiles à travers les fentes des volets qui avaient cessé de claquer, Françoise, les yeux brillants, avait à nouveau pris la main de Victorine : « Va me faire une galette avec de la confiture de *grades* (groseilles), j'ai faim. »

Victorine était descendue, pieds nus. Avec un restant de pâte de la veille, elle avait cuit une galette de sarrasin dans la cuisine puis étalé consciencieusement une bonne cuillerée de confiture. « Ça va lui faire du bien. » Elle était remontée prudemment, en tenant bien l'assiette devant elle avant de pousser la porte : « Bonne Maman, voilà ta galette !

— Chut ! fit Marie-Aimée en l'empêchant d'avancer, elle est morte. »

Le lendemain, Anthénor arriva en même temps que le père Gallot. Le ciel s'était dégagé. Pas un nuage ne flottait du levant au couchant ; aux bords des routes, des chemins, les haies et les arbres semblaient raidis sous un carcan de givre comme les champs couverts de gelée blanche. Toute chose immobile, statufiée sous une poussière de nacre ; quelques paysans marchaient, leurs outils calés sur une épaule et leurs sabots écrasaient les herbes et les ornières dans des craquements secs. En se saluant, une buée légère sortait de leur bouche, se perdait dans l'air glacé comme les fumées des maisons qui s'enroulaient sur elles-mêmes avant de s'élever. Même les charrois désertaient la grand-route à cause du verglas.

« On ne m'a prévenu que ce matin. » Anthénor souleva son chapeau, serra la main du curé.

« Son agonie a été très rapide », dit le prêtre en s'esquivant vers la maison. Anthénor le regarda pousser la porte, il ne comprenait pas cette hâte. Puis ce fut Victorine qui vint à lui, elle avançait à pas lents, ses cheveux noirs mal attachés, de longues mèches tombaient sur ses épaules.

« Tu as une petite figure. »

C'est tout ce qu'il trouva à lui dire, décontenancé devant son chagrin si fort, si vivant sur son visage marqué. Il l'embrassa sur le front, l'effleura d'une main comme s'il avait peur de la toucher.

« Viens, tu vas avoir froid. » Il la poussa vers la maison mais elle résista. « Maman ne t'a pas prévenu ? » demanda-t-elle, puis avant de continuer, elle se plaça devant lui, releva la tête. Anthénor ne vit que ses yeux noirs, intenses qui le troublèrent. « Avec le mauvais temps, dit-il, j'ai été prévenu tard, et je n'aurais pas pu arriver avant. » Il fit semblant d'avancer, quelques pas incertains, mais elle restait là, décoiffée, son tablier à petits carreaux à moitié dénoué sur une robe qu'elle avait dû enfiler précipitamment, elle le saisit soudain au bras, monta sur la pointe des pieds : « Tu as bien fait, dit-elle, elle savait. » Puis elle s'enfuit en courant du côté du hangar.

Anthénor suspendit ses gestes, il sentit une angoissante et immédiate douleur comme un trait du cœur à la gorge dans une rapidité qui lui coupa le souffle. Il se reprit avec peine, croisa dans le vestibule de la maison quelques voisines dont Mme Constant qui le salua gravement. Elles venaient, selon la coutume, rendre hommage à la défunte.

Déjà, la maison se teintait des odeurs d'encens, de buis séché, des parfums d'église qu'il avait oubliés. Il monta. Marie-Aimée ne bougea pas, elle récitait des prières avec le curé et une sœur tout en noir qu'il ne connaissait pas.

Françoise reposait dans sa robe grise, la plus belle, avec un col montant en dentelle ; on lui avait passé une bonnette blanche, fine, attachée par deux rubans sous le menton. Il posa ses lèvres sur le front, marbre veiné dont le contact lui fit mal. Il se tenait là, près d'elle, maladroit et malheureux, inquiet. Les cierges se consumaient autour du lit dans des senteurs fortes, on avait déjà placé un bénitier avec des rameaux de buis tout prêts pour bénir le corps. Enfin, le prêtre cessa de prier, sortit de la chambre suivi par Marie-Aimée et Anthénor qui leur emboîta le pas. « Tout est prêt pour les obsèques, dit-il, elle est morte en chrétienne, soyez rassurés. » Il parut un instant chercher d'autres mots, fixa le plancher puis soudain, comme s'il osait enfin, il continua : « Venez donc au presbytère en début d'après-midi, nous parlerons. » Il eut un clignement d'yeux qui se voulait apaisant. « Je vous attendrai », fit-il encore, puis il s'éloigna.

Peut-on jamais se délivrer de l'enfance et de ses meurtrissures ? Victorine connaissait la réponse. Pas besoin de courir, le vertige venait seul avec son escorte de poison, d'amertume.

Elle avait toujours aimé la lumière, pas celle des lampes, de la main qui tâtonne sur la mèche noircie, non. L'unique, la vraie l'émouvait, la captait comme un insecte égaré. Elle arrivait d'abord toute menue, encore blonde de soleil, on la devinait aussi tiède, douce sur le sommet des collines. Mais le plus beau, c'est quand elle se perdait vers les sept heures du soir en plein été, sur les bois de Mondain.

Combien de fois était-elle venue ici, Victorine, malgré l'interdiction, arpenter les allées mal nivelées, désertes ? Longtemps, elle avait ainsi marché pour s'asseoir enfin sur la souche d'un vieux chêne et reconstruire son monde. Elle avait aimé cet endroit presque instinctivement, s'y blottissait la tête sur les genoux, ses bras autour comme pour se protéger. Là, elle pouvait se souvenir ou réinventer.

Toute petite, son père lui avait fait peur : « Si tu vas au bois, tu verras les charbonniers, méfie-toi, ils sont tout noirs comme le diable et prennent les petites filles pour les manger. » Il avait beau rire fort après, il ne se faisait plaisir qu'à lui-même, Victorine en pleurait.

Quand Françoise était morte, d'un seul coup elle avait compris que ce père ne lui apporterait jamais rien, il n'était qu'un fantoche, une illusion. C'est lui qu'elle fuyait le plus, qu'elle ne voulait plus voir. Alors, comme pour se prouver à elle-même qu'elle était la plus forte, elle avait décidé de prendre le chemin défendu. Depuis la disparition de sa grand-mère, tout avait changé pour elle, pour eux tous, à la boulangerie et au café.

Victorine revoyait souvent le visage de sa mère lorsqu'elle était revenue du presbytère, l'après-midi : « Maman, tu as mal ? Tu as mal ? » Elle avait tenté de s'accrocher à elle, de sentir ce qui avait à ce point bouleversé le visage maternel ; partager... Oui, c'était bien cela, partager. Mais Marie-Aimée l'avait écartée puis reprise, puis secouée : « C'est toi, c'est toi... » et elle avait fini par la laisser pour aller s'enfermer dans sa chambre. Derrière elle, l'oncle Anthénor baissait son visage couleur de cire, il n'avait pas eu un geste pour la rejoindre. Gravement, il avait pris Victorine à l'épaule : « C'est toi qui as dit à ta grand-mère que j'avais embrassé ta maman ? »

D'abord, elle n'avait rien répondu, Victorine, rien pour se disculper, pour se laver. Quel jeu était-ce ? Qu'est-ce qu'ils voulaient d'elle, tous ? Son père qui l'avait si souvent emmenée vers sa mère, sur la route, la grand-route de Rennes. Elle avait toujours été la première à remarquer le point minuscule puis, au fur et à mesure que la carriole approchait, la pèlerine qui s'agrandissait comme une tache sombre et elle ne voyait qu'elle, toute contractée sur la banquette de bois à se retenir de pleurer. Et lui, maintenant à deux pas d'elle, lui et Marie-Aimée dans sa chambre là-haut qui doutaient encore, impitoyablement. « Je n'ai rien dit, rien. » Elle avait crié, elle s'en souvenait, crié distinctement comme si le monde devait savoir et puis elle s'était enfuie vers le bois, pour soulager son chagrin, la boule qui entravait sa gorge comme un étau. Pleurer enfin, pleurer sur tout, pour être seule à gagner.

Avant de mourir, Françoise avait donc parlé au père Gallot. Elle lui avait dit sa souffrance, le tort qu'elle avait peut-être eu de se taire. Mais comment, comment faire dans cette vie si bouleversée ? Sans doute avait-elle raconté le jour où elle avait refermé la porte du fournil, prise d'une violente nausée. Devant elle, plus loin dans la demi-obscurité, son fils et sa belle-fille... comme des bêtes. « Comme des bêtes ! » Le cri résonnait encore aux oreilles de Victorine et puis ses larmes, son désespoir, ses lamentations de chrétienne blessée : « Mon Dieu, ce n'est pas possible, aidez-moi ! » Et Victorine attendait à côté d'elle, calme, une main sur le bord de la table, le cartable encore accroché sur son dos. « Bonne Maman, je dois apprendre la table par deux pour demain... »
Il fallait bien continuer à vivre, le temps, ce n'était pas eux qui le faisaient ou qui le suspendaient, eux dans leurs étreintes rapides, et qui ne se doutaient pas qu'on les avait surpris.
Françoise avait essuyé ses larmes, essayé de questionner la petite : « Tu n'as rien vu de drôle, ces temps-ci ? » Elle triturait son mouchoir, le regardait fixement puis reprenait : « Enfin... je veux dire, ton oncle est gentil avec ta maman, n'est-ce pas ? Il l'aime bien ?... » Elle hésitait, ne trouvait plus les phrases, les mots. C'était si difficile devant Victorine avec ses grands yeux noirs et ses tables de multiplication qu'elle étalait sur la table. Victorine n'avait pas eu un geste et, sur un ton égal : « Non, avait-elle dit, non, Bonne Maman, je n'ai rien vu, heureusement que mon oncle cuit le pain ! » Alors Françoise s'était éloignée, en partie rassérénée. Depuis ce jour, elle avait décidé de se taire.

Le père Gallot avait dû tressaillir, la questionner, essayer de la confondre, elle divaguait peut-être avec la mort qui rôdait autour d'elle. Il avait attendu qu'elle rende le dernier soupir pour leur parler, à eux deux, ensemble. Plus tard, Victorine avait fait le lien, elle avait compris pourquoi sa mère n'était plus jamais allée au fournil. Pourquoi elle s'était mise exclusivement à servir au café, sans jamais plus se plaindre de Nicolas-Victor, de la vaisselle, des tables à nettoyer. Une sorte de contrition qui ne la quittait plus.

# 6

Il avait juste entrebâillé la porte, évalué le nombre de personnes, des femmes pour la plupart. En avançant la tête, il avait vu aussi, là-bas au premier rang, Anthénor entre Marie qui ne dépassait guère son épaule et Marie-Aimée avec Victorine. Et puis, juste au milieu entre les cierges et les deux enfants de chœur, le cercueil de sapin en bois clair. Il le fixa en s'attardant un peu, avant de s'apercevoir que le curé, tourné vers l'assistance, l'avait remarqué ; il referma alors vivement la porte.

Nicolas-Victor s'assit sur le parvis. Devant lui, le chemin sillonnait jusqu'au cimetière. On distinguait les croix de pierre qui surplombaient les tombes et les ifs près du mur d'enceinte qui oscillaient légèrement. Le froid sec avait cessé. Maintenant, une humidité pénétrante, portée par un vent d'ouest, emplissait l'air. Une bruine froide qui collait à la peau, aux vêtements, tombait sans cesse avec des vagues de brouillard fluides qui semblaient se traîner jusqu'aux étangs de Bény. Il jura : « Nom dé d'là ! » En se relevant, il frotta l'arrière de ses sabots sur une marche pour en enlever la boue puis, comme si de rien n'était, il prit le chemin qui menait aux écarts. C'était une montée un peu raide, il respirait fort en poussant quelques mèches bouclées qui s'échappaient de son chapeau. A mi-parcours, il s'arrêta, se retourna lentement. L'endroit était bien choisi, d'ici il pourrait les observer. Il se pencha en avant pour souffler puis il lissa sa moustache, en attente.

Enfin, ils sortirent. D'abord ce fut le cercueil porté par Lebret, Thouroude, le charpentier, Morin, le *custos* (bedeau), et P'tit Louis (le gars à Bitot) qui faisait peine à voir. Derrière venaient le curé, les deux enfants de chœur et la famille. Nicolas-Victor arrêta de tourner sa moustache. Tous, des amis qui la portaient, des amis qu'il s'était faits, lui, du temps de Marie-Anne et de Victor. Du temps où il s'offrait rarement un petit verre entre les repas, où il avait plaisir à plonger ses bras dans la maie en chêne qui appartenait à son père. Il se souvenait, oui, dans ce sentier humide qui sentait la terre et l'humus pourris, tout en suivant des yeux le cercueil, il se souvenait. Un îlot qui arrivait du ciel, une sorte d'oasis préservée où il voyait des scènes de son autre vie, celle d'avant. Marie-Anne, Victor... Que restait-il de leur passage ? Quelques vêtements bien cachés dans le grenier, les affaires qu'ils avaient laissées en partant l'un après l'autre parce que ça devait être ainsi et que personne n'y pouvait rien, jamais. Marie-Anne la douce, Marie-Anne courage ou Marie-Anne colère, celle qui l'avait épaulé, secondé et qui lui avait donné ce fils dont il avait su être fier.

Le cortège arriva au cimetière. Nicolas-Victor se prit à trembler de froid. Il avait mal, soudain, sa mémoire devenait trop précise, il remonta le col de sa veste, croisa les bras pour mettre ses mains sous ses aisselles. Il regarda les cordes enserrer le bois, la lente descente. « Tous, on finira comme ça ! pensa-t-il, même toi, fumier ! » Il maudissait son frère et sa haine tout à coup repoussa les souvenirs. Il parla tout haut :

« T'as beau coucher avec elle, t'y passeras aussi, ton plaisir ça n'sera plus rien, RIEN... » Il cria dans un accès de rage impuissante et parce qu'il en prenait conscience, il se mit à pleurer et s'affaissa lentement, à genoux sur le sol, sur l'herbe trempée, glaciale.

Eux, là-bas, achevaient de prier, sortaient un par un tandis qu'on déversait la terre. Ils allaient tous se retrouver chez les Cantelou pour partager le pain des défunts et boire du café chaud. La maison s'emplirait encore de monde mais on parlerait bas. Victorine derrière Marie-Aimée servirait le café et les tranches de pain frais, le curé serait là aussi, conversant avec les uns et les autres. Il fallait bien se réchauffer après le froid du cimetière. Certains étaient venus d'Aunay et même de Tinchebray. Il y aurait du beurre et des confitures sur la table, des confitures de *grades* et de rhubarbe que Françoise avait préparées l'été dernier. La vie passerait, repasserait de la cheminée à leurs membres engourdis qui capteraient la chaleur, la retiendraient. Elle irait sur leurs fronts et leurs lèvres aussi, émanant de leurs corps pour effacer la mort de la maison, lui redonner souffle.

La grande salle bruirait de paroles, du frottement des robes sur le carrelage, et la chaude odeur du café chasserait les derniers relents d'encens et de cire. Et c'est alors qu'il entra.

Personne n'eut le temps de faire un geste. Sous la poussée, la porte claqua contre le mur, une assiette en faïence glissa du dressoir, éclata sur le sol. Marie-Aimée cria. Dans un mouvement unanime, ils se groupèrent tous devant la cheminée, effrayés, sans voix. Seule Victorine, au milieu de la pièce, crispa sa main sur la table, cligna à peine les yeux. Mais déjà, Nicolas-Victor avançait, le poing levé en vociférant : « Dehors, tous les vautours, dehors ! »

Son poing s'écrasa une fois de plus sur la table. Sous la peau de ses joues, les veinules viraient au violet.

« Vous venez vous partager ses restes, hein ? (Il pointait son index vers la nappe.) Et toi, avec ton nez que tu fourres partout (il menaçait à présent le père Gallot), sors d'ici ! Est-ce que je vais mettre les pieds dans ton église, moi ? »

Marie-Aimée se cacha le visage dans les mains en gémissant. Les invités contournèrent prudemment le boulanger en colère, se bousculèrent pour sortir, humiliés, peureux.

Gallot les suivit, sans précipitation, le front haut. La salle s'était vidée.

Anthénor et Nicolas-Victor, face à face, se regardaient, se mesuraient. Qui allait faire quoi ? Il y eut un silence interminable puis Anthénor prit Marie par le bras. « On s'en va », dit-il. Ils passèrent devant Marie-Aimée qui n'osa pas lever les yeux ; près de Victorine, Marie inquiète allongea son bras pour caresser les boucles noires mais la petite s'esquiva. Derrière eux, le froid s'engouffra soudain dans la salle. La porte était restée ouverte un bon quart d'heure, l'humidité gagnait sur la chaleur, Victorine la referma, tourna la clenche : « Ça y est, dit-elle, on est chez nous ! » Nicolas-Victor s'assit à la table : « Enlevez-moi ça ! » fit-il en montrant les restes puis il s'attabla confortablement, le coin de sa serviette enfoncé entre sa chemise et son cou. « Victorine, va me chercher à manger, puisque ta mère geint pour son curé ! » Il se força à rire bruyamment, puis il la défia : « C'est bien ça, non ? C'est pour le curé que tu pleures, c'est pas pour la mère ? »

Elle lui tourna le dos et partit vers la cuisine. Il soupira, satisfait ; cette fois, il était bien le maître chez lui.

Cela dura ainsi deux semaines. Le temps que le froid sec s'installe à nouveau. On avait vu réapparaître Nicolas-Victor, plein d'une meilleure volonté, on avait même cru qu'il s'était définitivement arrêté de boire. Il arpentait au grand jour les rues du village, parlait à ses anciens compagnons ; c'était comme si sa mémoire pareille au ciel s'était lavée, débarrassée des mauvais jours.

« Tiens donc, l'Nicolas il n'aurait plus la goule en pente ? » De bonnes langues s'étonnaient sur son passage ou dans le café : « Depuis qu'on a signé le passe-debout de sa mère, y cherche plus la fumelle ni la béchon !... » De gros rires fusaient, pendant que Marie-Aimée remplissait les verres de calva. Pour s'empêcher d'être agressive, elle haussait les épaules : « Quand vous aurez fini de bâtisier... »

Pourtant, ils s'acharnaient, histoire de la mettre hors d'elle, de la taquiner jusqu'au bout, mais elle tenait bon :

« Dame, si j'voulais, disait-elle, j'pourrais bien vous r'mouchi mais c'que vous dites cha m'fait deu\*. »

D'un coup, ils se calmaient, se raclaient la gorge, un peu gênés, parce qu'ils sentaient qu'elle avait vraiment de la peine et ça leur pesait. Ils sortaient alors les cartes en recommandant un café arrosé puis se concentraient sur leur coinchée ou manille à quatre.

Une nuit de mauvais sommeil, sans rien dire, Nicolas-Victor avait même retrouvé son fournil. Il avait tâté un à un les outils, plongé ses bras dans les sacs de farine. « Bon Dieu ! disait-il, bon dieu... » Le plaisir de tout retrouver intact, prêt à servir. Il prit la pelle à défourner, ses mains autour du manche serraient le bois comme un trophée, comme s'il craignait de le perdre. Il avait un peu honte de cette joie en lui. « Et si j'y allais ? » L'eau, la farine, le sel, il se mit à verser, mélanger, brasser, un formidable élan qui l'habitait ramenait ses forces et la sueur d'autrefois. Au-dehors, la nuit sécrétait encore ses étoiles comme un four ses braises, le silence étonna le boulanger. Du temps où il cuisait, il entendait toujours la forge de l'autre côté, les bruits assourdissants et les craquements du feu jusque sur la route. Il s'arrêta, écouta ce silence, les mains collées de pâte sur le bord de la maie. Il avait presque peur de cet isolement et, pour ne pas y prendre garde, il se força à allumer le four.

En saisissant les fagots d'épines et de bois taillis, il s'immobilisa.

Une présence derrière lui venait de le troubler. Il se retourna : Marie-Aimée était là. Sur sa longue chemise de nuit blanche, elle avait passé sa pèlerine, elle tenait une lampe à pétrole, la posa avant même qu'il fît un geste. Elle restait près de la porte, inquiète, déjà prête à ce qu'il la renvoie. Mais il ne dit rien. La surprise empêcha d'abord Marie-Aimée de bouger, le voir ainsi de dos, empilant les

---

\* Si je voulais, j'pourrais bien vous répondre, mais c'que vous dites ça me fait du mal.

branches cassées sur la sole du four, attentif à son travail, la décontenança. Enfin, elle s'enhardit : « Ça fait longtemps ?... » Que valait-il mieux dire ? l'encourager ? le railler ? Et si vraiment ce n'était pas une passade ? Elle continua, toujours près de la porte : « Ça fait longtemps qu'on ne t'avait vu ici, si tu voulais, on pourrait recommencer comme avant.

— Comme avant quoi ? » Il lui faisait face à présent. Elle perçut la nuance agressive mais aussi la main qui tremblait légèrement. Il marcha vers elle lentement, son maillot de flanelle était çà et là taché par la pâte séchée, il avait maigri et à hauteur des épaules les clavicules saillaient sous la peau tendue ; il ôta son calot, quelques boucles encore fournies de ses cheveux gris retombèrent. Ainsi vu, à la lumière des lampes à pétrole, il gardait une part mystérieuse de son pouvoir. Marie-Aimée n'avait-elle pas succombé comme les autres à l'étrange fascination qu'il exerçait ? Cette sorte de virilité à la fois candide et forte que lui conférait sa double nature d'enfant et d'homme. Il était près d'elle, si proche qu'elle sentait maintenant l'odeur de son corps en sueur mêlée à celle, fade et âcre à la fois, du levain.

« Comme avant, reprit-il en étendant le bras pour toucher son épaule, quand tu voulais... » Elle se raidit de tout son corps, ce n'était pas tellement le fait qu'il lui demandât ici de lui appartenir, parce qu'elle savait, depuis qu'elle était entrée, qu'il allait le lui demander. Mais elle ne s'appartenait plus elle-même, elle s'était fait le serment solennel de racheter le passé jusque par la mortification.

Elle ne parlait plus, plaquée contre le mur, les yeux arrondis, incapable de repousser la main qui avait brusquement fait tomber sa pèlerine. Nicolas-Victor se hâtait, en lui le désir se doublait du triomphe de la voir se soumettre ici, dans cet endroit où, il en était sûr, elle avait appartenu à son frère. Il ne remarqua pas tout de suite les raies longues, fines, foncées qui striaient la chair en diagonale. Comme elle ne disait toujours rien, il l'obligea à s'allonger par terre et c'est au moment où elle passa près de la lumière qu'il les vit : « Morbleu ! » fit-il mais déjà, parce qu'il avait hâte d'en finir et qu'en même temps la vue de ce corps meurtri diminuait son désir, il éteignit violemment les lampes. C'était trop tard.

La découverte de son impuissance le glaça. Il eut soudain une envie irrépressible d'alcool, il tremblait de tout son corps : « J'ai froid, j'ai froid », répétait-il. Marie-Aimée, affolée, cherchait à rallumer une lampe. Lorsqu'elle y parvint, elle le découvrit par terre, grelottant, la bave écumait de sa bouche et ses yeux démesurément ouverts semblaient fixer les dernières étoiles par la fenêtre. Prise de panique, elle courut pieds nus, sa chemise à peine refermée, jusqu'au buffet de la salle, elle y prit la première bouteille qui s'y trouvait, un demi-litre de poiré, et la rapporta au fournil. Pour ne pas revoir l'horreur de ce visage convulsé, en tournant la tête, elle glissa le goulot de la bouteille entre les lèvres du boulanger et versa.

Enfin, abandonnant la bouteille près de lui, elle s'enfuit. Réveillée par le bruit, Victorine arrivait. Marie-Aimée eut juste le temps de l'arrêter :

« Non, dit-elle, viens, c'est ton père qui a eu un malaise, il va mieux. » Elle la serra contre elle. Ensemble, elles remontèrent vers leurs chambres. Le chant des coqs, avec le jour qui affleurait la barrière de collines, gagnait sur la nuit, bientôt les rumeurs du village allaient se lever.

« Tu peux te recoucher un peu, dit Marie-Aimée, j'irai te réveiller pour l'école. »

L'ombre, une fois de plus, asservit la lumière.

Anthénor reprit la route de La Ferrière en souvenir de sa mère et pour Victorine. Il évitait Marie-Aimée et c'était presque d'un commun accord car les liens de la chair n'avaient pas survécu aux drames suscités par la mort de Françoise. Désormais, Victorine faisait office de gindre à la mesure de son âge, de ses moyens. Elle se hâtait de rentrer après l'école. Les veilles de fournée, elle devait tout préparer, laver et balayer le fournil. Elle partait aussi chercher les bourrées (fagots) dans les bois de Mondain si son père avait oublié de les rapporter. La pluie souvent la surprenait, les échardes de bois lui déchiraient la peau des mains, mais il fallait avancer, sucer maladroitement le sang des écorchures, prendre garde aux grosses pierres des chemins pour ne pas briser ses sabots. Les autres jours, elle secondait sa mère au café.

Lorsqu'en 1882, par un décret de Jules Ferry, une nouvelle école de filles ouvrit ses portes à deux pas de la boulangerie, derrière l'église, Nicolas-Victor refusa d'y inscrire Victorine : « C'est assez comme ça, dit-il, tu n'as pas besoin d'études, tu aideras ta mère à servir. » C'est ainsi qu'elle quitta l'école à dix ans, sans révolte parce que la vie l'avait déjà déliée de l'enfance et qu'elle n'en concevait ni remords ni regret, ne gardant d'elle et de ses coins secrets qu'une part infime, incontrôlable dans l'alternance de ses rêves.

## 7

Il faisait beau. Après les jours de pluie diluvienne qui venaient de drainer le pays, c'était une vraie chance. La terre adhérait par paquets aux socs des charrues, aux sabots ; mais il émanait d'elle cette odeur profonde, lourde, qui parvenait à hauteur d'homme après s'être encore gonflée de senteurs de mousse et d'herbe mouillées. Et tous ces effluves stagnaient sur la campagne car aucun vent ne soufflait.

Victorine accrocha les volets de bois. Le ciel était lisse, à peine quelques traces rosées vers les collines, des petites touches oblongues que l'aube avait laissées. Des fileuses qui partaient vers Aunay la saluèrent. Elle répondit par un geste de la main puis descendit à la cuisine. Elle aligna les bols, les assiettes. Penchée sur le fourneau, elle attendit que la soupe de légumes commençât son clapotis. « C'est le jour des rétameurs », pensa-t-elle. Marie-Aimée entra à son tour. Depuis que, dans un de ses accès de colère, Nicolas-Victor avait jeté au feu les lanières de cuir, elle avait un peu repris. En tout cas, son regard s'était débarrassé de ses ombres et c'est ce qui plaisait le plus à Victorine.

« Tout à l'heure, j'irai porter les couverts sur la place », dit-elle.

Sa mère, après avoir ôté son châle, serra la tourte sur sa poitrine, coupa les tranches de pain avec un couteau : « Tu en veux deux ? »

Victorine fit signe que oui. « Tu prendras aussi le parapluie de grand-mère, s'ils le réparent pour quelques sous, il peut encore servir. » Elles s'étaient attablées toutes les deux devant leurs bols de chicorée-café. La soupe était réservée à Nicolas-Victor. Elle demeurait souvent au chaud sur le fourneau jusqu'à ce qu'il se réveillât, parfois à dix ou onze heures.

Victorine ouvrit la fenêtre. « Il fait beau, dit-elle, c'est l'été qui commence. » Marie-Aimée arrêta de tremper sa tartine dans le liquide, elle regardait la grand-route et ses plages plus sombres qui n'avaient pas encore eu le temps de sécher. « Un peu de soleil, ça fera du bien, dit-elle, surtout pour le linge. » Elle mangea à nouveau et s'interrompit :

« Il y a des gens au café ? Va voir. »

Victorine se déplaça jusqu'à la porte. « Pas encore, dit-elle, tu peux attendre un peu. »

Vers dix heures, alors que le soleil en pleine force chauffait déjà le jour, les deux rétameurs et leur bataclan passèrent au large de la boulangerie. Ils se dirigèrent vers la place de l'église, suivis comme à l'accoutumée d'une nuée d'enfants excités.

Bientôt Victorine s'en alla les rejoindre ; elle savait qu'elle allait rencontrer là presque toutes les femmes du village, venues comme elle faire réparer couverts, casseroles ou parapluies. Les rétameurs arrivaient à peu près chaque année à la même époque. Un avis affiché à la mairie avertissait de leur passage, ils sillonnaient ainsi la région, camelots à la vie dure dont le seul secret fascinait pourtant tous ceux qui les approchaient. Ils stationnaient sur les places ou à l'entrée des bourgs, sortaient des fioles mystérieuses remplies d'esprit de sel et d'étain qu'ils versaient dans un chaudron chauffé au feu de bois. Commençaient alors, pour quelques sous, les soudures ou réparations de couverts, outils et même grands parapluies de berger dont ils redressaient les baleines tordues sur une petite forge à bras.

Victorine, en attendant son tour, apprit le mariage prochain de la fille Constant ; la noce serait belle à coup sûr. On parlait même d'une cinquantaine d'invitations. Les discussions ne manquaient jamais, ici. Au retour, Victorine fit un bout de chemin avec la mère Picard, cliente de la boulangerie et veuve d'un gros cultivateur dont les terres assuraient l'aisance.

Victorine regardait cette femme empâtée, à la démarche oscillante, aux gestes trop appuyés dans leur fausse sympathie. D'autorité, elle lui avait d'ailleurs placé sa main sur l'épaule. « Ce ne doit pas être facile pour vous deux... » Le ton devenait insidieux, humiliant, Victorine ne répondit pas.

« Tu ne vas donc plus à l'école ?
— J'aide maman qui a trop à faire au café.
— Et ton oncle ? On ne le voit plus comme avant. »
Cette fois, Victorine dégagea son épaule, elle eut la réponse vive : « Venez donc lui demander, demain il sera là. » Elle partit en courant, se retourna une dernière fois : « A demain ! » cria-t-elle.

La mère Picard s'arrêta. « Effrontée ! » marmonna-t-elle tout bas, puis elle se dirigea vers l'épicerie.

L'angélus de midi se mit à sonner. En peu de temps, les hommes quittèrent les champs, seules les bêtes allongées sous les arbres cherchaient l'ombre, l'air devint rapidement étouffant et l'on n'entendit bientôt plus que les stridulations des insectes qui s'agitaient dans le silence.

Il était presque sept heures lorsque les rétameurs partirent. Auparavant, on les avait vus dans le café Cantelou boire du cidre et réclamer une omelette aux cives (fines herbes). Marie-Aimée les avait servis en parlant du pays qu'ils connaissaient d'un bout à l'autre, puis ils s'étaient éloignés sur la grand-route de Bretagne, mal habillés, mains noircies, traînant leur matériel dans une voiture à bras. Ils emmenaient dans leurs cabas la moitié d'une tourte et quelques tranches de lard, leur habituel repas. Alors qu'ils disparaissaient entre les nuages de poussière soulevés par les charrois et les feuillages qui se penchaient sur la route, Victorine était rentrée en courant dans le café :

« Maman, papa revient à pied d'Aunay, il n'a plus la carriole ! »

Marie-Aimée sortit aussitôt. Sur le côté de la route, à une centaine de mètres, Nicolas-Victor marchait péniblement, il avait retiré sa veste qu'il portait sur son épaule, remonté les manches de sa chemise. Il ne titubait pas vraiment mais sa démarche trahissait les kilomètres qu'il venait de parcourir.

« Holà ! » Il agita son bras, dans sa main des feuilles de papier brillaient. Victorine alla vers lui, revint : « C'est de l'argent », dit-elle.

Marie-Aimée comprit en même temps qu'il arrivait : « Tu as vendu le cheval ? » Elle s'effrayait de cette audace, crut à une erreur.

« Il fallait bien, dit-il seulement sans la saluer, l'huissier vient demain. » Marie-Aimée passa la main sur son visage. L'huissier ? Elle n'en avait rien su. Ils rentrèrent dans le café au moment où le dernier client, un charbonnier du bois de Mondain, s'en allait.

« Qu'est-ce que ça veut donc dire ? Et comment faire maintenant ? La farine, le bois... » Elle se laissa tomber sur une chaise. Nicolas-Victor posa la liasse de billets sur la table : « Je n't'ai rien dit, ça me regarde. Demain, Auvray viendra pour saisir, tu lui donneras ça (il poussa quelques billets), le reste c'est pour moi. » Il empocha les autres après les avoir pliés.

« Il faudra acheter du café, le père Youf avec son Kaïffa passera après-demain, je n'ai plus rien. » Marie-Aimée parlait en fixant le sol. Le cheval, la carriole, une part de sa dot à nouveau dilapidée, elle eut envie de pleurer, se prit le front en balançant la tête. Victorine, immobile dans un coin, serrait les lèvres.

« Un, ça suffira », dit-il, et il lui jeta un billet froissé qui tomba sur le sol.

C'est Victorine qui le ramassa, le posa près de sa mère en le lissant entre ses doigts. Déjà, le boulanger repartait : « C'est la fête chez Marin, dit-il, j'suis invité à l'Embranchement. » Il les laissa toutes les deux sans rien ajouter.

Dès le lendemain matin à neuf heures, Auvray passa devant le café. Il pressait une serviette de cuir sous son bras, une chaîne de montre en or pendait sur son gilet gris ; il ôta son chapeau en entrant dans la boulangerie. Anthénor était là auprès de Marie-Aimée.

« C'est bien pénible... », fit Auvray. Dans cette minuscule boutique, juste propre, son allure de bourgeois bien nourri, bien habillé n'avait pas sa place. Marie-Aimée le détaillait, elle le connaissait pourtant bien, mais ne l'avait jamais approché vraiment. Elle imaginait sa traversée des rues de La Ferrière, les regards qui avaient dû l'accompagner, les commentaires, car tout se savait et se répétait. « C'est pour les Cantelou, ils font faillite. » Et cette phrase avait dû d'abord se perdre dans l'air du matin, puis s'accrocher au cuir souple et soigné des guêtres qui se pliaient sous les pas pressés. Et maintenant, les mots étaient là parmi les feuilles couvertes de chiffres qui glissaient sur la table du comptoir.

« Si vous ne pouvez pas me payer, je serai contraint de saisir une partie de votre mobilier. »

Marie-Aimée sortit la liasse de billets de dessous son tablier, elle tremblait. Auvray compta : « 100, 200, 300, 400, 500..., c'est bon ! »

Dehors, la mère Lebret n'osait pas entrer mais elle se tordait le cou comme une oie, essayait de distinguer par l'entrebâillement de la porte. Victorine lui porta une tourte fraîche pour essayer de la faire partir.

« Il faut me la peser. »

Derrière elle, la Picard arrivait à son tour. Victorine prit peur pour sa mère. « Il ne faut pas », se disait-elle. Auvray sortit enfin. La journée allait encore être belle, pas un nuage dans le ciel ; il souleva poliment son chapeau devant les clientes qui attendaient. La queue se formait déjà, une file avide qui ne craignait même pas le soleil. Alors, elles entrèrent une par une, presque recueillies, mais Victorine avait poussé Marie-Aimée vers le café : « Là-bas, tu seras tranquille, je vais les servir avec mon oncle. »

« J'espère qu'on ne va pas trop vous embêter. Ah ! ces histoires d'argent... » Mais Anthénor n'entendait rien, ne remarquait rien : « Regardez s'il est beau ce matin, notre pain ! » Et il prenait toujours soin de dire « notre », il associait la maison, la famille à ses efforts pour leur montrer...

Elles payaient, ramassaient leur tourte et la pesée : « Jusqu'à ! » disaient-elles en tournant les talons et Victorine riait de leur déception mal dissimulée. Elle s'énervait derrière son oncle, reprenait plus fort : « Il est beau, il est frais notre pain ! » Son rire montait de plus en plus, gagnait Anthénor, heureux de la voir ressembler enfin à cette enfant de onze ans que parfois elle n'était plus. Tous les deux pouffaient en se donnant des petites bourrades sous les yeux des clientes, et leurs rires résonnaient jusque sur la route pour tous ceux qui allaient et venaient, qui ne comprenaient pas mais qui percevaient, derrière l'éclat, une touche insolite d'amertume.

La faillite... Depuis longtemps, ils y pensaient tous. Souvent Marie-Aimée rallongeait le café avec de l'eau. Quand le marchand passait, elle ne lui en achetait que deux kilos pour le mois : « C'est assez, disait-elle, nos clients préfèrent le cidre. » Le père Youf clignait les yeux, cherchait la monnaie dans sa sacoche en cuir : « Ils sont tous pareils, commentait-il, l'alcool, le cidre ou la mort ! » Il se mettait à rire, levait la main avant de continuer. « Le mieux... (il baissait d'un ton, se penchait vers Marie-Aimée), c'est ça (il montrait sa voiture et les sacs de Kaïffa), avec eun' p'tite goutte ! » Il avançait alors sa bouche édentée en l'arrondissant, envoyait en grimaçant une espèce de baiser : « Y'a pas mieux ! » Il repartait après avoir soulevé sa casquette, son corps maigre de vieillard pesait sur sa carriole pour la faire avancer. L'hiver, il allait au fournil :

« Tu n'aurais pas une pouche en trop ? » Anthénor lui choisissait un sac de farine vide : « Tenez, père Youf, j'ai même un morceau de *falue**, elle est d'hier mais elle est encore goûtue, prenez ! »

Le vieil homme mangeait lentement. « Et l'frérot, disait-il, ah ! y f'rait ben toujours ses trois lieues la goule ouverte pour s'la faire rincer ! » Il s'esclaffait de ses mots, se radoucissait vite avant de repartir : « Ça fait rien, la patronne elle a bien d'la chance que tu sois là. Allez ! Salut la compagnie. »

Pour une fois, ils se retrouvèrent seuls. Marie-Aimée avait prudemment ouvert la porte, mais il avait aussitôt perçu le bruit. Anthénor cessa de saupoudrer de farine la planche à pâtons. Ils se firent face, cernés par ce lieu de souvenirs, unis par leurs mémoires, mal à l'aise.

« On va devoir tout vendre si ça continue. » Elle préférait parler la première, rompre ce sentiment de gêne qui leur faisait avaler leur salive. La petite pièce était à peine éclairée ; au milieu, la maie en chêne du grand-père avait encore des restants de pâte qui séchaient. Comme à l'habitude, la farine s'était collée un peu partout ; souvent Anthénor ouvrait la fenêtre pour ne pas suffoquer.

« J'peux pas bien te dire, tu sais, mais je fatigue, seul ici. » Anthénor s'appuya contre le mur, se plia un peu : « C'est là, dit-il, que ça me fait mal. » Il montrait ses reins, passait ses mains dessus. Il s'assit enfin sur un tabouret. « Des jours, je me dis qu'on ferait mieux de vendre, une fois pour toutes qu'on en finisse, ne garder que le café… »

Marie-Aimée s'assit à son tour sur une marche, elle tira un peu sa jupe. Cette envie de pleurer qui la reprenait…
« Trois générations avant nous, tout perdre pour lui qui nous ruine.

— Le passé n'est rien, c'est l'avenir qui compte ; l'avenir, c'est Victorine, c'est toi encore jeune.

— Et la mère ? Tu y penses ? J'ai l'impression qu'elle est toujours là, qu'elle nous guette. Quand l'huissier est venu, c'est pour elle que j'avais honte. »

---

* Sorte de brioche coulante.

Les mains hésitantes en l'écoutant, Anthénor roulait une cigarette. Il la voyait là, si proche. Ah ! ce n'était pas vraiment de l'amour qu'il éprouvait pour elle, ou du moins il ne s'interrogeait pas. Il la voulait encore, c'est tout. « Avec Marie, c'est pas pareil, lui avait-il dit un jour, elle vieillit, elle se refuse, et puis elle n'a jamais été portée sur la chose, tu comprends ? » Marie-Aimée avait souri, acquiescé. Ça lui avait fait plaisir qu'il le lui dise, peut-être que c'était sa manière à lui de l'aimer. Elle avait rajusté sa bonnette, son corsage : « C'est parce que je suis plus jeune, avait-elle dit, c'est mon corps que tu cherches, la différence ; après tu te détourneras, c'est normal. » Oui, ils étaient bien présents, tous ces souvenirs, et son sexe en devenait douloureux. Il serra les bras, les poings : « Merde, merde ! » Il se leva. Elle le vit marcher jusqu'à la fenêtre, elle sentait qu'elle n'avait qu'à se redresser à son tour, poser sa main sur son dos, ses reins, lui dire la voix douce : « C'est bien là que tu as mal ? » Ce désir qui la reprenait, chaud, impérieux, qui commençait dans la gorge, descendait dans l'estomac, brûlait l'intime partie de ce corps qu'elle voulait désespérément étouffer. Elle ferma les yeux. « Seigneur, aidez-moi... »

Anthénor ne s'attarda pas. Il revint s'asseoir, les paroles du père Gallot vibraient soudain à ses oreilles : « Je n'ai pas à vous juger ni à vous condamner, personne sur cette terre n'en a le droit. Mais vous avez été baptisés tous les deux. Au nom de la décence, pour que vous puissiez redevenir des enfants du Christ, il faut cesser, il faut dire non. » Ils avaient alors juré ensemble sur la Bible, puis Gallot les avait raccompagnés jusqu'à la porte de son église : « Soyez confiants, rappelez-vous la parabole de la brebis perdue, relisez-la. Le Seigneur est avec vous. » Il les avait encore bénis pour les rassurer, elle surtout, avec ce regard effrayant qu'elle jetait sur le monde. « Je passerai vous voir plus souvent », avait-il ajouté vers Anthénor.

Un an et demi s'était écoulé depuis, et ils n'avaient failli ni l'un ni l'autre. Lui n'avait plus fait que des aller et retour ponctuels de La Ferrière au Fresne et Marie avait senti le changement. Elle en était devenue plus douce, plus obéissante, une manière de lui montrer qu'elle le remerciait. Pour Marie-Aimée, le drame avait été profond, elle s'était même déplacée jusqu'à Saint-Martin-des-Besaces pour rencontrer Henriette Ursin, la jeteuse de sort. A la tombée du jour, pour ne pas qu'on la voie, elle avait saisi la lampe tempête, ignoré la pluie de septembre qui mouillait ses sabots et le bas de sa jupe. Elle avait sorti la carriole du hangar, attelé avec cette force mêlée de crainte superstitieuse : « Je dois y aller, il le faut ; il le faut ! »

Victorine l'avait regardée faire : « Si tard, maman...

— Tu vas m'attendre, je n'en ai pas pour longtemps. Si ton père rentre, tu ne dis rien, promis ? »

Victorine était retournée vers le café pour ranger un peu les tables, mettre de la sciure sur le vin renversé par le dernier client. Elle avait vu la carriole s'éloigner sur la route, entendu l'eau des flaques qui giclait sous les roues. « Elle va trop vite », avait-elle pensé, puis il n'y avait plus eu que la lueur clignotante de la lampe tempête égarée dans la nuit.

Marie-Aimée avait facilement trouvé la ferme des Ursin. On lui avait aussi conseillé Célestin Guilloux, qui demeurait du côté de Montamy, mais elle avait préféré une femme, quelqu'un qui respecterait mieux son désarroi. La petite ferme n'était pas isolée, elle s'accrochait au bâtiment d'un ancien moulin dont la roue ne tournait plus à cause du manque d'eau. Un jour, cette eau avait cessé de couler, personne ne se souvenait plus très bien pourquoi, ceux d'ici racontaient que c'était un maléfice, un sort que l'Henriette avait jeté pour se venger de son mari qui la trompait. Guillaume Ursin n'avait pas insisté, il était parti parce qu'un meunier n'a plus de raison de rester là à ne rien faire d'autre que contempler une roue de bois et de fer qui ne tourne plus. En le renvoyant ainsi, la rusée avait eu soin de renforcer sa réputation de sorcière qu'on venait consulter de loin. Dans un souci d'équité, elle s'intéressait à tout et tous ; aussi bien hommes que bêtes l'intéressaient.

Les deux femmes se connaissaient de vue. Henriette

Ursin poussa une chaise vers sa visiteuse. Rien ici n'aurait laissé deviner la personnalité de la propriétaire. Elle-même en quelque sorte se gardait bien de la montrer. Toute petite comme la plupart des Bocaines, ses cheveux gris ramassés sous la bonnette traditionnelle, de son visage n'émergeait que l'acuité d'un regard bleu, hors du commun. Autrefois, elle s'était inscrite comme nourrice pour gagner sa vie, après la mort prématurée de son premier enfant. La liste de ces femmes ou filles mères était longue dans les mairies où elles trouvaient une façon de se louer après une enquête sur leur conduite.

Bien souvent, tel ou tel curé recommandait l'une de ses ouailles et l'on pouvait lire sur le carnet des fauteuses hors mariage : « Maintenant de bonne conduite et ses moyens d'existence sont son pain journalier. » A peine deux ans plus tard, vers 1850, Henriette Ursin donna le jour à un deuxième enfant qui mourut à son tour du carreau, sorte de péritonite tuberculeuse qui frappait les enfants. Malgré les prières à saint Gerbold, les dévotions à sainte Radegonde, rien n'y avait fait. Alors que d'autres auraient pensé tout perdre, elle avait décidé d'être la plus forte. Mieux qu'un pacte avec le diable, c'était un défi. Peu à peu, à force de volonté et de patience, elle avait approfondi ses connaissances, traqué chez tout être vivant ce qu'il y avait de vulnérable pour le dominer, le maîtriser. En renvoyant son mari, elle avait parachevé sa réputation de gagneuse et ceux qui venaient la voir admiraient avant tout cette détermination qu'ils ne trouvaient plus ou n'avaient jamais trouvée en eux.

« Je t'attendais, assieds-toi là. »

Marie-Aimée prit place près de la cheminée, elle en profita pour sortir ses pieds de ses sabots mouillés : « Il ne faudrait pas que je prenne froid. »

La mère Ursin hocha la tête d'un air entendu : « Mets-toi à l'aise. » Elle s'assit à son tour, s'accouda sur la table en sapin qui se trouvait presque au milieu de la pièce. D'un geste lent, elle poussa la lampe à pétrole comme s'il fallait mieux éclairer le visage de la visiteuse.

« Tu prendras ben un'petite goutte, ça va te réchauffer. »
Sa voix avait des intonations masculines surprenantes, un accent un peu lourd qui grasseyait : avec sa façon de mettre les poings sur les hanches ou de sortir une blague à tabac en cuir craquelé, on aurait dit un de ces anciens matelots qui avait fini par ne plus mettre le cap.
« Je n'ai pas soif, dit Marie-Aimée.
— Tant pis, moi, ça m'a toujours fait du bien et puis... je n'ai plus peur que mon lait tourne ! » Elle se mit à rire en bourrant une petite pipe en terre et, sans attendre, se versa dans un bol en grès une rasade d'une bouteille de calva sans étiquette qui venait sans doute d'une quelconque contrebande.
Avant de boire, elle se leva tout à coup pour aller ouvrir la fenêtre, un chat tigré se faufila jusqu'au feu. Marie-Aimée sursauta, elle n'avait rien entendu, pas le moindre grattement. Pour faire bonne figure, elle essaya de le caresser.
« Comment s'appelle-t-il ?
— Il ne s'appelle pas, il vit, c'est assez. »
Marie-Aimée suspendit son geste. « Ah ! » fit-elle simplement. La mère Ursin s'amusait de la voir embarrassée. Pour elle, cette femme encore jeune aux traits réguliers, digne malgré les vêtements passés, ne pouvait venir ici que pour une histoire d'amour. Bien qu'elle fît elle-même son pain, elle savait qui étaient les Cantelou ; lui surtout, le Nicolas-Victor qu'elle avait découvert du temps de son aventure avec la Jeanne, cette fille qui était venue aussi lui demander de l'aider mais qu'elle avait préféré renvoyer parce qu'elle voulait une mort.
« Je ne mange pas de ce pain-là, ma belle, c'est un curé qu'il te faut. »
Comme l'autre s'éloignait en l'insultant, elle lui avait lancé un dernier trait : « C'est pour ton âme, elle est plus noire que de la cendre ! » Et elle avait claqué sa porte à toute volée.
A cet instant, elle eut l'impression d'un retour comme si le temps ne progressait que pour revenir sur lui-même. Ce

Nicolas-Victor l'étonnait et l'agaçait tout à la fois. Un homme dont il allait falloir se méfier, plus finaud que les autres lorsqu'il était à jeun, moins facile.

« Tu peux me parler maintenant », dit-elle enfin.

Marie-Aimée n'était pas allée directement au but. Elle avait pris soin d'abord de ne pas mentionner le nom de son beau-frère. Elle s'était appesantie sur les déboires de son mari, sur sa vie et celle de Victorine qui s'alourdissaient de dettes physiques et morales. Elle avait fini par s'effondrer.

« Je préfère mourir que continuer. » Et puis elle avait saisi les mains de cette femme qu'elle approchait pour la première fois : « Faites quelque chose, aidez-moi ! » Mais la femme Ursin avait déjà vu la faille, le mal était encore ailleurs. La pauvreté, on peut s'en accommoder, faire avec en quelque sorte, mais ce qui tourmentait le plus ce visage en détresse, c'était une ardeur foncière, une richesse qui ne demandait qu'à s'exhumer, à balayer les conventions ; avoir le droit, simplement, misérablement, de voir le jour et de lui donner en contrepartie un peu de bonheur.

« Mais, dis-moi, qui fait le pain quand ton mari est ivre mort ? »

Marie-Aimée avait rougi, elle avait eu beau se détourner rapidement : « J'aide beaucoup et Victorine aussi maintenant... (Elle baissa d'un ton.) Anthénor doit venir quand même chaque semaine. »

L'Henriette avait compris, elle s'était dirigée vers son coffre en sapin pour en ressortir des petits paquets d'herbes :

« Tu te souviens du père Lebret et de sa verrue ? » Elle parlait tout en coupant et mélangeant les différentes plantes.

« Oui, elle a disparu la semaine passée.

— Je lui ai dit : tu attendras la pleine lune qui viendra dans la nuit du jeudi au vendredi, auparavant tu boiras ces infusions que je t'ai préparées, matin et soir, puis au moment opportun, tu t'agenouilleras seul dans ton jardin et tu feras cette prière : ''Ô lune, je t'offre ma verrue.'' Dans deux jours, il n'y paraîtra plus. »

Marie-Aimée s'était calmée. « C'est vrai, dit-elle, il était tellement content qu'il est venu se faire admirer dans la boutique et partout dans le village. Et pourtant c'était une vilaine verrue qui pointait sur son oreille. »

La mère Ursin avait fini, elle tendit les paquets : « Si tu l'as vu de tes propres yeux, c'est que tu y crois. Pour guérir, il faut croire, sinon mes herbes ne peuvent rien. Tu boiras une infusion matin et soir pendant un an, tu pourras venir en rechercher ; l'essentiel, c'est que peu à peu tu sentes le désir s'enfuir de toi comme par une porte ouverte. »

Marie-Aimée s'empara des herbes, les fourra dans ses poches : « Si vous pouviez en donner aussi à mon mari, il cesserait de boire, peut-être.

— Pense à toi d'abord, ne torture plus ton corps, rappelle-toi que la paix c'est comme la vieillesse, elle vient toujours à temps. »

Elle lui donna le bras jusqu'à la porte, le feu derrière elle s'éteignait doucement. « Je peux jeter des sorts, fit-elle encore, mais je guéris surtout, je touche des brûlures, des maladies de peau, il y a un sens en moi qui me surprend souvent (elle écarta un bras dans un signe d'incompréhension), on m'appelle la sorcière, ça m'est égal, je connais les hommes de l'intérieur et de l'extérieur mieux qu'aucun médecin ou curé, et d'ailleurs, je peux te dire, certains viennent même me trouver ! Allez ! Courage, il n'y a jamais rien eu de vraiment nouveau sous ce soleil. »

Marie-Aimée lui offrit la tourte de pain qu'elle avait amenée avec une falue fraîche. Cette fois, la nuit inondait le pays, une humidité flottante imprégnait l'atmosphère déjà surchargée de brumes.

« Fais attention pour ton retour, il vaut mieux éviter les étangs de la Seulle. »

# 8

Les Constant choisirent le premier samedi de mai pour marier leur fille. La veille, les commandes de pain avaient obligé Anthénor à un double travail. Il avait tourné le dos sans répondre à son frère qui lui proposait une aide maladroite et de toute manière inefficace. Marie-Aimée et Victorine s'étaient relayées du café au fournil. Pour le pain, ce n'était rien, mais les brioches demandaient un soin permanent et les plats de *teurgoule* ne devaient pas brûler dans le four.

En une journée, le fournil s'emplit d'odeurs de fêtes, les gens qui passaient derrière l'église ne pouvaient s'empêcher d'aller voir de plus près. L'arôme de la cannelle chaude mêlé au riz sucré dominait par moments le parfum moelleux des brioches. « Ch'est pour la neuch' aux Constant », répétait-on partout. Mais l'effort était rude et Anthénor faiblissait.

« C'est la dernière fois, Victorine, tu comprends ? C'est la dernière fois que j'peux cuire comme ça. »

Elle l'encourageait, caressante : « Tu verras, mon oncle, tu en auras, des compliments ! » Elle s'évertuait à faire le plus possible, du bois à casser aux boules de pâte à retourner. De temps en temps elle montait du café, revenait avec du cidre et un morceau de livarot : « Ça va te redonner des forces. » Pour lui encore, elle faisait semblant d'aimer ce fromage qu'elle jugeait trop goûtu. Elle en mangeait rien que pour l'accompagner, le détendre, et se détournait légèrement, cachant la grimace qui crispait sa bouche malgré elle.

Parfois il geignait en brassant la pâte : « Ah ! mes reins, mes reins... » Sa pâleur affolait Victorine qui perdait toute contenance devant cette douleur dont elle se sentait presque responsable. Alors, sans bien savoir, elle se précipitait, cherchait à brasser à son tour, trépignait de colère sans y arriver. « Mais non, riait-il, pas comme ça ! » Et cela suffisait à le distraire, juste assez pour qu'il reprît son travail moins contracté.

Les Constant voyaient les choses en grand, leur fille Adèle épousait Léon Armand, l'instituteur, et La Ferrière était en révolution. Devant toutes les portes, au lavoir, sur le parvis de l'église, les commères s'agglutinaient comme des mouches sur du miel. Le temps favorisait leur caquetage à mi-voix ; les tiges de blé dans les champs s'acoquinaient aux bleuets et, le long des chemins, entre les digitales roses et pourpres, les acacias tendaient des grappes de fleurs que les gamins cueillaient pour en faire des beignets. Mais les bonnes femmes, depuis la nouvelle du mariage, attendaient le fait du jour : le passage du chariot fleuri contenant la fameuse armoire conduite jusqu'au domicile des futurs par la mère de la mariée.

Le cortège ne tarda d'ailleurs pas. Dès dix heures, Mme Constant, le visage rayonnant, traversa le village en roulant prudemment. De longs rubans blancs et roses accrochés jusque sur le cheval encadraient la carriole repeinte à neuf. Une kyrielle de clochettes fixées aux harnais tintaient sans arrêt. Avec sa coiffe en dentelle des grands jours, Anne Constant distribuait des sourires à tous et toutes qui applaudissaient sur son passage. Les plus curieux s'arrangeaient surtout pour voir de près l'armoire dressée dans la carriole et commandée depuis plus de dix mois au menuisier, Bessin. C'était une pure merveille, en bois de chêne à deux volets avec ferrures de cuivre, les portes presque entièrement sculptées de grappes de raisin, d'épis de blé et de pampres avec deux colombes qui se touchaient du bec. A coup sûr, une vraie fortune ! Très vite un groupe se forma autour du convoi. Mme Constant dut même ralentir pour faire admirer ce chef-d'œuvre. A côté de l'armoire, bien protégé et rangé, le complément du trousseau s'entassait en piles fines et blanches, brodées aux initiales de la promise : draps, doubliers, serviettes, nappes, coiffes, bonnets de nuit, chemises, bas de laine et pelisses, sans compter les mouchoirs de col. Avec l'essentiel de la literie : paillasse, couette, traversin, matelas de plume, ciel de lit, castalogne (la grande couverture de laine et contrepointe en indienne). La charrette était pleine à craquer et le cheval peinait. Aux enfants excités, piailleurs, la conductrice distribuait des petits rubans multicolores qu'ils se disputaient en se bousculant ; et tout ce monde criait, riait, courait autour du chargement qui ne s'arrêta qu'à côté de l'école des garçons où les Armand allaient habiter. Des costauds aidèrent aussitôt à décharger la carriole, ils reçurent chacun une pièce de dix sous.

Vers onze heures, tout était prêt à la boulangerie. La femme Corbel et sa fille, qui devaient servir les plats, passèrent prendre brioches, pains et teurgoule ; tandis qu'elles s'éloignaient vers une carriole en tenant leurs provisions enveloppées dans des torchons propres, les cloches de l'église commencèrent à sonner à Tire-La-Rigaud\*. Victorine, sa mère et les clients du café ou de la boutique montèrent vers la place.

« Ils arrivent, ils arrivent ! » Le tintinnabulement des clochettes associé aux pas des chevaux dominait les clameurs d'enfants qui continuaient à s'époumoner : « Vive la mariée ! Vive la mariée ! »

La poussière montait en tournoyant. Les invités de la noce brossaient sans arrêt leurs habits ou agitaient les bras pour calmer le ballet de ces petits dépenaillés qui espéraient

---

\* Expression normande venant du nom de la principale cloche de la cathédrale de Rouen.

quelques sous. On sentait par vagues fugaces le parfum des aubépines fraîches qui ornaient les carrioles, et la vieille Marie-Victoire faisait rire tout le monde car elle se dépêchait de ramasser le crottin derrière le rapide passage des voitures :

« C'est pour mes pommes de terre, ça va les faire pousser. »

Avec son haut-de-forme et sa chaîne de montre en or sur son gilet à fleurs, le marié gardait une allure un peu sèche dans son col empesé. Les hommes, parents ou proches, portaient aussi costumes et hauts-de-forme qui perchaient le plus souvent sur des têtes rondes et rougeaudes, les moins habitués le tenaient tout simplement à la main et se mettaient un peu à l'écart, gênés par cette foule qui les regardait. Adèle Constant semblait porcelainée. Sur ses cheveux blonds attachés en chignon, la couturière avait posé une coiffe en dentelle dont les fonds brodés retombaient en deux légers pans de chaque côté de son visage. Selon la coutume, elle avait passé autour de son cou la *croix-bosse* héritée de sa grand-mère. Cette croix avec cabochons sertis de pierres était faite de deux minces feuilles d'or soudées, remplies de résine\*. Enfin, sur son châle blanc en mousseline croisé, Adèle avait épinglé une fleur d'oranger en breloque. Derrière elle et sa mère, les femmes arboraient des coiffes fabriquées sur les modèles de la ville ; certaines, comme prises dans un tourbillon d'air, tournaient sur elles-mêmes pour détailler leurs voisines des pieds à la tête. En peu de temps, tout ce monde s'engouffra dans l'église tandis que le custos continuait à sonner les cloches en espérant un pourboire à la mesure de sa vigueur.

A midi, une salve de coups de fusil salua les jeunes époux qui sortirent bras dessus, bras dessous. En plus des curieux, une bonne dizaine de mendiants se pressaient à présent parmi les enfants qui ramassaient petits sous et dragées. Sans attendre, le violoneux de service, chapeau rond à

---

\* Il n'était pas rare d'en trouver remplies de plâtre ou même de bouse de vache !

rubans, culotte bouffante et sabots neufs, monta sur une barrique. La ritournelle un peu grinçante éclata dans l'air, on rythmait du pied ou des mains des accords entraînants. Devant le cortège, les deux enfants d'honneur habillés comme les adultes avaient du mal à esquiver les autres garnements qui cherchaient à les pincer ou à tirer leurs vêtements. La musique s'acheva par une distribution générale de vin et de brioches.

Nicolas-Victor, toujours prêt à trinquer, s'amusait déjà à chanter quelque chanson paillarde qui faisait fuir les âmes pieuses et ricaner les plus farceurs.

« J'ai participé à la fabrication des brioches par personne interposée mais très proche, clamait-il ironiquement, l'index levé, j'ai donc aussi droit à une bonne goulée ! »

Debout à une autre table, Marie-Aimée mangeait à peine. Victorine et les enfants s'amusaient à courir. Il passait ici, parmi cette foule, des courants de joie et de peine. Anthénor recevait des compliments pour ses brioches et Marie toute fière expliquait : « C'est en plus du travail de la ferme, il fait ça en plus, oui, vous entendez bien, sans lui la boulangerie serait vendue !

— Tais-toi », grondait-il. Puis son regard croisait celui de Marie-Aimée. « C'est plus fort qu'elle, semblait-il dire, il faut l'excuser... »

Par moments, Marie-Aimée s'évadait de cette agitation, des chiffres emplissaient sa tête, la peur de la faillite qui s'était gravée en elle. « Je me sens vieille, pensait-elle, l'Henriette avait raison, je n'arrive même plus à me distraire. » Anne Constant s'approcha un instant, la prenant par un bras : « Alors, madame Cantelou ? Ce qu'elle est belle, votre Victorine ! Vous verrez, encore un peu, elle aussi, on la mariera. » Elle partit plus loin rejoindre les autres. Sa robe de soie bleue accrochait des reflets de soleil lorsqu'elle marchait ; Marie-Aimée fut éblouie par les chaussures fines, des escarpins achetés sans doute à la grand-ville, Rouen ou Caen. Elle-même n'avait trouvé qu'une jupe bordeaux en droguet de laine, presque neuve, en rangeant les affaires de Françoise. Elle l'avait longuement repassée, empesée, pour être correcte, mais ce qui lui faisait le plus mal au cœur c'étaient ses sabots. Ceux-là, elle n'avait pu les changer encore. Elle en prenait grand soin pourtant, mais les pierres des routes étaient dures par ici et la dernière paire achetée avait été pour Victorine. Elle soupira, ne resta pas longtemps rêveuse, le père Gallot venait lui dire bonjour.

Les échos du menu et de la soirée parvinrent dans le café dès le lendemain. Ils en salivaient encore. Galantine, melon de Créances, cailles, langue de bœuf, gigot, fromages et desserts. Les voisins qui, derrière leurs vitres, avaient assisté à l'après-midi et à la soirée, n'en finissaient pas de raconter : « Soixante convives, je les ai comptés et tous avec un appétit comme ça !

— Et le Bessin ! Vous l'auriez vu, tellement happé d'beichon qu'y crapétait au milieu des tables* ! »

Le rire les étouffait, ils appelaient Victorine : « Donnenous donc encore d'la goutte, ch'est d'la bonne ! »

Devant son verre plein, la mine épanouie, l'un d'eux prit Marie-Aimée à témoin : « Et le soir ils ont dansé aux chandelles jusqu'à n'en plus pouvoir. Mais le mieux, madame Cantelou, c'est que... »

Thouroude s'arrêta d'un seul coup. Ils étaient là, lui assis au milieu d'un cercle de paysans intrigués, elle, debout qui le fixait, droite, les mains dans les poches de son tablier : « Ben quoi, Thouroude ? Vous avez perdu vot'langue ? »

Il toussa, ajusta le bonnet sur sa tête : « Sauf vot'respect, madame Cantelou, c'est l'Nicolas-Victor qu'en a ben profité. Il a réussi à s'introduire dans la grange et avant de boire tous les fonds de bouteille, il a préparé la *rôtie*\*\*.

— Sacré fi d'Toto !... »

Les plaisanteries recommencèrent. Marie-Aimée se détourna, elle ne supportait plus cette admiration pour les

---

\* Tellement pris de boisson qu'il se traînait à quatre pattes au milieu des tables.
\*\* Soupe épaisse à base de vieux croûtons et de fromage, servie dans un pot de chambre, la nuit, aux jeunes mariés.

soûlards qu'ils qualifiaient d'« hommes » ! Et d'ailleurs, qui lui disait que tout cela était vrai ? Elle haussa les épaules. Au mouvement qu'elle fit, Victorine baissa les yeux, pâle.

« Tu es malade, Torine ? Tu es maigre, il faut manger plus. » Victorine continua de tourner le moulin à café comme si de rien n'était. Depuis de longs mois, elle descendait la première le matin à cinq heures, après avoir enroulé ses cheveux à quelques épingles. Sa longue jupe enfilée, ses sabots à la main pour ne pas faire de bruit, elle heurtait dans le noir une masse molle au bas des escaliers. Son père ivre mort ronflait là dans un abandon qu'elle abhorrait. Le cœur soulevé par l'odeur d'alcool qui se dégageait de lui, elle préparait vite un café noir bouillant qu'elle l'obligeait à boire avant que sa mère ne le voie. Mais ce matin, elle l'avait trouvé assommé dans les flaques de ses vomissures d'ivrogne, et sans un mot, en réprimant à chaque mouvement ses propres nausées, elle avait tout nettoyé, essuyé. Elle lui avait même lavé le visage et les cheveux en s'appliquant. Comme l'odeur résistait, elle était allée chercher la petite bouteille d'eau de lavande qui avait appartenu à sa grand-mère. Elle en connaissait la cachette entre les piles de linge propre. On ne s'en servait que rarement. C'est le colporteur qui la leur avait vendue deux années auparavant. D'habitude, il ne leur proposait que des petits almanachs du Bocage ou du fil et des boutons mais, cette fois-là, il l'avait sortie de sa poche et non de son panier : « Tenez, madame Cantelou, j'ai quéque chose pour vous et ça sent bon... » Françoise l'avait tout de suite achetée. « Dans les armoires, on parfume bien le linge avec », avait-elle dit à Victorine. Un événement dont Victorine s'était souvenue avec gravité, tout en versant quelques gouttes sur le visage défait, absent, presque mort de son père.

# 9

A la fin du mois, on fit les récoltes de sainfoin.

Le temps demeurait clair ; de jour en jour la campagne paraissait jubiler. Depuis les épiages du blé jusqu'aux premières fraises dans les bois de Brémoy, le printemps s'incrustait, déversait son chargement de vie. Les portes des fermes s'ouvraient toutes grandes, on jacassait dans les chemins creux, les couples se formaient derrière les hangars et les granges. Il y avait un désir de suivre ce don du ciel, d'accorder les corps au cycle de la nature ; le jeu éclatait sans entrave ni contrainte.

Pourtant, ce fut juste entre les coupes de foin et de seigle qu'Anthénor tomba malade. Un matin, Marie ne put le faire bouger de son lit.

« Je n'peux plus me remuer, disait-il, j'suis comme un bout de bois... » Elle tenta de le masser avec un onguent qu'une voisine leur donna, rien n'y fit. Il gisait là, entre les draps, se plaignait déjà de la mort comme s'il avait décidé que son heure avait sonné : « J'm'en doutais bien, Marie. j'suis usé, tiens ! C'est comme une mécanique qui n'a plus d'huile. »

Marie lui apportait une assiette de soupe, une tranche de pain avec un oignon, ce qu'il aimait. Mais il refusait tout,

se lamentait sans réagir : « Ça sert à rien, j'vais crever ! »
Prise de peur, vers midi, elle se dépêcha chez la mère Ursin.
Elle eut beau cogner, personne ne répondit. Des paysans
lui indiquèrent le chemin qui menait à la ferme de Célestin Guilloux. Une drôle de petite route accidentée avec des caillasses qui secouaient dangereusement sa carriole. Elle préféra arrêter son cheval et finir à pied. Ce n'était pas très long mais les orties lui piquaient les jambes lorsqu'elle relevait sa jupe et des ronces l'éraflèrent aux bras et au visage. La cabane se dressait au milieu d'un grand désordre. Il s'y trouvait tout ce qu'on pouvait espérer dénicher d'hétéroclite et de rare depuis un balai sans poils jusqu'à un socle ébréché de charrue.

« Holà, père Guilloux ! »

Il sortit de son antre, méfiant, les jambes torses, le visage mal rasé, un vieux bonnet de coton défraîchi sur l'oreille.

« Quéque donc qu'tu traches par illo* ?

— Ch'est pour m'n homme. »

Elle expliqua, le double travail, les maux de reins souvent.

« J'y vas. »

Il l'accompagna jusqu'à la carriole avec un panier poussiéreux où s'entassaient pêle-mêle quelques fioles et des bouquets d'herbes séchées.

« J'suis allée voir l'Henriette mais il n'y a personne, elle ne répond pas, dit Marie.

— P'têt qu'elle est chez les Hue au Méniozou**, leur dernier a le croup. »

Marie le regardait de temps en temps, son profil de prognathe accusait par instants une méchanceté qui déroutait. Il ressemblait à un gnome, tel qu'on les décrivait encore pendant les veillées de Noël. Un corps trop grand pour ses jambes et des yeux tout petits qui tournaient bizarrement dans leurs orbites. Elle eut hâte d'arriver.

Anthénor n'avait pas bougé. Une voisine était venue lui

---
\* Qu'est-ce que tu cherches par ici ?
\*\* Mesnil-Ozouf.

faire un café mais il l'avait renvoyée durement. « A soixante-deux ans, j'suis foutu ! » C'est en ces termes qu'il accueillit Guilloux. L'autre le palpa consciencieusement sur tout le dos jusqu'aux reins. Lorsque le corps tressaillait, il appuyait un peu plus, tournait entre ses doigts la peau, sans égard pour la douleur. « Il faut traquer le mal, expliquait-il en même temps, l'extirper. » A chaque pression qui entraînait un cri, il soufflait sur la partie malade. Quand il eut fini de toucher tout le dos, Guilloux sortit des herbes de son panier :

« Vous lui ferez boire ça trois fois par jour, dit-il à Marie, d'ici deux lunes, il sera sur pied. En tout cas... (il retourna Anthénor, le prit aux épaules) pourl'brassage, c'est fini, c'est moi qui t'le dis ! » Il fronça les sourcils : « Si tu continues, c'est l'médchin et alors là ch'est cheû, tu crèves* ! »

Anthénor le remercia : « Vous voulez des sous ou d'la fine d'il ya trois ans, vous savez cette fameuse année ? »

Guilloux suivit Marie dans la remise : « J'en veux ben deux, ch'est qu'y m'a tout élugi, t'n homme* ! »

« A vos r'vaie* ! »

Il s'éclipsa en boitillant avec son panier où il venait de loger vivement ses deux bouteilles. Sur la route on ne pouvait que le remarquer. Il fit à peine quelques mètres qu'un charretier qui roulait vers Montamy le fit monter dans son banneau.

Anthénor en eut effectivement pour deux jours. Le troisième, il se leva sans effort et réclama sa part de soupe. De cette alerte il ne subsistait qu'une ombre mais elle était de taille : « Comment faire pour le pain ? répétait-il à Marie, j'vais plus pouvoir. »

Le lendemain vers neuf heures, ils entrèrent tous les deux dans le café. A les voir ainsi, Marie-Aimée sut qu'il se passait quelque chose. Elle les regarda s'approcher, se laissa embrasser, dolente, inquiète : « Qu'y a-t-il ? »

Ils ne mirent pas longtemps à lui expliquer. D'abord, elle se figea, puis elle porta la main à son front, s'appuya de

---

\* C'est sûr, tu crèves ! — C'est qu'il m'a tout éreinté, ton homme. — Au revoir.

l'autre sur une table. « Donne-lui une goutte », dit Anthénor à Marie, mais Victorine apportait déjà un verre. « Assieds-toi, maman. »

Ils étaient trois autour d'elle qui pleurait : « C'est fini, il faut vendre, j'ai encore une facture de l'Embranchement, vingt francs pour un mois ! » Anthénor jura : « Ce baise-t'chu, ce fi d'putain, c'est lui qui nous ruine ! » Il donnait en même temps des coups de pied dans les tables, les chaises, tournait en rond, les mains crispées. « Cette croix si lourde, cette plaie, mon Dieu... pourquoi ? » Marie-Aimée oubliait les jours où il avait fallu se battre, c'était comme si ses forces l'abandonnaient d'un seul coup, un écœurement qui la noyait. Anthénor parti, son frère vendrait la boutique comme il avait vendu la carriole et le cheval, ensuite on hypothéquerait le café et puis...

Victorine posa sa main sur l'épaule de sa mère : « A nous deux, on pourrait essayer de cuire ? » Elle les considérait avec une placidité déconcertante. Une évidence pour elle, cuire : elle n'avait jamais pensé à autre chose. « C'est juste pour brasser qu'il faudrait quelqu'un. »

Maintenant, ils la dévisageaient à leur tour, « la maigrichonne », comme Anthénor disait pour la faire enrager. Victorine et ses treize ans, plus une petite fille, une adolescente aux formes qui s'accusaient légèrement, qu'on soupçonnait naissantes sous le corsage et la jupe.

« Bien sûr, dit Anthénor, mais engager un gindre c'est pour tout, on ne peut pas lui dire viens brasser et va-t'en. A force d'y avoir réfléchi, j'ai une idée là-dessus... »

A ce moment, Lebret poussa la porte du café. Il n'avait pas sa mine de tous les jours, plutôt les traits tirés, un air grave. Derrière lui, Bitot et son gars Louis le suivaient le pas lent comme s'ils venaient de recevoir un choc. Anthénor interrompit ses explications : « Vous en avez des têtes ! »

Ils s'assirent tous en face de Marie-Aimée en ôtant bonnets ou casquettes. « D'la goutte ! On a une sacrée nouvelle à vous dire. »

Bitot, le plus bavard, commença : « D'abord c'est mon

gars, il a trouvé un homme hier soir, près d'la Jâtte du Vâ*, un jeune de vingt ans pas plus. Le gendarme a conclu à une mort naturelle. Il avait juste dans sa poche une échalote et un quignon de pain rassis ; son visage était tellement mangé par la barbe qu'on lui donnait facilement dans les cinquante. Avec ses papiers on a su, il venait de Brest, un évadé sans doute, ils font des recherches.

— Cette forme par terre entre les bruyères, j'ai cru à un loup-garou, je n'osais même pas approcher. » Louis se mit à raconter après son père, le p'tit verre savait toujours délier les langues. « Ça m'a filé une trouille ! Surtout les fourmis sur ses jambes, j'ai dû les tuer à coups de casquette, elles grimpaient partout, c'est comme si j'voyais déjà les vers, ça faisait bien deux jours qu'il était là.

— Il a dû mourir de faim, commenta Marie.

— S'il était venu jusqu'ici, on lui aurait donné quelque chose. » Marie-Aimée compatissait aussi, mais combien de ces errants, évadés, vagabonds passaient ainsi sur la grand-route de Bretagne ! De son temps, Françoise les repérait : « Regardez ça, en haillons... » Elle leur offrait à boire et du pain, sauf s'il s'agissait d'un forçat évadé du Mont-Saint-Michel. Alors là, elle faisait semblant de ne rien voir, même si cela devait lui coûter. Elle les reconnaissait toujours à quelque chose qui lui parlait : « Non, pas celui-là. » La crainte des gendarmes, de la justice, balayait sa pitié.

« Une fois, avait-elle dit à Victorine, un couvreur en chaume du Méniozou en a hébergé un pendant une nuit ; ils sont venus les chercher au matin pour les fusiller tous les deux. Il paraît que sa femme en est devenue folle ; j'te dis ça, c'était il y a bien vingt ou trente ans mais ça ne fait rien, faut être prudent, très prudent. »

Lebret enchaîna à son tour, il devait parler, qu'on sache enfin : « L'Henriette Ursin, dit-il, elle s'est pendue. »

La phrase fit son effet. Sans s'en rendre compte, Marie-Aimée avait serré la table comme si elle se préparait à

---

* Gatte-du-Val (lande).

encaisser une grande secousse, son visage était devenu plus blanc que sa bonnette.

« On l'a trouvée dimanche dernier, continua Lebret, elle s'est servie d'une vieille meule qui écrasait les grains. Personne n'aurait pu penser qu'elle était là. Son mari lui avait écrit, paraît-il, il comptait revenir. Il l'a cherchée partout, attendue, en croyant qu'elle arriverait et sur le coup des sept heures du soir, il a eu l'idée d'aller dans le moulin. Pas belle à voir l'Henriette, à c'qu'on a dit. Sur la table de la salle, les gendarmes ont découvert la carte envoyée avec les mots du Guillaume, il en avait assez de rouler sa bosse un peu partout, c'était l'mal du pays, qu'il disait. Eh ben c'est fait ! »

Le silence avait doublé d'intensité, personne n'aurait osé troubler cette forme de recueillement qu'ils témoignaient. Marie-Aimée prit enfin la main de Victorine, elles échangèrent un regard. Anthénor les secoua d'une voix forte :

« Bon, c'est pas tout, encore une goutte avant que j'me sauve avec la patronne. »

Il les servit lui-même cette fois et reprit : « On va faire un arrangement avec le frère d'Arthur, tu sais bien, Arthur, le marchand de bestiaux ! » Il interpellait Marie-Aimée, à deux pas d'elle, elle lui faisait mal avec son air étrange. « Arthur Fauvel, tu vois ? »

— Oui, dit-elle sourdement.

— Il a quinze ans, c'est l'bon âge, au début, on l'nourrira, on l'couchera, après on verra...

— Il est d'accord, Fauvel ? »

Marie-Aimée se redressait un peu, reprenait des couleurs.

« Je crois. Le gamin ne veut plus rester chez lui parce que son père le bat et il a déjà tâté du métier chez un autre de ses oncles, boulanger à Vaubadon. Eugène, qu'i s'prénomme ! » Il se mit à rire, taquina Victorine qui se taisait : « Ça t'fera un grand frère ! »

Lebret et ses compagnons se levèrent, sans doute allaient-ils annoncer la nouvelle plus loin. Ils jetèrent quelques sous sur la table, prirent congé en remerciant. Louis ne quittait pas des yeux Victorine ; il ne s'expliquait pas bien pourquoi, mais la prochaine arrivée d'Eugène le gênait. Victorine l'attirait furieusement. Depuis cette année, il l'avait découverte, il s'en était même confié à son père.

« Trop jeune, avait dit son père, prends garde, on n'est que des journaliers, elle, elle héritera d'la boutique et du café si l'Nicolas-Victor en laisse... Elle peut avoir d'autres prétentions. »

Cette humiliation l'avait marqué, il comprenait mieux pourquoi les dots avaient ici tant d'importance et que des obstacles d'argent pouvaient faire échouer maint projet d'accordailles, mais il espérait, s'acharnait à capter des regards qu'elle lui refusait pudiquement.

Une fois la porte fermée, avant de partir, Marie s'étonna : « Le p'tit Louis, il a des vues sur Victorine, il la dévore des yeux ! »

Victorine rougit.

« Pas question, dit Anthénor, elle a tout son temps, elle fera un beau mariage comme la fille Constant. » Il avait parlé fermement tout en bourrant sa pipe puis il avait souri, cligné d'un œil vers elle : « Elle sait, elle est pas bête, not' Torine, elle calcule... C'est d'la bonne graine de Cantelou ! »

Marie-Aimée les raccompagna jusqu'à leur carriole. Comme Anthénor allait tirer sur les rênes, elle accrocha ses doigts sur le bord du bois rêche : « Sans toi, sans vous deux, j'aurais pas pu tenir ici, surtout avec la petite. (Sa voix tremblait.) J'ai compté, dix ans et plus que tu nous as aidées, si la mère était encore là... (elle tourna la tête) j'voudrais dire des choses encore mais j'sais pas bien ; j'oublierai pas, jamais... »

Elle se laissa retomber sur le côté, se frotta les mains dans son tablier, des larmes coulaient sur ses joues. Anthénor avaient envie de descendre, de la prendre une dernière fois contre lui, simplement, de lui parler à son tour. Mais Marie, tout près, baissait la tête, Marie la vieille avec ses cheveux gris et blancs, sa taille épaisse, ses mains dures, Marie la-toujours-là contre vents et marées, la nécessaire qui avait appris petit à petit à ne plus rien lui reprocher.

Il soupira. « Ça ira, t'inquiète pas, le gars Fauvel viendra dès après-demain. »

La carriole s'ébranla, Marie-Aimée et Victorine, un peu en retrait, la fixèrent longtemps jusqu'à ce que la poussière la dérobât complètement.

« On les invitera bientôt, dit Victorine, un dimanche, pour manger un pot-au-feu.

— Tu as raison. » Marie-Aimée repartit vers le café. « Plus jamais, pensait-elle, je ne le reverrai travailler au fournil. » Et en dépit de tous ses efforts, ses larmes continuaient à couler.

Guillaume Ursin fut le seul à suivre l'Henriette jusqu'à sa tombe. Morte, elle ne réussit pas à rassembler la foule de ceux qui l'avaient fréquentée, appelée. De drôles de funérailles, sans curé, juste Nicolas-Victor (par défi) et le fossoyeur qui acceptèrent contre une bonne bouteille de creuser un trou dans l'enceinte attenant au cimetière, l'endroit destiné aux laissés-pour-compte : aucune bénédiction, Gallot avait été formel, il n'y avait pas de place pour les suicidés dans l'Eglise. Guillaume avait aidé les deux autres à soulever le cercueil, et ce mal qu'il s'était donné... pour trouver une charrette ! « Ah ! c'est pour l'Henriette, disait-on, non, on n'peut pas, on regrette. »

Une peur énorme qui les étreignait, une panique comme devant un feu. Vivante, elle était bien moins dangereuse. Enfin, Lebret, celui qu'elle avait guéri de sa verrue, avait accepté. Après, au retour, sans rien dire, il avait roulé jusqu'à l'église : « M'sieur l'curé, c'est moi. »

Gallot jardinait ses salades dans son petit potager. Il avait bien voulu, il comprenait. Il prit le temps d'enfiler un surplis, de passer une étole, et aux mêmes endroits, là où les hommes avaient posé le cercueil, il aspergea d'eau bénite le fond de la carriole tout en récitant quelques prières.

Lebret s'en était retourné soulagé. « On ne sait jamais, avait-il dit chez lui, l'Henriette, elle est avec le diable, alors... »

# 10

Un matin de 1886, Eugène Fauvel s'éloigna jusqu'en haut de la côte de Caumont qui dominait la modeste maison familiale de son père et de ses huit frères et sœurs. Deux heures plus tard, il atteignit la lande de la Gatte-du-Val, où des bruyères éparses mêlées à quelques ajoncs laissaient à nu par endroits le sol pauvre de la région bocaine.

Il ajusta ses sabots neufs. Pour traverser la lande, il avait préféré les enlever : « Avec la rosée, ça peut les tacher », s'était-il dit. A présent, si près du but, il s'agissait de donner bonne impression. C'est Victorine qui ouvrit la porte. D'un coup d'œil, elle détailla ce grand gaillard blond aux yeux bleus qui la toisait, amusé : « Alors comme ça, c'est toi la patronne ? »

Elle s'effaça, le fit entrer dans la vaste salle, assez basse de plafond. « Tes parents doivent m'attendre. »

Eugène s'étonnait, tout en découvrant par la fenêtre le carrefour face au chemin des Moulins et au soleil levant. Près de la porte, la cheminée avec ses ustensiles de cuivre poli accrochés à la hotte abritait une galettoire qui avait dû servir la veille car la tournette posée dessus gardait des restants de pâte collés. A cette heure, la lumière éclairait en partie la pièce, depuis les poutres enfumées jusqu'aux pieds des meubles.

Eugène choisit de s'asseoir au bout de la longue table en chêne. D'un regard circulaire, il embrassa le décor de la salle : d'un côté, le dressoir en bois clair avec les assiettes en faïence de Rouen, le haut buffet adossé à la cage d'escalier. De l'autre côté, le fourneau, l'horloge à balancier de Villers-Bocage, sans oublier le crucifix et l'échelle à pain suspendue au plafond pour décourager les rongeurs.

« Je vais chercher un chicorée-café », avait dit Victorine en s'éloignant vers la cuisine. Revenue, elle lui coupa une large tranche dans une tourte bise à moitié entamée : « Tenez, vous avez beaucoup marché, ça vous fera du bien. » Des mots d'adulte qu'elle répétait, sa manière franche et directe alors que son corps trahissait encore l'enfance. Eugène remercia avant de manger puis il la suivit jusqu'à la mansarde spécialement aménagée pour lui.

« Vous dormirez ici ; pour les horaires, maman vous expliquera quand elle sera revenue de la messe. » Elle eut un moment d'hésitation, se reprit : « Vous savez... mon père est très malade. » Elle fit un léger mouvement de la main comme pour appuyer sa dernière phrase. Eugène connaissait la « maladie » de Cantelou, son oncle de Vaubadon lui en avait souvent parlé. Qui d'ailleurs n'était pas au courant par ici ?

Au bas de l'escalier, le nouveau gindre salua Marie-Aimée qui rentrait.

« Il faudra porter quelques sacs au moulin, tu lui montreras le chemin, Victorine. » Elle le mit au travail immédiatement pour l'éprouver, et parce qu'on manquait de farine pour les prochaines cuissons.

Eugène apprit l'organisation du fournil. Marie-Aimée lui montra au début et peu à peu le laissa. Il avait bien rencontré Anthénor une ou deux fois mais à cause de son frère, l'autre n'intervenait plus. « Ecoute bien la patronne, disait-il en la désignant, moi, c'est plus mon boulot... » Le travail ne manquait pas, mais l'ambiance de cette maison pesait sur le nouvel apprenti. Il fallait calculer sans cesse pour ne pas rencontrer l'ivrogne et ses invectives. Nicolas-Victor, se posant à nouveau en maître, le commandait sèchement, le rudoyait comme s'il cherchait exprès à le décourager : « Qui t'a appris à brasser si mollement ? Mets donc de l'huile de coude, bon à rien ! » Il voulait le provoquer, critiquait chacun de ses gestes. Eugène tenait bon malgré l'absence de salaire. Levé à deux heures du matin, il préparait la pâte avec le levain de la veille. La tournée à pied débutait vers huit heures quand les pains étaient cuits. Par n'importe quel temps, il accrochait la hotte sur son dos, puis arpentait les chemins plus ou moins boueux qui menaient aux fermes isolées. Victorine le guettait lorsqu'il revenait parfois, sa grosse veste de chasse trempée, ses sabots lourds, elle lui versait un café chaud : « Demain, le temps sera meilleur », disait-elle, puis elle commençait les comptes avec lui.

Jusqu'au 14 juillet, la fièvre populaire ne décrût pas. Un vent d'agitation parcourait les rues, les maisons. Les préparatifs de la fête avaient tendu leur fébrilité en toile de fond. Pour la première fois, La Ferrière avait été choisie pour représenter le canton d'Aunay : « C'est dans ce charmant bourg que va se porter tout le patriotisme du canton », avait souligné le journal, encourageant les réjouissances. Il fallait à tout prix que ce fût une réussite, car le sous-préfet en personne prononcerait un discours.

Le conseil municipal avait recommandé de fleurir les balcons, de pavoiser. Il y avait des réunions chez l'un ou l'autre, on jasait en profitant de la longueur des jours. Les femmes cousaient des étoffes bleu, blanc, rouge et c'était à qui aurait la meilleure idée, la meilleure astuce pour attirer les regards. Du coup, on en oubliait presque les moissons ou plutôt elles n'étaient plus l'affaire du moment. C'est qu'il valait mieux bien illustrer les résultats du dernier vote qui avait élu Lelièvre, le seul maire républicain du canton ! Evidemment, les hommes assis devant leurs portes ou à l'intérieur, poussés par une même véhémence, ergotaient

pendant des heures sur la politique : « Le vrai danger, il est royaliste et rien d'autre !
— Souvenez-vous, les chouans si nombreux par ici, on a eu raison de se méfier. » Des altercations qui allaient d'une bouche à l'autre, ils s'échauffaient, argumentaient leurs pensées dans un langage coloré. « C'est pas fini, ça leur a pas fait l'cul ! Regardez les gars d'à côté, de Cahagnes ou du Fresne, de quoi ont-ils l'air avec leur marquis de Lignerolles ou leur comte de Mathan ? »

Ils en revenaient toujours au coup d'Etat manqué de 77, à la démission de Mac-Mahon en 79. Si les nouvelles n'allaient pas très vite, lorsqu'elles prenaient cette ampleur, elles alimentaient les propos pendant des mois. Ah ! la République, pour eux, quelle affaire ! Le curé s'en était bien aperçu, avec la messe du dimanche qui n'attirait plus que les femmes. Un antagonisme qui se fortifiait au fil des jours, qui les opposait en isolant leur village. Le royalisme avait encore la vie dure dans le Bocage, comme dans tout l'Ouest, d'ailleurs. Et la Révolution ne datait pas de cent ans ! Tous pourtant n'étaient pas du même avis. Constant ou Auvray, on s'en doutait, avaient dû voter pour le drapeau blanc, mais cela n'empêchait pas cette haine de la possession « inutile » qui secouait les petits, les plus nombreux, ceux qui trimaient sur leurs minuscules champs, leurs quelques hectares de terres acides, à fertiliser et chauler sans attendre :

« Et tous chés propriétaires, des de avec des bois, des parcs en friche, ch'est des graillots d'leur poutchette, et cha veut tout régi\*... »

Leur contrepartie, ils la désiraient dans l'exubérance de la fête. Une démesure qui casserait leur quotidien. Il fallait qu'on sache, que l'écho s'en répande, surtout dans les petits bourgs trop traditionnels qui vénéraient encore leurs nobles. Le souvenir resterait.

Ils eurent raison.

Le ciel avait d'abord laissé apparaître des lignes roses un peu orangées sur fond sombre. Des volets qui s'ouvraient

---

\* C'est insignifiant pour eux et ils veulent tout diriger.

dans le matin, on voyait se pencher des têtes, des regards scruter le ciel d'est en ouest. Avant le passage de l'harmonie de Condé, prévu pour dix heures, les stands achevèrent de s'ouvrir, le café Cantelou dispensait déjà des flots d'alcool.

« Y'a des fils de la Vierge, entendait-on entre deux bruits de verre, ça se lève, pas de pluie avant ce soir peut-être. »

Eugène n'avait presque pas dormi ; il avait dû préparer les falues, les garots, les brioches, la pâte à galettes, et le pain à distribuer aux pauvres dans la mairie. L'avant-veille, Nicolas-Victor avait obtenu la commande du maire : « Vous préparerez quelques demi-tourtes, Cantelou, nous allons faire un beau geste républicain ! » Après que les enfants des écoles eurent quêté, le boulanger reçut vingt-six francs et mit Eugène au travail. Marie-Aimée et Victorine avaient dressé sur des tréteaux une grande planche recouverte d'un drap blanc. Dès huit heures, les brioches s'entassèrent sur la table. Eugène tendit un abri de toile pour les galettes. En reliant un brasero à un bout de tuyau de poêle coudé, on pouvait cuire. Malgré des nuages et une brise venus de la mer, le soleil se dévoilait largement. Bientôt, ils se retrouvèrent tous dans les rues. Ils s'étaient soignés, apprêtés, les hommes s'en moquaient entre eux : « Alors ? on s'est ben gratté la couenne ! » Les femmes avaient sorti leurs bonnettes fines et des robes aux couleurs claires. Sur la place de l'église, les stands de tir invitaient les passants, des gamins vendaient pour trois sous des cocardes tricolores en papier et la rôtisserie Lerebourg d'Aunay grillait en plein air saucisses et côtelettes.

Marie-Aimée se partageait entre l'étal avec Eugène et le café où Victorine servait sans cesse. A dix heures, l'harmonie commença son défilé sonore avant de terminer devant les autorités et le sous-préfet qu'on avait vu arriver en berline noire, officielle. Au signal d'un conseiller, la file des pauvres se forma, des nécessiteux : veuves, handicapés, journaliers à la trop nombreuse famille, en fait des cas sociaux que les villageois n'avaient d'ailleurs jamais oubliés d'une manière ou d'une autre. Ils se pressaient, échangeaient des regards mornes où la lassitude dominait. Pour eux, la fête, qu'était-ce vraiment ? A quoi les réduisait-on ici, sinon à des faire-valoir ?

A onze heures du matin, Nicolas-Victor, encore à jeun, s'approcha avec sa corbeille pleine ; les demi-tourtes bises de troisième qualité, à la farine moins bien blutée, s'empilaient sur fond de toile blanche.

« La République donnera du pain et du travail à tous ! » Le sous-préfet venait de placer SA phrase, il accepta modestement les acclamations et commença la distribution en serrant les mains. Il y eut encore un bon quart d'heure d'attente, le temps de terminer par un discours qu'ils durent entendre jusqu'à la fin, debout, leur pain serré contre eux et l'envie d'en finir au plus vite.

Quelques « politicards » acharnés écoutaient quand même, d'autres remarquèrent l'absence de la Marie-Victoire. Lorsque le gendarme avait poussé sa porte pour lui notifier l'invitation, elle l'avait menacé de sa branche de noyer tordue qui lui tenait lieu de canne : « Quoi ? toi, l'clos-tchu que j'ai vu téter sa mère, tu viens avec ta casquette et tes grands airs ? Ekap'té d'cheu mé*. » Il n'avait rien pu faire que se sauver vers la route en criant : « Tant pis pour vous ''la vieille'', vous n'aurez rien... » Mais elle était retournée tranquillement à sa solitude.

Le 13 juillet, Marie-Aimée avait envoyé Victorine. La petite s'était dépêchée, avait pris des raccourcis à travers les champs et les sentiers qu'elle connaissait par cœur, et posé finalement le pain sur le pas de la porte avant de s'éloigner en courant.

> *La Marie-Victoire*
> *N'est pas bell'à voir*
> *Elle a l'nez tout noir...*

La ronde enfantine caracolait dans sa tête, lui faisait oublier les herbes et ronces des talus qui griffaient ses jambes dans sa précipitation à repartir. Quand elle fut sûre

---

\* Quoi, toi le petit dernier que j'ai vu téter sa mère ! Sauve-toi de chez moi.

d'être à une bonne distance, elle s'arrêta essoufflée, puis comme il n'y avait personne, au beau milieu du chemin, elle se mit à chanter tout haut : « *La Marie-Victoire n'est pas...* » Elle esquissa des pas, tourna sur elle-même plusieurs fois jusqu'à ce qu'elle sente brusquement deux bras autour d'elle. Elle cria.

« N'aie pas peur, Victorine, c'est moi. » Louis Bitot parlait tout bas, ne la lâchait pas, si près d'elle qu'elle sentait son haleine.

« Laisse-moi, laisse-moi. » Elle le frappa au visage. Il jura en la repoussant : « Sacrée fumelle ! » Epouvantée, elle avait déjà repris sa course d'animal traqué. Elle parvint au café à bout de souffle, trempée de sueur.

Cette aventure l'avait empêchée de dormir, elle y pensait toujours, même ici dans la foule, alors que le sous-préfet achevait son discours d'une voix forte :

« Ah ! si partout, comme le voulait notre grand président du Conseil, Gambetta, nous pouvions avoir des maires et des fonctionnaires républicains ! » Après une nouvelle vague d'applaudissements, il remonta dans sa berline, des pétards éclatèrent alors dans tous les coins de la place, marquant les vrais débuts de la kermesse.

# 11

« Couvre-toi, Eugène, il pleut. » Les paroles de Marie-Aimée troublèrent le silence. Eugène leva les yeux, esquissa un mouvement comme s'il se soulevait de sa chaise pour la saluer.

« Heureusement que le feu d'artifice n'était pas pour aujourd'hui.
— En effet. »

Elle passa près de lui, ses vêtements semblaient sentir la pluie, celle du matin, la plus fraîche, encore imprégnée de nuit.

« Je vais au café, si tu as faim, reprends de la soupe, après je t'enverrai Victorine pour les comptes d'hier. » Elle sortit. Mentalement, Eugène suivit son trajet. Elle allait d'abord vers la route pour voir s'il n'arrivait pas de marchands ni de clients, puis vers le café dont elle calait la porte l'été pour éviter d'avoir trop chaud. Les gestes de tous les jours après sa messe de sept heures. Sa vie. Eugène s'habituait à eux, à elles plutôt, Marie-Aimée qui faisait ce qu'elle pouvait pour lui et Victorine, avec ses quatorze ans, qui le surprenait. Il s'amusait de la voir si appliquée, penchée sur les feuilles blanches du grand carnet. Mais ce respect aussi qui le poussait à se taire devant la peine qu'elle se donnait. Parfois elle sentait le regard bleu, riait : « Au lieu de me regarder, tu ferais mieux (ils se tutoyaient depuis qu'il lui avait présenté une petite sœur de son âge) de recompter avec moi... » Elle avait cet instinct d'établir la part des choses entre le travail et l'amitié. Un temps pour laisser fuser l'enfance encore si proche en elle, à fleur de peau, un autre pour calculer, diriger et s'en expliquer avec Anthénor.

Eugène l'agaçait souvent en ironisant sur sa petite taille : « Bout d'femme, bout d'femme » ; alors elle grondait, tapait du pied : « Tais-toi ! »

Il lui arrivait aussi de se confier : « Le père... », disait-elle en entrebâillant la porte du fournil. Elle s'approchait, s'accroupissait dans un coin ou sur une marche. Eugène se taisait, attentif, elle ne l'appelait jamais autrement lorsqu'elle en parlait : « le père ». Il devinait alors sa déroute, écoutait parce qu'il la sentait incapable de résister à cette envie de parler pour se soulager. Elle lui racontait des scènes de son enfance avec Françoise, l'obligeait parfois à lui répondre : « Et toi ? Comment c'était ? »

Tout en pesant les boules de pâte ou en surveillant le tirage du four, il disait à son tour : « Moi aussi... »

Ils avaient en commun la dureté d'un passé qui ne les quitterait plus, une accoutumance aux drames qui les réunissait non pas dans la révolte ou les pleurs mais dans une humanité sereine. Elle l'avait ainsi mis au courant de sa course chez la Marie-Victoire et de l'audace de Louis Bitot. Eugène avait secoué la tête, ri : « S'il t'embête trop, j'le coincerai. » Il n'avait pas pu poursuivre car Nicolas-Victor, comme toujours, arrivait tôt ou tard. Il la chassait d'un claquement de mains : « Allez, tu l'empêches de travailler, tu n'as donc rien à faire ? » Elle repartait alors jusqu'au café ou à la boutique. Eugène le laissait faire avec cette agressivité dont il abusait : « Ton four n'est pas assez chaud, et la pâte là (le boulanger montrait la pâte à brié qui reposait) pas assez pressée. Recommence ! »

Dents serrées, Eugène allait jusqu'à la brie, actionnait à nouveau la longue barre tandis que Cantelou tournait la boule sur la table au-dessous. S'il se lassait tout à coup, le boulanger s'arrêtait sans rien ajouter et partait. Un jour, il lui avait dit : « Si tu rates une fournée, j'te noierai comme un avorton ! » Eugène attendait son départ. Quand sa voix s'éloignait : « Victorine, prépare-moi la soupe », il relâchait tous ses muscles, s'appuyait le dos au mur, les épaules plus basses : « Foutu soûlard ! » Un moment, il oubliait, s'évadait de la pièce enfumée, enfarinée où la chaleur l'engourdissait. Du dehors lui parvenaient les martèlements de la forge, le passage des carrioles sur la grand-route ou les cornets des rares vélos. Puis les coups de pioche plus récents, le fracas des pierres et les cris des ouvriers près de l'auberge de la Pie, en haut de la côte. Grâce à la victoire républicaine, les crédits ne manquaient pas, une voie ferrée relierait bientôt Vire aux marchés les plus importants.

De temps à autre, lors d'une tournée, il avait croisé les nouveaux travailleurs, une quarantaine de Bretons, autant de Basques qui venaient s'installer ici avec leurs familles pour quelques années. Avec d'autres manœuvres arrivés de l'Est, ils se retrouvaient dans le café pendant la pause de midi ou du soir, les accents si particuliers se mêlaient aux rires, aux verres qu'ils choquaient en les levant :

« Viens donc trinquer avec nous, Eugène. » Ils le connaissaient bien, lui achetaient du pain ou parlaient avec lui du mal du pays. Marie-Aimée essuyait ses mains à son tablier de toile, elle acceptait de boire un verre de cidre pour leur plaisir : « Pas d'alcool surtout, juste un petit cidre. » Elle savait aussi les écouter, posait des questions, s'intéressait à la santé des leurs.

« Pas fière, la patronne, une bonne fille. » Là, ils avaient l'impression d'être attendus.

Eugène ne comprit pas tout de suite, il fallut du temps.
L'habitude devait prendre le pas, l'amener doucement à être d'ici, vivre d'eux, racines à plonger dans une terre nouvelle. Il apprit la patience, la soumission parce qu'après, Marie-Aimée et Victorine étaient là et que tout devenait plus facile. Sa mansarde avait déjà été habitée par deux

autres gindres, cela aussi il le savait. Il s'en interrogeait : « Pourquoi ici ? » Ailleurs il aurait pu trouver un travail, il n'avait qu'à attendre la Saint-Sauveur du Méniozou, quelqu'un l'embaucherait certainement, le distinguerait vite avec sa haute taille et les muscles de ses bras qui avaient gonflé, durci sous la tension du brassage.

Au fond, il avait toujours été seul à prendre des décisions. Sa mère était morte alors qu'il n'avait que six ans. La vie lui avait fait front et son père n'avait jamais su arranger les choses. Il ne gagnait rien chez les Cantelou. « Le couvert et le logis, ça ira pour le moment », avait dit Anthénor, et depuis rien de nouveau. Marie-Aimée était embarrassée : « Eugène, je te donnerai quelques sous dès que je pourrai. » Elle avait un geste d'impuissance. « Il va tout boire, tout. L'huissier peut revenir, je n'aurai plus rien. »

Eugène goûtait au verre de cidre ou au café qu'elle lui proposait : « Ça ne fait rien, madame Cantelou, ce sera comme vous pouvez. » Il buvait en la dévisageant à la dérobée, ses cheveux blonds sous sa bonnette et les fils gris qui en dépassaient, son visage qui se marquait de plus en plus depuis qu'il était arrivé, une lassitude, une vie qui fuyait. Il la trouvait souvent seule, la tête dans les mains, elle sursautait à son approche : « Ah ! c'est toi... » Elle aimait bien Eugène : « C'est comme mon grand fils », disait-elle aux clients, elle l'encourageait aussi bien des fois : « Ne t'inquiète pas si l'patron te fait trop de reproches, ce sont des mensonges, c'est l'alcool qui le rend méchant, avant il n'était pas comme ça. » Un instant, elle s'arrêtait, un flottement dans son regard. Avant ? Qu'avait-elle connu de lui, avant ? Elle baissait les yeux, amère, mais pour Eugène ce mensonge était nécessaire. Elle voulait qu'il croie à cet autrefois, qu'il sache qu'elle avait connu une part de bonheur pour qu'il ne la plaignît pas trop. Lui, pressentait la fragilité derrière les mots, les regrets qu'elle ne pouvait dissimuler.

Elle avait beau économiser sur tout, demander à Eugène de bricoler des restes de bougie, les sous se faisaient rares. Elle passait ses soirées à repriser les chaussettes, les bas de laine, les tabliers, les pantalons, seule près de sa lampe Falaise\*, courbée le plus près possible de la lumière, en se hâtant. Parfois le vent soufflait si fort qu'elle n'entendait pas Eugène frapper à la porte, des courants d'air glissaient par le moindre interstice, elle serrait ses pieds sur la chaufferette car elle avait déjà éteint le feu dans la cheminée pour épargner le bois.

Eugène entrait. « J'ai frappé, s'excusait-il.

— Viens donc, Eugène. Alors, ta tournée aujourd'hui ? »

Il avançait, les mains dans ses poches : « Fait froid, ici.

— Prends la couverture sur le fauteuil ! » Elle parlait toujours penchée sur son ouvrage, le nez à quelques centimètres de son raccommodage. « Avec les braises que tu m'as données pour ma chaufferette, ça va. »

Il s'asseyait, la fixait un moment avant de raconter ce qu'il avait appris au hasard des fermes. Elle s'inquiétait des comptes, des commandes, des sacs de farine. Quand son monde se délitait comme une pierre friable, quand elle sanglotait devant les notes envoyées par les aubergistes, Eugène intervenait : « J'ai de nouvelles commandes pour dimanche, les Lefèvre et les Bertheaume. Des falues et de la teurgoule, ça va s'arranger ! »

Même si ce n'était pas toujours vrai, il scrutait son visage au front déjà fatigué, sa bouche mince et ses yeux aux contours striés de fines rides jusqu'aux pommettes. Il espérait une lumière, quelque chose qui l'éclairât de l'intérieur. Parfois, il réussissait : « Tu crois qu'on va pouvoir ? » Elle l'attrapait à la main ou au bras, le serrait : « Tu me racontes des histoires ! » Mais elle souriait, se levait de sa chaise en lissant son tablier, l'époussetait de sa main dans un geste machinal : « Bon, j'vais préparer la lessive pour demain, Victorine restera au café. »

Il la sauvait pour quelques heures.

---

\* Lanterne en verre avec une chandelle dedans.

## 12

Pour le nouvel an de 1887, Anthénor décida de tuer le cochon. « On l'tuera après la Nouel, avait-il dit, Jean ne peut pas avant. »

Pierre Jean, le charcutier, saigna *l'vêtu d'soie* le matin du 29 décembre, à la ferme. Victorine assista à la mise à mort ; puis on lui attacha ses longs cheveux dans un fichu noué sur la nuque ; avec d'autres femmes du Fresne et Marie, elle dut, pour la première fois, participer, plonger ses mains dans le sang, les boyaux ; les autres riaient d'elle : « Cha lui coupe l'respire ! »

Elle fermait les yeux, pinçait la bouche pour ne pas voir sur ses mains le liquide dont elle sentait la chaleur visqueuse, écœurante. Autour d'elle, on chantait, on plaisantait, bientôt il y aurait ripaille. Marie surveillait son monde, dirigeait les opérations. De temps en temps, quelques femmes se poussaient du coude, gloussaient en se moquant de la jeune fille : « Cha la fait tcherti jusqu'au fond des bouailles\* ! » Et leurs rires renversaient leurs têtes, dominaient le brouhaha de la longue tablée où l'activité ne cessait pas d'une bassine à l'autre, entre les couteaux et les

---
\* Ça la remue jusqu'au fond des entrailles.

louches. A part la nourriture, on prenait grand soin de la peau qu'on allait vendre pour la fabrication des cribles à blé et des boyaux qui servirait aux violoneux.

Ils y passèrent la journée, mais vers cinq heures, alors qu'on pensait en avoir bientôt fini, Anthénor était arrivé de l'étable en criant : « La Bergère elle est *empommée*, aidez-moi ! »

Aussitôt, hommes et femmes se précipitèrent, coururent de l'autre côté de la cour. « Il faut l'arrêter ! » « Maintenez-la ! » Dans la cohue, des ordres fusaient de partout, l'affolement les gagnait devant la pauvre bête qui se tapait la tête et le corps à tout ce qu'elle trouvait.

« Allez, les hommes, attrapez-la ! » Marie se dégagea du groupe, tenta de la saisir aux cornes avec Anthénor mais il fallait de la prudence et du savoir-faire car on risquait les ruades et les coups de tête. Quelques gros bras vinrent en renfort, ils luttèrent en inclinant le museau vers le sol jusqu'à ce que le corps fléchisse, tombe comme une masse sur le côté. Anthénor revenait déjà avec un bâton. « Vite, vite. » Marie s'impatientait. Dans le silence de l'émotion, quelques lamentations s'échappaient encore :

« Ch'est la plus belle. » « Pourvu qu'on la sauve, l'année dernière la Comtesse du père Jeannière, elle a crevé toute seule comme ça dans son champ. »

La Bergère avait les yeux quasiment révulsés, de la bave sortait d'entre ses mâchoires avec sa langue qui virait au bleu. Deux gars lui ouvrirent la gueule tandis qu'Anthénor glissait le bâton jusqu'au fond de la gorge puis, de plusieurs mouvements secs, il poussa. Personne ne prenait garde au froid ni au jour qui déclinait. Ils s'étaient disposés en rond autour du corps pour mieux voir. La bise pourtant soufflait dur, et les têtes rentraient instinctivement dans les épaules.

Pour préparer le cochon au fond de la cour, le toit en avancée avait quand même l'avantage d'abriter et, l'ouvrage aidant, on oubliait l'hiver. Mais là, tous côte à côte, le visage pris par l'inquiétude, le temps devenait secondaire. Anthénor réussit enfin à pousser la pomme qui bloquait le larynx, il se releva en ramassant son chapeau : « Fiée d'putain ! »

Les hommes à leur tour s'écartèrent, la vache à présent râlait, le souffle moins court. Tout à coup, elle se redressa d'un seul bloc. L'assistance applaudit et, de joie, Marie embrassa Victorine. « Ma première vaque bonne à démarrer\* ! »

Anthénor riait, remerciait les aides improvisés qui retournaient au cochon. « On va s'boire eun'goutte, ça nous remettra ! »

Il restait à suspendre les andouilles avant de les fumer, un travail qui les occuperait encore deux ou trois heures.

C'est Anthénor qui raccompagna Victorine à La Ferrière. Il était presque huit heures. La nuit avait renforcé le vent d'est qui semblait filer bas sur la terre, car la cime des grands arbres ondulait à peine. « Le temps tourne, c'est du gel pour bientôt. »

Anthénor s'installait, débloquait le frein de la carriole tandis que Marie donnait une couverture de plus à Victorine. Elle l'embrassa : « Dis bien bonjour à tous là-bas ! »

Le cheval maintenant avançait, le vent glaçait le visage, les mains. Anthénor avait aussi rajouté une couverture épaisse par-dessus sa pèlerine. Il se tourna vers Victorine, assise à ses côtés : « Ça va ? Pas trop froid ?

— Non. » Elle secoua la tête, emmitouflée.

« J'irai voir le ferrant\*\* pour la Brunette, elle va vêler d'ici peu, et puis j'lui demanderai de regarder la Bergère, on ne sait jamais... » Il eut une moue : « Quand même curieux, cette pomme dans le fourrage... Faut avoir l'œil à tout ! »

Victorine écoutait, le balancement de la carriole l'endormait légèrement. La campagne prenait une autre dimension. Dans les fermes, on apercevait les lueurs des chandelles, des lampes. « Ils préparent le réveillon », pensait-elle.

---

\* Ma première vache bonne à être vendue.
\*\* Le maréchal-ferrant faisait office de vétérinaire.

Le contraste de cette intimité avec la rudesse de leur cheminement lui plaisait.

« Ta mère sera contente, tu lui donneras le lard et les saucisses, elle s'en occupera. Si elle préfère, elle peut même les fumer dans la cheminée. »

Anthénor parlait de temps en temps, il était heureux que Victorine soit là près de lui : « Tu te souviens quand je boulangeais ? » Il souriait. Avec la lumière accrochée sur le bord gauche de la carriole, son visage par moments s'illuminait. Il avait grossi en prenant de l'âge. Le bonnet qui le protégeait lui faisait la figure ronde, le nez plus long.

« Maman est contente d'Eugène, dit Victorine pour couper le silence, mais elle a toujours peur.

— Ta mère, elle a fait plus que ce qu'il fallait. » Il imaginait ses doigts rouges, gonflés, son visage marqué. « C'est une femme qui connaît le travail, si elle n'était pas tombée sur ton père... » Il n'acheva pas parce qu'il n'y avait pas à achever. Il secoua les rênes : « Allez, plus vite ! » dit-il. A quoi bon insister devant Victorine ?

C'est elle qui continua : « Maintenant, il ne mange plus que de la soupe, il est devenu si maigre que ça fait peur, tous ses vêtements sont trop grands. » En même temps, elle se revoyait en train de le soulever un matin sur deux au bas de l'escalier. Elle avait remarqué le corps qui se décharnait, plus facile à déplacer, desséché comme un arbre foudroyé. Elle avait pitié, une pitié pleine d'affliction, de souffrance.

Ils arrivèrent en haut de la grande côte. On ne distinguait même pas la boulangerie et son café, à part quelques clignotements à travers les branches.

« J'aurai pas le temps de pauser, dit Anthénor. A propos, avant que tu n'descendes, tu diras d'ma part à Eugène qu'il soit plus discret avec la Geneviève, on jase. » Il se mit à rire. « C'est d'son âge, mais si son père l'apprend, gare !

— Je lui dirai. » Victorine avança à pas lents vers la maison. Geneviève ? Elle s'efforçait de concevoir un visage, les Geneviève étaient légion, difficile d'élire celui-ci plutôt qu'un autre.

Marie-Aimée avait vu la carriole s'arrêter de l'autre côté

de la route, chez Briouze. Elle marcha au-devant de Victorine : « Alors, tu vas me raconter ? Je t'ai gardé de la soupe chaude. » Victorine n'avait pas faim. Sa mère la prit par un bras ; à l'intérieur, elle déposa le panier, le vida : « On fumera les saucisses pour en garder.
— Dis, maman, tu connais une Geneviève ?
— Quelle question ! Il y en a plein par ici.
— Une jeune. »

Marie-Aimée fronça les sourcils pour réfléchir, son visage se détendit : « Ah ! c'est p'têt la Geneviève Lasalle, celle des Haies-Tigards, la drôlesse ! » Victorine redressa la tête de surprise, écarquilla les yeux, mais Marie-Aimée avait repris son travail de tri, lui tournait le dos. « Qui t'a parlé d'elle ? » L'envie de lui dire allait gagner lorsqu'Eugène poussa la porte d'entrée :

« Bonsoir, dit-il, j'ai une faim de loup et ce froid qui vous transperce ! » Il frissonnait en dégrafant sa veste, s'installa devant l'assiette que Marie-Aimée lui remplit de soupe aux brocolis : « Prends du pain et du cidre, après il y a du fromage blanc aux cives. » Elle s'assit à son tour, insista auprès de Victorine qui grignotait un morceau de pain : « Raconte-nous donc ta journée ! Tu auras peut-être plus d'appétit après. »

Victorine examinait Eugène, détaillait sa façon de boire, d'avaler les cuillerées de soupe. Elle se mit malgré elle à parler du cochon, de la Bergère qui avait failli s'asphyxier ; sa voix modulait un peu trop. « Tu es fatiguée, va dormir », conseilla Marie-Aimée, mais elle resta avec eux. Lorsqu'ils montèrent se coucher, il n'était pas loin de onze heures. « Demain, se disait Victorine, je parlerai de cette Geneviève à Eugène. » Elle eut pour lui un bonsoir sec qu'il ne put s'expliquer

Après une nuit agitée, elle se leva vers six heures. De la chambre de sa mère lui parvenaient des bruits d'eau versée du broc dans la cuvette en faïence. « Elle se prépare », pensa-t-elle, puis elle se pencha rituellement au-dessus de la balustrade sans pouvoir distinguer si son père gisait ou non sur les dernières marches. Eclairée d'une bougie, elle descendit prudemment mais ne rencontra aucun obstacle. Elle devait rallumer le feu dans la salle, arranger le fagot prêt sur le côté, disposer quelques bûchettes. Ne manquaient que les braises à prendre au fournil où devait se trouver Eugène. Elle entra dans la petite pièce où Eugène était bien en train de laver, préparer les ustensiles.

« Bonjour, dit-elle sans le nommer, je viens chercher les braises ! »

Eugène ouvrit le tiroir du fourgon à braises*. « T'es pas comme d'habitude, dit-il en chargeant la pelle de poussières incandescentes, depuis hier... » Mais elle lui coupa la parole, se planta devant lui, hérissée par la colère : « L'oncle Anthénor te fait savoir que tu devrais faire attention avec la Geneviève. » Elle le fixait de toute son énergie, comme une bête blessée qui se rebiffe. Eugène la regarda sans comprendre : « Mais qu'est-ce qui t'arrive ? Et puis d'abord... ce sont mes affaires ! »

Au lieu de l'exaspérer, la phrase d'Eugène la pétrifia. Elle baissa le nez vers la pelle où les braises commençaient à s'éteindre. « C'est bien celle des Haies-Tigards où tu vas porter le pain ? » Le ton devenait sourd.

« Dépêche-toi, répondit-il seulement, le feu ne prendra pas. »

Il l'observa qui s'éloignait en courant, claquant la porte de toutes ses forces, puis la voix de Marie-Aimée résonna : « Mais Victorine, tu es folle ? Arrête ! »

Eugène marchait à grands pas. Il tenait de ses pouces le harnais de la hotte fixée sur sa veste de chasse. L'hiver était enfin fini. La campagne quittait ses teintes monochromes et l'on remettait les vaches dans leurs pâturages. Il salua quelques cultivateurs, suivit les sentiers habituels où la terre mouillée gardait l'empreinte de ses sabots. Le ciel n'était qu'une longue hésitation entre soleil et nuages, comme une page d'écriture pleine de bleu et de blanc.

Il lui restait encore plusieurs fermes à livrer. « Tiens, v'là

---

\* Récipent métallique en forme de cylindre qui contenait les braises du four.

not' boulanger. » Les barrières s'ouvraient, on attachait le chien ; entre les aboiements et les piaillements des volailles, il tendait la tourte, recevait ses sous. « Jusqu'à ! » Un signe de la main et il se mettait à courir, porté par la joie de la retrouver.

Il arrivait.

Le rideau avait un imperceptible mouvement qu'il saisissait toujours en souriant. « Elle m'attend », pensait-il. Puis une main tirait la porte, un coup d'œil à droite et à gauche avant d'entrer et elle était là, enfin. Geneviève Lasalle l'aidait à décrocher sa hotte : « T'es plus crotté qu'un *vérot*\* ! »

Elle le faisait asseoir, s'agenouillait sans honte devant lui et lui enlevait ses sabots l'un après l'autre.

Il caressait alors ses cheveux, tirait sur le nœud de la bonnette. « Holà ! Pas si vite ! » Elle résistait maladroitement, tournait autour de lui pour qu'il la désire encore plus.

Trois mois qu'ils avaient commencé à s'aimer. Ah ! elle ne s'embarrassait pas quand un homme lui plaisait, la Geneviève, « la drôlesse » comme on l'appelait. Avec ses vingt-six ans, ses formes rondes, sa bouche qu'elle fardait comme à la ville, elle en avait attiré plus d'un, suscitant de terribles jalousies. Quand elle avait vu Eugène passer sur le chemin de sa tournée, elle en était restée sans voix. Le semaine suivante, elle l'avait hélé, provocante : « J'voudrais bien du pain, moi aussi... »

C'était la première fois qu'il approchait une telle femme, le corsage mal fermé, la bouche agressive ; il ne l'avait pas vraiment trouvée belle d'abord, mais elle avait su lui faire éprouver ce désir physique, impérieux, lorsqu'elle s'était penchée exprès devant lui, et il n'avait plus pensé qu'à elle. Une ou deux fois par semaine, dès qu'il le pouvait, il la rejoignait. Elle avait déclenché en lui cette faculté de jouissance dont il n'avait recueilli auparavant que des plaisirs solitaires.

« Et quand je ne suis pas là, disait-il, tu reçois d'autres

---

\* Petit cochon.

hommes ? » Il la voulait à lui, s'emportait lorsqu'elle le traitait d'« enfant blond » ; « Je t'aime, tu entends ? » criait-il en la secouant. Elle riait encore plus : « Ce n'est pas moi que tu aimes, c'est le plaisir que je te donne. » Sa colère doublait : « Non, je veux te marier. » Il mêlait encore l'innocence aux jeux d'adultes, s'entêtait dans son projet en croyant que la vie se résumait à la volupté de pénétrer ce corps qui se tordait dans un cri. Tout le monde l'avait trouvé changé, même et surtout Marie-Aimée. Il avait beau s'en défendre, elle voyait clair en lui, le narguait :

« Pas trop d'sel dans la pâte, Eugène, c'est l'défaut des amoureux !

— Taisez-vous, madame Cantelou, suppliait-il, j'vais rater ma fournée. »

Il ne passait presque plus de soirées dans la salle à jouer avec elles aux dominos ; il s'isolait ou partait se promener. Devant Anthénor qui lui conseillait de se méfier, il avait rougi : « Faut rien dire chez moi, surtout...

— T'inquiète pas, répondit Anthénor, mais prends garde à la fille ! »

Ce qui le tourmentait le plus, c'était la façon dont sa Geneviève le rabrouait pour qu'il les quittât : « Tu ne gagnes rien, répétait-elle, tu ne peux même pas m'emmener à la ville, et tu veux me marier ? » Elle le poussait à bout : « Heureusement que j'ai eu un ami riche, sinon... » Il connaissait l'histoire, un gros propriétaire qui l'avait installée dans cette petite ferme et qui était mort peu de temps après. Elle avait eu la main heureuse et ne s'en cachait pas.

« Tu n'as qu'à attendre la Saint-Sauveur au Méniozou, tu trouveras bien à te louer comme cocher. »

La ville ! Elle en rêvait pour lui et davantage encore pour elle, avec l'allure qu'il avait. « Grand comme tu es, tu porteras le chapeau et l'habit mieux qu'aucun autre et alors... » De son index, elle se mettait à lui caresser le menton, s'emportait comme une petite fille devant un jouet neuf car au fond, c'était tout ce qu'il représentait pour elle. Eugène la prenait au sérieux : « Après, on se mariera ? » Il la mangeait des yeux, qu'elle dise oui, une seule fois, l'écouter dire oui. Mais elle haussait les épaules : « Tu sais bien que ton père ne voudra jamais, je suis trop vieille pour toi. »

Elle repartait d'un rire moqueur tandis qu'il cherchait à se justifier : « Il sera bien obligé, si j'te mets enceinte. »

D'un seul coup, son rire s'interrompit et c'était pareil à chaque fois qu'il émettait cette idée : « Ça jamais ! Tu m'entends ? JAMAIS ! Et si tu m'en reparles une seule fois, je te chasse ! »

Leurs querelles ne duraient pas longtemps, ils finissaient par s'étreindre, s'aimer avec fougue. Elle s'abandonnait toute à ce corps jeune et vigoureux qui la brisait jusqu'à l'épuisement. C'est que les autres, ceux qu'elle avait connus ou qui venaient encore de temps en temps, n'avaient que de courtes étreintes, et leurs mots vulgaires achevaient de la dégoûter.

Eugène ignorait tout de ces rencontres. Aveuglé par sa passion, il ne savait pas remarquer le pli amer de la bouche qui perdait son fard, la peau qui se fanait déjà sur le cou, les seins, les cernes qui s'accusaient certains jours. Il s'accrochait à elle comme à son propre plaisir et tous les deux se confondaient en lui.

Sa vie changeait. Les jours de pluie qui battait lourdement le pays, Victorine ne le guettait plus. Il découvrait la porte close, la salle vide, devait sécher seul ses vêtements, essuyer ses sabots. Dire que cela le laissait indifférent n'aurait pas été juste, son idée de partir se renforçait sous la déception, mais en même temps un malaise naissait, une sorte de vertige à l'idée de cette décision. Comment oser dire à Marie-Aimée, à Anthénor, en les regardant droit dans les yeux : « Je pars. »

Il en perdait le sommeil, le goût au travail. Et Victorine qui ne venait même plus au fournil lui apporter un verre de cidre ou une tasse de café... Elle se débrouillait pour l'éviter, s'occupait le plus possible au café. A force d'hésitations, de questions, il se résigna : « J'irai chercher un nouvel emploi à la Saint-Sauveur, mais je ne leur dirai rien avant. »

## 13

Le 26 juin, exactement trois jours avant la fête du Mesnil-Ozouf, Anthénor arrêta sa carriole devant le café. Il était dix heures, le soleil apparaissait de temps à autre lorsque les nuages s'écartaient et que le vent doux refluait vers les côtes.

Marie-Aimée lui offrit un café arrosé. Il s'assit quelques instants parmi les clients, discuta des récoltes et du temps puis il demanda à voir Eugène. « Il doit être avec Victorine pour les comptes », dit Marie-Aimée. Elle cessa de ranger des tasses : « Rien de grave ? »

Anthénor eut un clin d'œil qui la fit rougir : « A c't'âge-là, les amours clandestines, faut s'en méfier. »

Elle continua son rangement, plus sérieuse : « Si au moins il voulait m'en toucher un mot, mais rien. Il est plus muet qu'une carpe ! Pourtant... »

Anthénor s'approcha d'elle, écrasa un bout de mégot dans un cendrier du comptoir : « Pourtant, reprit-il, son pain est moins bon ! J'ai entendu des plaintes, le brié surtout, pas assez tassé ; si l'frère entend ça, y va l'cogner ! »

Elle regardait vers le sol, les mains jointes à présent sur son tablier, ils parlaient de lui comme d'un fils qui aurait fait un mauvais coup, elle s'étonna de cet attachement, s'en fit la remarque.

« J'vais essayer de lui causer, on verra bien ! » Anthénor s'éloigna vers la salle.

Eugène venait d'achever les comptes qui ne duraient plus longtemps. Victorine avait vite fait d'aligner les chiffres, elle esquivait ces tête-à-tête qu'elle ne supportait plus. Une fois, en le voyant prendre place, elle lui avait fait remarquer les traces de rouge en haut de son cou : « Peut-être que ça ne part pas avec de l'eau ? Il paraît que c'est exprès pour que ça tienne ! » Il n'avait rien répondu, pas même fait un geste. « Et si on comptait ? » C'est après qu'elle en avait pleuré.

Anthénor rejoignit Eugène au fournil. Il ne savait pas bien comment aborder le problème et toutes ces choses qu'il fallait dire. Il marchait de la maie au four, passant la main sur un rebord ou une brique. Il aurait pu tout étaler comme ça en une fois, le brusquer parce que ni lui ni Eugène n'aimaient les redondances. Une tâche d'autant plus délicate que s'il était ici ce 26 juin, ça n'était pas par hasard. Hier, en lisant *Le Bonhomme normand* qui annonçait la fête et la louerie de la Saint-Sauveur, il avait senti instantanément un déclic : « Bien sûr ! Il va y aller. » Et cette évidence s'était incrustée en lui d'heure en heure, jusqu'à ce qu'il se décidât à venir lui-même à La Ferrière.

« Tu vois, Eugène... » Eugène, qui empilait les sacs de farine, se retourna ; il soupçonnait quelque chose. « Enfin, voilà... J'veux t'dire un mot sur la Geneviève. »

Anthénor avait écarté les bras en signe d'impuissance, ils étaient retombés inertes sur ses cuisses et maintenant la main droite cherchait le tabac dans une poche du pantalon.

Eugène remarqua qu'il avait pris du ventre, que sa moustache était moins bien lissée qu'avant. Des détails qu'il se forçait à mémoriser pour prendre du recul par rapport au choc imminent qu'il n'était pas sûr de pouvoir encaisser sans révolte.

« Il va falloir que tu cesses d'une manière ou d'une autre de la voir. J'te dis ça, comprends-moi, c'est pas une fille pour toi, Eugène. »

Anthénor s'assit sur le tabouret de bois, posa ses coudes sur ses genoux en roulant une cigarette.

« On va se marier. » Eugène était debout, jamais il ne lui avait paru si grand, si fort ; il répéta : « On va se marier et on ira à la ville. » En même temps, il donna un violent coup de pied dans la maie pour se décharger d'une partie de sa fureur. Qu'avaient-ils donc tous à s'occuper de lui ? « Et d'abord, poursuivit-il (et il élevait la voix), j'gagne pas un sou, ici, j'peux rien faire, vous m'exploitez, parfaite... »

Il ne termina pas. Anthénor avait bondi sur lui, le secouait par un bras : « P'tit con, p'tit con, c'est des mots à elle, ça ! Ta fumelle qui couche avec tout l'canton... »

Eugène tremblait de tout son corps, bouche bée : « Vous n'avez pas le droit de dire ça, c'est faux. » Sa voix perdait de son agressivité, de sa puissance. Anthénor en profita : « Et l'Bessin ? et l'Jeannière ? et l'Bitot ? Oui, Louis Bitot ! Va leur demander, tous y vont t'le dire comment il est, son cul ! » Anthénor avait assez crié, il lâcha Eugène, se tassa d'un seul coup, vieillit en deux secondes : « Moi, j'te parle comme si t'étais mon fils. » Sa voix s'éteignait. « J'voudrais bien que tu sois heureux. »

Eugène pleurait. Il avait appuyé son front en haut du four contre les briques et pleurait, tourné vers le mur : « C'est pas vrai, pas vrai », hoquetait-il. Anthénor aussi avait mal, il devinait sa déchirure du front au sexe, une faille corrosive comme un feu, il respectait son chagrin en silence, le laissa se reprendre un peu.

« Je n'peux pas t'accabler, Eugène, si tu trouves vraiment une meilleure place ailleurs, pars. Mais j'voulais seulement qu'tu saches, si elle te trompe déjà, c'est qu'elle te trompera encore. C'est comme ça, les femmes, il faut les tenir tout de suite, sinon c'est comme des fourmis, elles te bouffent p'tit à p'tit et tu n'sens rien, et un matin tu te réveilles et t'as plus rien, t'es plus rien. T'auras tout perdu : ton boulot, ta vie. »

Il soupira. « J'vais t'laisser, Eugène, j't'ai assez embêté, souviens-toi quand même qu'on t'aime bien ici. » Il rajusta son chapeau, pressa le pas jusqu'à sa carriole sans rien ajouter. Marie-Aimée le vit partir. Son visage était fermé, pâle, il tira violemment sur les rênes et le cheval eut une embardée avant de se mettre au trot. « Ils ont dû se disputer », pensa-t-elle.

Le soleil s'annonçait comme un énorme embrasement derrière les collines, une combustion immobile du ciel qui dévorait l'horizon. Les maisons sommeillaient encore dans une tranquillité d'où ne filtraient que quelques cris d'animaux familiers.

Eugène n'avait pas fait de bruit, du moins il l'avait cru jusqu'à ce qu'il parvienne sur la route car un grincement le fit se retourner : Victorine ! A cinq heures du matin, elle n'avait pas eu le temps de se préparer. A peine couverte, elle ne bougeait pas sous le grand châle noir de sa mère qu'elle avait dû attraper en passant. Ses cheveux noirs, décoiffés, retombaient sur ses épaules, de longs cheveux souples qu'elle repoussa d'une main lorsqu'elle s'aperçut qu'il les regardait.

« Que fais-tu ici, à cette heure ? » Elle semblait gênée d'avoir été découverte, serra le châle sur sa poitrine : « Tu vas au Méniozou ? »

Eugène hocha la tête : « Va donc te recoucher, il est trop tôt. » Il était ennuyé de la voir là, de la sentir qui l'épiait. « Je pars, j'ai un grand bout à faire. » Il allait s'éloigner quand elle courut vers lui, pieds nus sur la route : « Eugène ! »

Il s'arrêta, se retourna à nouveau : « J'te dis d'rentrer ! »

Elle avait envie de lui dire quelque chose d'important, son corps semblait tendu, ses yeux étaient braqués sur lui. Elle retomba soudain, s'affaissa légèrement sur ses jambes : « On a besoin d'toi, Eugène, si tu t'mets en condition ailleurs, on va faire faillite, tu connais tout ici, toi. »

Elle avait parlé d'une seule traite. A la fin seulement, elle baissa les yeux. Ses doigts s'étaient enfoncés dans ses bras qu'elle tenait croisés. Et, comme si elle en avait trop dit, elle recula de plusieurs pas puis, d'un seul élan, repartit jusqu'à la porte ouverte de la salle.

Eugène marcha une bonne heure. Plusieurs charrettes l'invitèrent à monter mais il déclina leurs offres. Il préférait aller à pied, penser à tout ce qui venait de lui arriver. Il quitta la grand-route pour des chemins creux, des cavées qu'il connaissait bien. La nature lui offrait le privilège de la solitude, il pouvait s'asseoir dans l'herbe même mouillée ou sur des souches d'arbres que les charbonniers venaient de couper. Ses pas, ses temps d'arrêt soulignaient ses hésitations. Et pour une fois, le soleil se dégageait, brisait les étendues roses et orange qui semblaient l'encercler. Eugène suivait cette progression en se souvenant de Geneviève, de Victorine ou de la boulangerie.

Depuis qu'Anthénor lui avait parlé, il s'était renseigné discrètement chez Bessin. Il avait traîné un peu plus que d'habitude après avoir vendu son brié. Les moissons ne seraient pas trop bonnes cette année mais la menuiserie prospérait. Bessin avait des commandes des alentours, il travaillait avec goût, même si de temps en temps il abusait de la bouteille avec Nicolas-Victor ou un autre. On percevait parfois les échos des disputes, la mère Bessin ne lui laissait rien passer, c'est peut-être à cause de cela que parfois...

Il avait eu un sourire plein de sous-entendus vers Eugène : « Ben quoi, la Geneviève ? » Puis il avait ri franchement : « Attention ! si la baronne passe par là... » Il se roula une cigarette, mit une sourdine à sa voix. « Moi, j'te dis, elle vaut pas la lune... (Il ricanait.) Un p'tit coup comme cha, ouais, mais pas régulier, à cause de... » Il frotta son pouce contre son index après avoir donné une bourrade à Eugène.

Dans son visage rouge, ses yeux bleus luisaient, se plissaient. Une affaire dont il aimait visiblement s'entretenir, qu'il estimait valorisante. Eugène comprit. Soudain, il ramassa son argent, rajusta sa hotte : « Allez, j'dois finir ma tournée, jusqu'à !

— A mon avis, t'as mieux plus près, elle est encore un peu jeune, mais... et puis y'a l'fonds ! Et l'père Cantelou qui n'en a plus pour longtemps... » La fin de la phrase de Bessin le rejoignit sur la route, peu lui importait ce qu'il voulait dire. A présent, l'essentiel il le portait en lui, gravé. Il ne pourrait plus jamais l'oublier.

Eugène n'était pas retourné chez elle, préférant même rallonger son parcours qu'être obligé de passer par là. Il s'en voulait d'avoir été si dupe. « Et dire, dire... » Il frappait son poing sur le mur de sa chambre : « Si j'la tiens, j'l'écrase. » Des mots qui apaisaient sa rage, mais il y avait aussi les souvenirs, la chaleur de son corps, cet envoûtement qu'il croyait toujours possible. Il n'en avait pas dormi, ou si peu, et depuis, sa décision d'aller se louer s'était renforcée. « J'vais partir, il le faut. » Loin, il était sûr de pouvoir résister, d'en trouver d'autres. Et voilà que Victorine compliquait tout. Il avait bien saisi sa jalousie mais n'y avait pas prêté d'attention particulière. « Ça passera », se disait-il. Il la trouvait quand même changée. Les filles, lorsqu'elles prenaient quinze ans par ici, c'étaient déjà des femmes ou presque. Elle en avait trop vu, trop entendu, Victorine, pour ne pas régler ses comptes à l'enfance, raison de plus pour la prendre au sérieux, surtout comme ce matin. Eugène la revit, toute menue, fine, avec ses cheveux noirs qui glissaient sur ses épaules.

Devant lui, ce fut enfin le dernier sentier. Il déboucha vers huit heures trente sur la grand-place des fêtes au Mesnil-Ozouf. De partout, les gens affluaient. Jupes de droguet, bonnettes blanches, blouses et pantalons noirs et même chapeaux pour certains. Femmes et hommes se mêlaient dans une animation cordiale. Il avança prudemment dans la foule. Déjà les stands, les baraques tiraient leurs rideaux. Ici gagner un lot, là déguster de l'andouille fraîche avec une bolée de cidre ou même une côtelette ruisselante de graisse, qu'on faisait cuire devant vous. Eugène touchait sa poche : quelques sous, vraiment pas de quoi faire un festin. Il hésitait, tournait d'un endroit à l'autre, saluait parfois une connaissance. Sur les sièges d'une buvette, il retrouva Arthur, son frère aîné, courtier en bestiaux, et sa jeune femme. Heureux de les rencontrer là, il leur expliqua qu'il cherchait un autre patron.

« Continue dans la boulange, sinon tu y perdras. »

Arthur le conseilla tout en l'invitant à s'asseoir. Lui, avait réussi en épousant la fille d'un marchand de bestiaux, son affaire marchait et il en était fier. Même s'il y avait eu des frictions avec la belle-famille, pour les Fauvel, c'était un exemple. Arthur pensait à leur oncle de Vaubadon auprès duquel il avait appris les rudiments de son travail : « Il nous a bien dit, pourtant, que t'avais l'métier dans la peau. »

Mais Eugène s'entêtait : « Et l'argent ? J'gagne rien.

— Alors change de patron mais pas d'métier, t'es pas fait pour autre chose. »

Arthur n'avait qu'un projet pour lui : boulanger, tant pis s'il risquait de rester l'éternel second, car avec quel argent pourrait-il s'acheter un fonds ?

« Si tu continues, tu pourras trouver une gérance. D'ailleurs on dit que l'Cantelou... (Il fit vibrer sa main et grimaça.) Si vraiment tu veux changer, j'vais en parler à droite et à gauche pour te dénicher un nouveau patron. »

Il se leva, imité par sa femme. « Allez, Eugène (il lui glissa une pièce dans la main), faut qu'on y aille ; jusqu'à ! »

Ils s'embrassèrent tous les trois puis Arthur et son épouse se dirigèrent vers la place aux bestiaux où l'on parquait les bêtes.

Dès dix heures, avant la grand-messe, la louerie de domestiques s'organisa. Des rangs se formèrent où les tabliers blancs amidonnés, les blouses bien repassées contrastaient souvent avec l'aspect piteux des sabots. Piétinements, attente, hommes d'un côté, femmes de l'autre parlaient, chantonnaient pour masquer leur inquiétude. Eugène voulut se placer au bout de la longue file. Les nantis s'approchaient déjà : cannes, chapeaux, robes soyeuses, la démarche assurée de ceux qui n'ont pas à s'inquiéter. Restait le choix. Se laisser tâter le bras, regarder les dents avant le traditionnel « Tope là » ou le « Non » catégorique. L'incertitude, le doute le firent avancer puis reculer, les autres autour de lui plaisantèrent : « Holà ! ch'est pour annieu ou d'main\* ? » Ils n'osaient pas en dire trop, c'est qu'Eugène

---

\* Holà ! c'est pour aujourd'hui ou demain ?

dépassait largement la moyenne des statures, ordinairement petites dans ce Bocage ! Mais lui, n'entendait pas ou plus. Il se représentait Victorine avec ses quinze ans, qui s'activait sans cesse du matin au soir. Il vit sa solitude, le poids nouveau qu'il allait lui infliger avec sa décision.

Presque au même moment, un peu en deçà du champ de la louerie, il l'aperçut qui marchait aux côtés de son oncle Anthénor. Reflets vifs sur sa robe des dimanches en taffetas grenat, le vent lui soulevait de longues mèches brunes qu'elle essayait en vain de discipliner sous sa bonnette en dentelle. Elle parlait, se retournait, montrait d'un doigt les lots à gagner, riait en joignant les mains devant son visage. Cette vie, comme une source en elle qui ne demandait qu'à jaillir. Eugène connaissait sa force et ses faiblesses, le mal qu'elle s'était donné pour taire les mouvances de l'enfance si promptes à se répandre. Il s'écarta du groupe, s'appuya contre un arbre décoré de guirlandes en papier. En coupant brusquement à travers des allées encombrées, elle fut devant lui.

« Eugène ! Tu es là ? Nous venons chaque année, tu sais. » Elle se tut un instant. « Viens ! Nous irons voir le lancer du ballon. » Elle semblait avoir oublié l'épisode du matin, s'amusait de le voir un peu gauche. « Viens ! » Elle le tira, autoritaire, par un bras. Eugène se laissa faire, maladroit, avec cette gêne inconnue qui s'abattait sur lui.

Ils dépensèrent quelques sous à manger des galettes de sarrasin et à boire du cidre. Il ne parlait pas, la suivait partout, se pliait à ses désirs. Par moments, il se rappelait Geneviève, le jeu facile alors qu'elle avait fait les premiers pas, sa chair lourde, sa façon gaillarde parce qu'elle avait l'habitude. Il imaginait Victorine, si jeune, si différente, il lui plaisait de l'évoquer soumise, tremblante et pour la première fois il sentit ce désir d'elle, cet appel de son corps qui durcissait son ventre.

Vers quinze heures enfin, au milieu du plus grand pré, le ballon gonflé à l'hydrogène fut prêt à s'élever. Un journaliste et un machiniste prirent place dans la nacelle. Tout autour, la foule grossissait, on se bousculait pour les premiers rangs, Eugène et Victorine se retrouvèrent pressés l'un contre l'autre au milieu d'une excitation générale. Lente montée du ballon et des regards, des sifflements d'admiration, des cris... Et tout à coup, une bourrasque inattendue de vent le rabattit sur une rangée de hêtres où il se piqua. Les gens convergèrent dans une précipitation désordonnée vers le lieu du naufrage alors qu'Eugène empêchait soudain Victorine d'en faire autant. Il la prit aux épaules, la tourna contre lui, elle reçut ses lèvres sans bien savoir. Seulement en elle vivait un chavirement qui la faisait trembler. Elle se dégagea. « Eugène... », dit-elle, et, comme sous l'effet d'un affolement subit, elle cria : « L'oncle m'attend », et elle courut d'un autre côté de la fête.

Eugène interdit la suivit des yeux. Elle relevait d'une main le bas de sa robe, de l'autre tenait sa bonnette que le vent pouvait enlever.

# 14

Une fois, il la tint à nouveau contre lui. Sur l'épaisse plaque du fourneau, elle surveillait la cuisson de la soupe à la graisse. Durant plusieurs heures, elle devait remuer la longue cuillère en bois, goûter pour rectifier l'assaisonnement. Quand elle soulevait le couvercle en fonte, ça sentait le thym et les clous de girofle mêlés à l'odeur forte du bouillon. Chaque jeudi, elle remplaçait ainsi Marie-Aimée quand elle ne pouvait la suivre à la messe. Eugène était venu, l'avait entourée de ses bras tandis que la chaleur du fourneau montait jusqu'à leurs visages. Surprise, elle s'était laissé faire enfin. « Si tu voulais, Victorine (Eugène jouait avec ses doigts), on pourrait se marier. »

Elle avait attendu comme pour s'assurer ou se reprendre, puis elle n'avait pas craint de lui faire face : « Et la Geneviève ? »

Eugène mit les mains dans ses poches, recula : « C'est fini pour de bon, je ne la reverrai plus jamais ! » Il prit le visage de Victorine entre ses mains, un peu brutal. « Si tu m'aimes vraiment, tu ne dois plus m'en parler, sinon... » Mais il n'ajouta plus rien.

Il aurait voulu lui dire ce qu'il ressentait, ce mélange de chagrin et de joie qu'il éprouvait pour elle, seulement pour elle, l'admiration aussi qu'il lui portait et cette accoutumance à tout ce qui l'avait façonnée, la façonnait encore. Mais il la regardait, plein de cet attachement muet, incapable de discourir parce qu'il n'était pas un phraseur. Ses forces à lui, c'étaient son pain et son pays, ce qui lui était tangible et nécessaire d'abord, avant tout.

Les mots manquaient aussi à Victorine. Cet engagement qu'elle lui donnait, qu'elle savait définitif, il se trouvait dans ses yeux, dans son corps, dans cette tendresse qui coulait en elle comme le jus sucré d'un fruit mûr. « Il faut attendre, Eugène. »

Attendre, il était prêt, il avait suffi de son acquiescement. Déjà la porte de la salle claquait, Marie-Aimée déposait son missel sur le buffet, ôtait son châle : « Alors ? Ça cuit bien ? » cria-t-elle à Victorine puis, tout en nouant son tablier, elle continua en s'éloignant : « J'vais ouvrir le café. » Il était huit heures trente.

La Geneviève revint. Même en plein jour, elle le chercha. Une première fois, Marie-Aimée la sortit du café sous les rires des hommes. « Une traînée chez moi, jamais ! » Depuis l'histoire de Nicolas-Victor avec la Jeanne, elle avait appris la manière. La deuxième fois, la Geneviève se glissa jusqu'au fournil, la porte en demeurait toujours entrebâillée, sauf la nuit. « Eugène, tu viendras demain ? »

Eugène avait failli se brûler avec le four. La surprise l'empêcha de réagir, puis la peur que Victorine l'ait vue le glaça. « Fous l'camp, j'ai pu rin à t'dire. » Mais elle n'obéissait pas, plantée sur le sol, provocante comme elle l'avait toujours été.

« Alors, c'est vrai, c'qu'on dit ? Tu t'intéresses aux pucelles ? »

Son ironie sentait les règlements de compte. Eugène s'emporta : « Fous l'camp, j'te dis, t'es qu'une pute ! » Il s'aperçut qu'en élevant la voix, il avait ameuté des passants qui se rassemblaient derrière la porte. Marie-Aimée arriva avec Victorine qui se cacha dans un coin.

« Si tu r'mets les pieds t'cheu nous, j't'encorse deux

bouteilles de poiré ! Hale-té de d'la\*. » Marie-Aimée menaçait Geneviève avec un balai. Autour d'elle, on l'encourageait ou l'on riait, les commères s'en donnaient à cœur joie : « Tiens bon l'devers\* », ou : « Dépoitraillie, picote\* ! »

Enfin, Geneviève Lasalle s'enfuit sur la route tandis que derrière elle, les esprits se calmaient en racontant les inévitables on dit et y paraît que... Ils se mesurèrent d'un regard, Eugène avec sa peur de la perdre et Victorine qui avait choisi le coin le plus obscur du fournil. Elle s'en détacha pour le rejoindre, le frôla d'une main incertaine. « Maintenant, je suis sûre », dit-elle, et elle s'éloigna vers le café, droite, à pas comptés.

Ce soir-là, Marie-Aimée prit Eugène à part : « Ce que tu as fait, c'est bien. Tu verras plus tard, peut-être pas tout de suite parce qu'il faut que ça passe mais après... » Elle posa une main sur son bras : « C'est bien aussi de rester ici, de nous aider. »

Eugène l'écoutait en silence. Visiblement elle ne se doutait de rien, pour Victorine et lui. Elle lui offrit une petite goutte : « T'es un homme, un vrai ! Tu peux en boire, mais de temps en temps, n'est-ce pas ? » Eugène souriait, il vida son verre en deux fois, la rassura : « De temps en temps, c'est promis. »

Elle eut une moue pour s'excuser : « Il faut me comprendre, Eugène, t'es un peu comme mon fils, la vie avec un soûlot, c'est pas drôle. » Elle venait d'employer ce mot pour la première fois, il s'en étonna. Comme il voulait l'aider à fermer le café en attendant le retour de Victorine avec les provisions, elle s'interposa entre la porte et lui : « Il ne va pas bien. »

Eugène sut tout de suite qu'il s'agissait de Nicolas-Victor.

« Deux jours qu'il ne quitte pas sa chambre, je lui monte des assiettes de soupe et sa bouteille de vin ; il ne veut rien d'autre et après il me chasse. » Elle semblait très affectée comme si elle pressentait un drame. En le serrant aux bras,

---

\* Si tu remets les pieds chez nous, je te force à avaler deux bouteilles de poiré ! — Cramponne-toi ! — Dépoitraillée ! dinde !

anxieuse, elle le questionna : « S'il arrivait malheur, tu resterais ?

— J'crois bien que oui, madame Cantelou, mais ça ne dépend pas que de moi.

— J'te garde, Eugène, tu entends ? Même si tu trouves à te marier, j'te mettrai en gérance, sinon... » Elle soupira encore comme elle le faisait souvent. « Sinon, j'vendrai tout, le café, le fonds et alors... » Eugène sentait les larmes qui allaient venir. Il coupa court pour ne pas la laisser s'enfoncer dans sa détresse : « J'resterai, je vous l'promets ! »

A ce moment, Thouroude cogna contre la porte : « Je peux entrer ? J'ai du nouveau. »

Soulagée par la réponse d'Eugène, Marie-Aimée s'empressa : « Pour vous, Thouroude, c'est toujours ouvert, entrez donc nous raconter. »

Le nouveau, c'était le chemin de fer avec la gare toute neuve à Saint-Georges-d'Aunay. Le charpentier avait dû, comme la plupart des passagers, arriver d'abord en carriole. Après l'avoir dételée, il avait attaché son cheval à l'un des tilleuls qui bordaient la place, en face de l'hôtel de la Gare.

« C'est pas compliqué, expliqua-t-il, on donne une pièce à l'hôtelier et il surveille vot' bête ; il lui fournit même son picotin, si la pièce est conséquente, évidemment ! Et vous prenez le train jusqu'à Caen !

— En combien de temps ? demanda Eugène.

— Une heure pour trente kilomètres. Avec ma carriole, il m'en fallait trois !

— Mais on dit que les fumées font mourir les blés — Marie-Aimée se méfiait — et qu'on risque même d'étouffer ou de brûler si le vent souffle dans un mauvais sens et rabat les vapeurs sur les passagers. »

Thouroude se mit à rire.

« Tiens ! v'là not' Torine. Alors, toi aussi, t'as peur des trains ? »

Victorine ferma la porte. Elle n'avait pas peur, elle aurait bien aimé voyager aussi : « On devrait essayer un jour, maman. » Marie-Aimée ne répondit pas, elle laissa Thouroude poursuivre : « Faudra pas qu'elle le prenne n'importe quand, figurez-vous que j'ai fait l'aller avec l'Père Maît*, et on était dix autour de lui à lui demander une histoire !

— Et alors ? fit Marie-Aimée, je n'vois pas pourquoi Victorine... »

Thouroude ricana en regardant Eugène :

« C'est qu'elles sont pas toujours correctes, ses histoires, hein, mon gars ! » Les deux hommes rirent ensemble. On invitait l'Père Maît' à tous les banquets, les noces, les comices agricoles, alors parfois, il se laissait aller entre deux verres. Le charpentier avait bien envie de raconter celle qu'il avait entendue cet après-midi mais il ne savait pas comment y arriver. Marie-Aimée le provoqua en riant à son tour :

« Allons, Thouroude, encore une goutte et vous allez nous la dire.

— Mais Victorine ?

— Victorine ! Elle n'est pas plus timorée qu'une autre, et ici elle en entend de toutes les couleurs à longueur de journée. Vous, les hommes, vous ne vous gênez pas pour étaler vos vices, au contraire ! On dirait qu'ça vous fait plaisir.

— Bon, dit alors Thouroude, si la patronne est d'accord, j'y vas. »

Mais il commença vers Eugène et n'osa pas en détourner son regard :

« La vieull' Cauvet, qu'nos applait la Cauvette causait si drôl'ment, qu'tous les gens du pays s'amusaient d'sa tapette.

Ulalie, sa jeun'fille, pouvait bi'n aver comm'dans les dix-huit ans. Or, v'là t'i pas qu'un jou, un bon t'churé s'arrêtit d'vant eux. Et leux dit d'bi vouler l'y indiqui l'presbytère.

Ma fai, dit la vieull, vos allei dévaler la cavée tout drai d'vant vous, y n'va plus vo rester qu'un p'tit crochet à faire. Et vos allei tumber drait sû l'presbytère.

Faut croire, dit l'bon pasteur, que je n'suis guère habile. Je n'vois pas ça facile.

---

* Charles Lemaître, conteur et poète normand (1854-1928).

Attendei qu'dit la Cauvette, y'a un autr'moyen. Véyons tei, Ulalie, tu connais bi l'chemin, pus qu'c'est qu'çu paur 'moussieu n'peut pas trouver tout seu, allons véyon', lèv dont tan t'chu et fais-li veie* ! »

Evidemment, l'histoire était bonne. Thouroude eut soin de dire qu'il ne se souvenait plus de toutes les formules mais ce qu'il en avait gardé, surtout la fin, les amusa franchement pendant quelques minutes. Une détente qui leur fit du bien. « Ah ! dit Marie-Aimée, on n'a pas souvent l'occasion d'se divertir ; quand vous en saurez une autre, revenez nous voir ! »

Thouroude les quitta sur les huit heures, la nuit commençait à enclore les collines. De l'une à l'autre, des ombres accouraient, chassées par un vent de nord-ouest qui les traînait d'amont en aval. Elles roulaient même sur la grandroute, embrassaient la poussière avant de se fondre entre elles. A travers une succession fuyante de nuages, le pays apparaissait parfois sous une lumière lunaire, blêmissante, et le vent s'emportait, donnait ses grands coups de gueule en geignant comme un malmené. Demain, sans aucun doute, il amènerait la pluie.

---

\* « La vieille Cauvet que nous appelons la Cauvette causait si drôlement que tous les gens du pays s'amusaient de sa tapette.

Ulalie, sa jeune fille, pouvait bien avoir dans les dix-huit ans. Or, voilà qu'un jour, un bon curé s'arrêta devant elles et leur dit de bien vouloir lui indiquer le presbytère.

Ma foi, dit la vieille, vous allez dévaler la cavée tout droit devant vous, il ne vous restera plus qu'un petit crochet à faire. Et vous allez tomber droit sur le presbytère.

Faut croire, dit le bon pasteur, que je ne suis guère habile, je ne vois pas ça facile.

Attendez, dit la Cauvette, il y a un autre moyen.

Voyons, toi, Ulalie, tu connais bien le chemin, puisque c'est sûr que ce pauvre monsieur ne peut pas trouver tout seul. Allons, voyons, lève donc ton cul et fais-lui voir ! »

## 15

Marie-Aimée chantait.
Assise dans la salle, à côté de la lampe Pigeon parce qu'elle n'arrivait pas à dormir, Victorine se souvenait. C'était une chanson un peu nostalgique qui contait la vie, leur terre et que sa mère avait fredonnée en se balançant légèrement. Sa voix avait perdu de sa souplesse, les aigus surtout qui ne montaient plus aussi libres. « L'année dernière... », pensait Victorine et la chanson vague mais douce en elle :

> *C'était en Normandie,*
> *Dans le pays qu'j'habitais*
> *Y'avait très gentilshommes...*

s'opposait aux pétards qui éclataient sur la route. Elle se déplaça jusqu'à la fenêtre. Des gens s'agitaient dans une gigouillette (danse normande) bruyante sous les notes grinçantes des violoneux, ils se trémoussaient, brandissaient des lanternes en papier.

« La Jacqueline et l'Lebret ! Ils ont dû boire, c'est pas possible ! »

Victorine en reconnaissait quelques-uns aux lueurs des lampions. Cette turbulence la décontenançait, elle ici derrière sa vitre, et cette foule qui gesticulait sans pudeur. Elle avait beau se dire que ce 14 juillet 1889 fêtait un centenaire hors du commun, elle les désapprouvait, les jugeait excessifs.

Eugène, pourtant, était peut-être parmi eux. Il avait insisté : « Viens donc ; pourquoi rester là ? Ça ne changera rien. »

Changer quoi ? se disait-elle, en tout cas pas le souvenir. « Si l'on ne peut rien changer, avait-elle répondu, du moins... par convenance, tu comprends ? Toi, tu peux, c'est pas pareil. »

Il avait juré de ne pas rentrer trop tard, de ne pas trop boire. Une heure sonnait au carillon de l'église et elle attendait, seule. Marie-Aimée avait veillé un peu puis elle était montée se coucher : « Ne tarde pas, tu ne pourras pas te lever demain. » Victorine l'avait regardée partir, la lampe dans sa main avec cette clarté de la bougie qui jouait de son corps, la grandissait sur les murs. Elle avait alors écrit la lettre que Bessin lui avait demandée, courbée le plus près possible de la bougie avec l'encrier et la plume : « Monsieur le Maire... » Toujours ces histoires de terres entre voisins ou fermiers, il fallait des certificats de la mairie, visés, signés. On venait souvent la faire écrire ou lire. « Elle aime bien, elle est soigneuse », répétait Marie-Aimée et les clients expliquaient leurs désirs et ce n'était pas toujours simple de les comprendre.

Victorine s'était interrompue à cause des cris et de la musique ; aussitôt, les scènes de l'année passée avaient refait surface, détaillées, blessantes, encore proches. La silhouette de sa mère au matin de ce 14 juillet 1888, qui passait entre les tables, apportait les verres et les bouteilles et le jour si clair par les portes et les fenêtres ouvertes. Sa joie avait des raisons. Nicolas-Victor était descendu au fournil, plus conciliant avec Eugène ; ils avaient brassé, cuit ensemble le pain aux pauvres.

« J'n'en reviens pas », avait glissé Eugène à Marie-Aimée. Victorine avait vu la poussée de gaieté sur le visage de sa mère. « Elle y croit encore, s'était-elle dit, on dirait même qu'elle lui garde de la tendresse. »

C'était bien pour ça que Marie-Aimée avait chanté, même sans le chemineau qui ne passait plus, même devant Anthénor qui offrait une poule de sa ferme et qui n'en revenait pas non plus.

*C'était en Normandie*
*Dans mon pays...*

Pendant ce temps, Nicolas-Victor avait rejoint l'auberge du Nid'Pie, s'était soûlé à nouveau au milieu de quelques vauriens qui l'avaient encouragé ou imité : « Allez, Cantelou ! Encore un p'tit coup pour la Bastille. » Chacun à leur tour ils lui servaient d'héroïques tournées : « Tiens, cett' fois, c'est du poiré, et du bon ! » Le boulanger avalait les différents alcools en claquant sa langue de satisfaction. Abandonnant sur le comptoir son chapeau à large bord, il avait relevé ses manches et s'esclaffait avec les autres. Il râlait à chaque verre, sa manière spectaculaire de se délecter, de se satisfaire en rotant grassement.

Dans le chahut général, il avait dû tenter de sortir, titubant, se raccrochant aux tables et aux chaises. Dehors, le soleil de midi tomba sur lui comme une masse aveuglante. Il porta la main à son front comme pour se protéger et tout à coup s'affala dans un bruit sourd.

Victorine se prit le visage. Elle entendait les rires et les moqueries se déchaîner, elle les imaginait en train de se gausser, de taper sur leurs cuisses, et l'aubergiste enfin penché pour le retourner et le ramener une fois de plus chez lui. Elle se figea, ses doigts sur ses tempes brûlantes, fiévreuses, elle entendit Corbel, distinctement, comme s'il était là, jurer à sa façon : « Bon Dieu ! » Le père avait les yeux fixes dans leurs orbites violacées, saisi par une mort foudroyante.

Elle se détendit, les pétards s'éloignaient, la foule aussi. Elle revint à sa table, ralluma une autre bougie. La suite, elle l'avait revécue bien des fois, en rêve surtout, pour se libérer. Le fils Corbel s'était décidé, il avait traversé le village où la fanfare défilait, il était entré dans le café déjà plein.

L'oncle Anthénor conversait avec Marie-Aimée et Eugène, il faisait des gestes larges qui amusaient les clients. Corbel tordait ses mains sur le grand tablier qu'il n'avait pas eu le temps d'enlever, il se troublait, enfin il se lança : « J'dois vous parler... c'est à propos du boulanger, il est étendu chez moi. »

Quelqu'un ferma la porte avec précaution. « Eugène ! » Il n'avait pas remarqué la lumière dans la salle. Victorine le laissa se déchausser, monter une à une les marches. Elle n'avait pas envie de lui montrer qu'elle était là. « A quoi bon ? se dit-elle, demain il nous racontera. » Quand il n'y eut plus un bruit, elle s'obligea à monter à son tour ; dehors, des fêtards passaient encore sous les fenêtres en claironnant leur bonne humeur. Victorine s'allongea toute habillée sur son lit. Elle évoqua sa mère qu'elle avait aidée à s'asseoir, livide sous le choc, puis la course de l'oncle et d'Eugène jusqu'à l'auberge, enfin leur attente à toutes deux et l'oppression qui étouffait Marie-Aimée. A leur retour, le café s'était vidé, la nouvelle avait vite fait son tour. On déchargea le corps de la charrette qui l'avait ramené. Victorine serrait les dents, immobile.

Comme toujours dans ces cas-là, des voisines s'empressèrent pour aider. On fit la toilette du mort. Lebret, l'un de ses meilleurs compagnons, s'affairait aussi, la larme à l'œil. « J'me rappelle, avait-il dit à Anthénor, il voulait un beau costume noir. »

Marie-Aimée n'avait pas de costume noir. « C'est cher, nous n'avons jamais eu les moyens...

— J'ai bien un pantalon, y s'ra trop grand, c'est sûr, mais en le roulant à la taille... » Lebret voulait faire un geste, il partit chercher le pantalon, mais l'argent manquait pour la veste. A peine avait-il tourné le dos que le père Gallot était arrivé, balbutiant des paroles de réconfort inattendues : « Je n'peux plus rien pour lui, à la rigueur je dirai la messe d'enterrement mais c'est bien pour vous, madame Cantelou. » Il avait béni rapidement le boulanger, installé sur le lit où était morte Françoise. Avant de s'en aller, comme Marie-Aimée pleurait, il l'avait prise à l'épaule :

« Allez, vous voilà soulagée, après tout... » Et il était sorti sans plus d'égards.

La veillée avait alors débuté. Dès le lendemain, les clients, les amis, les connaissances bénirent le corps avec le buis du bénitier, placé dans la pièce à côté. Après, ils avaient bu du café, mangé un morceau de pain frais dans la salle en parlant du défunt et de sa vie. « Et le costume, madame Cantelou ? On a dit qu'il en désirait un noir. » Tout le monde évidemment savait, Lebret avait fait marcher sa langue.

« Il a le pantalon, répondait Marie-Aimée, on lui a mis sa blaude la plus propre, j'ai pas les moyens de faire plus. »

Anthénor l'avait défendue. Tous les mêmes ! Manger, boire et en plus ils médisaient. « Ben quoi, un costume noir ?

— La volonté d'un défunt est sacrée », avait dit tout haut, exprès, la mère Picard. L'oncle l'avait fixée, droit dans les yeux : « J'vais vous expliquer : le costume noir, il n'en a pas besoin, parce que c'est pas lui qu'est en deuil, c'est nous ! »

Les visiteurs avaient baissé le nez dans leur tasse ou mordu dans leur tartine, sidérés. Plus personne ne s'était aventuré à reparler du costume, l'affaire était classée.

La honte de cette mort avait désorganisé leur quotidien, une terrible épreuve pour Marie-Aimée : « Mourir comme ça, avait-elle répété, si c'est pas un malheur ! » Elle, qui avait pensé tout possible, se retrouvait face à l'opinion des autres, dans un dégoût plus fort que la douleur. Elle dut, comme un deuxième souffle, rétablir l'harmonie du temps.

Le lendemain de l'inhumation, avant tout le monde elle fut debout. L'aube brumeuse présageait un jour ensoleillé, par la fenêtre de sa chambre, elle avait longuement regardé la route. Des souvenirs à fleur de mémoire qui l'avaient prise. D'un geste lent, elle avait laissé retomber le rideau avant de descendre.

En bas, elle avait réchauffé la soupe pour elle et Eugène. Attablée au bout de la longue table, elle renouait avec l'habitude. La louche avait quand même tremblé dans sa main en versant le liquide sur les deux tartines de pain recuit. Sur le chemin de l'église, elle s'était étonnée : trente-huit ans et peut-être encore une longue route à faire ? Elle avait pensé aussi à Victorine. « Elle, si jeune, qu'allons-nous devenir ? » Elle se sentait faible, s'arrêtait pour tenter de prier puis repartait les mains glacées malgré l'été. Plus tard, Victorine était venue, habillée tout en noir, elle semblait plus âgée mais ce qui avait surtout frappé Marie-Aimée, c'était ce maintien, cette ligne droite de son corps.

« Victorine, je ne sais pas ce que nous allons devenir, maintenant. »

La jeune fille n'avait pas bougé, les bras croisés comme prête à se défendre : « Nous allons continuer comme avant, maman, et nous rachèterons même un cheval. » Ce ton persuasif, presque autoritaire ; qui des deux gardait le plus de courage ?

« Mais comment donc ? Ni toi ni moi ne pouvons boulanger. Il vaut mieux vendre, j'en ai d'ailleurs déjà parlé au notaire. »

Déception et colère sur le visage de Victorine. En un instant, Marie-Aimée avait cru voir Nicolas-Victor. Père, fille, cette hérédité frappante qui le rendait présent, elle lui en voulut de lui ressembler tant, de le prolonger au-delà du souvenir. Elle s'était levée brusquement, mal à l'aise, pour rectifier le bouquet de fleurs qui ornait la table. Et Victorine qui avait continué, dure, trop dure : « La boulangerie me reviendra, alors je peux dire aussi mon mot. » Une assurance qui l'avait bouleversée. Une enfant, elle la croyait encore une enfant et voilà qu'elle se révoltait, une peur étrange l'avait envahie, cette affection maternelle qu'elle perdait, qui fuyait le temps des mots...

Victorine s'était adoucie, elle avait couru chercher Eugène : « Tu vois, maman, c'est Eugène qui va nous aider. Bien sûr il n'est pas très riche mais il connaît tout, ici. Si l'oncle Anthénor et toi vous vouliez bien, on s'rait heureux de se marier. »

Sous l'effet de la surprise, Marie-Aimée avait accroché sa main au rebord de la chaise qu'elle venait de quitter.

Cette joie sur leurs deux visages, une complicité dont elle n'avait rien su. « Si jeunes, si jeunes... », avait-elle seulement dit. Les phrases qu'elle aurait voulu articuler, qui venaient en elle trop denses, elle s'était appliquée à respirer, remettre de l'ordre dans ce tourbillon abrupt. Eugène ne manquait pas de courage, c'était vrai, mais il ne possédait rien ! D'un autre côté, il savait se débrouiller avec le fournil, les clients. Elle oscillait entre la réalité et son désir. Et Victorine devant elle avec ce regard inconnu, sa détermination et sa joie. Marie-Aimée s'était finalement approchée pour embrasser Eugène, scellant par son geste l'accueil d'un nouveau membre dans la famille.

Deux mois après, on célébrait les accordailles. Anthénor avait apprécié la nouvelle, lui qui redoutait la perte du patrimoine ancestral, mais il avait tenu à mettre les choses au point dans la tranquillité du fournil : « T'es un bon gars, mais faudra continuer à travailler, la fille c'est pas tout...

— Ne vous inquiétez pas, avait dit Eugène, Victorine c'est la tête (il pointait son index contre son front), moi, c'est les bras et les jambes ! » Il avait ri. Simple, Eugène, arbre à l'écorce tendre. Parce qu'il allait partager la boulangerie à égalité avec Victorine, il sentait d'instinct qu'il fallait se battre, faire mieux.

Déjà, il avait entendu les sarcasmes faciles : « Même si elle ne te plaît pas, t'as le fonds ! » Il y en avait toujours pour rabaisser, humilier. Eugène ne répondait jamais. Peu de temps après la mort de Cantelou, Marie-Aimée lui avait raconté leurs débuts, le rejet qui l'avait ulcérée et la séparation de plus en plus marquée entre eux.

« Tu vois, Eugène, avait-elle dit, s'il a fini comme ça, c'est à cause d'eux. » Elle épluchait des légumes dans la salle, comme elle le faisait souvent, assise contre la table. « Faut pas les écouter, surtout. » Le temps avait apaisé sa rancœur, elle découvrait même des qualités à ce mari perdu. « Les autres, ils n'ont qu'à s'occuper d'eux, vous êtes jeunes, tous les deux, vivez pour vous. » Une larme sur sa joue qu'elle avait vite essuyée du revers de sa main. Eugène n'avait pas insisté. « Je sais, je sais », avait-il dit gravement ; puis, pour ne pas la déchirer un peu plus, il avait désigné du menton le ciel gris et bas par la fenêtre en avalant sa salive : « Il va encore pleuvoir. »

Marie-Aimée avait enveloppé les cosses dans un vieux journal et poussé les haricots dans la bassine : « Avec le gigot, dimanche, ça sera bon. »

## 16

Le 7 août 1890, les deux fiancés, Marie-Aimée, Anthénor et Désiré Fauvel, le père d'Eugène, partirent pour Cahagnes dans la carriole de l'oncle. Ils allaient établir et signer le contrat de mariage. En traversant le pays, ils aperçurent sur les collines, entre La Ferrière et Brémoy, les premières foreuses qui cherchaient du minerai de fer.

« Ils font un bruit infernal, dit Marie-Aimée, mais s'ils trouvent quelque chose, ça nous amènera de la main-d'œuvre étrangère.

— Je connais bien l'ingénieur, poursuivit Eugène, depuis peu je lui livre du pain, il pense rester ici pendant plusieurs années, c'est sa femme qui a du mal à s'y faire, paraît-il. Elle regrette sa Lorraine.

— C'est toujours dur de quitter son pays, dit Anthénor, moi j'pourrais pas et Marie non plus. »

Ils hochèrent tous la tête en silence, d'accord. Jamais ils n'auraient l'idée de quitter leur sol, jamais ils ne l'avaient eue, ils vivaient en symbiose avec lui à travers leur destin et celui de leurs ancêtres. Victorine pensa au pain, son pain issu des blés et méteils qu'on fauchait en ce moment dans les champs. La terre forgeait l'élément de base, pétrie des générations de morts qui lui avaient conféré ce pouvoir de donner la vie en harmonie avec la volonté des hommes. Chaque morceau, chaque bouchée, prolongeait le cycle, les enracinait tous autant qu'ils étaient au cœur de leur monde. Même s'ils n'en prenaient pas toujours conscience, seul leur instinct importait et c'est à lui qu'ils faisaient confiance.

Le notaire, maître Buot, les reçut et commença la lecture des clauses du contrat : « Adoption du régime dotal, comprenant pour la future épouse le droit avec la seule autorisation de son mari de partager ou liciter ses biens entre ses enfants. » Les signatures recueillies et les félicitations d'usage finies, ils se dirigèrent vers le hameau de La Seulline avant de rejoindre La Sauvegarde où habitait Arthur. Eugène tenait Victorine par les épaules tandis qu'Anthénor blaguait avec Fauvel : « T'aurais jamais cru ça, hein, Désiré ? Une jolie bru et une dot comme on peut en rêver pour un fils, dis donc, tu les places pas mal, tes gars ?... » L'allusion était un peu lourde ; par tradition, les Bocains aimaient les comptes, surtout pour un mariage. Anthénor n'échappait pas à son hérédité.

Le boucher préféra jouer la carte de la sagesse, il se tourna vers Marie-Aimée : « Moi, tout c'que j'demande, c'est qu'ils soient heureux, le reste c'est leur affaire, pas la mienne. »

Les roues de la carriole envoyaient des petits jets de pierres sur les côtés de la route. Les secousses plus ou moins rudes amenaient des rires, une gaieté qui s'opposait aux jupes et corselets noirs des deux femmes. Ils arrivèrent chez les cousins Cantelou. Présentations, embrassades, on servit du cidre et des parts de *teurgoule* cuite du matin. La date des noces fixée au 17 août, Marie-Aimée commanda une oie à rôtir avec des pommes, ils levèrent tous leurs verres, le petit doigt tendu en l'air : « Au bonheur des futurs ! »

La vie gagnait sur la fatalité, les enveloppait d'une onde rassurante.

Victorine y avait souvent repensé.

Peut-être pas au début mais après, quand les jours marquèrent des rides à son front.

Ils étaient d'abord passés par la mairie le 17 août vers dix-huit heures trente puis le lendemain matin par l'église. Marie-Aimée avait tenu bon devant les familles : « Pas de dépenses inutiles, d'ailleurs nous sommes encore en deuil. » Elle avait gardé le noir pour le grand jour, mis sa bonnette sans liséré de dentelle. Victorine portait la coiffe à deux pans et, pour seul bijou, une montre en or suspendue à une chaîne autour de son cou. A la fin de la messe célébrée par le père Gallot, Anthénor lança par poignées des grains de riz et de blé qui roulèrent sur les graviers. « Vive la mariée ! » Comme toujours, des gamins couraient pour avoir des sous et les mendiants tendaient leurs sébiles. Sur le parvis, Eugène avec son mètre quatre-vingts et Victorine si petite, si fragile avec ses dix-sept ans attendirent le signal d'Arthur avant de descendre. L'aîné des Fauvel avait en effet, tout le temps de la messe, circulé autour de l'église, son fusil de chasse en bandoulière. Pensez donc ! Il n'était pas question de voir surgir la Geneviève Lasalle ou quelques-unes de ses plus mauvaises connaissances pour provoquer le scandale ! On la savait capable de tout.

« Surveillez bien ! avait recommandé Marie-Aimée, tirez en l'air à la première alerte, ça ameutera les gendarmes. »

Le jeune couple, rassuré par un geste d'Arthur, put enfin rejoindre sa carriole enrubannée, il n'y eut pas d'incidents.

Au cours du long repas qui suivit, on entendit des chants, des rires, des plaisanteries douteuses que Marie-Aimée faisait taire d'un regard. Anthénor aurait bien voulu inviter l'Père Maît', mais sa belle-sœur avait dit non : « Avec l'alcool, on ne les tiendra plus, j'les connais, je sais comment ça se passe... »

Aux écrevisses à la crème succédèrent l'oie aux pommes, le gigot aux flageolets et les gâteaux préparés par le marié. Les vins et le cidre emplissaient les verres, ils mangeaient, buvaient tous sans pudeur, comme ils étaient : authentiques dans leur lourdeur, vrais jusqu'au bout de leurs ongles encore gris malgré la minutieuse toilette. Certains se curaient les dents avec la pointe de leur couteau puis la piquaient dans leur morceau de livarot ou de camembert.

Rouges, suants, ils venaient de la terre, elle seule avait un sens pour eux. Leur paillardise n'aurait gêné que ceux qui ne les devinaient pas sous leurs apparences, les « horsains » comme ils se disaient en les désignant du doigt. Par la fête, ils rattrapaient en un jour les mois de travail ininterrompu qui creusaient leurs doigts épais de sillons brunâtres. Ils se libéraient tout à coup avec cette nourriture grasse qui soulevait leurs estomacs trop pleins et qu'ils dégageaient d'un verre de calva avalé d'un trait. Libres enfin, pour une fois, d'arracher au temps le droit d'oublier, d'exister selon ce qu'ils étaient, tous et toutes du même sol ingrat, unis comme un seul jet.

« J'ai préparé nos deux lits dans la grande chambre. » Marie-Aimée suivait le couple alors que les derniers invités prenaient congé en remerciant. Eugène se retourna brusquement. Il avait dégrafé son col à l'exemple des autres, bu une dernière gorgée de cidre frais.

« Que dites-vous, Marie-Aimée ? » Victorine immobile à ses côtés prolongeait le ton agressif, elle et lui en un seul bloc qui se dressait.

« Mais c'est toujours ainsi que ça s'est passé dans la famille... Et puis avec le lit-alcôve vous serez tranquilles. » Marie-Aimée s'expliquait, désarmée devant leur étonnement. Il en avait été ainsi depuis son arrière-grand-mère, sa grand-mère pour sa mère avant que celle-ci ne meure, et même Françoise dans la chambre de Nicolas-Victor, toutes avaient partagé les nuits de leurs enfants. Eugène fixa Marie-Aimée puis Victorine. La peur soudain en lui, une connivence peut-être ?

« Il n'en est plus question, maman, maintenant tout ça doit changer. » Victorine devançait les pensées d'Eugène. « Ce n'est plus comme de ton temps. »

Un silence. Et la voix de Marie-Aimée : « Bien sûr, bien sûr ; peut-être avez-vous raison ? » Au fond d'elle, une amertume qui se levait ; elle bougonna, tête baissée : « Moi qui ai toujours respecté les traditions », puis tout à coup plus haut avec un haussement d'épaules : « Enfin, si c'est votre idée... »

Elle les embrassa furtivement avant de rejoindre la petite chambre au-dessus du fournil. Demain se déroulerait le *recroc*, repas fait avec les restes de la veille et, cette fois, le curé était invité parmi les membres de la famille. Elle ferma sa porte. « Ce pauvre Nicolas-Victor, pensa-t-elle, il ne verra rien de tout ça. » Comme elle allait enlever sa bonnette, elle eut envie de voir la route par la fenêtre. Anthénor et Marie s'éloignaient dans la carriole encore enrubannée. « Il y a longtemps... », se dit-elle ; elle appuya son épaule contre le mur, déboutonna sa robe. « Et eux, à côté... » Le sifflet d'un dernier train se répercuta au travers des collines. « C'est bien ça, murmura-t-elle, nous sommes tous des passagers, des voyageurs. » Alors elle se signa.

Victorine aperçut le châle en cachemire de sa mère, déplié sur la chaise et, plus près sur le drap de lin, son bras nu allongé. Eugène dormait encore à ses côtés, la bouche entrouverte. Elle mesura la différence, celle d'hier et celle de ce matin ; elle se souvenait tout en effleurant sa propre chair chaude, humide, la crainte d'abord puis la joie et la douleur qui n'avaient jamais été si fortement confondues. Elle revivait cette agression consentie, le poids de l'homme pour la première fois, l'ambiguïté du désir et de la souffrance, aigus, rouges comme son sang. Il avait souvent voulu la toucher, la caresser mais elle avait résisté : « C'est mal, on ne doit pas, Eugène. » Elle s'esquivait, prudente, redoutait de pécher.

« Avant ou après, quelle importance ? On va se marier, alors ? » disait-il. « Alors, c'est non. » Elle se fâchait un peu. « Tu veux donc aller en enfer ? » finissait-elle par demander. Eugène comprenait : « Ah ! c'est ça... C't'à cause du curé ! »

Comment lui expliquer ? Elle ne choisissait pas vraiment, on avait choisi pour elle depuis son enfance. Eugène ne fréquentait l'église que de temps en temps seulement, semblable à son père, à ses frères, ils se méfiaient tous des *tchurés*, ces empêcheurs de tourner en rond. Victorine avait réalisé qu'elle ne le changerait pas.

« On ne change pas un homme », disait Marie-Aimée, comme un avertissement pour l'avenir. Mais elle n'avait pas cédé, même quand il lui avait pris quelquefois la main et qu'il l'avait plaquée contre son bas-ventre tendu : « J'ai drôlement envie de toi. » Elle se dégageait vivement, malheureuse pour lui sous son refus, se persuadant que cet effort lui ouvrait déjà un coin du paradis. « C'est sur terre qu'on se prépare son ciel », répétait autrefois Françoise. Et Eugène avait dû attendre.

Avant de repousser les draps, elle frôla les cheveux blonds sur l'oreiller, des cheveux épais, à peine souples, qui s'adoucissaient sur la nuque en mèches plus longues.

« Comment va-t-il être ? Que va-t-il faire ? » Des questions qu'elle se posait, qui la guidaient. D'en bas montait le fredonnement de sa mère mêlé au cliquetis des cuillères contre les bols. L'eau froide sur sa peau tiède apaisa le feu, renouvela à sa manière le jour. Elle ouvrit la porte, l'odeur de café chaud qui montait et son appel : « Maman... » Ce nom comme un cri de l'enfant à la femme qui demeurait. Dans la salle, Marie-Aimée eut un sourire en étalant la confiture de grades sur les tartines de pain brié.

A treize heures, la table fut à nouveau dressée. Le temps médiocre continuait, les averses alternaient avec des éclaircies trop rapides. Marie-Aimée n'arrêtait pas d'aller et venir de leur grande pièce au fournil où les plats mijotaient dans le four en brique : « Fais attention, Eugène, que ça ne brûle pas !

— Pas avec moi, Marie-Aimée, n'ayez pas peur ! » Eugène aimait cuisiner. Du métier de son père, il avait hérité la façon sûre et prompte de désosser un lapin ou une volaille. Pendant des heures, l'avant-veille, il avait préparé les sauces, cuit les viandes après les pains et les tartes ; et toute cette matinée, il avait recommencé.

Avant de passer à table, le jeune couple montra les cadeaux qu'il avait reçus. Du service en faïence de Rouen, des petits-cousins d'Aunay au plat en étain que les Constant avaient offert par amitié, il y avait là de quoi remplir l'argentier en noyer commandé par Anthénor à Bessin.

Le père Gallot récita le *Benedicite* devant une table copieusement garnie autour de laquelle Marie-Aimée avait réuni les frères et sœurs d'Eugène, quelques cousins Lesage et bien sûr Anthénor et Marie.

Victorine coulait des regards extasiés à Eugène. « Arrête donc de l'reluquer comme cha, tu vas l'user avant... » Ils se moquaient d'elle gentiment, mesuraient leurs plaisanteries à cause du curé. Faute de pouvoir danser (Marie-Aimée avait donné des consignes strictes de deuil), ils se rabattaient sur la nourriture et les rires, charriant en douce Victorine qui rougissait.

« T'en fais pas, ch'est des bailleurs de goule* », disait Eugène en lui caressant la main.

Entre l'inévitable gigot et le fromage, le père Gallot raconta qu'une famille de Bény-Bocage s'était rendue à Paris : « Les Decaen, dit-il, vous savez bien, les fermiers du Haut-Pont ? Ils ont pris le train pour aller voir la Tour. Deux heures d'attente debout avant de pouvoir y monter, paraît-il. Mais c'est beau. »

Les bouches s'arrêtèrent un instant de mastiquer.

« Ils sont arrivés de Vire à la gare Montparnasse, alors ? » demanda Anthénor en piquant de sa fourchette la gousse d'ail qu'il venait de trouver. « Ils sont donc passés sur le nouveau viaduc d'Eiffel à Bény... »

Marie-Aimée et d'autres n'apprécièrent pas : « Qu'est-ce qu'ils ont avec cet Eiffel ? C'est affreux, toute cette ferraille ! »

Anthénor se mit à rire : « Souvenez-vous, l'année dernière, le mécanicien qui n'a pas pu stopper sa machine à la gare Montparnasse, v'lan ! la loco a débarqué sur la place... La sortie, c'est par ici, m'sieurs-dames ! » Il souleva son chapeau, tout le monde pouffait. On se souvenait bien de la photo en première page des journaux, les wagons restés en gare et la locomotive qui avait traversé tout le hall.

« En tout cas, dit Arthur, ça ne vaut pas le coup de dis-

---

\* Ce sont de beaux parleurs !

cuter, cette fameuse tour, elle n'est pas plus haute que le Mont-Pinçon... Est-ce que je peux ravoir du vin ? »

Eugène s'empressa de le servir. « Allez, dit-il en les encourageant, que tout le monde reprenne de la viande et s'il y a des restes on se les partagera. » Les assiettes allaient s'emplir lorsque quelqu'un frappa contre la vitre d'une fenêtre.

« C'est la mère Picard, dit Marie-Aimée, que veut-elle ? »

Victorine courut ouvrir la porte. La grosse femme entra aussitôt en agitant les bras : « Le feu, il y a le feu ! »

Un mouvement de panique remua les assistants. Dans une ruée collective, ils se retrouvèrent sur la grand-route : « Où ? Mais où donc ? » Une fumée s'élevait en effet à l'autre bout du village, certains n'hésitèrent pas à s'élancer à pied, d'autres montèrent dans les carrioles. Finalement, la noce au complet se propulsa vers les lieux. Sur le chemin, les portes des maisons étaient ouvertes, des groupes de femmes, d'enfants, de vieillards montraient du doigt la fumée plus noire, plus dense au fur et à mesure qu'on s'approchait dans une hâte où les cris de peur accompagnaient le bruit des roues et les sabots des chevaux.

La carriole d'Anthénor s'arrêta enfin. Marie-Aimée, assise derrière Marie, réalisa le drame : « La maison de la Marie-Victoire ! »

Un peu plus haut, au-delà des arbres moins serrés à cet endroit, le feu engloutissait déjà les dernières poutres. Une chaîne s'était formée, des voisins, des hommes et des femmes qui redoutaient l'extension du sinistre et qui arrosaient avec des seaux remontés d'un puits proche. Marie-Aimée et Victorine relevèrent leurs manches : « On va vous aider... » Eugène essaya de s'approcher mais on eut vite fait de le décourager : « Attention ! Ça va s'écrouler, y'a plus rien à faire avec le chaume. Ce qu'il faut c'est empêcher que le vent propage le feu aux arbres et aux fermes qui sont au-dessous. »

Le père Gallot s'assit sur un tas de pierres en s'épongeant le front. Il n'avait même pas remarqué plus loin une forme tassée dont on ne voyait qu'un chapelet blanc pendre sur la jupe entre les genoux.

« Oh ! fit-il soudain, Marie-Victoire, vous êtes là ? »

Sous l'ardeur des sauveteurs, le feu s'épuisait. Les cris avaient cessé aussi, on ne percevait plus que les derniers souffles sibilants du feu qui agonisait sous l'eau. Eugène s'arrêta :

« C'est fini », dit-il. Prudemment, ils s'écartèrent un par un pour mesurer le drame.

Pas un seul objet n'avait été épargné. Le contraste de cet amas noirci, fumant avec le ciel qui bleuissait sous les poussées du vent, ça vous prenait au ventre. Victorine s'essuya les yeux. « Seigneur ! dit-elle, quand on pense que ça peut nous tomber dessus aussi.

— Pourquoi parles-tu comme ça ? demanda Marie-Aimée, on dirait qu't'as un mauvais pressentiment ?

— Je ne sais pas, dit Victorine, mais faut s'méfier. »

Des femmes louèrent le ciel qu'il n'y ait pas eu de victimes et c'est tout ce qu'elles pouvaient faire pour la pauvre Marie-Victoire, qui regardait en disant : « Merci, merci quand même... »

Marie-Aimée l'invita à descendre jusqu'à la boulangerie : « Vous mangerez un peu en attendant, et on vous gardera quelques nuits. » Ce type de proposition se répéta de bouche en bouche mais elle avait un regard qui volait déjà au-dessus de leurs mots. « Ça ne fait rien, répétait-elle, je n'avais pas grand-chose. » Elle se leva devant les autres muets qui attendaient sa décision.

« J'vas partir du côté de Villedieu, j'ai d'la famille là-bas », fit-elle. Bon, voilà qui les rassurait, si elle possédait encore de la famille, elle s'arrangerait avec elle.

Eugène eut une idée :

« Chacun donne quelque chose pour son voyage. » Il tendit sa blaude à deux mains. « Mettez ce que vous pouvez là-dedans. » Il récolta quelques pièces, le curé lui-même mit cent sous, des âmes plus prudentes regrettèrent de ne pouvoir rien verser : « On verra après les récoltes. » Puis Marie-Aimée la fit monter d'office dans la carriole. La

Marie-Victoire se taisait, elle se laissait faire comme une enfant.

La porte de la maison était encore entrebâillée, les assiettes gardaient des reliefs du repas brutalement interrompu mais plus personne n'avait faim. Victorine et Eugène emballèrent les restes, les distribuèrent équitablement. « Et pour la Marie-Victoire ? demandait-on, en glissant les morceaux dans les paniers, il en reste, au moins ? »

Marie-Aimée souriait : « Ne vous inquiétez pas, elle aura ce qu'il faut.

— Ah bon ! parce qu'on ne veut pas la priver. »

Eugène adressait des coups d'œil à Victorine : « Tu vois ? ils sont bien charitables.

— Ils ont toujours été comme ça, on ne pourra pas les changer, lui dit-elle comme pour les excuser, après tout, mets-toi à leur place, tu aurais sans doute agi de la même façon. »

Eugène réfléchit un moment. « C'est vrai, dit-il, et d'ailleurs c'est la dernière fois que je nourris tout ça pendant deux jours de suite, après… ceinture ! » et il fit mine de la tirer sur son estomac. Mais Victorine était vigilante, elle s'alarma : « Eugène, n'oublie pas que nous sommes deux, et pour l'instant ce commerce c'est moi qui te l'ai apporté. »

Il reçut sa phrase de plein fouet. Pas facile, Victorine, et pourtant il la connaissait. Il répartit les derniers paquets sans ajouter un mot.

Le soir s'annonça avec un relâchement sensible du vent. Marie-Victoire voulait toujours partir, entêtée. On dut lui céder. Les cousins Fauvel proposèrent de l'emmener avec eux jusqu'à Pont-Farcy. « Après, j'irai à pied, je connais le chemin. » Elle ne démordait pas de son idée. En désespoir de cause, Gallot la traita même de mule. Marie-Aimée lui confia un panier, demanda son adresse pour prendre des nouvelles mais elle fit semblant de n'avoir rien entendu. Vers sept heures du soir, les carrioles s'ébranlèrent après les embrassades et les vœux aux jeunes mariés.

Marie-Aimée ne parvenait pas à quitter le bord de la grand-route : « Où va-t-elle ? Il n'y a personne à Villedieu, j'en suis sûre. » Victorine la força à rentrer. « Sans doute qu'elle ne veut pas mourir ici », dit-elle. L'émotion leur serrait la gorge, elles l'imaginaient, errante, attendant la mort comme une délivrance, il y en avait encore trop qui finissaient ainsi, trop qu'on découvrait par hasard, crucifiés par le froid ou le chagrin. Ces hommes, ces femmes qui s'échouaient dans les landes ou les forêts, à l'écart des habitations, comme des bêtes malfaisantes.

« Que faire ? » Marie-Aimée ne savait pas, ne savait plus. « C'est comme ça, dit Victorine, on n'y peut rien, ni toi, ni moi. Rentrons. »

Eugène les accueillit : « On m'a raconté qu'elle s'est endormie devant son vieux fourneau, quand elle s'est réveillée, c'était déjà trop tard, les rideaux ont pris feu tout de suite, elle n'a eu le temps que de sortir et d'appeler. » Il entoura Victorine à la taille : « Tant pis, dit-il, c'était une bell'neuch quand même ! » Et il l'embrassa.

Deuxième Partie

*La moisson*

## 17

Tous les matins, Eugène s'attablait pour la soupe chaude. Sa casquette sur la tête, il coupait d'abord des morceaux desséchés de pain recuit qu'il jetait dans son assiette avant que le liquide ne les fît gonfler.

« Du cidre, Eugène ? » Victorine posait un verre devant lui, le bouchon de la bouteille chuintait avant de sauter dans un bruit mat. « C'est celui du père Lefèvre, paraît qu'il est goûtu. »

Eugène hochait la tête. Assis, les jambes écartées, la main sur un genou, il buvait par petites gorgées. « Pas mauvais. »

Il reprenait sa cuillère, baissait la tête en avançant la bouche, aspirait avec bruit.

Victorine allait sans cesse autour de lui, guettant son désir parce qu'elle l'aimait tel qu'il était, sans détour, clair.

Quand il avait fini, il pliait son couteau, l'enfonçait dans sa poche. Un revers de la main contre sa bouche, sur la moustache qu'il avait laissée pousser depuis leur mariage. Une année passée si vite... Avant de se lever encore, il plaçait une pincée de tabac à priser dans le creux du poignet, à l'articulation du pouce. Il reniflait en s'appliquant : « Ça dégage. (Un coup de menton vers Victorine.) Tu devrais essayer. » Elle haussait les épaules, amusée. « Tu vas au

Parc-Haie ? demandait-elle, prends donc des nouvelles du menuisier, sa femme pleurait dimanche à la messe. » Depuis que les gendarmes avaient failli dresser un procès à cause de la « voiture à chien », Eugène avait abandonné ce mode de livraison. Victorine l'aidait à fixer la hotte sur son dos, glissait une échalote dans sa poche : « Ça te donnera des forces. » Il l'embrassait toujours avant de partir, emmenait dans ses pas l'odeur du pain chaud.

Après, elle s'asseyait sur un coin du banc pour avaler rapidement un bol de chicorée et une tartine beurrée parcimonieusement. La vaisselle rangée, elle rejoignait Marie-Aimée au café pour servir les clients. Avec les tranchées de la mine de fer et les puits forés jusqu'à cent mètres de profondeur dans les collines, les terrassiers venaient nombreux. Seuls leurs habits les différenciaient des ouvriers qui aménageaient la dernière section du chemin de fer, reliant Vire à La Ferrière.

Ils enlevaient leur casquette, tiraient bruyamment les chaises, leur blouse de toile bleue flottant sur leur pantalon de cotonnade rayée de noir et leur mouchoir de cou tout tortillé. Ils avaient tous les ongles noirs, encrassés, des doigts gourds, la peau tellement craquelée qu'on avait l'impression, quand ils pliaient les mains, qu'elle allait se déchirer.

Victorine et Marie-Aimée leur servaient du pur jus, du meilleur cidre, ou un ballon de vin rouge. La vie ici, de plus en plus c'était eux. La mine, le chemin de fer qu'on acceptait ou non, ils s'y acharnaient du matin au soir, et par tous les temps.

En face de la gare, vis-à-vis du premier relais qui hébergeait surtout les voyageurs de la grand-route, on ouvrit un nouvel hôtel en perspective des prochaines arrivées. Ainsi La Ferrière s'agrandissait, subissait les retombées du modernisme. A la différence de Marie-Aimée, Victorine s'en trouvait bien :

« Je suis sûre que ça nous amènera du monde, disait-elle.

— Si ton pauvre père avait été encore là, crois-moi qu'il n'aurait pas apprécié. »

Marie-Aimée parlait à présent souvent de son mari

disparu, comme si le temps et la mort avaient dissous ses erreurs. Elle en voulait à Victorine qui ne mettait plus la bonnette traditionnelle :

« De quoi as-tu l'air comme ça ?

— A la ville, maman, on ne la porte plus. »

Mais le poids des traditions si fort, indéracinable dans sa vie ; Marie-Aimée secouait la tête, pour elle comme pour bien d'autres, le chemin de fer signifiait la fin d'un monde ; de même la tête nue de Victorine. Elle voyait l'avenir comme un prolongement du passé, une amarre qui empêchait la dérive.

« Tout ça, à quoi ça leur sert ? » Elle rencontrait toujours quelque bonne femme pour partager ses opinions.

« Et les chevaux, alors ?

— Sûr, madame Cantelou, vous verrez ils en reviendront, c'est moi qui vous l'dis ! »

A la sortie de la messe, elle discutait avec des connaissances, s'enquérait des derniers événements. On pouvait les voir de loin, par groupes de deux ou trois, le vent faisait claquer le tissu lourd de leurs longues jupes semblables aux toiles d'un mât, elles maintenaient leur bonnette d'une main, de l'autre serraient le missel de Bayeux. Puis tout à coup, il suffisait que l'une parlât plus haut :

« Déjà huit heures et quart ! Vite, faut s'occuper des bêtes. »

Toutes alors se souhaitaient une bonne journée : « Allez, à demain sept heures, b'jou à tertous\*. » Elles se dispersaient soudain comme si une bourrasque de vent trop violente les éparpillait contre le ciel.

L'hiver fit naître des averses de neige fin novembre. Victorine ne parlait plus du pèlerinage à Montligeon. Cette idée pourtant l'avait harcelée, elle avait même projeté le voyage, l'omnibus à deux chevaux après le train de Saint-Georges à Argentan ; pour sûr, c'était une expédition, mais le but en valait la peine !

---

\* Bonjour à tous les vôtres !

« Et les dépenses ? » disait Eugène.

L'argument l'impressionnait, ils étaient loin de vivre à leur aise. Même Marie-Aimée qui au début s'était enthousiasmée hésitait. Alors, dans le fond, cette offensive du froid remettait les choses à leur place. Tant pis pour le pèlerinage à Notre-Dame qui rachetait les âmes du purgatoire.

« Au printemps, disait Victorine, nous irons. C'est pour le père, tu comprends.

— On verra, répondait Eugène, on verra. »

La mort de Nicolas-Victor avait pesé lourd dans les finances du commerce, sans compter les dernières factures de boisson qu'il avait fallu régler immédiatement. « On ne peut pas faire autrement, répétait Marie-Aimée, c'est comme pour vos neuch'. »

Ils avaient eu beau calculer serré, les quinze invités avaient mangé et bu à satiété et le souvenir qu'ils en gardaient passait avant le reste. Eugène pensait souvent à une carriole et à un cheval pour élargir ses tournées ; seule la dépense de cinq ou six cents francs l'effrayait. L'emprunt était toujours possible certes, mais en ce cas, pas question d'avoir un successeur avant cinq ans au moins et Victorine n'aurait pas été d'accord.

Le « coup d'pied au cul » de la Saint-Sylvestre fut calme. 1891 s'envola dans les promesses de meilleurs jours, « Aguiloné, Aguiloné », se dit-on partout en donnant des pièces ou des noix aux mendiants et aux enfants. Le 2 janvier, Victorine s'en alla passer commande au charbonnier, car leur réserve de bois diminuait. L'air du matin la saisit malgré sa pèlerine et son châle de laine, elle sentit le froid labourer ses mains et ses pieds avec le vent qui sifflait partout. Elle se courbait, tenait enroulés les pans de son manteau. Quelques personnes la saluèrent, des clients qui la reconnaissaient.

Elle emprunta le chemin de son enfance qui évoquait ses courses après la cloche de quatre heures, ses angoisses de petite fille trop vite assaillie par la vie, et l'image de sa mère avec Anthénor qui se superposait au visage de sa grand-mère. Elle s'arrêta un moment, l'entrée du bois de Mondain n'était plus très loin mais il lui fallait se reprendre, la part des événements qui se dessinaient plus nets à présent avec sa vie de femme. Elle comprenait, sans toutefois donner raison. « Si Eugène se met à boire un jour, je le mettrai dehors ! » Cette pensée la fit tressaillir, mais ce n'était pas envisager le pire que de prévoir. « Maman ne pouvait rien faire, elle ; le père lui a tout pris, gaspillé. Moi, je peux, je serai assez forte. » Quelques cris de corbeaux et de corneilles en mal de nourriture la secouèrent, elle se ravisa : « Allons, encore un peu et j'y arrive. » Mais elle dut s'arrêter à nouveau. Devant elle, d'un chemin de traverse, venait de déboucher Louis Bitot. Il ne semblait pas l'avoir vue, tout occupé à pousser une brouette pleine d'outils et de sacs.

Lorsqu'il l'aperçut, il posa calmement sa machine et lui fit signe. Victorine s'avança. Elle ne l'avait pas revu depuis plusieurs mois, le trouva changé, une expression dure sur le visage, elle avait peur aussi qu'on les voie, qu'on répète à Eugène.

« Tiens, dit-elle, tu vas aux champs par ce froid ?

— Non, j'vais r'faire mes manches d'outils dans le four à Bertheaume. » Il eut un sourire un peu narquois qui la vexa. C'est à Eugène que la plupart des journaliers confiaient leurs outils, l'hiver. Après la fournée, le boulanger passait les nouveaux manches dans son four pour les redresser ou les durcir.

« Ah ! dit-elle, c'est vrai que Bertheaume fait lui-même son pain, il trouve que l'nôtre n'est pas à son goût. » Elle s'apprêtait à repartir lorsqu'il contourna sa brouette pour se retrouver devant elle :

« Tu sais que j'pars ? » De son pied, il envoya bouler un caillou sur le côté, rentra ses mains dans ses poches.

« Où donc ? demanda Victorine en reculant d'un pas, on m'a dit qu'tu comptais t'installer à Tinchebray.

— J'pars loin, on m'reverra p'têt plus. » Il la fixa intensément. « J'me suis engagé pour Madagascar. »

Victorine le dévisageait sans bien réaliser. Tous les journaux parlaient de la conquête de colonies africaines, mais apprendre ici, dans ce chemin désert et froid, que Louis Bitot partait en volontaire pour se battre contre des « sauvages »...

« C'est pour toujours ? demanda-t-elle.

— Si j'en réchappe, oui, j'f'rai comme l'aîné des Bertheaume, il a un bon commerce de bananes et de vanille. »

Elle ne savait plus que répondre, elle sentait au ton, à la voix, qu'elle était impliquée dans sa décision, son regard se perdit sur les champs autour d'eux, des terres vides, sombres, que le gel avait attaquées plusieurs fois.

« Si ça marche, reprit-il, j'peux dev'nir riche, alors je reviendrai une fois au pays. » Il la défiait, se baissa pour reprendre sa brouette ; il passa tout près d'elle qui s'écartait pour lui laisser la place.

« Il a d'la chance, Eugène. » Ses yeux cillèrent un court instant mais il avait trop envie de s'éloigner, il se retourna seulement plus loin parce qu'elle restait là à le considérer sans bouger.

« Adieu ! On n'sait jamais », cria-t-il et sa voix eut un bref écho.

« Madagascar ! dit Marie-Aimée, quelle idée ! mais pourquoi si loin ? »

Quelques buveurs riaient :

« L'fils Bitot chez les zoulous ! Au moins il aura l'dépaysement garanti.

— Vous n'avez rien compris ! » L'exclamation couvrit leurs éclats. Lebret, qui achevait un flipot, s'était dressé avec colère. Il lança sa casquette sur la table : « Nom de nom ! dit-il encore, c'est un grand geste. Un héros d'la nation ! voilà c'qu'il est ! Moi, si j'avais trente ans de moins, p'têt ben que j's'rais parti aussi. »

Les autres ricanèrent, Marie-Aimée redoutait l'échauffement, ça commençait mal, ils étaient cinq à encercler Lebret : « Alors ? Tu t'sens mieux ? La nation, elle en a rien à foutre de son sacrifice, c'est pas ça qui donnera du blé à nos champs et du fourrage à nos vaques ! » Léon Defay, le couvreur en paille, prit ses voisins à témoin :

« J'ai pas raison ? A quoi ça sert de se faire tuer pour des sauvages, moi j'dis oui à la République mais pas à celle des assassins qui tuent nos fils pour des vétilles ! »

La tension montait inexorablement. Victorine intervint : « Calmez-vous donc, en voilà des histoires ! Et d'abord c'est parce que je n'ai pas voulu de lui, c'est pour ça qu'il part ! » Elle leur jeta cet argument au visage, espérant désamorcer la bataille qui pouvait éclater. De l'encoignure de la porte où il se tenait, Eugène l'apostropha : « Tiens donc ! à peine arrivé, j'en apprends d'belles !... »

Les hommes se séparèrent, leurs yeux allaient alternativement de lui à elle, la menace de tempête changeait de camp. Victorine, rouge, baissa la tête.

« On s'fait des confidences dans les p'tits chemins creux ? » Eugène ne se souciait pas des clients, il continuait ses reproches. Quelqu'un avait dû les voir et lui répéter. Victorine se troubla, essaya de parler mais il lui coupa la parole : « Qu'en dites-vous, Marie-Aimée ? »

A ce moment, Lebret décida de sauver la situation, il s'empara du *Petit Parisien* :

« Allez ! Vous vous raccommoderez sur le paillasson ; écoutez ça plutôt : il y a eu des attentats anarchistes à Paris, la République est menacée. » Ils l'entourèrent à nouveau, les regards rivés sur la première page du journal. Marie-Aimée en profita pour dire quelques mots à Eugène : « Ça n'te va pas d'être jaloux ! Qu'y a-t-il de mal à parler avec les gens ? C'est pas ce que tu fais dans tes tournées ? »

Eugène se pencha parmi les têtes, il suivit du doigt une ligne au bas de la page : « Ils vont encore augmenter la taxe sur les farines, dit-il, ça ne m'arrange pas. » Puis, comme s'il se sentait fautif, il chercha le lien qui les réunirait. « J'prendrais bien un flipot. »

Victorine comprit le clin d'œil, elle se dirigea vers le récipient en fonte qui gardait le cidre au chaud sur une grande chaufferette : « J'te mets juste une goutte de calva, ça suffit bien. »

Le soir, à la table commune, personne ne reparla de l'incident. Marie-Aimée, pourtant peu bavarde, jacassait sans cesse : « C'est bientôt les Rois, on vient commander des galettes même du Mesnil. Ton tour de main gagne sa réputation ! » Elle était volubile pour Eugène, le flattait un peu trop, sans tout à fait s'en rendre compte. Les mots pleuvaient, les conseils aussi ; elle se levait, revenait, abeille à la danse insolite autour de lui. Eugène mangeait, buvait dans ce silence qui n'appartenait qu'à lui. Il tournait seulement les yeux vers Victorine : « Tu n'manges pas ? »

Elle n'avait pas très faim, mais pour leur paix, elle saisissait la cuillère, finissait la soupe à peine tiède.

Le 6 janvier, ils tirèrent les Rois avec Anthénor et Marie qui étaient arrivés tôt le dimanche. Eugène et Victorine n'avaient presque pas dormi ; ensemble, ils étaient restés à préparer les galettes. Victorine glissait les fèves dans les ronds de pâte qu'Eugène, d'un coup net de couteau, découpait sur les planches enfarinées.

« J'aime bien travailler avec toi », avait-elle dit.

C'était vrai qu'elle aimait être ici plus que nulle part ailleurs, les odeurs qu'elle respirait la ramenaient à ce qu'il y avait de plus intime en elle, un passé qu'elle n'avait jamais partagé avec quelqu'un ; même avec Eugène. Parfois, elle avait eu envie de lui dire : sa mère, Anthénor... Mais elle n'achevait jamais sa phrase, elle avait peur de se perdre en lui racontant. Peur de se détruire parce qu'elle sentait qu'il ne suffisait pas de le dire, il fallait aussi être entendue.

Elle suspendait parfois ses gestes, secouait le tablier gris taché de farine, puis elle le détaillait alors qu'elle ne voyait que son dos lorsqu'il enfournait la pâte. Souvent, devant le four en combustion, il ôtait même son maillot. Elle suivait les muscles qui saillaient sous la peau ferme. « Un costaud, l'gars Eugène ! » disaient les autres.

Il devinait son regard. « On n't'entend plus ? » lançait-il tout en refermant la porte du four. Elle soupirait. Elle était bien, étrangement bien. Elle s'étirait longuement comme pour se décharger de la tension qui venait de naître en elle. Désir de se glisser contre lui, de passer les mains sur sa peau : « Tu crois qu'tu m'aimeras encore dans vingt ans ? » Elle posait cette question avec une voix de petite fille. Il riait, venait vers elle : « T'as d'la chance que j'aie d'la pâte sur les mains, sinon... » Il faisait semblant de vouloir l'attraper, les bras en demi-cercle, les doigts pliés comme des crochets. Il l'enlaçait quand même, la bouche dans ses cheveux, alors qu'elle hésitait à se coller contre son corps. « Et le travail, alors ? » disait-elle en se dégageant. Comment lui expliquer qu'ici ce n'était pas, ce ne serait jamais possible ? Elle reprenait le contrôle de son corps, comme on s'éveille d'un mauvais rêve, un goût amer dans la bouche.

Marie avait sorti la fève avec une drôle de grimace. Sous les applaudissements et les cris de joie, elle l'avait posée bien en évidence sur le bord de son assiette alors qu'Eugène remplissait à nouveau les verres de cidre bouché.
« Ecoutez ! dit Marie-Aimée, je crois qu'ils approchent. »
De la fenêtre, on apercevait les clignotements des feux au bout du hameau, un bruit retentissant accompagnait les éclairs vivaces entre les branches d'arbres, au milieu des vallons. Le froid et la nuit étaient venus d'un seul coup, l'un imbriqué dans l'autre, comme si cela ne pouvait se passer autrement au cours de ces longs mois d'hiver.
Victorine aurait aimé ouvrir la fenêtre ou la porte, se pencher au-dehors pour mieux saisir le ballet des torches : « Si l'on sortait ? On les verrait mieux. »
Ils attachèrent les pèlerines en se hâtant. « Si l'on va plus loin qu'le ferrant, on les verra », dit Anthénor. Des voisins leur firent signe ; par petits groupes, en se resserrant, ils parvinrent jusque derrière le cimetière. Devant eux, à travers les clos de pommiers, de poiriers, des jeunes gens dont on ne distinguait que les ombres comme des taches plus sombres dans la nuit se déplaçaient en dansant, en chantant au rythme du fracas métallique de vieux récipients en fer cognés les uns contre les autres. Dans leurs mains, les brandons ou vaulots effleurèrent l'écorce et la mousse des

arbres pour détruire la vermine. Une file de villageois se mit alors à les suivre, à crier avec eux :

> *Taupes et mulots*
> *Sortez d'mon clos...*

La nuit vibrait tout à coup, une coulée de feu et de gaieté qui se répandait jusque dans les champs malgré l'air et le vent vifs. Les torches s'agitaient parmi les danseurs qui évitaient les arbres en serpentant comme des chenilles.

« On y va aussi ! » Eugène attrapa Victorine, ils coururent se joindre aux autres.

« Arrête, Eugène ! » Mais elle riait en se laissant entraîner et s'étonnait, en reprenant haleine, de cette facilité qu'il avait à s'amuser.

Anthénor et les deux femmes les regardaient dévaler la pente : « C'est d'leur âge, dit Marie-Aimée, qu'ils en profitent. »

Comme une apothéose à cette explosion de lumières et de cris, la fouée, ce haut bûcher d'épines, de ronces et de ramures inutiles, s'embrasa dans une gigantesque flambée sur la colline de la grade. Vue d'en bas, on eût dit que la nuit se consumait, se parcellisait dans ces flammes qui montaient jusqu'au ciel. Victorine s'arrêta net. Elle ne pouvait détacher ses yeux du spectacle, elle se prit à trembler tout près d'Eugène. « Tu as froid, dit-il en l'entourant, nous allons rentrer. »

Des couples essoufflés par leur cavalcade les bousculèrent en désignant le feu : « Ah ! de c'coup-là, il est bieau ! »

Bientôt une centaine de villageois aux yeux rivés sur la colline furent près d'eux. Le feu commençait à diminuer, bien surveillé par une dizaine de jeunes, prêts à intervenir avec des seaux d'eau. Victorine tâta son front : « Je n'sais pas c'que j'ai... » Eugène l'aida à se faufiler parmi les groupes. « Tu vas t'asseoir, ça ira mieux. » Elle titubait un peu, enfonçait ses doigts dans le tissu de la grosse veste d'Eugène : « Mais qu'est-ce qui me prend ? » Il la força à se reposer sur une souche qui traînait là. Il lui frotta les mains, le dos : « Tu as dû avoir froid.

— C'est le feu, dit-elle, ça m'a fait pareil le jour des neuch', tu t'souviens pour la Marie-Victoire ? » Elle éprouvait du mal à parler, à s'expliquer.

« Tu t'fais des idées, répondit Eugène, on est restés trop longtemps à regarder, c'est qu'il doit faire au moins zéro, le gel va reprendre. » Il se retourna un instant : « Ça y est ! ils ont éteint le feu, les gens repartent, on va pouvoir rentrer. »

Elle se pencha aussi pour apercevoir les braises qui rougeoyaient sur le sommet de La Grade ; la nuit avait déjà récupéré son domaine. « Tu as raison, c'est le froid. »

Elle s'appuya sur lui pour repartir. Sa chaleur d'homme qui poussait sa vie selon leurs pas accordés, elle la sentait comme une consolation qui portait son corps vers l'avant.

## 18

Le train s'annonça par deux coups de sifflet qui déclenchèrent presque en même temps des panaches de fumée noirâtre. Curieux spectacle pour La Ferrière que cette locomotive Crampton aux cuivres neufs, avec ses trois voitures et ses deux fourgons !
En avant de la foule des bonnettes et des capets, les officiels, dans un garde-à-vous de circonstance, tournèrent ensemble la tête vers la gauche. En se dissipant partiellement, la vapeur livra à leurs regards une machine rutilante, en pleine gloire, bien qu'elle ait perdu, à la sortie du viaduc d'Eiffel, ses deux drapeaux tricolores ! Le ciel, peut-être à cause des nombreux cierges que le village avait mis à l'église devant saint Christophe, s'était nettoyé pour ce grand jour de printemps 1893. Un soleil exceptionnel baignait le pays.
Au premier rang, sur le quai de la petite gare, le chef du réseau Ouest, dûment galonné, côtoyait les maires des cinq communes à présent desservies. L'instituteur pivota sur ses talons pour diriger le chœur des enfants :

*Oh ! gloire à la France*
*Et aux chemins de fer !...*

L'hymne de Berlioz, judicieusement choisi, fut bientôt couvert par les crachements de vapeur, les grincements des coups de frein, sans compter les applaudissements et les hourra ! des assistants qui se mirent à assaillir l'omnibus de toutes parts.

Observant cette arrivée d'un peu loin, les Fauvel avaient préféré se placer légèrement à l'écart pour éviter les mouvements de foule à Victorine et à son ventre rond.

« Tu vois, dit Eugène, on s'rappellera qu'c'était l'année de la naissance du p'tit ! » Il eut un sourire en baissant les yeux jusqu'à la taille de Victorine. Marie-Aimée questionna : « Tu n'veux pas t'asseoir ? »

Non, elle était bien debout, ici, heureuse pour cet enfant qu'elle portait et pour eux. C'est parce qu'il faisait beau, parce qu'il se glissait un air de fête et de solennité dans la chaleur du jour, qu'elle aurait aimé fermer les yeux, suspendre le temps.

« Ce s'ra un héritier ! » Elle entendait encore la phrase d'Eugène quand elle lui avait dit la nouvelle un soir en se pelotonnant comme une chatte contre lui. Entre les draps un peu rêches, tout propres, qui sentaient encore l'eau du lavoir et l'air du jardin, elle avait posé son front à la base de son cou en s'étonnant que tout cela fût si facile.

Devant eux, les voyageurs qui débarquaient de Vire, la sous-préfecture, étouffaient sous les volutes de vapeur et les accolades des parents ou amis. L'Père Maît, invité d'honneur des communes, descendit parmi les premiers, il en avait sans doute déjà composé de bien bonnes durant le trajet ! Les joues rubicondes et lisses du premier magistrat se frottèrent sans manières au visage noirci du mécanicien et durent y rester un moment pour permettre au photographe installé sur le quai d'immortaliser la scène. Puis le correspondant du *Bonhomme normand* s'approcha du conteur, entouré d'admirateurs et des gamins de l'école que leurs mères s'empressaient de tirer.

« V'nez donc trinquer itou do nous\* ! » dit-il. Il ne

---
\* Venez donc trinquer chez nous.

connaissait en effet que ce seul moyen infaillible et nécessaire à l'épanchement de sa verve lyrique qui devait couvrir les trois colonnes de la première page. Toujours à l'affût des papotages, le môssieur journaliste tendait l'oreille ; autour de lui, les réflexions se multipliaient d'une bouche à l'autre dans un patois bocain qui faisait son plein de saveur : « Avec c'train-là, no pourra trachi d'la bel engrais pour nos cultures...

— Pardi ! Sans oublyi que pour mener nos bestiaux à Câche-les-Vias, nos aura plus b'soin d'y aller à piâ.

— As-tu bi fait l'calcul que t'sieu nouvé transport va nous coûter ?

— Bah ! Père Lefèvre, nos y gagnera toujours un peu... »

Dans cette atmosphère de bonne humeur, le patron de l'auberge du Haut-de-la-Pie n'était pas le dernier à se frotter les mains. Il attendait de pied ferme la marée de gourmands et d'assoiffés qui allaient se jeter, à la suite du Père Maît, des autorités et du journaliste, sur son buffet garni, dressé à même le quai. Il s'agissait bien d'une faveur de l'administration pour cette inauguration historique et tout le monde en profita, y compris ceux qui avaient prudemment emporté un panier de provisions de route ! « Goûtez à mon baire ! Venez ! chantait l'aubergiste. Jamais Normand en Normandie n'a trinqué seul en compagnie... Encore un coup, m'sieu l'contrôleur, allons, un aller et retour, comme vous dites ! »

Après avoir bu quelques verres, le reporter courut de l'un à l'autre.

« Monsieur, auriez-vous la gentillesse de me dire pourquoi vous avez choisi le train ? » Il notait chaque réponse, grattait à toute vitesse les pages de son carnet. « Mes respects, madame, puis-je savoir les mobiles de votre voyage ?

— Nous arrivons de Sainte-Cécile et allons en pèlerinage à la Délyvrande, cette année, nous ne manquerons pas la grande procession ! C'est qu'après tout, monsieur, ce chemin de fer, c'est aussi un vrai miracle ! »

Assis sur un petit banc qu'on lui avait obligeamment livré

vu son âge, le vieux Guilloux, essoufflé, tendait son verre à l'aubergiste. « Ben, déclara-t-il au journaliste, cha sent mauvais et cha salit not'biau paysage, si ben que j'préfère fini l'trajet par nos vieux kmins, plutôt que de descendre en gare de Saint-Georg'... »

A présent, il en avait assez. Assez pour remplir ses colonnes, intéresser les abonnés du canton ; il rangea le carnet dans la poche de sa veste. Presque aussitôt, le chef de gare, muni d'un haut-parleur, alerta les passagers de la poursuite du voyage. Le journaliste salua une dernière fois les autorités et s'éloigna ; derrière lui, la locomotive fit entendre à nouveau son concert de sifflements et de toussotements hachés ; la petite gare se vida dans un flux régulier, comme une ruche désertée par sa reine.

Par rapport à la boulangerie, le chemin de fer n'était pas loin, quatre à cinq cents mètres au plus. Cela suffisait pour détecter les changements de temps quand le vent virait de bord : « On entend les trains, disait Eugène à table, c'est d'la pluie. »

Marie-Aimée demeurait seule à refuser de s'habituer ; après tout, ne lui avait-on pas raconté que ces vapeurs mortelles pouvaient tuer sur pied la plus petite pousse ?

Dans le café, elle avait toujours un frémissement d'épaules ou une grimace d'impatience quand, trois fois par jour, les jeux de sifflet signifiaient l'entrée d'un train en gare. Elle préférait se soucier de Victorine et des progrès de son ventre. Elle l'abreuvait de conseils, rivalisant avec les clientes de la boulangerie : c'était à celle qui donnerait le plus étrange de ces on-dit qui venaient tout droit de la nuit des temps.

« Pour un garçon, il faut manger beaucoup de viande, matin et soir. » Ou encore : « Il ne faut pas dormir sur le côté gauche les jours de pleine lune. » Une fois, elles avaient même été jusqu'à la faire asseoir par terre, et Victorine, bon gré mal gré, avait dû accepter. Elles étaient cinq bonnes clientes dans la boutique à se monter la tête en se racontant leurs multiples grossesses.

« Relevez-vous maintenant, sans mettre les mains ! » La Picard assistait à la scène, la Lebret, la Delaunay, toutes serrées en cercle dans ce minuscule espace et Victorine, par terre, avait à hauteur des yeux le bas des robes, les tabliers ou des sabots pas toujours propres. Elle avait revu Françoise et son index levé : « Le tablier et les sabots, ma Torine, ça te montre la femme. On peut être pauvre — et elle baissait les yeux parce qu'elle ne voulait pas dire nous —, mais si le tablier est propre et les sabots entretenus, on peut aller partout. »

Victorine s'était relevée comme elle avait pu, une barque prise dans une tempête, elle était rouge sous l'effort et les autres devant elle tombèrent d'accord, surtout la Picard qui avait crié : « A droite ! A droite ! Elle a penché à droite, c'est un garçon ! »

Victorine avait brossé longuement sa jupe avec un sourire, mal à l'aise. Satisfaites, elles étaient enfin parties, leur tourte ou demi-tourte sous le bras.

« Ce s'ra un gars, j'en suis sûr ! » Eugène n'en démordait pas non plus. Il découpait les pâtons d'un coup de couteau, se confiait à Briouze, le maréchal-ferrant, venu le saluer dans le fournil.

« Et si c'était une fille ? T'aurais plus qu'à recommencer ! »

Briouze s'esclaffait tandis qu'Eugène saisissait la planchette et glissait d'un mouvement précis chaque morceau de pâte façonnée sur la pelle. « Si j'pouvais, poursuivait-il, j'm'achèterais bien un cheval à la Saint-Gilles. » Il rentrait la pelle à l'intérieur du four, la retirait d'un coup sec pour déposer le pâton. « Avec la future naissance, vaut mieux attendre encore, ça va nous faire des frais. »

Briouze debout, son grand tablier de cuir contre les jambes, mains sur les hanches, l'écoutait tout en surveillant le va-et-vient d'en face.

« Evidemment, pour tes tournées, ce s'rait mieux... surtout que la concurrence ne manque pas de Villers à Aunay ! » Eugène soupira. « Lebret m'a déjà trouvé une carriole, pourtant. » Il en avait parlé à Victorine, il lui avait longuement exposé les avantages qu'ils en tireraient mais la dépense semblait énorme, six cents, peut-être même sept cents francs\*. « On patiente encore, disait Victorine, on en reparlera l'année prochaine. » Briouze aperçut un client, traversa la route en courant pour rejoindre sa forge.

Eugène commença à laver ses ustensiles, secoua les toiles pleines de farine tout en pensant au cheval et à la carriole. « J'irais même jusqu'à Maisoncelles, ça ferait des commandes en plus ! » Puis il s'absorba dans la surveillance du four. La chaleur s'élevait, s'étendait régulière, comme au-dessus d'un champ l'envol d'une buse après la fauche. L'odeur arrivait alors, et ce n'était pas une image : rien qu'aux effluves qui filtraient peu à peu, il savait reconnaître que la cuisson se faisait bien. Il aurait aussi bien pu rester là, les yeux clos ou à priser le tabac comme à son habitude, l'odeur l'aurait guidé infailliblement. A la minute près, il prévoyait qu'elle allait changer, s'intensifier et lorsqu'enfin il en saisissait le tout premier bouquet, il était certain d'avoir réussi.

L'accouchement était prévu pour octobre. Au fil des mois, Victorine, fière de son ventre lourd, marchait plus péniblement.

« Le bon Dieu a béni votre mariage », répétait souvent Marie-Aimée. L'été, quand la chaleur montait comme un voile de la terre, que les bêtes elles-mêmes se nichaient au pied des pommiers pour y chercher de l'ombre, Victorine gémissait. Elle s'isolait parfois, s'asseyait dans l'herbe, tirait sur la masse de ses cheveux noirs, bras relevés, ou baignait son visage, ses aisselles, à l'eau fraîche du puits. Elle allait aussi jusqu'au fournil :

« Eugène, si tu savais ce qu'il bouge, regarde ! » Elle prenait sa main, la posait sur la peau qui se soulevait par à-

---

\* Le salaire moyen d'un ouvrier correspondait à l'époque à deux ou trois francs par jour.

coups. Cette joie unique. Ils se regardaient en souriant d'une tendresse qui les liait plus fort encore.

« Il s'ra costaud ! » Elle riait. Eugène l'entourait de ses bras pour l'embrasser dans le cou : « Demain, j'irai voir papa, j'te ramènerai du gigot, avec les haricots du jardin, ça t'fera du sang. »

Désiré Fauvel poussa la porte de la salle : « Alors ? C'est pour quand ? demanda-t-il.

— Bientôt sans doute. » Eugène, assis, bras sur la table, les manches de sa chemise relevées, jouait avec son couteau. Son père racla soigneusement ses godillots tout salis de boue. Dehors, le ciel d'octobre n'était qu'un amas opaque de gris d'où ne perçait qu'un crachin tenace qui durait depuis trois jours. Fauvel avança.

« T'es blanc comme les fesses d'un œuf ! Donne-nous donc un coup à boire ! »

Les verres tintèrent sur la table avant que l'eau-de-vie ne les remplît. « Tiens, sers-toi », dit Eugène. Son père, la veste lourde d'humidité, le dos à la cheminée, but d'un trait : « Ah ! ça te refait un homme... » Il se retourna, se baissa pour repousser la bûche de pommier qui brûlait.

« On est toujours comme ça pour le premier, continua-t-il, après on s'habitue, tu verras. » Il se releva lentement, secoua son corps en s'ébrouant : « Saleté d'temps ! » Avant de se rasseoir, il sortit sa pipe de sa poche puis, les avant-bras sur les genoux, se mit à la bourrer.

« Elle est bien bâtie, ta Victorine, t'as rien à craindre, surtout avec le docteur. »

Eugène fixait la route luisante par la fenêtre.

« Du temps de ta mère, c'était comme ça, chez nous c'est la sage-femme qui faisait tout, la mère Delasalle. » Le boucher continuait, pris au jeu de la mémoire. Ses mots, des sons qui s'enchaînaient, des images qui naissaient. Mais la chaleur l'enveloppait petit à petit, avec elle une torpeur proche de la lassitude. « Tout ça... » Il s'était redressé, levait les bras, les laissait retomber. « On parle, on parle mais quand ça vous tient ! » Eugène but une nouvelle gorgée, regarda son verre. Le silence entre eux soudain, derrière les crépitements du feu et le tic-tac de l'horloge, ce poids du temps en commun sur leurs fronts, mieux qu'un partage, une alliance.

A l'étage, une porte claqua. Se penchant par-dessus la balustrade, Marie-Aimée s'écria : « C't'un biau p'tit gars, monte donc, Eugène ! »

## 19

Cet enfant, ils l'embrassèrent tous. Les uns après les autres, leur bouche sur ses joues. Victorine veillait, le front encore mouillé de cet arrachement.

En bas, autour de la table, avec la sage-femme et le médecin, ils inaugurèrent le cidre bouché de la réserve. Désiré Fauvel, épanoui, gras et rouge, brandissait toujours le premier son verre : « A la santé du p'tit René et de sa mère ! »

Ils trinquèrent, savourèrent dans un même élan leur joie et ce liquide qui coulait dans leur gorge. Marie-Aimée apporta une brioche qu'elle avait réchauffée, découpa les parts : « Prenez donc un morceau, docteur, et vous madame Gillette. »

Eugène avait chaud, il écoutait le médecin et la sage-femme raconter. Son père posa une main sur son épaule : « Ça va mieux, non ? » puis vers les autres : « J'ai cru qu'il allait se trouver mal, c'est qu'au fond, hein docteur, ce p'tit gars... il pèse bien sa d'mi-tourte ! » Rires. Il reprit, plus sérieux : « Allez, va donc les revoir seul maintenant ! »

Quand ils furent tous partis, Marie-Aimée débarrassa la table. Le passé la touchait au cœur, le frôlement de la mort et de la vie. Elle ramassa quelques miettes sur le plancher, qu'elle déposa dans le creux de sa main. Elle se souvenait, l'indifférence de Nicolas-Victor mais aussi la déchirure et la douleur insupportables. Victorine entre ses cuisses, un frémissement encore si proche. Et voilà qu'elle l'avait tenue à son tour, sa tête dans la douceur de ses seins, pour tenter de l'apaiser, l'aider. Une fois de plus jeter le pont du passé à l'avenir dans un cycle reformé. Victorine, les mêmes cris, la même souffrance et c'était bien là ce qui la bouleversait le plus.

Trois jours à peine après son accouchement, Victorine reprit ses habitudes. Les affaires marchaient bien. Les seules interruptions furent pour la messe de relevailles et le goûter de pain bénit avec celles qui étaient venues la visiter.
Fiers de ce fils, Eugène et elle le montraient, attendaient le compliment. Le samedi soir, parce que le café n'ouvrait le dimanche qu'à midi, Victorine préparait le bain de René. Elle le tenait à pleins bras, l'embrassait. Un ardent désir de l'étreindre, de le serrer contre sa peau pour recréer le lien perdu. Elle s'en voulait de ce besoin, de cet instinct irrépressible. Au début, elle avait eu la même envie d'Eugène, elle avait souhaité parfois si fort la fusion de leurs corps, le contact de sa peau sur la sienne qu'elle avait griffé son dos jusqu'au sang. Et voilà que ce désir, émoussé par le temps, se transformait en exigence maternelle qu'elle essayait de taire. Toujours cette peur du péché qui pliait ses reins, l'asservissait. Alors, son corps entier tendu vers l'accalmie, elle se ressaisissait. Ces moments-là, elle les avait ensevelis, enfouis au plus profond, au plus secret, avec l'image de sa mère et d'Anthénor. Il ne fallait pas qu'on sache, qu'on devine même. Seul Eugène aurait pu la comprendre. Lui, ce n'était pas pareil. Mais elle ne lui disait rien pour que tout soit semblable, chaque matin et chaque nuit où il la désirait. Ces choses dont on ne parle pas... Depuis qu'elle était mère, elle s'offrait moins, comme si elle craignait, en donnant trop à Eugène, d'en priver son fils. Il avait remarqué la différence : avant, ses gémissements, la sueur de ses épaules, de son ventre. Maintenant, elle se contrôlait,

économe de ses abandons, de ses plaisirs. Il y pensait de temps à autre, Eugène, dans la solitude de son fournil ou sur la route de ses tournées. Son plaisir, si rapide à présent pour qu'elle ne s'impatiente pas, ça le peinait.

Au cours de l'année qui suivit la naissance de René, Victorine décida de lui faire le cadeau qu'il espérait. Entre la mort du père Gallot, âgé de soixante-treize ans, à l'hôpital de Vire, et l'élection d'Arthur, le frère d'Eugène, au conseil municipal, elle lui donna carte blanche pour acheter le cheval. Eugène en aurait pleuré ! Des mois qu'il patientait, comptait sou à sou avec elle, recomptait. Il ne tarissait plus sur le sujet, demandait des conseils à Briouze et à Lebret, lequel lui réservait toujours une carriole : « Tu pourras la prendre quand tu voudras, faudrait bien un coup d'peinture mais ce s'ra vite fait ! »

Il ne s'intéressait même plus aux problèmes politiques qui lui échauffaient les oreilles dans ses tournées ou au café. Comme le facteur, il était devenu la cible des querelleurs et tout cela parce qu'il passait d'une maison à l'autre, recevait des confidences. Or, cette année-là, on déportait Alfred Dreyfus.

« J'voudrais bien vous y voir, racontait-il le soir, ils ont la manière pour essayer de savoir ! »

Marie-Aimée comprenait à peine. On en faisait trop, avec ce Juif. Elle répétait les propos d'Arthur qui lisait *Le Moniteur du Calvados*. « Les Juifs veulent le pouvoir, il faut s'en débarrasser ! » Puis elle attendait pour voir la réaction d'Eugène et, comme il ne répondait pas, elle poursuivait : « Mais maintenant qu'il est du conseil, il ne parle plus tout haut. »

Victorine dévisageait Eugène qui essuyait son couteau sur un morceau de pain. « J'imagine que les Bertheaume injurient les Thouroude ?

— C'est pire, lâchait-il enfin, l'père Thouroude veut m'payer plus cher pour que je ne leur vende plus de pain ! »

Un comble ! Mais les Juifs et ce qu'on en disait, ça lui importait peu. Il n'aimait pas parloter, il n'aimait pas les histoires. De tous, Eugène était le plus avisé. D'abord parce qu'il voulait garder ses clients, ensuite parce que Paris semblait si loin ! Que les hommes d'ici en discutent pendant des heures, alertés par les journaux et leurs gros titres, il s'en moquait bien et il finissait toujours par esquiver les questions.

A cause de l'« affaire », le café se transformait en salle de réunions politiques. Marie-Aimée et Victorine avaient du mal à calmer tout ce monde-là. Quand vraiment rien n'allait plus, surtout avec le train qui amenait régulièrement des Blancs de Cahagnes, haineux contre les Juifs et les républicains, elles avaient peur.

« Si ça ne va pas, tu m'appelles, hein ? avait dit Eugène, moi, j'les ferai taire ! » Mais Victorine n'osait pas le déranger dans le fournil, surtout au moment de la cuisson. Elle surveillait les quelques tables, le ton des voix. « Si ça s'gâte, ils vont m'entendre ! » confiait-elle à sa mère. Plusieurs fois, elle en avait mis dehors : « Ici, c'est pas une place publique, allez régler vos comptes ailleurs ! » Lorsqu'ils lui répondaient un peu trop vertement, Marie-Aimée arrivait avec le petit dans ses bras : « C'est-y pas qu'vous voulez faire la loi chez nous ! Allez, dehors ! » Son autorité, sa taille encore haute et la présence de René les faisaient céder, ils obéissaient en claquant chaise et porte.

Depuis peu, elles avaient même établi le paiement des consommations à la commande, pour faciliter les renvois impromptus. Mieux valait prévoir...

Les faits divers du *Bonhomme normand* avaient doublé ; bagarres et violences prenaient le pas sur les annonces locales. C'est ainsi que l'abbé Gallot fut remplacé par un certain Anger dans une indifférence qui eût été impensable à peine un an plus tôt.

Seule, Marie-Aimée s'en était émue auprès de Victorine. Au milieu de ces troubles où chacun exerçait un esprit de revanche, cette mort sonnait pour elle comme une libération. Ainsi s'enfuyaient les restes d'un passé qui l'avait profondément culpabilisée et dont elle gardait un goût à la fois savoureux et acide.

Sereine, elle fit la connaissance de cet Anger, grand,

maigre, qui lui apparut comme un être niais et sans conversation. Il occupait là sa première cure et mettait tant de zèle à se faire bien voir qu'il en frisait l'obséquiosité. On se méfia. Le mal qu'il se donnait pour prêcher n'empêcha pas la masse des fidèles de s'éclaircir comme un arbre perd ses feuilles. Un vent d'anticléricalisme soufflait en effet sur le canton. Tandis que des Cagnards (les habitants de Cahagnes) sournois venaient la nuit coller des affiches de fabrication très artisanale sur certaines maisons et sur les arbres de la place : « Mort aux traîtres à la patrie » (le maire Radiguet, Lebret et même Arthur Fauvel y furent mentionnés), la petite commune voisine se gorgeait de processions et des drapeaux blancs flottaient aux fenêtres !

Le maire réclama une enquête. La Ferrière dut alors s'habituer aux uniformes et aux chapeaux bicornes de deux policiers montés sur leur cheval, que la préfecture se résigna à envoyer. La population les adopta comme on nourrit des chats errants ! Ces braves gendarmes, dès qu'ils posaient un pied à terre, se révélaient de vrais Bocains à la goule en pente. Si aucun coupable ne fut arrêté, les discussions politiques cessèrent dans le café Fauvel où l'on se mit à fuir leur compagnie envahissante. « On ne peut tout de même pas jeter ces deux-là dehors ! » disait Marie-Aimée à Eugène qui se plaignait du manque de clients.

« Ils vont rester là longtemps ? Tu devrais demander à Arthur », conseilla Victorine.

Ceux qu'on avait d'abord accueillis comme les sauveurs de la paix communale devinrent de plus en plus encombrants au fil des jours.

C'était à ne rien y comprendre ! Eugène s'efforça d'expliquer à son frère le danger qui menaçait leur commerce s'ils persistaient à rester.

« Comprends-nous, lui dit-il, Victorine ne s'y retrouve pas dans les comptes et je ne vais pas pouvoir acheter mon cheval. Un mois ici, c'est largement suffisant, il faut les renvoyer à Vire ! »

Arthur déposa donc une nouvelle requête pour que la préfecture rappelât les deux indésirables ; aussitôt les querelles reprirent d'une commune à l'autre mais personne ne s'en plaignit !

Dans ce microclimat de turbulence sociale, Eugène, indifférent, vit pointer avec joie la fin de l'été. Début septembre, il quitta La Ferrière pour Condé où se tenait chaque année l'une des plus importantes foires aux chevaux de toute la France. Acheteurs, vendeurs, revendeurs, haricotiers et gros marchands, attirés de toutes les provinces de l'Ouest, de la Loire, du centre et même des Flandres, affluaient par grappes dès le 31 août, veille du marché.

Il partit à pied, l'aube à peine levée ; en coupant par Ondefontaine et Saint-Célerin, il avait sept bonnes lieues à parcourir. Le chapeau en feutre des dimanches que Victorine lui avait fait mettre le serrait un peu au front. En marchant, il tâtait souvent à travers sa blaude pour s'assurer du portefeuille garni. C'est qu'il s'y trouvait bien sept cents francs !

Au carrefour avec le chemin de Mesnil-Ozouf, il tourna à gauche pour éviter les méandres de la Druance. Dans le lointain, il aperçut une chenillée humaine qui se traînait vers le sud-est ; dépassant les ravins de La Fromagerie, elle émergeait à peine des vapeurs de l'aube et des prêles encore humides. Devant elle, l'imposante tour en bâtière de Saint-Pierre se détachait au sommet d'une colline. Déjà les bruits de trot, de claquements de fouet mêlés aux piétinements, puis les interminables files indiennes de chevaux attachés les uns derrière les autres. Eugène croisait des connaissances qui arrivaient en voiture ou à pied comme lui. Des équipages essayaient parfois vainement de se frayer un chemin, alors que les femmes assises sur des banquettes capitonnées remontaient frileusement leur grande pèlerine à capuche.

Devant le portail de Saint-Sauveur, il fallait s'engager avec prudence dans le flot qui s'écoulait par vagues, empruntant l'étroite rue du Chêne jusqu'au champ Saint-Gilles. Il déboucha sur l'immense prairie, un peu jaunie par la sécheresse de l'été, bordée d'énormes marronniers. L'odeur forte et âcre qui montait des bêtes alignées piquait le nez et la gorge. Un jeune mitron en bras de chemise

l'aborda : « Deux sous les faminots chauds, deux sous... »
Au détour des allées, les fumets des rôtisseries commençaient à chasser la rude odeur des chevaux, mais Eugène se hâta vers les bêtes parquées.

D'abord les anglais, les pur-sang, les demi-sang, puis le reste : percherons, boulonnais, bretons, chevaux de transport. Mains derrière le dos, il se mit à les inspecter en se souvenant des conseils éclairés du charron et de ses amis : « Examine l'œil, les dents et les jambes au-dessus du jarret ! La bidette* d'allure doit être bien doublée, bouchetée de court ; imagine-la menant bon train ta carriole ! » Il en repéra vite quelques-uns mais poursuivit sa recherche jusqu'au bout de la file. En revenant sur ses pas, il s'enquit des prix. Alors débutèrent les tractations, le marchandage rituel pendant plus d'une heure.

« Celui-là vaut huit cents et c'est donné. »

« Fais-le donc marcher, j'parie qu'il boite, moi ce que j'veux, c'est du solide pour ma carriole, il doit pouvoir la tirer partout. »

Eugène faisait mine de s'éloigner, comparait tout haut avec un autre, aperçu plus loin. A ces prix-là on pouvait se faire avoir facilement, il ne fallait pas céder. Gaspard le rattrapa, enfin ils tombèrent d'accord pour six cent cinquante francs.

« Tope là, maître Gaspard ! »

— Tope là, Fauvel ! »

Une grande claque dans la paume des mains, l'affaire était conclue. Satisfait, Eugène entra plus loin sous une tente pleine de rires et de chansons. On y servait à bas prix le menu traditionnel : gigot chaud en sauce avec flageolets et coupe de poire Beurréhardy. La portion de livarot était en sus.

Briouze le surprit au dessert :

« Alors, tu l'as, ton bourricot ?

---

\* Gros demi-sang ou « bidet du pays », *L'ancien bocage autour d'Aunay et Vassy*, Lemasson.

— Si ça te dit, viens donc le voir, j'ai fini ! » Eugène se leva de table, vida le fond de son verre de cidre.

Briouze trouva bonne allure au percheron : « C'est p'têt pas un bijou, mais t'as pas été volé ! »

Eugène caressa la croupe de l'animal. « Tiens, j'l'appellerai Bijou ! » Il claqua sa main à plat sur le cheval comme un autre pacte conclu puis il décida le maréchal-ferrant à le ramener dans sa carriole, Bijou accroché derrière. En retournant au pays, ils parlèrent du commerce, des récoltes, de René qui tentait de gambader, des choses qui faisaient ou défaisaient pour un temps leur vie. « Pas de politique, avait coupé net Eugène, ça suffit comme ça ! » En haut de la côte du Pont-Cel, ils avaient remarqué les jardinets découpés en damiers et les toitures roses des fabriques de coton. Vers sept heures du soir, l'attelage parvint sans encombre à destination.

Tout le pays sut bientôt qu'Eugène avait acheté « son » cheval. Dans l'écurie, Bijou prit la place de son prédécesseur que Nicolas-Victor avait vendu en 1883. Marie-Aimée n'avait pu s'empêcher d'y penser : « Tu t'souviens, Torine, c'est toi qui es venue me le dire ? C'est drôle, il s'en est passé des choses, sur cette route... »

Elles refermaient la porte du hangar, René poussait des cris, tapait dans ses mains car de tous, c'était bien lui le plus étonné !

En revenant de sa première tournée, Eugène entra tout excité dans le café : « Une heure de moins ! J'ai compté, une heure de moins et je vais jusqu'à Maisoncelles ! »

Rien que pour ses joues roses qui le faisaient ressembler à son fils, Victorine ne regrettait rien. Six cent cinquante francs, ça n'était pas une petite somme, mais il valait mieux calculer plus juste sur le bois, le café et l'habillement que le priver de ce plaisir.

« Tu vas voir, avait-il dit, d'ici un an ou deux on aura rattrapé les frais. » Elle l'écouta calmement, le laissa raconter la surprise des clients et les progrès de Bijou. « Une bonne bête, dit-il, vraiment !

— Alors, moi aussi j'essaierai ! » Victorine le défia d'un

regard. « Si cela peut te soulager à l'avenir, je suis capable d'en faire des tournées. Maintenant, c'est différent. »

Dès le lendemain, ils partirent à deux. Elle avait décidé de ne pas attendre, impatiente et volontaire comme elle l'était, têtue aussi avec son besoin d'avoir l'œil sur tout ce qui concernait leur commerce. Eugène avait tiré la bâche pour protéger les pains, l'hiver s'annonçait avec ses volées de feuilles qui tournaient sur la route. Ce qu'elle avait remarqué surtout, c'est que depuis le temps où son père l'avait emmenée, le paysage s'était modifié. Elle n'avait pas dit grand-chose mais ses yeux avaient fouillé chaque sentier, chaque chemin pour retrouver ses souvenirs.

« Avec la mine qui va ouvrir, ils ont tout changé... » Eugène avait deviné son attente. « En fait, il faut voir les commandes qui vont nous arriver, on parle d'une cantine, paraît-il. Si Arthur se maintient, ce sera pour nous. » Elle le regarda en souriant ; des deux, il était le plus sage. Au retour, elle l'aida à bouchonner Bijou, prépara le fourrage. « Pour les tournées, dit-elle, que j'en fasse c'est normal, cette boulangerie, on s'la partage, après tout ! »

Elle se sentait responsable, n'en éprouvait aucun regret parce qu'elle avait voulu que les choses fussent ainsi et elles l'étaient. Ses longs cheveux noirs fixés en un chignon haut sur sa tête, pas le temps ni les moyens de flâner devant les miroirs, elle alignait sa vie à son image, soucieuse qu'il y eût un ordre, non des fantaisies.

L'hiver se passa, un printemps et encore un été. La « grande affaire » politique ne les agaçait plus aussi facilement, ils devenaient plus prudents, se montraient plus diserts sur les cultures et les bêtes. La vie de la commune importait davantage, ils l'avaient enfin compris malgré des rancunes tenaces dont on se moquait à voix basse.

Marie tomba malade et l'on craignit pour ses jours ; Anthénor, qui ne pouvait plus travailler comme avant, engagea un métayer. Il se plaignait souvent de la baisse de leurs revenus et de leur santé à tous les deux qui coûtait cher.

« Si j'avais eu un fils comme Eugène, disait-il à Marie-Aimée, au moins maintenant j'pourrais vieillir tranquille. Mais tu connais Marie, elle n'a jamais eu d'santé. Pour faire des enfants, il faut être solide.

— T'es bien eun'homme, répondait-elle, dès qu'on n'est plus bonne à rentrer le fourrage ou à s'occuper des vaches, on n'existe plus pour vous ! » Elle voulait la défendre contre tout et surtout contre lui. Trop facile de critiquer derrière ! Et cet égoïsme masculin qu'elle avait appris à reconnaître, à débusquer comme un chasseur lève un lièvre. Il pinçait la bouche, mécontent qu'elle lui tienne tête. Pour clore la conversation et pour se prouver qu'il avait le dernier mot, il finissait par dire : « N'empêche que si j'avais pas été là du temps d'mon frère !... »

Marie-Aimée se mordait les lèvres, poussait René vers lui : « Va jouer avec tonton ! » Elle s'éloignait toute droite vers le café, bouillonnant de colère contenue. « T'as été payé cent fois ! » marmonnait-elle. Le rapport qu'elle établissait entre le don de son corps et l'argent dont elle se disait quitte, elle l'avait un jour dressé entre eux, comme s'il l'aidait à se supporter elle-même, à lui éviter le remords. Depuis la mort du père Gallot, elle vivait libre. Comment était-ce possible qu'Anthénor ne l'ait pas compris ?

## 20

« Tu rêves ? venait de demander Marie-Aimée.
— J'pense à la Richomme, répondit Victorine, à cette saleté d'alcool et au reste. »
Marie-Aimée la dévisageait sans réaliser son désarroi :
« Ça fait un an qu'elle est morte, non ?
— Justement ! dit-elle, si certains soûlots l'avaient respectée, elle s'rait encore ici. »

Ce matin de septembre 1895, en écartant les volets, Victorine avait découvert un soleil déjà présent au-dessus des collines. « Une belle journée, dit-elle tout haut, tant mieux ! » Elle prépara le petit déjeuner de René, l'habilla en attendant que Marie-Aimée revienne de sa messe. Puis dix heures sonnèrent et comme convenu, la femme Richomme se présenta au café. Dès la naissance du petit, Victorine ne s'était plus occupée de la lessive. Une fois par mois, pour quelques sous, elle préférait la donner à la Richomme qui lui rapportait le soir la grosse lavée, prête à sécher.

C'était bien suffisant de repasser après ! La Richomme était une brave femme, comme on dit. Son seul défaut, elle le partageait avec son mari : la boisson. Le couple vivotait plutôt mal que bien depuis le départ de leur dernière fille ; être charbonnier\* dans les bois de Mondain ne suffisait pas à joindre les deux bouts et les lessives permettaient de se payer un petit superflu : une bouteille de temps en temps. A jeun, une vraie travailleuse ! Elle vous rendait un linge impeccable, ne s'attardait pas sur l'état de ses mains rongées par les engelures, les crevasses sous l'eau froide, sur ses doigts si durs, si rouges qu'on les croyait toujours en sang. « Au début, ça fait mal, disait-elle, mais après on n'sent plus rien, c'est comme du bois ! »

Pas très futée, la Richomme, ni même présentable avec son gros ventre d'hydropique sur ses jambes courtes, son fichu serré sous la nuque. Et pas propre non plus ! Les gamins, qui la connaissaient, la taquinaient au détour d'un chemin : « Attention, vl'à la mère Pont-l'Evêque ! » Et hop, ils décampaient avant qu'elle ait pu poser sa brouette pour courir et crier. S'ils s'aventuraient moins à tourmenter son diable de mari, noir et terrifiant, c'est que le père Richomme avait la main leste et la détente rapide !

Et ce 5 septembre, la Richomme avait ouvert la porte des Fauvel tout en calculant qu'elle pouvait laver trois autres lessives si elle se pressait un peu. Victorine lui donna une assiette de soupe et du pain avec une *chopeine* (demi-litre) de cidre, puis elle empila le linge dans la brouette, compta les pièces devant elle et lui tendit du fromage et du pain pour le midi : « A ce soir ! Tâchez qu'il soit aussi propre que d'habitude, jusqu'à ! » Elle la vit s'éloigner vers le lavoir, ses bras aux muscles renflés tendus de chaque côté de la brouette, des bras aussi durs que ses doigts, noueux, robustes, des bras comme les branches du pommier sauvage qu'on apercevait au coin de la route.

La laveuse s'était arrêtée chez les Lebret, les Thouroude et les Constant. Pour ces derniers, pas de problème, ils payaient sans rechigner. Mais les autres ! Les autres, ils préféraient l'inviter d'abord à s'asseoir : « Vous boirez ben eun'goutte ? » Ils débouchaient le calva ou le poiré sous son

---

\* Homme qui brûle le bois pour le transformer en charbon.

nez, histoire de la mettre en appétit. Quand on s'appelle Julie Richomme, qu'on a quarante-cinq ans et des lendemains incertains, on cède ! Elle dit oui une fois, deux fois... et les petits verres vite avalés renforçaient à chaque gorgée son énergie. « J'me sens mieux, disait-elle, encore un larmot et j'm'en vas. »

Et Thouroude, et Lebret, qu'est-ce qu'ils avaient donc à tant s'amuser en la regardant ? « Ch'est bon, disaient-ils, cha tue les vers et la vermine ! » Et du même coup, ils riaient et buvaient en poussant leur casquette, en passant la main sur leur visage cuisant, comme des rustres, ni plus, ni moins !

Elle parvint enfin au lavoir ou d'autres femmes du pays la saluèrent. On s'écarta prudemment, son haleine alcoolisée empestait les lieux. Le bruit régulier du battage avec l'eau qui coulait de la fontaine, les souffles saccadés sous l'effort et les bavardages incessants, l'atmosphère redevint vite ce qu'elle était tous les mois, on ignora la mère Richomme.

Vers sept heures, les femmes partirent les unes après les autres, leurs brouettes ou chariots remplis, contentes de leur besogne terminée. La Richomme n'avait pas fini. Une fois, par mégarde, elle avait renversé le linge des Constant qu'il fallut rincer à nouveau. Une autre fois, alors que les autres ne faisaient plus attention, elle avait sorti la bouteille de dessous la pile de linge des Thouroude ; l'air était chaud, étouffant avec ce soleil qui tapait, tant pis ! Juste une goulée avant de la rapporter au mari. Et le retard s'était si bien accumulé qu'à neuf heures du soir, alors que le soleil avait disparu et que la nuit forcissait, des groupes se formèrent sur la route, à la lueur des lanternes portées à bout de bras.

Les Lebret, Thouroude, les Constant, Eugène et Victorine qui s'était enroulée dans un châle se concertèrent un moment. Pourquoi la Richomme n'était-elle pas revenue ? « J'parie, disait Lebret, qu'elle s'est endormie. » Ils riaient tous, rien qu'à l'idée de l'imaginer avachie près des piles de tissu mouillé.

« A moins, dit Mme Constant, qu'elle n'ait rien lavé du tout et qu'elle soit chez elle.

— C'est loin, jusqu'au bois, dit Eugène, si on ne la trouve pas, j'irai seulement d'main matin.

— Pour sûr qu'elle va m'entendre ! grondait Victorine, c'est bien la première fois, pourtant, qu'elle nous fait ça ! »

Seul, Thouroude se taisait. En les entendant passer, des fenêtres, des portes s'ouvrirent : « Que se passe-t-il ? Où allez-vous ?

— On va chercher la Richomme au lavoir, elle n'est pas rentrée. »

Jacqueline Bellery interpella Victorine du pas de son jardin : « J'y étais il y a à peine une heure, elle avait encore deux paires de draps et des chemises. A mon avis, elle doit avoir fini maintenant, tu vas sûrement la rencontrer ! » Elle fit un signe d'amitié avant de fermer sa grille. Ils ne rencontrèrent personne mais continuaient de plaisanter en traversant la place de l'église, en descendant la route de La Bigne, le chemin du Pissot. Une odeur de champignons, de bruyère et de nèfles mûres avivait la fraîcheur nocturne. Victorine s'arrêta plusieurs fois. « Tu sens, Eugène ? demandait-elle, ça vient des champs, des jardins. »

Il marchait avec les autres, agitait sa lanterne : « Dépêche-toi », criait-il. Elle aimait soudain la distance entre eux, se régalait de cette nature épicée comme un plat qu'on hume longuement avant de le manger. Puis elle courait les rejoindre, prenait le bras de Mme Constant : « Vous n'êtes pas fatiguée, n'est-ce pas ? »

En avant, au milieu des hommes, Lebret décocha un formidable éclat de rire. « Ah ! celui-là..., soupira sa femme qui peinait à les suivre, la rigolade et le calva, c'est tout c'qu'on peut en tirer ! »

Enfin, ils distinguèrent le moulin de l'Odon. Victorine entendit le cri de Mme Constant : « Elle est là !

— On y veie miette », dit Lebret en approchant sa lanterne. Et tout s'était passé très vite, parce qu'on l'avait trouvée comme ça, la Richomme, à genoux sur le bord du lavoir, la tête dans l'eau et sa main gauche gardait encore la bouteille renversée.

« Bon Dieu d'bon Dieu ! Merde, merde ! » On ne savait plus très bien qui avait juré quoi, mais lorsqu'on l'avait tirée de l'eau, « ach'teu, elle était morte* ! ». Ils avaient mis le linge dans un coin, pris la brouette, les hommes avaient tassé le corps dedans mais la tête ballottait dans tous les sens. Alors Victorine avait donné son châle pour qu'on la cale et que les gosses ne puissent pas voir. En retournant, Thouroude avait écrasé une larme (il était temps !) et juré comme un soudard. C'était bien à ce moment qu'elle avait retrouvé le long de la route l'odeur entêtante des néfliers qui mûrissaient.

Elle y mettait tout son cœur, pourtant, Marie-Aimée ! Et René, le nez à ras de la table, trempait son doigt dans la première écume de sucre et de nèfles cuites qui cristallisaient sur la louche à confiture.

« Des mêles (nèfles) rondes comme mon poing ! disait-elle, on en portera au Fresne, ça lui fera plaisir à Marie, la pauvre. » Elle cessa un instant de tourner la longue cuillère dans la bassine en cuivre. Un clapotis délicat frisait la surface et cet arôme suave, sucré, un peu écœurant qui se lovait dans la pièce...

Victorine porta la main à son nez. Pourquoi tout à coup ce parfum qu'elle avait tant apprécié, comme René aujourd'hui, devenait-il irrespirable, lourd ? Elle s'étonna, ses yeux captèrent un coin de la cheminée, s'y perdirent. Elle revit le moulin de l'Odon et la lune qui le grandissait sur fond d'arbres.

« C'est pas l'pire ! » Marie-Aimée souffla sur une cuillerée de confiture brûlante avant de la tendre à René. « Le pire, c'est qu'on n'a plus personne pour laver le linge ! Et que toutes les bonnes femmes ont peur du lavoir parce qu'on a fait courir le bruit qu'c'était un coup du Malin. »

---

\* A cette heure, elle était morte.

Victorine ouvrit la porte, haussa les épaules, moqueuse :
« Elles ont surtout peur pour les dessous de leurs jupes !
— Oh ! » dit Marie-Aimée, stupéfaite, mais il n'y avait déjà plus personne lorsqu'elle se retourna.

Dans la cour, elle entendit les pas de Bijou et les essieux de la carriole.

« Viens, dit-elle à René, papa est rentré, on va lui dire bonjour.

— On voit que tu reviens de la mine, dit Victorine, Bijou a la crinière rouge.

— Des mineurs qui ont dû le caresser. » Eugène portait son fils, passait les doigts dans les cheveux noirs et frisés du petit : « Encore un peu et j'le prendrai en tournée.

— Si ça lui plaît, dit Victorine qui dételait le cheval, c'est un bon moyen pour le familiariser avec le métier. »

Ils avaient déjà tracé son avenir, comme un arbre qui doit donner le même fruit.

Ainsi, la mine avait enfin ouvert son trafic dans les collines, entre l'Hyghière et la Butte. Voilà deux mois, quand l'intendant avait arrêté la carriole sur le chemin des Moulins, Eugène avait pressenti la demande.

Depuis le début de l'année, il avait intrigué auprès des autorités locales par l'entremise de son frère Arthur.

« Ah ! monsieur l'intendant, dit-il, qu'est-ce que je peux faire pour vous ? » La réponse fut la bonne.

« Nous livrer du pain à la cantine. » Il roulait les r en insistant ; à ses mains blanches, son costume et l'inévitable chapeau, on devinait qu'il travaillait dans un bureau.

Eugène repoussa une mèche de cheveux blonds, rabattue par le vent. « Faudrait me signer un papier. Et pour combien de personnes ? » L'intendant le rassura : « Je passerai ce soir même au café, nous réglerons tout. »

Eugène imagina la joie de Victorine. Il se dépêcha de rentrer pour annoncer l'événement. Elle pirouetta plusieurs fois en se tenant les mains, rose comme les hortensias du jardin : « Le chiffre d'affaires va monter encore, maman, les commandes de pain et les boissons ! »

Marie-Aimée, qui traînait toujours le petit René derrière elle, hocha la tête en admirant sa volonté : « Le café ne va plus être assez grand. Et Eugène, comment fera-t-il tout seul ? »

Il était sept heures. Victorine essuya les tables, ramassa les verres : « On verra bien, pour l'instant il faut mettre de l'argent de côté, investir dans les emprunts russes, comme le conseillent Anthénor et Arthur. » Elle s'acharnait sur la paille des chaises : « Ah ! cette poussière rouge ! » Les mineurs laissaient derrière eux des traces qui s'infiltraient partout. Deux fois par jour, il fallait laver le sol, la serpillière teintait l'eau en vermillon dans le seau. L'arrivée de ces nouveaux consommateurs la forçait à se mettre à genoux, à brosser de toutes ses forces. Ses mains se gonflaient, rougissaient aussi et quand elle en avait fini, il restait maintenant le lavoir et la peau sous la morsure de l'eau glacée.

Mais cela ne suffisait pas ; comme elle l'avait promis à Eugène, pour mieux partager sa boulangerie sur un plan d'égalité, elle le relayait dans les tournées, lui permettant d'entasser des bourrées et de bêcher le jardin. Elle connut vite les chemins à prendre ou à éviter, sut tirer sur les rênes ou bloquer le frein dans la descente d'un raidillon.

Comme un rituel, les retours la menaient d'abord à la mine. Une fascination nouvelle devant ces monts déchirés, explorés par des hommes aux regards intenses. Comment ne pas les comparer à Eugène, tout blanc de farine quand il plongeait la main dans un sac pour palper, évaluer la finesse ? Cette farine qui collait à lui avec la pâte séchée, le noyant d'une minuscule poussière incroyablement pénétrante. Une pause brève entre ciel et colline où elle devait prendre garde aux trous si dangereux des cheminées d'aération. Le plus important était planté d'un écriteau sommaire où l'on avait écrit à la main : « Danger ».

La commune n'avait-elle pas encore en mémoire la disparition de Sérieuse, la jument des Lelubois ? On l'avait cherchée, cette jument, jour et nuit, avec deux gendarmes du Mesnil. Fausses accusations, dénonciations sordides, rien n'avait manqué. On avait même pensé appeler le curé pour conjurer cet acte de sorcellerie. Finalement, grâce au flair d'un chien qui s'était mis à renifler et à aboyer au bord, on l'avait retrouvée morte au fond du trou, brisée comme un bois sec. Baptisé « Puits de la Jument », ce précipice en côtoyait de similaires tout aussi redoutables qu'il était bien difficile de repérer sous la végétation.

Victorine ne s'approchait pas trop, ne musardait pas non plus, elle reprenait les rênes, poussait quelques cris vifs. Sans qu'elle puisse le prévoir, le vent s'abattait parfois sur elle jusqu'à la faire suffoquer. Bijou se cabrait, s'écartait du chemin. De toute son énergie concentrée, des épaules au bout des doigts, elle se dressait, empoignait le fouet, ses vêtements plaqués contre son corps : alors elle ressentait le plaisir de gagner, comme autrefois au bois de Mondain lorsqu'elle vainquait sa peur. Au retour, René courait vers elle : « M'man, m'man », criait-il ; elle l'embrassait toujours en premier avant de décharger la balance et le couteau.

En grandissant, René s'intéressait de près à la vie d'ici. Comme sa mère autrefois, il s'installa dans le fournil, suivit les moindres mouvements de son père qui le prenait à témoin : « Tiens, mon gars, encore un peu et tu pourras brasser avec moi ! J't'apprendrai aussi à faire du levain. » C'est qu'il aimait bien, Eugène, le sentir proche de lui et de ses gestes quotidiens. Il lui parlait presque sans arrêt, comme s'il le devinait capable de comprendre et de retenir. La vie de la maison était réglée comme l'horloge de la salle qu'Eugène remontait chaque semaine. Il montait sur la même chaise, ouvrait la petite porte du haut, enfonçait la clé. Le temps comptait double à cause de son métier ; à la minute près, de la même façon, il s'attablait pour ses repas, coupait d'abord de larges tartines dans la tourte serrée contre sa poitrine. Les femmes venaient ensuite servir ou débarrasser.

Avec les premiers signes de froid, René emboîtait les pas de sa mère qui se penchait au-dessus du panier à braises. Elle saisissait délicatement des charbons en maniant la longue pince en fer, emplissait la chaufferette d'une cliente. Chez le boulanger, on était assuré de trouver des cendres ou braises chaudes, surtout le matin très tôt quand le feu des foyers avait été éteint durant la nuit. Quant au dimanche, jour traditionnel de bonne chère, les voisines attifées, toilettées, défilaient avec leurs plats en terre. Eugène surveillait la cuisson des rôtis et ragoûts dans son four, arrosait avec la sauce ou la liqueur des bouteilles étiquetées pendant qu'elles assistaient au service de onze heures. Invariablement, leur vie était ainsi ordonnée, rangée comme le linge en piles blanches dans les armoires en chêne.

## 21

Déjà trop affaiblie, Marie ne supporta pas l'hiver de 1897. Elle finit sa vie sans souffrir, après trois jours d'une agonie résignée. Anthénor raconta qu'elle était devenue si maigre et transparente qu'il la soulevait dans ses bras comme un oreiller de plumes. Il y eut peu de monde pour les funérailles dans la petite église de Saint-Pierre-du-Fresne, le gel qui sévissait partout empêcha les amis, la famille plus lointaine de se déplacer. Marie-Aimée, Eugène et Victorine (René fut confié aux Lebret) réussirent à faire le trajet en deux heures. Eugène avait conduit Bijou, anxieux, tendu, plusieurs fois les roues de la carriole avaient patiné sur des plaques de verglas. Des cultivateurs, des fermiers qui les avaient aperçus amenèrent rondins et leviers. Victorine caressait Bijou pour le calmer tandis que les hommes unissaient leurs forces et que le vent glacial les mortifiait sur place. Bon gré, mal gré, l'équipage avait enfin rejoint la petite église aux grosses pierres de schiste beige, où la cérémonie était déjà commencée. On ne put enterrer Marie définitivement. Il avait été impossible aux fossoyeurs de creuser la terre, à cause de cette couche de glace compacte. Près des fonts baptismaux, le curé fit soulever quelques grandes dalles de granit, on glissa le cercueil dans la cavité peu profonde. « Dès le dégel, dit le père Morel, on la mettra en terre. » Le corps de Marie reposa donc là jusqu'au printemps, puis un jour d'avril on l'ensevelit rapidement à côté de la tombe d'Angèle et Jacques Thomas, ses parents.

Eugène avait mal réagi à l'idée de Victorine qui voulait inviter Anthénor juste après l'inhumation : « Je veux bien, à condition qu'il participe aux frais ! » Elle eut beau insister sur le fait qu'il avait sauvé la boulangerie sans jamais rien demander, Eugène fut inflexible. A vrai dire, elle connaissait pourtant son point de vue et le partageait souvent. Pas de petites économies ! Ils calculaient sur tout. Contrairement toutefois au sens de la famille dont elle avait hérité des Cantelou, Eugène ne mordait pas sur ce terrain. Il n'autorisait jamais, par exemple, les grandes réunions familiales dont elle rêvait.

« Si je devais inviter tous mes frères et sœurs, disait-il couramment, on passerait not'vie à table à dépenser pour les autres. Pas question ! »

« Et Arthur ? demandait Victorine.

— Lui, c'est autre chose !

— Autre chose, parce qu'il vend ses bestiaux et sa viande et qu'il peut être élu maire, tu fais des distinctions pour les plus riches, ceux qui sont utiles à ton commerce ou à ta réputation ! »

Eugène grommelait dans sa moustache : « C'est par lui qu'on a eu la mine, sinon Anne, le concurrent d'la place, nous aurait doublés. »

Il ne changerait pas, elle en était sûre, personne ne le changerait. Elle s'attendrit plutôt que de le blâmer parce qu'au fond, ils étaient bien de la même race. Anthénor eut cependant le dernier mot : « J'ai le notaire à voir et des choses à régler avec les neveux et nièces Thomas. Attendons les beaux jours, d'ici là j'y verrai plus clair. »

Lorsque le printemps se hasarda à travers les vignons (ajoncs) et merisiers en fleurs, Anthénor fit le chemin du Fresne à La Ferrière comme il l'avait promis, mais il n'arriva pas les mains vides. Il sortit d'un cageot une poule, un canard, des œufs et des légumes à pot-au-feu. De quoi imposer le silence à Eugène !

Marie-Aimée lui donna l'ancienne chambre de Françoise : « Là, tu seras bien, c'est calme. » Deux jours durant, ils furent heureux d'être ensemble. Les repas s'animèrent, Anthénor jouait avec René ou trinquait en compagnie des clients qui l'avaient vu boulanger du temps de Nicolas-Victor. Peu à peu il se détendit, oublia presque Marie récemment mise en terre.

Un soir, avant de monter se coucher, il frôla sous le châle l'épaule de Marie-Aimée, puis plus bas. « T'es encore bien, tu sais. Si tu voulais, juste un p'tit coup comme avant, maintenant qu'on ne craint plus personne ! »

De contrariété et de colère, elle faillit le gifler. « Démolissas ! Fumellier\* ! »

Mais lui, qui avait dû boire et qui la voyait seule si près de lui, s'entêta : « Tu t'souviens pas ? T'aimais bien, pourtant... » Sa voix s'adoucissait, il se caressa le menton en fermant à demi les paupières.

« Va-t'en dé d'là ! » Marie-Aimée fixait ses pommettes, son front en feu, elle avait peur et honte de ce désir outré qu'il affectait comme un noceur, elle s'empara de la lampe Pigeon, la brandit comme une arme : « Si tu oses me toucher, j'te défigure, j't'assomme ! »

Déçu, Anthénor recula d'un pas : « Qu'est-ce qui t'prend ? On n'peut plus plaisanter ?

— Ecoute-moi, si tu r'commences une seule fois, j'le dis à Eugène, tu entends ? A Eugène ! » Elle se trouvait sur la deuxième marche de l'escalier, l'une de ses mains enserrait la rampe et la lumière qu'elle tenait dans l'autre éclairait son visage révulsé de haine. Bafoué, Anthénor devint cinglant : « Et moi, j'lui raconterai qu't'étais moins difficile avant qu'l'eau bénite te r'froidisse le cul ! (Il commença à rire.) Va donc lui dire, à ton Eugène, moi aussi j'parlerai... »

Alertée par un claquement de porte, Marie-Aimée

---

\* Buveur, coureur de femmes.

choisit de fuir. Victorine ou Eugène pouvaient survenir, demander ce qui se passait, il valait mieux disparaître. Elle se retrouva vite dans sa chambre, enfermée à double tour mais secouée jusqu'au tréfonds de sa conscience. Elle se sentait maintenant vieille et chaste ; confortée dans ses pensées par une piété fervente, elle résolut de classer la scène comme une offense à sa religiosité, une tentation déguisée du diable.

La même nuit, Anthénor se rendit compte qu'il ne devait pas rester. Au petit jour, il alla voir Eugène au fournil : « J'vais retourner au Fresne, dit-il un peu abrupt.

— Mais vous n'êtes là que depuis trois jours.

— Je n'peux pas vivre ici sans Marie, tu comprends, ça m'fait drôle. Et puis, il y a les haies qui ne sont pas encore taillées... »

Il tournait en rond, entre la maie et le four. Eugène vida un seau d'eau tiède, enfonça ses bras dans la farine et, l'eau versée, il se laissa embrasser : « Quand vous voudrez, Anthénor. Vous avez dit au revoir aux femmes, au moins ?

— C'est fait pour Victorine », dit-il presque imperceptiblement. Il marcha vers la porte, ajusta sa veste de grosse toile rude ; au moment de sortir, il s'arrêta, la main sur la clenche de la porte : « Ça t'dirait de savoir ce qui est arrivé à la Geneviève ? »

Eugène quitta le pétrissage, se releva du fond de la maie où la pâte prenait corps. « C'est une vieille histoire. » Il frotta ses bras contre son nez. « Dites toujours...

— Tu sais qu'le gars à Bitot y a collé un dérobé (enfant naturel), à c'qu'il paraît. La Geneviève, c'est pas son fort le maternage ! Elle est allée à l'hospice Saint-Louis de Caen pour abandonner l'petiot devant la porte. »

Eugène écoutait sans broncher, pas un muscle de son visage ne bougeait.

« Comment l'a-t-on su ?

— Justement, quelqu'un l'a vue, épiée même, c'était pourtant le soir. Elle a été convoquée par le conseil municipal le lendemain. Ton frère n'a pas été le dernier à l'engueuler, à c'qu'on m'a dit. En bref, on l'a priée de quitter définitivement la commune. »

Eugène ne s'étonna pas outre mesure.

« Une vieille histoire, redit-il, un peu pensif.

— Victorine n'a plus rien à redouter. Depuis quinze jours, la Geneviève s'est placée en condition dans les environs de Rouen. Allez ! j't'embête avec ces histoires, mais tu vois, la vie c'est comme ça, on n'peut jamais prévoir, on s'monte la tête avec des balivernes et on échoue, on ne sait pas pourquoi. »

Anthénor s'éloigna vers l'écurie. Avant de reprendre son travail, Eugène attendit qu'il parvînt sur la grand-route ; il y avait bien dix ans qu'il était venu ainsi, un matin, lui parler de la Geneviève. Dix ans... Eugène en avait à présent vingt-huit, il revit Victorine si frêle, presque adolescente à l'époque et néanmoins déjà femme. Ce paradoxe qu'il avait aimé chez elle, qu'il aimait toujours parce qu'elle ne changeait pas, car ce n'était pas changer que s'épanouir, acquérir de la plénitude.

Le sifflement du premier train postal en provenance de Caen le fit sursauter, il était six heures quinze. « La vie, pensa Eugène, comme s'il répondait à Anthénor qui avait disparu depuis cinq bonnes minutes, la vie elle est comme on s'la fait ! » Il replongea ses bras dans la pâte en chantonnant.

Anthénor roula jusqu'au passage à niveau de La Boudehannière. Mais là, impossible d'avancer. Un nuage de poussière blanche s'élevait comme un énorme champignon et son cheval hennit, rua, effrayé. Une paysanne conseilla d'emprunter un autre chemin.

« Que se passe-t-il donc ?

— C'est la barrière du passage à niveau », dit-elle. Aussitôt d'autres femmes s'approchèrent, certaines tenaient des enfants par la main ou des paniers à provisions ; elles continuèrent de raconter :

« Elle est tombée sur le banneau du père Dumont. Il a pas eu de chance, juste en sortant de son four, là-bas derrière la ferme. » (Celle qui parlait tendit l'index dans la direction indiquée.) Une autre poursuivit : « Au moment où il franchissait les rails, la barrière a dégringolé sur son chargement ! Et Morin, le garde, n'a rien vu, c'est un mauvais coup d'vent sans doute. »

Elles étaient quatre auprès de la carriole à relater l'accident ; assis, Anthénor les écoutait tout en surveillant le nuage blanc qui revenait vers eux. Bientôt, paysage et vêtements blanchirent en dépit des ébrouements et des brossages vigoureux.

Il comprit. Les sacs de chaux qui servaient à fertiliser les champs avaient crevé et la chaux s'en échappait partout, portée par le vent.

« Morbleu ! fit-il, il n'y a donc rien à faire ?

— On a sauvé deux sacs sur dix. Quand le train est passé cinq minutes plus tard, il a percuté le chargement de plein fouet et les voyageurs ont reçu la chaux dans les yeux, les cheveux, sur leurs bagages. Ils veulent faire un procès à ce pauvre Morin qui n'y est pas pour grand-chose !

— Morin n'a pas l'air fautif, dit Anthénor.

— Pour sûr, mais cette barrière, elle, n'a jamais fermé comme il faut. Des fois, on restait des heures à attendre derrière avant d'apercevoir un train, d'autres fois, elle fermait tellement vite qu'on risquait d'être coincé sur les rails. »

Le nuage emporté par les bourrasques s'éparpillait en minuscules grains vers l'est. Lassés, des voyageurs reprirent place en fermant soigneusement portes et fenêtres. Quelqu'un avait alerté le garde champêtre qui consignait les péripéties sur des feuillets. Entre deux phrases, il mouillait de salive le bout de son crayon noir, imperturbable devant Morin qui le harcelait : « C'est pas moi, v'là des mois que j'ai demandé à ce qu'on la répare, cette barrière !... » Anthénor effectua un demi-tour avec sa carriole, il longea des talus fleuris d'aubépines et de genêts. Après la rigueur de l'hiver, le printemps, prodigue en couleurs et parfums, compensait le temps perdu.

Il traversa quelques cavées encore boueuses qui rendaient difficiles les manœuvres pour ne pas s'embourber, puis il rejoignit la route du Fresne.

## 22

« J'ai du retard, Eugène, je crois que ça y est ! »

On était en octobre 1899. Eugène se pencha, embrassa longuement Victorine dans le cou. Une habitude lorsqu'il était heureux. « T'es une bonne fille. » Des mots un peu gauches parce qu'il ne savait pas bien, Eugène, il vibrait seulement, c'était peu et beaucoup à la fois. Son idée n'avait pas déplu à Victorine ; René allait sur ses sept ans, le commerce paraissait trouver un équilibre, alors elle avait bien voulu qu'il la couvrît de son corps jusqu'à ce qu'elle fût sûre.

En remerciement, Marie-Aimée fit brûler un cierge.

« Il faut m'aider, disait-elle à Victorine, tu dois prier avec moi ! » Elle donnait des ordres sans même lui laisser le temps de répondre : « Nous irons en pèlerinage ! » Victorine disait oui, pensait qu'il fallait cette autre dimension pour que le ciel soit clément.

Elles participèrent à presque toutes les célébrations, tous les pèlerinages, prenant René à leurs côtés. Quelquefois, Victorine partit seule, même quand les brumes pesaient, floconneuses et glaciales sur les vallons.

« Nom de Dieu ! Elle va verser, avec c'temps-là ! »

Combien de fois Eugène avait eu peur lorsque les cheveux noirs semblaient happés par le ciel, confondu à la terre. Poings sur les hanches devant sa porte, il gémissait en regardant la carriole s'éloigner.

Marie-Aimée grondait : « Tais-toi ! Eugène », puis à voix basse comme si elle avait peur : « Tu blasphèmes ! »

Il haussait les épaules : « Moi, j'vous aurai prévenue, s'il arrive quequ'chose, vous serez responsable ! » Autant s'adresser à un mur. Marie-Aimée ne faisait que prendre en pitié son gendre incrédule.

Et chaque mois, Victorine était partie.

« Il est né avec le siècle ! »

Le docteur se lavait les mains dans la cuvette en faïence, abandonnant Victorine et l'enfant aux soins de la sage-femme. Elle avait été courageuse, Victorine, à peine quelques plaintes mais sa lèvre inférieure portait la marque de ses dents. Dans un même élan, ce 12 mai 1900, ils avaient ressorti les verres et servi la *teurgoule* encore tiède. Le cidre bouché du dernier été avait gardé toute sa saveur piquante qui râpait un peu la langue.

Un nouveau fils pour la maison et qui s'appellerait Edouard. Eugène pensait à son fournil : peut-être qu'un jour... Deux fils boulangers, pourquoi pas ? René gambadait à travers la salle aux larges poutres. Un soleil à peine perceptible par les fenêtres donnait à ce matin de mai une lumière ambrée, soyeuse qui annonçait les vapeurs chaudes du prochain été.

Les pèlerinages n'avaient donc pas été vains ! Victorine se souvenait des aiguilles enfoncées dans le nez déjà bien abîmé de saint Célerin. Au cœur du petit oratoire le plus souvent désert, lorsque l'une arrivait, l'autre repartait. Elle avait récité ses prières sous la statue du saint, refait les gestes rituels. Le poids séculaire des traditions ne l'emprisonnait pas, elle le partageait avec ses ancêtres.

Ici, les dévotions, les rites ponctuaient la vie comme des étapes à ne pas manquer. Malheur à celui ou celle qui bravait !

Les loups-garous, encore nombreux dans les bois, veillaient sur les ombres, les esprits se disputaient les routes isolées et les offres du diable guettaient les égarés ! Voilà trois mois au plus que le fils du meunier Decaen était rentré en courant dans la salle du café. Il gesticulait, criait comme un véritable possédé. On l'avait assis à grand-peine, réconforté d'un petit verre avant qu'il pût enfin parler : « C'est à cause de l'argent », avait-il commencé par dire ; ses cheveux blonds s'étaient collés à son front en sueur, il tremblait de froid et de chaud tout à la fois.

Comme Marie-Aimée l'étreignait à l'épaule, en geignant il avait raconté : « Avec la faillite qui menace, je ne savais plus comment faire pour payer quelqu'un à ma place, alors j'ai été à la Pierre Dyallan... »

Victorine avait arrondi les yeux de surprise, les clients s'étaient tous rapprochés. « A la place de quoi ? » demanda-t-elle.

La Pierre Dyallan était connue comme le loup blanc dans tout le canton. Un dolmen néolithique que des générations avaient pris pour une table miraculeuse. Située en plein bois, elle avait servi et servait sans doute encore, mais personne n'osait en parler. Jadis, au temps de la conscription, les femmes venaient la nuit y déposer une branche de palme puis en faisaient neuf fois le tour à reculons avant de s'éloigner. La tradition voulait que leur fils tirât ainsi un bon numéro pour échapper à l'enrôlement.

« J'ai voulu appeler le diable pour m'aider, j'n'ai pas l'sou, j'vais être obligé d'aller au service*. » Decaen se frappait le front comme un pénitent. « Le jour n'était même pas levé, on n'y voyait pas à deux mètres, je me suis agenouillé, la main sur la pierre et j'ai dit trois fois ELOÏM, ESSAÏM comme c'est écrit. » Les plus âgés se regardèrent. La formule venait d'un très vieux livre qu'on se passait sous le manteau. Si Decaen la connaissait, c'est qu'on avait dû l'informer, sans doute le père Jeanne ou Guilloux.

Le jeune homme, hors de lui, continuait : « Et j'ai vu, je

---

* Avant 1900, il était courant qu'un garçon en paye un autre pour effectuer à sa place son service militaire.

vous l'jure ! une flamme rouge, haute comme ça ! Et ça s'est mis à sentir le brûlé partout. J'ai cru que j'allais griller sur place ! »

Certains commencèrent à s'affoler un peu, d'autres gloussèrent de rire, gênés. Victorine s'était signée de peur, imitée par Marie-Aimée et quelques-uns.

« Alors, demanda-t-on, as-tu fait un signe de croix ?

— Non, j'ai couru jusqu'à ce que je n'en puisse plus, je me suis perdu puis je suis arrivé ici par la grand-route, je ne sais pas comment. Donnez-moi encore à boire, je vous prie ! »

On le servit, puis on répandit l'étrange aventure à travers le pays. Victorine, bien sûr, avait tout répété à Eugène. Il avait ri. Un rire haut, ferme. Mais avec cette peur en elle qui remontait de l'enfance, Victorine avait longuement frissonné. « Des histoires de bonne femme ! » Sûr de lui, Eugène attelait la carriole, asseyait René. « Des sornettes, que j'te dis ! » Impatient, il secoua les rênes, agita une main et se mit vite en route.

Il savait que, pour mieux conjurer le sort, elle irait participer dimanche à la procession conduite par l'évêque de Bayeux. Avec Marie-Aimée, elle suivrait le cortège, recueillie, doublement attentive sous les banderoles de fleurs et les psaumes braillés à plein poumons.

Il savait, Eugène, mais ne disait rien parce que cela devait être ainsi.

Il attendrait que la ferveur religieuse de l'événement se soit calmée, puis il la prendrait un soir contre lui. Un de ces prochains soirs quand elle redeviendrait docile à son désir. D'ici là, il avait encore quelques sacrées bonnes pincées à priser ! Cette idée le fit sourire. Il se tourna vers René qui s'agrippait à la banquette de bois :

« Tiens-toi bien, hein, gamin ? » Mais déjà malgré lui, le doute qui s'insinuait. « Tout d'même, cette histoire de flammes, si c'était vrai, y'en aurait des traces ! » Eugène pinça les lèvres, se gratta la nuque. « On a beau n'pas y croire, ça fait quand même froid dans l'dos ! »

En contrebas de la route, il aperçut de lourds nuages qui

s'agglutinaient en grappes. La Jouannerie disparaissait presque sous cette pesanteur laiteuse, le vent se leva un peu brusquement. Des rafales intermittentes ployèrent la cime des arbres et rebondirent sur le sol en couchant les herbes par vagues. Les premières gouttes frappèrent leurs visages, il fallait faire vite. En obliquant vers la ferme des Pellevey, Eugène se réfugia dans une vieille bâtisse à moitié détruite.

René se serrait contre son père. Ensemble ils regardaient cette pluie diluvienne qui s'était mise à tomber. Le crépitement sur le sol s'enflait comme une musique trépidante. On n'y voyait plus à vingt pas. L'eau giclait, claquait sur les arbres et les haies, coupait des feuilles.

« Quand ça tombe si fort, ça ne dure pas ! » Eugène rassurait René. Peu à peu, la pluie diminua jusqu'à n'être plus qu'un crachin. L'eau avait creusé des ornières de boue sous les roues de la carriole. Bijou avança prudemment, parcimonieux de ses pas comme si la terre trop lourde collée sous ses sabots entravait ses efforts.

Un vert brillant, ruisselant dans l'air nacré, nappait les chemins et les champs. Le ciel par endroits sécrétait des traînées bleues qui se fragmentaient sous les poussées répétées du vent. Ils croisèrent quelques paysans, surpris comme eux par l'averse violente et qui s'étaient protégés sous de grands sacs de chanvre : « Holà, v'là l'boulanger avec son pain à soupe, t'arrives bien ! » Les rires secouaient leurs corps aux jambes courtes, plissaient leurs yeux et leurs pommettes. Eugène commença sa tournée en retard. Par chance, sous la bâche, les pains n'avaient pas été mouillés.

Victorine s'était rapidement remise au travail. Cette deuxième naissance assumée avec plus de confiance, elle se sentait forte des protections surnaturelles que le ciel lui avait accordées. Seul problème concret, il avait fallu donner du lait de chèvre au nouveau-né qui refusait toute autre alimentation. Un fait suffisamment cocasse pour intéresser les voisins et les clients. Les habitués venaient en effet toujours nombreux, voyageurs de la grand-route ou du chemin de fer. Ils attachaient leur cheval à la longue barre de fer, arrimaient les carrioles ou garaient les vélos. Un arrêt pendant lequel les échos lointains ou proches du bourg circulaient dans la petite salle. Marie-Aimée, toujours fidèle à la bonnette traditionnelle, se déplaçait plus lourdement d'une table à l'autre. Victorine servait, tandis que sa mère lavait les verres, berçait le dernier-né. Parfois l'odeur des pains cuits inondait par flux les tablées, on salivait en se poussant du coude : « Ça sent bon chez vous ! » Victorine souriait à l'inévitable petite phrase. Pas même le temps pour elle de participer régulièrement le soir aux manilles à quatre, à la coinchée ou aux dominos. Pourtant, tous aimaient se grouper autour d'une table. On plaçait comme on pouvait ses coudes et ses cartes.

« Viens donc te joindre à nous, Eugène ! »

Il suffisait d'un appel pour qu'il vînt aussitôt. Il tapait sur des épaules, serrait des mains. Les lampes à pétrole allumées, on se disposait en rond, comme avide de ces brins de soleil. Certains soirs, vent et pluie cognaient contre les vitres et les portes. De l'intérieur, on avait l'impression que l'espace entier se gonflait avant de s'éventrer en larges averses qui drapaient d'eau tout le pays.

## 23

« Eugène ! Eugène ! »

La voix de Victorine tremblait, s'amenuisait au fur et à mesure de sa course. Ses mains relevaient la toile de sa jupe à hauteur des chevilles mais elle n'en avait pas conscience ; seuls ses pieds chaussés de galoches la trahissaient dans sa hâte. Elle aurait tout donné pour aller plus vite, éviter les monticules de boue sèche et d'herbes qui la faisaient trébucher, se raccrocher aux arbustes du chemin.

« Eugène ! » Cette traversée haletante des champs et des bois n'en finissait pas. Des larmes jaillirent, chaudes, coupantes, sur les joues déjà en feu. Elle glissa, rétablit à grand-peine son équilibre ; enfin elle s'appuya contre un chêne, à bout de souffle.

Fin septembre. Quatre jours qu'il n'avait pas plu, que le ciel persistait dans sa trêve. En essuyant ses yeux, elle distingua les feuilles sur le sol, le soleil qui profitait des trouées entre les branches pour s'y faufiler.

« Eugène ! »

Elle n'arriverait jamais ! Un découragement mêlé de rage la prit. Comment récupérer ? repartir ? Elle avait encore son tablier autour de la taille, son chignon s'était défait sur le côté et la sueur coulait sur son corps des cheveux jusqu'à ses membres. Pendant vingt minutes, elle venait de filer, portée par un seul nom : « Eugène ! » Elle revit le petit Pellevey dans la boutique : « M'dame, y a eu un accident... » Elle avait tout lâché, la demi-tourte de la mère Picard, le couteau, elle avait sangloté aussi sans pouvoir se retenir : « Ils me l'ont tué ! »

« J'sais pas qui c'est, avait précisé le petit Pellevey, il est par terre dans l'chemin de Migny... »

Marie-Aimée n'avait pas réussi à l'empêcher de partir. « On va prendre la carriole de Lebret ou de Thouroude ! » cria-t-elle. Mais cette carriole, par où serait-elle passée dans ces chemins étroits, pleins d'ornières ? Victorine les avait abandonnés à leur indécision et elle en était là, isolée, osant à peine imaginer le pire : Eugène étendu, touché peut-être à mort !

« Seigneur, Sainte Vierge ! » Elle s'affolait comme une mouche qui heurte une toile d'araignée, reprit sa marche presque pliée en deux, le souffle court, un point au côté. « Je lui avais dit, j'le sentais. Pourquoi la chasse encore aujourd'hui, alors que déjà dimanche ? » Elle se plaignit, arracha, cassa les petites branches qui la griffaient au passage. Encore un peu et elle y serait.

Un accident, cela pouvait arriver à tout le monde, mais pourquoi donc à elle qui avait prié chaque jour, jamais faibli ? Pourquoi le ciel se montrait-il si injuste ? A moins qu'il ne s'agisse pas d'Eugène. Elle releva la tête, un espoir soudain renforça son courage. « Sainte Vierge ! » redit-elle.

Les arbres s'espacèrent, une clairière apparut entourée de taillis et de mélèzes. L'odeur des bois, de la terre, chauffait l'air. Une odeur desséchée, craquante comme les brindilles et les pommes de pin sous les pieds. Sans pluie, la forêt se repliait sur elle-même, sobre dans ses parfums, dans ses restants de fraîcheur. Sur sa gauche, Victorine aperçut enfin les chasseurs. L'un des hommes, Lefortier, marchand de suif, le fusil en bandoulière, vint à sa rencontre. En avançant, sa grande taille cachait les autres. Elle ne bougeait plus, paralysée, inerte ; devant ses yeux montait un feu. Le feu ! Toujours cette image en elle, fugace, insupportable, qu'elle interrompit en mettant une main glacée sur son front.

« Ah ! t'es la première, Victorine ! On attend le docteur... » Autrefois, Lefortier avait vu grandir Victorine. Du temps de son père, il avait souvent ramené Marie-Aimée à la boulangerie, lors de ses fugues sur la grand-route.

« T'es toute blanche ! » dit-il en fronçant les sourcils. Il n'avait pas deviné, la pensait renseignée par Pierrot Pellevey. « Assieds-toi ! ne reste pas debout si tu n'te sens pas bien ! » Il tendit sa main pour l'aider. A ce moment, par l'angle dégagé entre son épaule et son bras, elle reconnut d'abord la démarche puis les bottes...

« Eugène ! » Elle s'affaissa.

« Achetez donc du sirop Henri Mure ! Ma fille en buvait souvent, ça la soulageait bien. » Mme Constant saisit sa tourte et sa pesée, glissa deux pièces sur le comptoir. Marie-Aimée écrivit le nom sur un papier. « Dès demain, je demanderai à Arthur qu'il en rapporte d'Aunay. »

Anne Constant gagna la porte, l'entrouvrit. Elle avait changé depuis quelque temps, vieilli. Elle confiait volontiers ses soucis pour le ménage de sa fille et l'avenir de ses petits-enfants.

« Mon gendre a obtenu sa mutation, dit-elle avant de sortir.

— Il va loin ? demanda Marie-Aimée.

— Falaise.

— Et votre fille qui ne veut pas quitter... Ils se séparent, alors ?

— Oh ! non. » Elle avait tressailli comme si ce mot lui faisait horreur. « Ils se retrouveront souvent pour les enfants. »

Elle eut un air malheureux.

« Vous avez d'la chance avec Victorine, c'est qu'elle l'aime, son Ugène. Et lui, il a l'air d'y tenir aussi. » Elle se tut un instant, pivota vers Marie-Aimée :

« Avant-hier, avec l'accident de chasse, quand je les ai

vus rentrer, ça m'a toute remuée ! Il la tenait bien dans ses bras, et pâle avec ça. La pauvre ! Elle avait trop couru, il faut qu'elle fasse plus attention, elle a quand même eu deux enfants ! »

Marie-Aimée acquiesça : « Je n'ai rien pu lui dire, et figurez-vous qu'hier, à peine remise de la veille, elle est repartie en tournée !

— Pensez au sirop d'escargots, madame Cantelou ! Ça calme les vertiges et les nerfs... Jusqu'à ! »

Ce n'était pas l'envie de parler à Eugène qui manquait à Victorine, ni le courage, mais plutôt la méfiance qui lui fermait les lèvres. Qu'aurait-elle d'ailleurs pu lui décrire d'autre que cette image de feu qui la narguait parfois ?

Il avait bien compris sa course, son malaise, la terreur qu'elle avait eue de le perdre. Il l'avait portée entre ses bras d'homme de la forêt à la maison, elle qui ne se plaignait même plus et c'était comme un cadeau qu'il se serait fait à lui-même. Devant tous, ceux qui accouraient ou ceux qui les regardaient, pétrifiés, Eugène l'avait tenue, à peine serrée, ses bras comme des reposoirs improvisés où elle gisait sans force. Ils avaient ainsi marché, traversé chemins et rues, encadrés par les autres qui revenaient, le fusil à l'épaule, la gibecière vide.

Thimonier avait été emmené vers l'hôpital d'Aunay, la balle perdue s'était logée dans la cuisse droite, un accident comme il en arrivait malheureusement souvent et qui n'empêcherait pas certains chasseurs de repartir bientôt, Eugène en tête.

La saison de chasse fut mauvaise. Eugène en voulait aux profiteurs : « Nom de nom ! Encore rien », jurait-il en rentrant. Il rangeait le fusil dans la remise, appelait Victorine pour qu'elle l'aide à enlever ses bottes où la terre et la boue collaient aussi sûrement qu'aux socs des charrues.

« Des pièges, des filets partout, racontait-il en se calant sur la chaise, tandis qu'elle le déchaussait, une honte !

— Ils ont arrêté deux braconniers au Mesnil, c'était dans le journal, disait-elle.

— Tant mieux ! Mais on en arrête deux et y'en a dix qui continuent.

— Il faut que tu en parles à Arthur ! » Elle enveloppait les bottes dans un vieux journal, s'arrêtait un instant avant de les porter dehors où Eugène les brosserait lorsqu'elles seraient sèches : « Alors, toujours pas de garenne aujourd'hui ? » Furieux, il tapait son poing droit contre sa main gauche ouverte : « Nom dé gousse ! Si j'prends un d'ces bagoulards... »

Victorine souriait, il lui suffisait de patienter. Trois ou quatre jours plus tard, il rapporterait un garenne, un faisan ou même un chevreuil. Elle n'aurait pas le droit de s'en occuper, il déposerait sa capture sur la table devant les deux femmes et René ébahi : « Il est mort ? » demandait-il toujours avant d'y poser un doigt avec précaution. Le dimanche suivant, Eugène cuisinerait : oignons, légumes du jardins, herbes odorantes ; il jonglait avec sûreté et le fumet des viandes amoureusement mijotées remplissait la matinée et la maison en attendant que femmes et enfants reviennent de la messe. Mais les prises manquèrent jusqu'aux Rogations.

Dans le café, les chasseurs soupiraient. Victorine essaya plusieurs fois de rétablir l'équilibre : « Ces braconniers, ce sont peut-être des soutiens de famille ? » Elle se mettait alors à parler du bureau de bienfaisance que la mairie avait créé, les listes de noms s'y augmentaient sans cesse. « Comment voulez-vous qu'ils fassent, disait-elle, avec les deux kilos de graisse par mois et les cinq de pain qu'on leur donne... »

Les hommes maugréaient. « Ils n'ont pas à enfreindre la loi, le gibier il est à nous !

— Quand on a des enfants, intervenait Marie-Aimée, on ferait n'importe quoi pour les nourrir et celui qui prétend le contraire, pour moi c'est pas un père ! »

Ils se taisaient, méditaient un moment cette vérité qui les piquait au vif.

« Et toi, Eugène ? Qu'est-ce que t'en dis ? » Ils profitaient de le voir s'asseoir pour réclamer un verre de cidre.

« Moi, répondait-il, j'dis qu'il faudrait bientôt faire une battue aux sangliers. »

Il avait de bonnes idées, Eugène ! Du coup, ils tombaient tous d'accord, entraînés par les cultivateurs qui vociféraient contre ces destructeurs de cultures et leurs piétinements criminels.

« J'vais demander la permission au maire, promettait Eugène, on va pouvoir arranger ça après les Rogations. »

La grande procession eut lieu sous la pluie. Sans que l'on pût exclusivement l'imputer au temps maussade, la rapidité des bénédictions surprit. Le père Anger, que Morin avait du mal à bien protéger sous un parapluie noir, pausait à peine en bordure des champs. De méchantes langues en profitèrent pour faire observer que le cortège diminuait chaque année et que le curé s'en aigrissait. « Ils préfèrent se réserver pour l'Ascension à Tournay ! » plaisantait-on. Malgré l'ironie du ton, personne n'aurait eu l'idée de minimiser l'événement. Peu de jours à patienter, trois en tout et, croyants ou non, hommes, femmes, enfants bondiraient dans les carrioles, s'achemineraient par n'importe quel temps et à n'importe quel prix pour arriver à se faufiler sous les voûtes paroissiales. Curieuse ruée en ce jour saint ! où la seule piété n'avait pas toujours son mot à dire. C'est que l'Ascension se fêtait ici d'une façon originale !

Ce jeudi-là, dès sept heures, la lumière dévala la pente des collines. Elle partait du soleil encore rouge, tournait un moment à travers les chênes rouvres et les peupliers puis roulait dans les vallons refroidis par la nuit. Au-delà de la grand-route, on la sentait venir déjà pleine de parfums humides, mousseuse et légère au-dessus des haies fleuries et des champs. Pas le moindre vent.

Victorine s'éveilla la première, décida Marie-Aimée : « Tu resteras avec Edouard, nous prendrons René. »

Eugène, les joues blanches de savon à barbe, affûtait son rasoir sur le cuir hérité de son grand-père. « On dit que ce sera l'apprenti des Hamel, cette année.

— Tu ne penses qu'à ça, répliqua Victorine, on ne va pas à la messe pour le spectacle ! »

Il essuya son visage en riant :

« La messe, c'est bon pour les femmes ! Moi, j'y vais pour l'coup d'œil !

— Dans le fond, se résigna-t-elle, il vaut mieux que tu y ailles pour ça que pas du tout ! » En même temps, elle vérifia une dernière fois son chignon, examina sa robe bleu clair à manches gigots commandée le mois dernier à Aunay. Elle n'avait plus qu'à poser son chapeau gris dont elle rabaisserait la voilette pendant le service.

Eugène sortit la carriole. Il faisait encore frais sur la route mais le soleil semblait persister dans ses assauts de clarté et le vent ne se levait toujours pas. René, en costume gris à culotte courte, penché sur le livre de messe de sa mère, regardait les images : « Quand est-ce que j'en aurai un beau comme le tien ?

— A ta grande communion, répondit Victorine, ce sera ton cadeau. »

Ils rattrapèrent d'autres attelages, on se saluait, on détaillait au passage les toilettes, les chapeaux. Un mot encore sur le temps, les moissons à venir et le clocher de Tournay apparut au-dessus des toits de chaume et d'ardoise.

Eugène rejoignit des compagnons qui l'attendaient. En une heure l'église déborda de monde, le custos dut même laisser les portes ouvertes pour que les gens de l'extérieur puissent participer, voir. Il avait l'habitude, grondait amicalement ceux qui paraissaient déjà un peu éméchés :

« Tâchez d'vous tenir, monsieur le curé n'aime pas ça !

— Hé quoi ! ricanaient les plus rouges. Un peu d'vin, ça fait passer l'latin ! »

Comme à l'accoutumée, l'assistance se divisa en deux, femmes et enfants d'un côté, hommes de l'autre. Jusqu'à l'Evangile, rien ne vint troubler un service qu'on eût pu croire ordinaire, le curé et les deux enfants de chœur semblaient même particulièrement concentrés. C'est alors qu'un groupe entra de la sacristie : douze hommes revêtus d'une sorte d'aube en toile beige, nouée à la taille. Aussitôt des murmures et des mouvements de tête animèrent les rangs des fidèles. L'entrée d'un treizième personnage, tout de blanc vêtu, à l'allure étrangement juvénile, suscita des réactions plus vives, que le curé fit taire d'un regard appuyé. Ceux du fond, parmi lesquels se trouvait Eugène, venaient de reconnaître l'apprenti des Hamel : Jean Lefortier ! Occasion propice pour échanger des coups de coude complices avec des amis et commenter cette arrivée !

Le spectacle allait donc pouvoir se dérouler ; les douze hommes qui symbolisaient les apôtres s'agenouillèrent, tandis que le custos passait un harnais sous les bras et autour des épaules du jeune Lefortier ; une corde joignait le harnais à un gros anneau fixé au plafond et se prolongeait jusque dans la sacristie où quelques gaillards des plus musclés, charron, mineurs et forgeron, se préparaient à l'abri des regards en crachant dans leurs mains.

Quand le lecteur du texte sacré arriva au moment opportun, on entendit compter après un court instant de recueillement : « Un, deux, trois... » puis un : « Allez-y, les gars ! » qui démarra le plus étonnant des mystères : Lefortier ou Jésus, qui n'en menait pas large malgré son air inspiré et ses bras levés vers le ciel, s'éleva lentement jusqu'au plafond où il demeura le temps que l'assemblée ait fini de réciter prières et litanies.

Mais cette année encore, tous les mécréants, avides de sensationnel, en furent pour leurs frais. La corde ne céda pas ! Eugène n'était pas le dernier à le reconnaître, la seule perspective de l'incident possible les attirait comme des guêpes sur un morceau de sucre !

Le service terminé (Jésus redescendu !), les familles se groupèrent sur le parvis tandis que le café d'en face accueillait la plupart des hommes. Victorine répondit aux saluts, échangea des banalités sur le temps et la santé de ses garçons avec quelques femmes et le curé qui allait des uns aux autres. En fait, elle s'inquiétait surtout pour Eugène qui avait, lui aussi, rejoint le café.

« Pourvu qu'il ne boive pas trop ! » pensait-elle. Entre deux phrases, elle tournait la tête vers le débit de boissons, fronçait les sourcils sous le rebord du chapeau gris. N'y tenant plus, elle envoya René : « Va chercher papa, dis-lui qu'on doit repartir. »

Toujours cette angoisse de le voir revenir trop gai, les pommettes empourprées. Impossible d'oublier les marques de l'enfance, de tirer un trait sur le souvenir de Nicolas-Victor et de sa déchéance. A travers les étapes de sa vie, elle traînait encore son passé, redoutait sa résurgence dans l'être qu'elle aimait si fort. Elle essayait bien de se raisonner : « Une fois de temps en temps, pensait-elle, qu'est-ce que ça fait, après tout ? » Mais rien à faire, elle se butait, n'avait-elle pas été jusqu'à lui dire un jour : « Si tu d'viens un beichonnier*, j'te mettrai dehors ! »

Eugène lui revint comme elle l'espérait. Ce n'était pas le petit verre de calva dans la tasse de café chaud qui aurait pu le transformer ; il l'aida à monter dans la carriole : « Je n'ai bu qu'un larmot, dit-il, on a fêté l'clos-tchu (le dernier-né) des François ! »

Elle ne répondit pas, regarda vers la route. Des familles s'éloignaient dans leurs attelages, des mains s'agitaient pour dire au revoir, on refermait les portes de l'église. Même Lefortier avait quitté son aube, retroussé ses manches de chemise.

« J'ai drôlement faim ! » s'exclama René.

---

\* Si tu deviens un alcoolique.

## 24

C'est à peu près vers cette époque qu'on la revit. Un retour tellement inattendu, imprévisible. Avec lui, Victorine se souvenait de ses trente ans. Eugène avait préparé le repas d'anniversaire, le gâteau et les bougies, il avait même invité Anthénor, Arthur, sa femme et leurs enfants, des cousins Cantelou, une grande tablée familiale pour une fête comme elle les aimait tant. Et la fameuse surprise au dessert ! Les Corbel portant avec précaution une grosse boîte en bois : « On va vous faire voir ce que vous n'avez jamais vu ! »

Eugène riait de les regarder installer l'appareil avec tant de prudence : « Et si ça explose ! » se moquait-il. Mais lorsqu'ils s'écartèrent de la table, personne ou presque ne comprit.

« C'est un phonographe ! » déclara la femme Corbel avec toute la fierté que cela impliquait. Ils se levèrent fascinés, entourèrent le gros pavillon tandis que Corbel remontait la manivelle. Une voix nasillarde, grinçante et lointaine se répandait dans la pièce. « *La chanson du vieux loup de mer* ! » annonça-t-il. René, un peu en retrait entre Victorine qui portait Edouard et Marie-Aimée tout émue, avait la bouche et les yeux grands ouverts, il venait délibérément d'abandonner ses jouets. Debout, dans un recueillement qui les figeait, ils écoutèrent ensuite *Le Caïeu d'Isigny*. Marie-Aimée essuya une larme : « Ce sont les chansons... », dit-elle pour s'excuser.

« Des chansons à voix ! » reprit Anthénor. Ils échangèrent un regard. Entre eux, il y avait la route, la grand-route qui revenait, celle d'avant avec ses charrois, ses colporteurs, ses vagabonds, celle que Marie-Aimée empruntait pour fuir Nicolas-Victor ; qui l'avait menée à la ferme des Ursin, celle surtout du chemineau et de son orgue de Barbarie.

« A la gloire de la musique ! Et pour la jolie voix de la patronne ! disait-il en levant son verre.

— Ça alors ! » répétèrent les invités. Seul Arthur, qui allait souvent à Vire, en avait vu un semblable chez un marchand de bestiaux.

Corbel se plaignit d'avoir investi trop d'argent à son goût, mais les clients n'allaient pas tarder à se presser dans son auberge pour « la mécanique à musique ». Un cousin, qui jusqu'alors ne s'était pas manifesté, décida de faire concurrence au disque de cire : « Je peux vous en chanter aussi, et y'a pas besoin de me remonter ! » Après les rires et les commentaires, ils chantèrent avec lui quelques vieilles romances bocaines. Les voix désaccordées filtraient au-dehors, traversaient le rideau de pluie qui tombait sur la route en cette fin d'après-midi. A ce moment, Edouard tendit brusquement la main vers la fenêtre et se mit à hurler avant de se cacher la figure dans la robe de Victorine. Marie-Aimée, face à la fenêtre, restait bouche bée. Elle se reprit enfin, fit un signe à Victorine : « Elle est là, elle est revenue ! C'est la Marie-Victoire ! »

Treize ans depuis son départ. Depuis le feu qui avait tout détruit. Ils l'invitèrent à rentrer mais elle glissait près des murs comme une ombre, craintive, maigre à faire peur. Elle ne leur parla presque pas, malgré la goutte dans le verre, la part de tarte aux pommes.

« Vous venez de Villedieu ? demandait sans cesse Marie-Aimée.

— Plus loin, plus loin », répondait-elle seulement.

On lui raconta le village, les changements, la mort des uns, la naissance des autres. Elle approuvait d'un hochement de tête, serrait ses doigts noueux et secs.

« Et vous ? » questionna Victorine. Elle haussa les épaules sans rien dire, murée dans son silence.

Il fallut ensuite la loger quelque part. Les Corbel acceptèrent de s'en charger, ils la prirent dans leur voiture à cheval, la casèrent entre le phonographe et la tourte de pain de deuxième qualité*.

« J'irai vous voir demain sans faute », promit Marie-Aimée.

Victorine n'aurait pas pu oublier ce retour, la coïncidence avec la fête, treize ans déjà après son mariage. Elle découvrait que la mémoire, dans la sinuosité du temps, établissait ses repères comme des coups au cœur, comme un livre qu'elle aurait rangé après avoir marqué une page, puis qu'elle aurait redécouvert longtemps après, par hasard. Comment ne pas se souvenir du visage ratatiné, interposé derrière la fenêtre, entre la vitre et la pluie ? justement contrasté avec leur fête et leur joie.

La Marie-Victoire portait un vieux chapeau de paille de moissonneur, une robe de droguet noire dont on voyait la trame et les *sabots-buhots*** fendus, rattachés par des bouts de ficelle. Dans sa main, elle tenait une canne sur laquelle elle s'appuyait de temps en temps, une branche de hêtre ramassée dans un bois.

> *La Marie-Victoire n'est pas belle à voir,*
> *Elle a l'nez tout noir...*

René aurait pu la chanter aussi, cette chanson de Victorine. Comme elle autrefois, il s'était effrayé : « On dirait une sorcière ! »

Mais le plus étonnant de cette histoire, c'est qu'elle n'avait pas séjourné plus de deux jours chez les Corbel. Elle

---

\* Il existait trois sortes de pain. La première à la farine très blanche, la deuxième un peu plus grise et la troisième toute de seigle.
\*\* Sabots de bois, taillés puis évidés dans une seule bûche.

avait juste accepté des tartines de pain et de beurre salé qu'elle trempait dans du lait truté (caillé). Dès le lendemain, Corbel s'était ravisé auprès de Marie-Aimée : « On va pas la garder comme ça. Et s'il lui arrive quelque chose ? Qui va payer l'inhumation ?

— La mère de l'abbé Anger veut bien la prendre un peu, dit Marie-Aimée, on va l'emmener là-bas. »

Ils l'installèrent cette fois dans la carriole des Fauvel. Victorine la conduisit jusque derrière la place, à côté du presbytère : « Vous serez bien, vous verrez, ça vous fait plaisir ? » La Marie-Victoire acquiesçait vaguement. Ce qui la captivait surtout, c'était le village et le pays. Elle scrutait chaque maison, chaque pierre des chemins.

« Vous trouvez du changement, n'est-ce pas ? » Marie-Aimée, à ses côtés, l'interrogeait en essayant de percer le mystère dont elle s'entourait, pourquoi donc ne voulait-elle rien dire sur son passé ? En treize années, il avait dû s'en passer des choses... En longeant la maison des Defay, elle lui raconta encore l'accident, le père Defay tombé du toit, immobilisé à vie sur un grabat.

« Ch'était pourtant eun'hom bin adreit », fit seulement la vieille. Comme on apercevait le calvaire qui dominait en amont la croisée des routes, la Marie-Victoire se signa en marmonnant quelque chose. « On est arrivées », dit Victorine qui stoppa la carriole.

Un jour, elle n'y resta qu'un jour. Avec les deux passés chez les Corbel, cela fit trois en tout. Le quatrième matin, la mère du curé la retrouva morte dans le lit sommaire qu'elle lui avait apprêté. L'alerte fut donnée à travers le village. On s'étonnait partout : « Morte, la Marie-Victoire ? » Et le conseil municipal réuni en urgence qui venait d'ajouter son nom à la liste des nécessiteux de la commune...

La triste nouvelle secoua Victorine et Marie-Aimée. Pour les obsèques, elles ouvrirent une souscription dans la boutique et au café. Les clients donnaient ce qu'ils pouvaient, la mairie débloqua la somme complémentaire et finalement, la vieille eut droit à un enterrement de troisième classe. Pas de tapis rouge ni de gerbes de fleurs, une simple bénédiction sans cérémonie où personne ne s'attarda. Comme le cercueil n'était pas lourd, trois hommes, Corbel, Lebret et Thouroude, suffirent pour la porter en terre. L'automne achevait sa course, le vent avait soufflé sans relâche depuis deux jours. En faiblissant, il devenait de plus en plus frais sous un ciel chargé et bas. Seuls, les grands ifs qui bordaient le cimetière gardaient leur verdure, ailleurs la terre transparaissait dans sa nudité farouche, agressive comme au temps du défi. Ce temps où les Bocains s'étaient battus contre le sol, contre les grosses pierres qui saillaient à fleur de terre, dures, acides comme tout leur terroir.

Cette image du pays sous une lumière froide et grise ressemblait bien à ce qu'avait été la vie de la Marie-Victoire. Victorine s'en fit la remarque en revenant du cimetière. Pas de partage du pain des défunts, pas de réunion familiale non plus, il ne subsistait d'elle que son retour qu'on trouva trop bref, injuste.

« Elle le savait, dit au repas du soir Marie-Aimée, elle devait avoir un pressentiment. »

Eugène coupait une tartine de brié à René. « Ça se peut bien », fit-il en reposant le couteau. Ils étaient tous assis autour de la table, devant leur assiette pleine de soupe encore fumante. Victorine tendait des cuillerées à Edouard, cassait quelques fragments de pain recuit dans le liquide où les morceaux de légumes affleuraient. Le soir descendait vite, on avait déjà dû allumer les lampes à pétrole.

« J'me demande ce qu'elle a fait en treize ans, continua Marie-Aimée.

— Ça n'a plus d'importance », dit Eugène. Il regarda Victorine comme pour la prendre à témoin. Elle approuva d'un mouvement de tête puis, songeuse, allongea le bras par-dessus la table pour caresser sa main avec un élan tendre qui le surprit.

Cette nuit-là, c'est elle qui vint contre lui et qui s'offrit.

## 25

Samedi. Après la messe de sept heures, Victorine monta dans la carriole, assit Edouard à côté d'elle. La montée un peu raide à cause de la grande côte ralentissait toujours le départ vers le marché d'Aunay. Derrière elle, René et son père faisaient demi-tour jusqu'au fournil. Depuis le début de l'année, Eugène apprenait à son fils aîné comment cuire le pain ou préparer la pâte. L'apprentissage sérieux commençait ; René en avait lui-même exprimé le désir. A douze ans, il savait compter, écrire. « Encore un an, avait dit l'instituteur, et il pourra arrêter la classe. » Les clients s'amusaient de le voir copier son père, donner son avis sur la qualité des farines, la taxe du pain. « Vous pouvez être tranquilles pour vos vieux jours, disaient-ils, l'avenir est assuré ! »

Le samedi, il suivait de près son père, aidait le plus possible pour les commandes du dimanche, tandis que Victorine emmenait Edouard au marché. Les premiers kilomètres franchis, à flanc de colline on apercevait des dizaines d'autres convois, bâchés ou non, des charrois pleins de corbeilles ou de paniers remplis d'œufs, de beurre enveloppé dans des linges mouillés, et qui profilaient leurs silhouettes à travers les grands hêtres. Gorets et volailles, enfermés dans de petites caisses fixées à l'arrière des voitures, mêlaient leurs cris aux pas des chevaux et aux grincements de roues. Tous ces équipages s'arrêtaient à proximité de l'hôtel du Poisson Vivant.

Victorine suivit la plupart des paysans qui dételaient leurs montures pour les attacher à la longue barre entourant les halles. Il fallait nourrir les bêtes, rabattre pour certains les capotes noires ou beiges des carrioles dont les longs brancards reposaient sur le sol, autour du tilleul de la liberté, planté en 1789. La grande place se noircit peu à peu de monde. Les longues jupes côtoyèrent les blaudes et feutres à large bord. Par-ci, par-là, des bonnettes blanches, amidonnées, tranchaient sur les têtes nues ou les chapeaux des plus élégantes. L'animation se gonfla de cris, de rumeurs, d'effluves, un véritable roulis d'hommes et de bêtes qui envahissait le centre de la ville. Victorine avança, tenant Edouard par la main.

Elle visita en premier les tentes des vendeurs d'habits et réussit en marchandant à se faire rabattre un quart de prix sur trois caleçons longs et deux chemises pour Eugène. Après l'achat des victuailles : graisse, poulet, œufs, elle fouilla dans le bazar où pelotes de laine et vaisselle jonchaient de larges toiles posées à même le sol.

Partout, dans les allées, elle reconnaissait des têtes, des visages. Elle se forçait à une double vigilance : le meilleur choix pour ce qu'elle désirait acheter et le traditionnel bonjour aux clients pour ne pas en perdre un par inadvertance. Edouard, un peu étourdi, réclama à manger ; il avait repéré la marchande de galettes et tira sa mère par un bras. En se retournant, Victorine aperçut un groupe d'hommes assez agités qui discutaient fort entre le stand des crêpes et celui des côtelettes de mouton. Un petit attroupement commença de se former et les voix montèrent d'un ton.

« Viens, dit-elle à Edouard, je vais t'acheter une galette. » Elle se glissa entre les rangs de curieux et, tout en passant sa commande, reconnut Lebret, rouge de colère, qui s'opposait à quelques gars d'ici.

« Des gendarmes dans les églises ? Et encore quoi ? criait-il, des coups d'pied au cul, voilà c'qu'ils auront !

— L'Eglise profite de l'argent de tout le monde ! A bas les curés, ces profiteurs de la nation ! » répondaient les autres.

En face de Lebret, qui avait dû boire un peu, trois hommes d'Aunay pestaient contre le clergé ; des doigts menaçants se levaient, ils s'adressèrent même à ceux qui les entouraient : « Dites donc quelque chose ! On n'a pas raison ? » Les avis partagés amenèrent des bousculades. Presque malgré elle, Victorine s'en mêla : « Ce qui va se passer, j'vais vous l'dire. » Elle se planta sous le nez des anticléricaux : « On ne pourra plus aller à l'église, tout va être confisqué ! Et les pauvres curés, ceux des campagnes et des monastères, iront en prison. Voilà ce qu'on verra, et tout ça grâce à des gens comme vous qui ne respectent rien ! » Des spectateurs donnèrent leur avis, les femmes surtout prirent son parti : « Personne n'osera entrer dans nos églises, dehors les gendarmes ! On va leur montrer ! »

Les républicains convaincus se mirent à crier en chœur : « Cu-raille-Ca-naille, Cu-raille-Ca-naille. » Le slogan fut vite adopté et domina les clameurs des marchands. C'en était trop ! la bagarre éclata. Victorine eut le réflexe d'attraper Edouard qui hurlait de peur et de se sauver derrière les halles. Il était temps, car les gendarmes à cheval surgirent sur la place. Bientôt une énorme confusion secoua le marché et des gens affolés coururent en désordre pour échapper aux arrestations. Victorine, qui avait déjà fait monter Edouard dans la carriole, tenta une manœuvre vers la sortie de la ville. Par chance, un gendarme qui l'avait reconnue la laissa passer : « Dépêchez-vous de partir, madame Fauvel ! Tout ça c'est pas des histoires pour une dame comme vous ! »

Elle venait de l'échapper belle ! Jamais le retour ne lui parut aussi long. « Regarde bien derrière, répétait-elle à Edouard, tu ne vois pas de suiveurs ?

« Ce que tu es pâle ! remarqua Marie-Aimée, en l'accueillant, tu ne te sens pas bien ?

— Aide-moi donc à vider la carriole, maman. Je m'occupe d'Edouard, je t'expliquerai après.

— Tu n'as pas acheté grand-chose. » Marie-Aimée saisit le panier, jeta un coup d'œil désabusé dedans.
« Je n'ai pas eu le temps, on a failli être pris dans une bagarre. »
Victorine partit se rafraîchir, mit un mouchoir d'eau froide sur ses tempes. « Quelle peur ! pensa-t-elle, et le pauvre Edouard qui n'a presque rien mangé ! » Il n'avait pas compris cette flambée de violence, Edouard, et il se jeta sur le pain et l'œuf à la coque que Victorine lui fit cuire. Dans la course et les cris, il avait lâché sa galette, s'en était à peine ému tant l'effort et la fuite de sa mère l'avaient perturbé.
Eugène demanda des explications à Lebret dès le lendemain.
« Ils ont failli me garder au poste ! » dit le menuisier en arrivant au café.
Il était dix heures environ, octobre s'achevait et le froid attaquait déjà durement le pays. Le ciel avait retrouvé ses couleurs embuées, tristes comme au travers d'une vitre sale. Le temps s'épaississait de brumes, et les cours d'eau charriaient de la boue d'argile que les pluies faisaient fondre dans leur lit. On s'occupait à rentrer le bois pour les cheminées, à filtrer la graisse qui servirait à la soupe des jours froids. On craignait un hiver rude comme chaque année, redoutant de manquer, de ne pas avoir assez prévu.
« J'vais prendre un flipot, dit encore Lebret à Victorine, ce sera le premier de la saison ! » Il s'assit à une table, face à Eugène.
« Alors ? Comment ça s'est passé ? questionna-t-elle en le servant.
— Ils nous ont emmenés, une dizaine pris au hasard sans même savoir de quel bord on était. Au bout d'une heure, quand tout le monde s'est calmé, que plusieurs femmes sont venues réclamer leur mari en suppliant, ils nous ont relâchés après une bonne semonce !
— Y a-t-il eu des blessés ? s'inquiéta Marie-Aimée qui venait de la boutique.
— Quelques yeux au beurre noir, des égratignures, rien de bien grave, fit Lebret, mais ça aurait pu dégénérer. »

Eugène sourit. « C'est pas moi qui me battrais pour les curés ! » Il se décroisa les bras, posa une main sur chacun de ses genoux et regarda Victorine.

« Ils savent tout ce qui se passe chez nous, ceux-là !

— Tais-toi, tu ne sais pas ce que tu racontes ! corrigea-t-elle en colère.

— J'ai pas raison, Lebret ? Avec la confesse tous les dimanches, non seulement ils ont mon argent pour leurs quêtes, leurs messes et leurs conseils de fabrique\*, mais en plus ils connaissent ma vie par cœur alors que j'y mets jamais les pieds, dans leurs églises ! »

Lebret éclata de rire en sortant sa tabatière : « Rien à faire, Ugène, tant que tu les jugeras comme ça, on ne pourra pas te faire changer d'avis ! »

Marie-Aimée contourna la table : « Ton argent, c'est aussi le nôtre ! Il est temps que tu nous dises de quel côté tu es, Eugène ! » Elle se fâchait, les deux poings sur les hanches, fixait son gendre assis qui se grattait les mains, perplexe. Eugène releva la tête, détailla le visage fané où les deux yeux bleus luisaient de tout leur éclat sous le front coiffé de la bonnette.

« Ni pour les uns ni pour les autres, répondit-il calmement sans quitter son regard, la politique c'est pas mon fort !

— Si on n'est pas avec les uns, menaça-t-elle encore, c'est qu'on est avec les autres !

— Et voilà ! fit Lebret qui s'arrêta de priser, on commence comme ça et la bagarre arrive ! »

Victorine intervint : « Il a raison, arrêtez de vous disputer, ça suffit ! » Marie-Aimée se détourna en grommelant ; elle gardait le souvenir d'Arthur au moment du procès de Dreyfus. « C'est de famille, dit-elle en s'éloignant, ils font blanc et ils pensent noir. »

Dans l'intimité de leur chambre, Victorine fit la leçon à Eugène : « Il ne faut plus en parler, tu es aussi buté qu'elle,

---

\* Association paroissiale qui entretenait l'église, payait le bedeau, louait les bancs, etc.

je ne veux pas que les enfants vous entendent ! » Eugène abdiqua. Elle était sage, Victorine, comme toujours. D'ailleurs, pourquoi discuter de politique avec une femme ? Elles n'avaient pas leur mot à dire ; déjà suffisant qu'elles lisent les journaux !

De ce jour, il décida de se taire. Son mérite était d'autant plus grand que le climat politique se détériorait à nouveau. Avec le prochain vote de la séparation de l'Eglise et de l'Etat, la tension s'élevait au cœur des petits villages toujours moins bien informés, prêts à s'enflammer sur de simples rumeurs. Et c'est bien ce qui advint par ici.

Le conflit les souleva presque unanimement. Plus que des ordres de révolte, on entendit des cris vengeurs qui les mettaient hors d'eux : « Ils vont piller nos églises, enfermer nos curés, empêchons-les ! » Les plus acharnés appelèrent à la coalition massive contre les décrets, contre ceux qui, comme Lethuit, l'épicier, s'en frottaient les mains : « Tant mieux, on louera l'église et on en tirera des sous pour la commune ! » Ce genre de phrase suffisait à déclencher des injures, des rancunes sournoises. Eugène était pris à partie par les deux côtés : « Toi, l'boulanger, t'es avec nous, hein ? » Difficile pour lui de rester neutre, de garder ses clients, surtout avec sa Victorine qui s'en émouvait jusqu'aux larmes. Indifférent, Eugène, calme : « De toute façon, ils auront toujours besoin de pain ! » Et il rejoignait sa remise ou son fournil.

A Coulvain, une cinquantaine de personnes avec fourches et bâtons avaient barré l'entrée de l'église à la maréchaussée ; on se serait cru en 1793 ! Les paysans, hommes et femmes, le curé en tête, avaient dû céder devant les forces de police à cheval et on avait même relevé un mort et quelques blessés graves. Une émotion communicative s'était répandue dans tous les bourgs. Il avait fallu du temps pour que tout s'estompe. Les églises n'avaient pas été détruites ni les curés enfermés, comme on le craignait, seules des carrioles bien protégées par les gendarmes avaient été remplies d'objets précieux et de tout ce qui pouvait avoir de la valeur pour le détail des inventaires. L'ordre rétabli, les processions n'avaient pas cessé. On y mit plus d'ardeur encore, le moindre événement devenait prétexte à sortir les habits du dimanche et les chasubles blanc et or. Anger bénissait les nouvelles statues dans une allégresse qui frisait l'insolence, aux dires de certains. Lethuit ne fermait-il pas exprès ses volets quand s'annonçait au bas de la rue le cortège des croyants ? Il prenait plaisir à rappeler que la charité n'était pas un apanage chrétien et que la mairie avait aussi son bureau d'assistance et d'aide aux pauvres. Ces défilés avec leurs chants latins le mettaient hors de lui : « On devrait leur interdire de nous narguer comme ça ! » Il se barricadait avec fureur, attendait que la procession soit passée pour rouvrir portes et fenêtres. Parmi les fidèles, Victorine et Marie-Aimée n'étaient jamais les dernières ni les moins ferventes. Elles entraînaient dans leurs pas René et même Edouard dès qu'il fut en âge de marcher. Victorine, sur le modèle de sa mère, oscillait entre une fidélité aveugle à certaines traditions et une remise en cause des rites qui touchaient la vie quotidienne. « Il y a vraiment quelque chose au-dessus de nous », concluait-elle.

Ce qui chagrinait le plus Eugène, c'est peut-être qu'avec cette piété ardente, Victorine s'abandonnait de moins en moins à son désir. Le lit clos dont elle avait, dans un geste de défi, enlevé les rideaux, n'abritait plus que de rares étreintes. C'est sans doute à cause de cela qu'il n'aimait pas les curés, Eugène.

Des envies parfois le prenaient lors des tournées. Se souvenant de son aventure avec la Geneviève, lui revenait alors le goût de la chair pulpeuse, une flamme qui le traversait d'un coin de sa mémoire jusqu'à ses reins. Il hésitait, anxieux. Ici tout se savait, et puis à quoi bon ? Un étrange ennui l'envahissait parfois, un chagrin flou, Victorine qui le surveillait de si près. Il buvait en cachette, dans l'une ou l'autre ferme, un petit verre de calva qu'on lui offrait. Au retour elle décelait vite l'écart interdit, la pommette plus rouge, l'œil plus brillant : « Eugène, tu as bu ! » Elle faisait une volte-face rageuse. « Tu es pire qu'un enfant ! »

En silence alors, il prenait un peu de tabac à priser, un

des rares plaisirs qu'elle lui laissait sans réticence avec le café et les Sodas Virois. Il partait s'asseoir dans son fournil où il était le maître. Mais souvent, René ne tardait pas à l'y rejoindre. « J'vais t'faire une falue comme t'en as jamais mangé ! » Il s'enthousiasmait avec la fougue de ses quinze ans, s'accrochait au métier. « Il va te dépasser », disait Victorine, elle s'étonnait devant ses épaules déjà larges, les bras ronds sous le va-et-vient du brassage. « C'est un Fauvel, disait Eugène, en le prenant à la nuque, on est tous comme ça ! »

Ils riaient d'entendre Edouard intervenir : « Moi aussi, je serai grand ! » Marie-Aimée lui caressait le front : « Toi, tu dois bien continuer à travailler en classe, après on verra ! »

## 26

Alors que la sérénité du temps s'était réajustée, semblable aux lentes oscillations des balanciers d'horloge, en 1909 une grève des mineurs éclata. A la suite d'un terrible accident où périrent deux travailleurs, l'un écrasé par un wagonnet, l'autre noyé, les mineurs excédés par les mauvaises conditions de travail et l'insuffisance des salaires s'unirent dans une grève générale. La mort d'un Breton qu'on retrouva pendu dans la cantine déclencha le mouvement. Des fenêtres de la salle, Victorine vit passer les groupes de gendarmes à cheval, accompagnés du bruit sec, pressé, des galops sur le sol. Tout de suite des attroupements se formèrent partout ; dans la boutique ou au café, les ragots les plus divers circulèrent :

« Ils vont les tuer !

— Ils sont tous barricadés derrière et ça gueule, c'est pas croyable ! »

Briouze répondait à Lethuit, accoudé au comptoir. « Les femmes veulent y aller aussi, paraît qu'elles cherchent des armes ou des pierres. » Briouze parlait fort, échauffé par la course qu'il venait de faire.

« J'en reviens, j'vous dis que ça va barder. » Des têtes se tournèrent vers lui, à l'affût du sensationnel, personne n'osait commenter, les regards seuls allaient des uns aux autres, apeurés, inquiets.

« Tout dépend du préfet, c'est lui qui décidera. » Lethuit essayait de calmer les esprits.

« Dites donc, madame Fauvel, et votre mari, il y va ? »

Victorine s'arrêta net de nettoyer une table. Elle se retourna lentement, tous les visages étaient vers elle :

« Il m'a dit qu'il devait leur porter du pain chaque semaine. » Elle soupira, tordit le chiffon entre ses mains. « Mais il va falloir qu'il se cache, j'ai peur avec les gendarmes. »

Les gendarmes, même pour lui... On se tut. Il avait du courage, Eugène. Et c'était vrai. Sa grande hotte solidement attachée sur le dos, il marchait longtemps sur les caillasses et les sentiers boisés. Il écartait les ronces des taillis, les branches basses des arbres. Il surveillait les bruits, les traces fraîches sur la terre. On lui avait interdit de livrer du pain à la mine pour les obliger à quitter leurs barricades. Mais Eugène avait choisi son côté, savait qu'il serait toujours solidaire de leurs misères ou de leurs joies. Il progressait par foulées rapides entrecoupées de pauses. Le plus dur, c'était de s'approcher du trou pratiqué dans le grillage à son intention, à l'opposé de l'entrée. Là, il fallait ramper sur le sol, profiter des tas de pierres qui faisaient écran. Tant pis pour la poussière ou la boue. Il y en avait toujours un qui attendait. Pas un mot entre eux, les tourtes glissaient des mains d'Eugène à celles de son compagnon inconnu ; tous les deux avec la peur qui leur rendait la peau glacée, tendue.

« Salut, vieux, merci. » La main qui s'agitait brièvement puis le boulanger devait repartir.

Durant quelques semaines, il recommença son manège. Victorine trop anxieuse ne quittait pas sa fenêtre, guettait des heures jusqu'à ce qu'il revînt enfin, soulagé, la démarche plus facile. Une fois seulement il avait échoué. Cette fois-là, il était reparti à l'aube suivante, avant même la fournée du jour, et il avait reconnu la main qui l'attendait depuis la veille.

La grève s'acheva momentanément avec l'inévitable lassitude des longs conflits. Les autorités cédèrent, les forces syndicales aussi après une répression qui ne leur laissa pas le choix. Arrestations et condamnations impitoyables ramenèrent un apaisement forcé.

Marie-Aimée, qui avait suivi tous les événements de près, ressentit le besoin de s'isoler. La soixantaine approchant, elle estimait avoir rempli sa vie comme elle aurait dû le faire. Les regrets, bien sûr, l'agaçaient certains soirs de veillée quand elle se sentait isolée. Les jeunes plus loin, entre eux ; elle qui brodait ou tricotait près du fourneau. Car on avait fermé l'âtre avec une grande plaque en fonte, une autre idée de Victorine. La cheminée d'autrefois d'où s'écoulait le langage sacré, la vraie sève du Bocage, avait été murée par souci de conformité au modernisme naissant. Marie-Aimée prit le parti de se retirer. René, qu'elle avait élevé, avait subi un apprentissage sévère et long dans le fournil paternel. A présent, il suivait son père, le déchargeait des tournées trop lourdes. Quant à Edouard, il allait bientôt faire sa communion solennelle. Un matin, elle s'adressa directement à Victorine : « Vous n'avez plus besoin de moi, maintenant. »

Victorine ne comprit pas tout de suite. Elle marquait la quantité des sacs de farine livrés sur le carnet de comptabilité, comme si elle n'avait pas entendu. Marie-Aimée s'éclaircit la voix :

« J'ai acheté une petite maison près d'ici, grâce aux économies qui me venaient de ma mère. »

Victorine releva la tête : « Mais tu ne nous as rien dit !

— Tu sais, je crois qu'à présent je n'ai plus grand-chose à dire. Je vais me retirer, c'est mieux pour tout le monde, je me fais vieille. »

Victorine referma le carnet, se leva. « C'est loin ? demanda-t-elle.

— C'est la maison des Billet qui fait l'angle avec la boulangerie. Dès qu'ils l'ont mise en vente, je me suis arrangée avec le notaire ; elle n'est pas très vaste, mais pour une personne seule, elle est parfaite ! »

Victorine réfléchit un court instant, se représenta la maison en question, de plain-pied avec un jardinet autour, pas trop éloignée mais en même temps bien indépendante. L'idée dans le fond ne lui déplut pas. Elle allait pouvoir s'organiser seule, diriger sans rendre de comptes.

« Comme tu veux, maman, si tu te sens fatiguée, il vaut mieux penser à ta santé. » Marie-Aimée prit donc ses dispositions. Elle leur laissait les mains entièrement libres. Plus question de surveiller les dépenses ni de se trouver dans le café dès huit heures, elle en avait assez.

Comme si elle n'attendait que ce moment, sans la consulter, Victorine souscrivit presque aussitôt à l'une de ces nouvelles assurances contre l'incendie dont les représentants de la ville la harcelaient. En attendant l'électricité, elle recevait des propositions pour changer le four à pain.

« Ça coûte cher ? Combien ? demandait-elle aux représentants.

— Regardez, madame Fauvel, un four calorifère ou branché sur âtre avec canaux à combustion, la chaleur est bien répartie, les fournées toujours réussies... » Les arguments convaincants la faisaient fléchir, mais la question d'argent arrêtait le rêve. « Tu vois, Eugène, disait-elle après, on va appeler le fournier\* pour les réparations urgentes, le four peut encore durer. »

Eugène acquiesçait toujours. Elle connaissait son ascendant sur lui parce qu'elle savait qu'il était droit et juste comme la terre dont il était issu. Simple et proche d'une saveur chaude, épicée, un peu comme une bouchée de pain frais. Voilà ce qu'il était, Eugène, de la pâte à la croûte qui durcissait à la chaleur du four, il s'était fait le prolongement vivant.

Marie-Aimée s'installa sans bruit comme elle avait toujours essayé de le faire depuis qu'elle vivait avec eux. Une

---

\* Maçon spécialisé dans la construction des fours de boulangerie.

présence nécessaire mais discrète. Son visage creusé, ombré, reflétait les plaies de sa mémoire. Elle s'épuisait plus vite, se laissait parfois lourdement tomber sur une chaise : « Je n'en peux plus », disait-elle, et pourtant, elle repartait avec le souci de ne pas être à leur charge. Plus libre, elle se rendit quotidiennement à la messe puis au cimetière. Elle fleurissait la tombe de Nicolas-Victor, ce mari qui n'avait pas pu la comprendre et dont elle n'avait pas pu se rapprocher. Sa taille plus épaisse serrée dans une pèlerine, les souvenirs au-dessus de la dalle grise montaient, venaient à elle comme des souffles vagues, un peu flous. Elle avait beau prier, elle ne ressentait rien. Pas même un frisson ou l'esquisse d'un contact. Un vide seulement, une absence. On lui avait raconté pourtant qu'il existait des liens plus forts que la mort. Que certaines nuits, on sentait une haleine chaude si proche qu'on n'osait plus respirer de peur qu'elle ne s'évanouisse. Marie-Aimée n'avait rien senti, rien reçu. Il lui arrivait de penser qu'il était avec Marie-Anne, sa première femme, et son fils Victor, et qu'il ne voulait pas se réconcilier avec elle. Alors elle faisait un détour jusqu'à l'autre et unique tombe, cherchait à savoir. Elle priait pour eux, arrachait des touffes de longues herbes puis s'éloignait assez vite sans avoir eu la moindre certitude.

## 27

L'année qui suivit la grève des mineurs, Arthur Fauvel ouvrit une souscription pour les sinistrés des inondations de Paris. Il s'ingéniait à établir sa renommée, qu'on dise de lui : « Il en veut, il s'active... » Il se confiait à Eugène : « Bientôt je serai maire ! » Mais pour cela il lui fallait conquérir « ses » Bocains, leur méfiance ancestrale, leur attachement aux traditions. Changer ? Et pourquoi donc ? L'habitude les rassurait. De son père, Victorine tenait des histoires cocasses qui prouvaient cet entêtement légendaire, elle les avait racontées à Eugène du temps de l'apprentissage et maintenant c'est lui qui aimait les dire à René : « Ton arrière-grand-père, la première fois qu'il a livré le pain dans les fermes, il avait la hotte sur le dos, tout comme moi quand j'ai débuté. »

Cette fierté qui le galvanisait d'un seul coup, le chemin parcouru de la lande de la Gâtte-du-Vâ jusqu'ici. Il continuait avec l'accent un peu solennel de celui qui croit connaître, savoir. « Eh bien ! presque personne n'en voulait, de son pain à domicile ! Ils avaient peur de devoir payer plus, ça leur paraissait suspect ; même qu'une fois le fameux Gervaise (il est mort depuis longtemps, le pauvre !), il avait failli le renvoyer à coups de fusil. « Quoi ? hurlait-il, du pain livré chez moi ? c'est pour qu'on le paye deux fois plus cher ! Et la patronne ? C'est son boulot de le cuire ! Qu'est-ce qu'elle va faire à la place, maintenant ? »

René s'amusait de voir son père mimer la scène, le bras avancé comme s'il tenait un fusil.

« Et la route ? continuait-il encore, ah ! la route... » On aurait cru qu'Eugène se recueillait un instant. Il s'adossait au mur, sortait son tabac dans un geste habituel : « La route, c'étaient les colporteurs, les marchands de peaux de lapin, presque des amis ! Mais il y avait aussi la pluie, la neige, la boue, les traversées houleuses des cavées, les voitures qui vous éclaboussaient d'un amalgame de terre liquide et de bouse... »

René en écoutant évoquait la carriole, le drap blanc étalé dans le fond pour protéger les tourtes, la bâche qu'on dépliait les jours de gros temps. La route aplanie, domptée comme un cheval trop fougueux... Maintenant, il suffisait d'atteler, d'encourager Bijou et l'aventure finissait sur les chemins journaliers. Quotidiennement, les trois sortes de pain qu'on rangeait dans la boutique, sur l'étagère toute simple ou qu'ils allaient porter, Victorine, Edouard et lui, l'un après l'autre, sur le fond de bois tapissé de la voiture. Un cérémonial qui n'avait pas d'âge.

Au cours de l'été, Anthénor mourut. Que se passa-t-il exactement ? La chaleur depuis des jours s'étirait sur le pays. Un soleil de plomb rendait même lourd le vol des taons et des mouches. Pelfrêne, le distributeur de dépêches, arriva en boitillant du bureau de poste, il se tamponnait le front avec son grand mouchoir : « Ça vient du Fresne ! » dit-il en entrant dans le café. Victorine se précipita, déchira vivement l'enveloppe. Pelfrêne s'assit près de la fenêtre, il attendait aussi la nouvelle. A trois heures de relevée (après-midi), le café était vide, il ne se remplirait que le soir ; journaliers, mineurs, cultivateurs, ils faisaient tous une halte, discutaient récoltes ou politique avant de rejoindre leur maison.

« C'est l'oncle, dit Victorine, il est mort ! » Elle ne put

retenir un flot de larmes. Impuissant devant son désarroi, Pelfrêne se servit lui-même un pichet de cidre frais ; il glissa deux sous sur le comptoir. « Allez, madame Fauvel, dit-il en partant, il ne laisse pas d'orphelin, c'est l'essentiel. »

Pour Eugène aussi, ce fut un coup. Ils demeurèrent d'abord silencieux, Victorine essuyant toujours ses pleurs. « On va prévenir ta mère ! » Eugène ferma le café et la boutique, accrocha un écriteau : « Fermé pour cause de deuil. »

Marie-Aimée les aperçut derrière ses rideaux, elle venait de terminer sa sieste, n'avait pas encore remis sa bonnette, et de son chignon gris pendaient quelques mèches : « Les enfants n'ont rien ? » s'affola-t-elle devant leurs visages décomposés.

« Asseyez-vous donc, rassura Eugène, c'est du Fresne qu'il s'agit. »

Elle n'eut qu'un nom en s'accoudant sur la table : « Anthénor !

— Oui, dit Victorine, on l'a trouvé congestionné par la chaleur, sur le chemin du Clos-Ménil. »

Marie-Aimée les fixa l'un après l'autre sans un mot. Que dire ? Que faire ? Dans son cœur, les souvenirs pointaient leur nez comme des aiguilles, lui donnant mal et honte à la fois. « Il faut s'y rendre, fit-elle, avertir les cousins. »

Sa réaction les rassura. Malgré la chaleur et l'orage qui tournait en grondant, Eugène attela le cheval qui hennissait d'impatience, agacé par les mouches. Durant les quatre kilomètres, ils durent lui parler doucement, le maintenir d'un bras ferme pour éviter les ruades et les écarts.

L'oncle fut inhumé aux côtés de Marie, comme il l'avait souhaité. La branche directe de la famille Cantelou n'était plus représentée que par Victorine mais elle ne s'en souciait guère. Elle ne pensait qu'à l'avenir de ses fils, « des Fauvel, ceux-là ». Question d'héritage, on eut des surprises ! Depuis sa maladie et la mort de sa femme, Anthénor avait tout laissé aller à vau-l'eau. Travailler pour les autres, ceux qui attendaient derrière lui, le décourageait ; « Quand on n'y sera plus, disait autrefois Marie, tout le mal qu'on se donne, à qui ça profitera ? » Certes, ils aimaient bien

Victorine, mais Marie avait toujours gardé rancune à Marie-Aimée. Sans avoir eu de preuves, le doute suffisait. Elle s'était arrangée dès les prémices de sa maladie pour convoquer le notaire. Anthénor présent, elle avait légué sa part à des nièces qu'elle avait du côté de sa sœur. Et lui, désappointé par Marie-Aimée, blessé dans son orgueil, l'avait imitée rien que pour imaginer la tête qu'elle ferait, cette « pisseuse, tombée le cul dans l'eau bénite », comme il la dénommait depuis leur dernière algarade. Il avait même désiré partir avant elle pour lui jouer un vrai tour de Normand à sa façon !

La déception des Fauvel frappa les Thomas. A bien regarder, l'héritage ne constituait pas un patrimoine ! Tout juste les murs et le terrain car le bétail avait été vendu. Oui, mais on y avait cru ! Marie-Aimée surtout, naïve, qui avait échafaudé des plans : agrandir la boutique, à moins que le café...

La cérémonie achevée, Eugène et René étaient repartis avec un roulier du pays d'en haut. « On te racontera ce soir ! » avait promis une Victorine presque rayonnante, remontée par sa mère. Elles quittèrent le Fresne assez tard, fortement déçues. Leur seule récompense émanait de la nuit qui apportait enfin la fraîcheur espérée. Le cheval bien nourri, bichonné, avait retrouvé son allure des grands jours. « Hue ! ma bête », disait Victorine en lui piquant les flancs gris avec le fouet. Quelques sentiers plus difficiles firent légèrement tanguer l'attelage mais bientôt il se retrouva sur la grand-route. Là il n'y avait plus qu'à se laisser porter. Edouard sommeillait, la tête sur les genoux de Marie-Aimée inquiète :

« Je n'aime pas tout ce noir ! dit-elle plusieurs fois.

— Tu vas nous porter malheur ! Je n'entends rien et Bijou est très calme. » Victorine scruta les alentours, les grands arbres frémissaient à peine, pas de craquements suspects.

« Il nous en veut, c'est sûr ! Je n'ai guère prié pour lui, je n'ai pas pu...

— Qui, il ? demanda Victorine, surprise.

— Anthénor. » Tout à coup, Marie-Aimée redressa son buste, réveilla Edouard : « Là, dans les arbres, la chouette ! »

Un ululement plaintif, lent, s'élançait des feuillages, la lune comme un croissant n'éclairait pas assez le paysage, on ne distinguait rien.

« Tu rêves, laisse le petit se reposer ! » Victorine gronda en frissonnant, ce n'était vraiment pas bon signe, cette chouette... Elle avait hâte d'apercevoir en haut de la grande côte les premiers feux du bourg, la maison du maréchal-ferrant avec enfin la boulangerie. Mais cette fois, sur le côté gauche de la route, les bosquets bougèrent, s'écartèrent, on marchait ! Et personne en vue à qui faire signe ! Pas une voiture sur cette route déserte... Alors, elle risqua le tout pour le tout, se leva d'un seul mouvement en agrippant le fouet : « Hue, Bijou ! Allez ma bête ! » cria-t-elle plusieurs fois, crispant ses mains sur les rênes et le fouet. Le cheval gémit, hésita puis accéléra l'allure.

« Ils courent, ils courent ! Plus vite ! » disait Marie-Aimée choquée. Edouard commença à sangloter. Ça n'en finissait plus ! Et cette côte, dure, aussi abrupte qu'en montagne. « Mon Dieu, murmurait Victorine, sauvez-nous ! » Elle les sentait déjà tout près, les imaginait : quatre, cinq, sans le sou, capables de tout pour en tirer profit. Soudain, une idée de génie lui traversa l'esprit : « Ar-th-ur Fau-vel, articula-t-elle à voix haute, essoufflée, il m'a promis deux gendarmes en haut de la côte, ils doivent nous attendre ! Je crois même les voir ! »

Ce n'étaient pas les gendarmes qu'elle distinguait, mais un braconnier qui sortait des fourrés, enfourchait son vélo en cachant sa gibecière. Paralysée, Marie-Aimée serrait Edouard. « Seigneur Jésus ! fit-elle d'une voix blanche, on dirait qu'ils s'en vont ! » La phrase avait eu l'effet escompté, les maraudeurs abandonnaient leur poursuite. Bijou haletait, une écume abondante sortait de ses naseaux et sa robe luisait de sueur.

« Eugène arrive ! » Victorine baissa le fouet, tous les trois se rapprochèrent pour s'assurer de la silhouette familière qui agitait une main sur la route et de l'autre balançait une lampe tempête comme un encensoir : le signal convenu !

« Vous n'irez plus sur cette route, le soir ! » Eugène leur fit boire un verre de liqueur de cassis, dégraissé, comme il disait, en y ajoutant quelques gouttes d'eau-de-vie. Il arpentait la salle : « C'est une bande qui rôde, l'occasion était bonne ! » Il fulminait, doublement en colère : pas d'héritage et à deux doigts de la tragédie !

Dans l'écurie, René étrillait Bijou éreinté, il lui offrit une double ration d'avoine que l'animal engloutit avant de s'endormir.

Encore trop secouée, Victorine dormit peu. Eugène ne l'avait pas rassurée ; influencé par des journaux et de mauvais ragots, il la persuada qu'il s'agissait de « Juifs errants ». Il aurait eu du mal à expliquer qui ils étaient et pourquoi eux plutôt que d'autres. Il reprenait ce qu'il entendait, ce qu'il lisait dans *La Croix* ou *La Croix du Bocage*. Après tout, en ces temps troublés, on avait besoin de boucs émissaires ; ces gens-là attaqués à boulets rouges par une certaine presse déchaînée faisaient son affaire. Il les détesta d'emblée sans même en connaître un !

## 28

Un matin de fin mai 1913, Eugène attela Bijou pour la grande tournée. René le suivit, hissa sur la voiture le panier chargé de pains pour la cantine des mineurs. Ensemble ils montèrent la moitié de la côte, avant d'emprunter le chemin bordé de taillis qui serpentait jusqu'à la mine. La livraison quotidienne là-bas avait quelque peu modifié leur itinéraire mais personne ne s'en plaignait. Ils en profitèrent pour longer la route du Nid'Chien où les aubépines blanches des talus, les pommiers fleuris marquaient la belle saison. Après un arrêt à La Roque où ils saluèrent les petits-cousins Aimée et Constant Cantelou, il fallut guider Bijou sur la rude montée à travers les Bignes (landes de chasse) et les bruyères pour parvenir enfin à Ondefontaine.

Au retour, ils regardèrent les champs et les cultures : seigles, orges, avoines, et blés encore hauts car on coupait toujours les tiges pour le chaume. Quelques paysans fauchaient le fourrage à la main alors que plus loin, les premières faucheuses mécaniques répandaient un cliquetis régulier. Eugène pensa au terrain qu'il désirait acquérir : un beau morceau d'emblavée de quelques vergées*.

---

\* Une vergée = vingt ares.

« C'est bien plus utile que d'acheter de l'emprunt russe ! » dit-il.

René s'inquiéta : « Méfie-toi, papa, le meunier Decaen a fait faillite parce qu'il n'a pas su moderniser son moulin, et du coup il a perdu sa clientèle. Si on n'investit pas dans une machine, on en perdra aussi ! » Il écarta ses bras, résigné : « Que veux-tu ? Aujourd'hui, ce qu'ils désirent, c'est du nouveau. »

Eugène réfléchit. Ici comme ailleurs, l'influence de la ville grandissait. On réclamait de la farine blanche, bien blutée. « Regardez-moi ça ! disait Eugène en y plongeant ses doigts, pour moi, c'est de l'or ! »

A la première livraison, Victorine et Marie-Aimée en étaient restées comme deux enfants émerveillés. Blanches, grises ou noires, les tourtes se diversifiaient. Les blanches valaient bien sûr beaucoup plus cher, mais quelle revanche pour ces Bocains dont les ancêtres se gonflaient l'estomac de pain ou de bouillie de sarrasin ! « Ventre de bouillie ne dure qu'une heure et demie », disait le vieux dicton, mais les temps étaient loin où l'unique céréale poussait avec peine sur le sol ingrat, entre les landes de bruyères et les rochers redoutables.

Du « pain de misère », gris comme cendre, on en arrivait à une sorte de « pain d'orgueil » que les plus favorisés montraient, calé contre leur cœur, marchant gravement à travers le village pour qu'on les voie.

« Il faut en parler à ta mère », fit seulement Eugène.

Victorine comme toujours hésita. « Où prendrons-nous l'argent ? Nous venons encore d'acheter l'armoire-étuve à Lebret. »

Eugène ne répondit pas, il regardait simplement René comme s'il voulait lui dire : « Tu vois, je t'avais prévenu. » Trop têtue, Victorine, trop prudente. Depuis peu, près du four, l'armoire-étuve recevait les pâtons frais sur ses grandes planches à glissières recouvertes de toiles. Sous la chaleur, ils levaient ainsi plus rapidement. Le gain de temps compensait la perte d'argent mais la discussion avec Victorine s'était éternisée durant des semaines.

Elle rajusta quelques mèches à son chignon, repiqua une épingle. En avançant de plusieurs pas, mains croisées sur le ventre, elle dodelinait de la tête : « Ça me fait peur, nous dépensons trop », répétait-elle comme une excuse.

René s'accrocha : « Si je suis mobilisé, maman, comment ferez-vous ? Papa ne peut plus s'occuper seul des fournées. »

Silence. Entre eux soudain, le poids de la menace. Les rumeurs de guerre qui s'amplifiaient partout. Victorine porta la main à la bouche, un instant d'angoisse qui lui coupa le souffle. « Tu as peut-être raison, renseigne-toi pour la brie mécanique. » Elle avait parlé bas, dans un effort presque harassant, comme si le temps perdait sa consistance. En cédant, elle s'inventait une force imaginaire pour le retenir. Elle écrivit elle-même à la maison Lacroix de Caen.

Le délégué de la firme arriva le surlendemain par le train de neuf heures. Grâce aux facilités de paiement, condition essentielle d'achat, la boulangerie acquit un pétrin en fonte et une brie mécanique avec son foulon. René et Eugène réaménagèrent leurs horaires, la réduction du temps de pétrissage leur donnait plus de liberté. La brie d'autrefois, si lourde à actionner, qui requérait deux personnes (l'une pour lever et rabattre le levier, l'autre pour tourner la boule de pâte au-dessous), partit rejoindre les objets désuets au grenier. D'un côté, un bel essor pour la boutique, mais de l'autre, les propos alarmants qui continuaient de circuler. L'équilibre de la paix sur un fil ténu entre ciel et terre, comme un rocher prêt à tomber de la montagne.

Partout des affiches tranquillisantes envahissaient les murs : « La mobilisation n'est pas la guerre. » Victorine espérait jour après jour. « Peut-être que ça ne se fera pas ? » Marie-Aimée n'avait plus confiance : « Tu ne connais pas les hommes, disait-elle, moi, je sais. Cette guerre, elle viendra. » Les aiguilles à tricoter tremblaient dans ses mains, elle les laissait tomber sur ses genoux. On n'entendait plus, tout à coup, que l'horloge et le temps qu'elle découpait en secondes avec son balancier de cuivre. Les choses gardaient cette impassibilité alors que leur émotion semblait faire vibrer jusqu'à l'air.

Et puis, le matin du 2 août 1914. De bonne heure, Victorine aperçut une foule agitée qui se pressait devant la mairie. Elle courut. Sa petite taille ne lui permit pas tout d'abord de lire l'affiche surplombée de deux drapeaux tricolores. Elle avait beau répéter « Pardon, pardon », les gens comme soudés les uns aux autres formaient un mur. Lebret, qui s'était écarté, l'entrevit : « Ils nous prennent nos fils, madame Fauvel, c'est la mobilisation générale ! » Elle vacilla un instant. « Moi, j'en ai deux qui ont l'âge », dit-il. Le menuisier avait pâli d'un seul coup, Victorine et lui se regardaient mais ne se voyaient déjà plus.
Autour d'eux, des mères commençaient à pleurer, certaines se révoltaient en jurant contre l'Etat, la société et tout le reste, d'autres repartaient d'un pas égal mais la tête inclinée. Victorine s'éloigna. Des petits groupes se détachaient, des grappes d'hommes et de femmes hébétés, touchés au cœur.
René essaya de calmer sa mère : « Tu verras, elle ne sera pas longue, maman, ce sera vite fini. Vous n'avez qu'à prendre un jeune pour me remplacer quelque temps et c'est tout. »
Victorine dévisagea Eugène. Assis près de la fenêtre, la casquette vers l'arrière, il se grattait les mains. Derrière lui, on voyait la route suintant de soleil, des chardonnerets voletaient au-dessus des haies dans des arabesques au tracé insaisissable. Partout, la vie coulait à flots comme s'il fallait profiter sans attendre de cette rare tiédeur.
« Edouard, quatorze ans, pensionnaire à Vire, pour lui pas de problèmes, mais René parti, il faudra prendre un commis. » Victorine pensait à l'avenir pour empêcher l'inquiétude de la noyer. Elle irait sans tarder faire brûler quelques cierges sous la statue de la Vierge, dirait des neuvaines et peut-être pousserait jusqu'à la Pierre Dyallan.
« J'en parlerai à maman », murmura-t-elle en se levant. René mit de l'ordre dans ses affaires avant de rejoindre

le 103ᵉ régiment d'artillerie à Caen. Il partit avec une dizaine de jeunes dans un matin qui lui parut glacial. Eugène le pressa contre lui, blême, les mâchoires crispées, Edouard baissait la tête. Aucune des deux femmes de la maison n'avait eu la force de venir. La vapeur couvrit bientôt les derniers wagons.

> *Si vous êtes faibles et las,*
> *Petits enfants, laissez, vos mères*
> *Vous la répéteront tout bas.*
> *Apprenez-la, c'est notre histoire,*
> *Chant de prière et de victoire,*
> *De laboureurs et de soldats\**...

En marchant, la voix d'Eugène se raffermissait sur le chemin. Des passants se retournèrent sur lui, sur Edouard qui fredonnait aussi en martelant le sol de ses chaussures. Il se souvenait du *Tour de France par deux enfants*, se prenait pour André : « Papa, dit-il en ravalant ses larmes, on a appris une belle phrase à l'école : "O mon frère, soyons toujours la main dans la main, unis par un même amour pour nos parents, notre patrie et Dieu." »

— Alors, ça y est ! fit Eugène en s'arrêtant net. Toi aussi, ils t'ont eu ! »

Nul n'aurait pu vraiment savoir, prévoir. Comment, ce ciel bleu ? Ces blés mûrs ? La vie en somme toute simple ; simple comme un enfant que l'on berce, que l'on protège du ventre à la lumière et quand il est enfin prêt ou qu'on le croit, il vous échappe, comme un fruit dérobé par des oiseaux.

Victorine retrouvait la peur, et son embrasement. « Il faut continuer », disait Arthur. Mais continuer quoi, alors que les réquisitions commençaient déjà : foin, farine, bois... On attribua 500 grammes de pain journalier par adulte et 300 par enfant. Mais ce pain ! Eugène comme ses collègues mélangea sa farine à du son, à des pois ou quelque autre féculent. Radiguet, le maire, aidé par Arthur, fit distribuer

---

\* *La chanson qui berça nos pères*, paroles de J. Lesage.

plusieurs fois du riz aux plus pauvres tandis que les herbages se reconvertissaient en labours. Victorine et Marie-Aimée, comme les autres femmes, tricotaient pour les soldats, meublaient leur longue attente par une activité fébrile. Tous et toutes unis pour faire face, le courage de la vie au fond des yeux.

Chaque jour, derrière la fenêtre de la salle, Victorine guettait le courrier, les nouvelles du front si rares. Et lorsqu'il y avait une lettre ! Les phrases de René, lues et relues, s'alourdissaient souvent de mauvais présages, annonçaient aussi l'inévitable mort d'un ami. La tête dans les mains, Victorine pleurait silencieusement. « Allez, allez, c'est la guerre. » Eugène tentait de la sortir de sa tristesse mais sa voix mal assurée, son raclement de gorge ; lui aussi, la même douleur contenue. Sur leurs deux fronts, une grande ride accusait leurs luttes intérieures.

La situation s'aggrava au printemps 1915. Une terrible tempête détruisit arbres fruitiers et céréales ; les tournées diminuèrent sensiblement. Des contrôleurs pointilleux surveillaient à présent le pain taxé, le seul bénéfice espéré avec la pâtisserie disparaissait inévitablement en ces temps d'austérité.

« Comment ferons-nous pour payer Albert (l'apprenti de quinze ans) et les frais de la mécanisation ? » Eugène et Marie-Aimée pinçaient la bouche, une grimace d'incertitude. « On le nourrit, c'est déjà bien, disait Eugène. Hein, Albert ? » Le jeune homme souriait ; il remplaçait le fils de la maison, une bonne place pour lui, après tout.

Le café aussi était moins fréquenté, surtout avec la diminution du trafic sur la grand-route. Les habitués qui passaient de temps à autre s'étonnaient à chaque fois : « Ce café ? Une vraie pisse de chat ! » Victorine parlait avec eux un instant, confrontait les nouvelles du *Miroir de la Guerre* et de *La Croix*, et toujours les dernières victimes :

« Le fils Marie a été tué, on n'a même pas pu le reconnaître.

— Et René ? Je n'ai pas eu de lettres depuis trois

semaines. Mon Dieu, quel calvaire ! » Elle se signait furtivement, continuait : « Le jeune Thomas aussi est tombé, j'ai vu sa mère hier, un fantôme, un vrai fantôme. »

Elle se tournait vers Marie-Aimée, assise plus loin : « Dis-leur, maman, tu l'as vue comme moi. »

Marie-Aimée secouait la tête : « Elle n'a plus que la peau sur les os, elle s'use à pleurer jour et nuit. »

Briouze repoussait sa tasse d'un geste vif : « Ces salauds d'boches, si seulement on pouvait les écraser comme de la vermine.

— T'as qu'à y aller, tu leur montreras, toi ! »

Eugène intervenait à son tour en fermant la porte, en essuyant ses pieds. Ils se saluaient, se taquinaient, sûrs de leur amitié derrière les mots. Une autre forme de combat : rire, se moquer, conjurer le destin qui veille, surveille jusqu'à l'incroyable ; en août, un ordre laconique tomba comme un couperet : on appelait les réservistes. Eugène fut de ceux-là. On l'envoyait dans une caserne d'Amiens où il aurait à organiser la fabrication du pain à soldats. Victorine prit sur elle de taire son chagrin ; la famille, les amis la trouvèrent courageuse, rare. « Tu n'as rien à craindre, répétait Eugène, je ne vais pas me battre. » A lui aussi, pourtant, ce départ coûtait. Tout laisser : le fournil, les tournées, le café. Il avait peur qu'elle ne trébuchât, s'enlisât dans sa solitude. « Ta mère t'aidera. Albert aussi, voyons ! » Devant ses hésitations, il trouvait des mots pour la secouer, l'obliger à regarder la route en face. Chaque matin jusqu'à son départ, il découvrait ses yeux rouges, gonflés. Et cette façon qu'elle avait de s'enfermer dans son silence ! « Parle, disait-il en la prenant doucement par l'épaule, décharge-toi. » Comment partir en la laissant ainsi, lourde de tristesse, désabusée ? Elle soupirait : « Arthur aussi s'en va... » Ce vide autour d'elle qui s'accentuait, cette dérobade continuelle, la lutte du jour contre la nuit.

Effrayée, elle ne put même pas l'accompagner à la gare, c'est Marie-Aimée qui s'en chargea. En la confiant à Edouard, Eugène trouva une phrase qui la projeta soudain vers l'avenir : « Quand nous rentrerons, René et moi, n'oublie pas, il faut que tout soit prêt ! »

Cette idée lui donna la volonté de s'en sortir même si, Edouard reparti, elle se laissait parfois aller plus loin que la détresse. Une terreur qui s'amoncelait petit à petit dans le secret de son être ; pourquoi cette guerre ? et si longue ? Elle rêvait constamment de feu, la mort se faisait précise, l'encerclait étroitement comme une gangue.

Les femmes du village avaient beau faire, se démener, la vie ici comme ailleurs s'alanguissait à l'image d'un mal qui ne guérit pas. Certains appelés, par peur, en arrivèrent à se mutiler pour éviter le front. En avril, les gendarmes arrêtèrent ainsi le fils Anne qui s'était déguisé en femme et se terrait chez lui. On le promena dans toutes les rues, la tête nue, la jupe mal accrochée mais personne n'osa en rire.

« Quelle honte pour sa mère ! dit Marie-Aimée.

— Il faut les comprendre, ils ont déjà perdu un fils. » Victorine s'était détournée, des larmes plein les yeux. Et puis, quelques jours après, on avait retrouvé le père Anne, pendu dans sa grange. La mort ostentatoire pour effacer le déshonneur.

L'hiver revint trop vite. Dur, terrible comme une punition. Le spectre de la famine, resurgi d'un lointain passé, vint narguer les corps et les esprits affaiblis. Ils se souvinrent, les vieux surtout, des histoires de leur enfance :

« On n'aura plus à manger que des racines, de la terre. Mon père m'a raconté que dans sa jeunesse ils avaient fait de la soupe avec de l'herbe. » L'affolement. Les plus dévotes voulaient des processions, des neuvaines. Mais parfois, la présence de Dieu semblait si lointaine dans cette douleur quotidienne que beaucoup ne parvenaient plus à prier.

Par crainte d'attaque nocturne, Victorine fit renforcer la grille devant la boutique. Les galettes de sarrasin et les bouillies d'avoine d'autrefois calmèrent les faims les plus immédiates. Dans cette conjoncture, il fallait sans cesse penser à ceux du front. « Ils ont encore moins à manger et doivent mourir quand même. » Lorsque Edouard rentrait du pensionnat, le samedi, Victorine ne cessait de lui parler de leurs deux absents ; par la pensée et la parole, elle avait l'impression d'un partage avec eux, du moins le croyait-elle vraiment.

Hors la présence d'Edouard, les soirées habituelles n'en finissaient pas. « Je dois faire les comptes, maman, après je te lirai le journal. » Victorine ajustait ses lunettes, ouvrait le grand carnet, collait minutieusement les tickets de pain sur les feuilles blanches. Après la lecture, elles commentaient fort tard les événements puis elles se quittaient en s'embrassant. Les lampes Pigeon éclairaient un moment leurs pas, on n'entendait plus que le froissement doux, décroissant, de leurs robes puis c'étaient le silence et l'obscurité.

Pour Victorine, les nuits étaient courtes. A cinq heures, elle rejoignait le fournil. Elle se souvenait alors de son père, de son oncle Anthénor, deux ombres qui l'habitaient secrètement quand elle se retrouvait auprès d'Albert. Son enfance lui étreignait le cœur sans qu'elle pût dire comment ni pourquoi. Elle soupesait les absences, les souvenirs qui passaient sur elle en frôlements légers et diffus. Albert, comme Eugène autrefois, s'étonnait : « Ah ! madame Fauvel, vous êtes bien la première boulangère qui existe ! » Elle riait un instant. Le temps de s'essuyer les mains au tablier blanc.

« Je vais t'aider à défourner ! » Elle saisissait les deux grandes pelles, s'approchait du four. Une chaleur brutale, suffocante s'en dégageait mais elle tenait bon, à peine un clignement d'yeux. Elle sortait quelques pains sans les faire tomber, les plaçait côte à côte dans le chariot à claire-voie. Albert venait : « Une belle fournée, dommage qu'on n'ait pas une meilleure farine !

— Ah ! ça, je ne sais pas quand on en aura. » Elle lui tendait le balai en tiges de plumes collées, pour qu'il brosse les pains. Il fallait enlever les traces de cendres rapidement. Lorsqu'elle avait fini, elle s'essuyait le front, tâtait du revers de la main ses joues brûlantes, détachait son tablier : « Si tu veux, j'ai un peu de cidre frais. » Albert la suivait au café.

Les seuls véritables moments d'illumination arrivèrent

avec les permissions annuelles de René et d'Eugène en 16 et 17. Une intensité profonde les traversait, par-delà les mots échangés. Victorine toussotait, larmes aux yeux, faisait semblant de s'activer à la cuisine pour cacher ce trop grand bonheur qui l'étouffait tout à coup.

« Viens voir, mon René, comment on se débrouille, Albert et moi. » Puis vivement : « Tu as encore maigri, reprends de la tarte ! » Elle s'agitait autour de lui, fourmi infatigable. Une envie la prenait de le toucher comme ces jours où elle l'avait étreint tout petit contre sa peau. Mais elle levait la main, à peine un effleurement : un homme, il était bien un homme. « Que cherches-tu, que crois-tu ? se disait-elle. Ce n'est plus un enfant. » Ses yeux erraient sur les photos de la cheminée : « Là, il avait trois ans ; là c'était sa communion... » A quoi bon ? elle soupirait. « Et si demain on me le tuait ? » Un sanglot dans sa gorge qui la déchirait jusqu'au ventre. « Non, mon Dieu, ce n'est pas possible. »

René ne parlait pas beaucoup.

« C'est son père, disait-elle à Marie-Aimée, il ne faut pas l'embêter, il est là, c'est déjà bien ! »

Marie-Aimée le harcelait toujours de questions : « Quand ça ira mieux, tu me diras, hein, René ? » Elle apportait devant lui une autre assiette de pot-au-feu : « Mange, mange, je l'ai préparé pour toi. » René n'en pouvait plus, mal à l'aise de se retrouver ici où ça sentait la propreté et la soupe chaude. Lui, cette odeur de mort qui le suivait partout, comment aurait-il pu leur dire ? Comment même leur expliquer que les draps blancs de son lit l'empêchaient de dormir ? Il les regardait danser leur ballet de mères soucieuses, trop prévenantes. Il les aimait bien, mais sa vie restait ailleurs, peut-être au-dessus du corps déchiqueté d'un camarade ? Peut-être dans une chambre sale au goût de sueur et de tabac froid ? En tout cas, il ne leur cédait qu'une présence mais pas ses pensées.

Puis le départ, à nouveau la cassure. Edouard la tenait contre lui : « T'inquiète pas, maman, je suis là. » Seize ans déjà, lui aussi presque un homme. Il se grandissait pour elle, pour eux tous : tenir le plus possible, ne pas reculer, surtout.

Alors, comme un récif inattendu déchire et broie la chair du navire imprévisible, sournoise, la fatalité frappa une fois, puis deux.

D'abord en février 17, elle apparut sur la route entre une averse de neige et un bout de ciel bleu. En ouvrant la porte de la boutique, Victorine surprit sa présence, petite forme légère, prête à tomber qui s'arc-boutait contre le vent : « Marthe ? »

Elle avait couru d'une traite, de l'autre côté du pays à chez eux, claquait des dents sans sa pèlerine. Pas même la présence d'esprit nécessaire pour l'enfiler.

« Mais qu'y a-t-il ? » questionna Victorine en la soutenant jusqu'à la maison. La chaleur de la pièce la fit suffoquer, se tordre, elle hurla soudain comme une louve, s'affala sur le sol. Victorine aidée par Marie-Aimée approcha la bouteille d'eau-de-vie : « Une gorgée, ça suffira ! » Marthe recracha le liquide dans un haut-le-cœur. « Tué, dit-elle, hagarde, Arthur a été tué ! » Elle posa sa joue contre les dalles froides du carrelage. « Il est mort, mort » gémit-elle et sa voix presque inaudible résonnait comme une chanson.

« Seigneur Dieu ! » fit Marie-Aimée dans un souffle.

Ouvrir les bras, se laisser flotter sur le fil mystérieux du temps. Victorine rêvait. Ne serait-il pas possible, une fois, de saper le courant du destin comme un arbre qu'on émonde ? Elle qui ne regardait jamais les miroirs s'examina devant plusieurs fois. Elle avait peur de ressembler à la mère Anne. L'horreur de ce front creusé au-dessus des arcades sourcilières, comme si c'était elle qui avait reçu l'éclat d'obus mortel. Plutôt mourir, tout de suite, échapper à cette dissolution lente du corps et de l'esprit.

« Ne l'écris pas à René ni à Eugène, attends un peu ! » conseilla Marie-Aimée.

Elle attendit.

Quelques mois passèrent. Marthe habitait chez Pierre, un autre frère d'Eugène et d'Arthur. Boucher de formation comme leur père, il envisageait de reprendre les affaires de son frère, soutien de famille, il était certain de rester entre sa femme Clémentine et leurs jeunes enfants. Un jour, Marthe reçut ce qu'un camarade avait ramassé aux côtés du corps de son mari, un carnet de cuir taché où il décrivait « sa » guerre. Elle en ouvrit les pages en pleurant.

« Un héros, tombé pour la France... » Des milliers comme lui, face contre terre, bras en croix et la Champagne dévastée, choquée par le sang et les bombes. Et les autres, ici, ailleurs, qui restaient, survivaient ou gardaient toujours l'espoir. Presque une arrogance.

Les journaux évoquèrent la possibilité d'un armistice. Les lettres de ses soldats devenaient de plus en plus brèves ; au travers des lignes, Victorine lisait le tourment, l'appréhension du lendemain. Vers la fin de l'année, elle choisit de mettre au courant Eugène du malheur qui les avait atteints. Une longue missive qu'elle composa, recomposa toute une nuit ; puis lorsqu'elle fut sûre de chaque phrase, de chaque mot, elle la porta elle-même au bureau de poste. Quelques jours plus tard, Marie-Aimée revint de la messe, *L'Excelsior* sous le bras. De temps à autre, pour dix centimes, elle s'offrait les dernières photos de la guerre et les échos de Paris. Elle tendit le journal à Victorine qui revenait du fournil avec Albert, tous deux contents de la fournée du jour. Avant de déplier le journal, Victorine se lava les mains :

« Aurons-nous assez de bois jusqu'à la fin de la semaine ? »

Albert fit signe que oui : « Peut-être même pour une autre semaine, dit-il, et si il n'y en a pas assez, j'irai en couper au bois de Grouchy. »

Les choux au lard achevaient de cuire. La buée couvrait les vitres, les vapeurs diffusaient une odeur de graisse un peu aigre qui montait du fourneau au plafond. Le repas serait bientôt prêt.

Albert se retourna du buffet à la table, il tenait les couverts et les assiettes. C'est lui qui la vit en premier ; elle s'affaissait lentement comme une poupée de chiffon, entre la cheminée et la porte. De ses mains ouvertes, *L'Excelsior* s'échappait vers le carrelage. « Terribles bombardements sur la Somme, Amiens ville morte », lisait-on en gros titre. La tête appuyée contre le mur, Victorine ne bougeait plus.

## 29

A l'envers : le côté pile du temps.

« Tu t'rappelles ? » disait Eugène. La fête avait des accents de bonheur, des baraques de tir aux manèges, un flux de vie sous leurs pas.

« Le ballon, droit sur les arbres ! avec ce vent... » Quinze ans à peine et lui, soudain le rivage où l'on accoste, définitif comme la mort.

« Edouard ! tu es là, toi. Enfin on a su, il vit ! » Cette fois, il ne repartirait pas, il restait auprès d'elles ; le pensionnat, c'était fini, une autre forme d'avenir s'ouvrait avec l'école normale de Caen. « Toujours le nez dans les livres, disait son père, il en faut aussi des comme ça.

— Mais la boulangerie, le café ?

— Pour René ! Lui, il saura. »

Eugène avait tracé les grandes lignes avant son départ, remis tout à sa place comme on distribue des rôles.

« Nos gars... », avait-il dit en mesurant les jours, la main sur la sienne. « La guerre, j'suis trop vieux, les tranchées, leur saloperie d'boucherie, ils réservent ça aux jeunes. J'reviendrai, pleure pas, Torine.

— Et René ?

— Ton bon Dieu alors, à quoi y sert ? »

Le train cracha comme un vieillard essoufflé. Victorine tourna la tête, les autres femmes autour d'elle n'en pouvaient plus d'être à l'affût. Jeunes, moins jeunes, par groupes ou seules, elles piétinaient d'impatience, nerveuses, tirant sur leurs longues jupes ou les doigts sur la bouche. Alors ils descendirent : un, deux, trois... Les portes grinçaient, on jetait des noms avant de s'étreindre ou de pleurer. Victorine bouscula des couples enlacés, se tordit le cou pour voir jusqu'au bout des wagons, derrière les volutes de fumée noirâtre qui stagnaient sur le quai. Elle sentit une main sur son épaule. « Eugène. »

Ils demeurèrent un court instant à se dévisager. « Ça va ! dit-il en premier avant de l'embrasser sur le front, sauf... » Il désigna son épaule gauche d'un mouvement de menton : « Un en moins, ça compte ! »

Lentement, elle abaissa son regard : à hauteur du coude, la manche de la vareuse était pliée, épinglée. Un étrange frisson parcourut son dos. « Viens, dit-elle en se détournant, j'ai amené la carriole. »

Mais il n'en voulut pas. Avant tout, il souhaitait « sa » terre. Trois ans d'absence à combler, entre elle et lui. Il mit sa main sur la nuque de Victorine, la glissa jusqu'à son épaule ; en s'appuyant légèrement, ils avancèrent. Tellement soucieux du moment l'un et l'autre qu'ils se taisaient en marchant vers la boulangerie. Attentifs malgré le vent et les pierres à accorder leurs pas pour éviter de rompre cette plénitude.

René rentra aussi, intact, « miraculé », six mois exactement après la dernière grande offensive de l'Aisne lancée le 14 juillet 1918.

L'heure des bilans sonnait partout, pire que le glas pour chacune des victimes. Combien de fois Victorine et Marie-Aimée ne s'étaient-elles pas arrêtées, face à face : « Ecoute ! C'est pour le fils Morin. » Signes de croix, la main pliée sur le chapelet qui ne les quittait pas, puis jusqu'aux lèvres :

*Corps mort, viens-t'en*
*La mort t'attend*
*Depuis longtemps.*

Des silhouettes tout en noir marchaient à travers le pays, entraient inévitablement dans la boutique : « Vous avez eu de la chance, madame Fauvel. »

Elle les réconfortait comme elle pouvait : « Ils sont morts pour nous, pour le pays, vous devriez être fière. » Les clientes prenaient leur pain, un pauvre sourire sur leur visage : « De toute façon, on ne choisit pas. » Les pièces roulaient sur le comptoir.

« Allez, courage, madame Bertheaume ! Ça ira ! » Victorine les raccompagnait, ouvrait elle-même la porte. Un respect qu'elle pensait bien leur devoir. Ne pas leur montrer, surtout ne pas défaillir ; mais cette envie de tout lâcher, de fuir parce qu'elle s'épuisait à soutenir Eugène.

Il avait tenu deux jours, quarante-huit heures, pour prendre conscience du naufrage. « Bon dieu d'bon dieu ! J'suis plus rien, fallait crever ! »

A sa première révolte, elle s'était empressée dans le fournil : « Tais-toi ! Tu n'as pas le droit ! » Il pleurait. Quelques larmes, pas plus, mais abandonné contre elle, dans la tendresse de ses seins. « Foutu ! » C'est tout ce qu'il articulait alors qu'elle s'était agenouillée à côté de lui, affalé sur le tabouret de bois.

« On a toujours Albert ; et René qui va rentrer... » Parler, trouver vite les mots qui apaisent malgré la fêlure. La nuit, il tournait comme un lion en cage, descendait vers la salle. Victorine s'éveillait, anxieuse : « Où es-tu, Eugène ? » Patiente, elle chauffait du lait, ajoutait une cuillerée de miel : « Bois ! Ça va t'aider à dormir.

— Et la chasse ! Terminé aussi ! » Il clamait sa phrase, la défiait jusqu'à la rendre responsable dans un monologue continu qu'il débitait comme s'il la détestait. Elle l'aidait à remonter vers leur chambre, l'entourait de son bras sur l'oreiller : « Si tu veux... », disait-elle.

Elle connaissait maintenant l'effort pour fermer les yeux, réprimer le dégoût devant les chairs à peine cicatrisées. Un sacrifice qu'elle avait accepté dès leur première nuit. En rétractant ses lèvres, ses cuisses, elle avait évoqué tous ceux qui s'étaient battus, le corps offert comme elle, si loin du plaisir.

Le matin, elle retrouvait l'équilibre, imaginait le retour de René pour se protéger d'elle-même, d'Eugène. Grâce à lui, tout se modifierait ici, elle en avait la certitude. Quand il fut là, définitivement épargné, retrouvant la mécanisation qu'il n'avait pas eu le temps d'étrenner, elle se colla derrière lui : « Mon René, tu es maigre, mange encore, il faut te rattraper ! » Mais rattraper quoi ? René la regardait, un sourire sous sa moustache.

« Ils nous l'ont changé, disait-elle à Eugène, il est ici et ailleurs, tu ne remarques donc pas ?

— C'est un homme, un vrai ! » Il se tournait vers Edouard en train de lire : « Lui, c'est autre chose. »

En 19, Edouard aurait son poste d'instituteur à Aunay, on le lui avait promis. La mort d'Arthur, la blessure de son père avaient rejailli comme une gloire sur la famille. A dix-huit ans, ce n'était pas si mal pour un début, mais ce titre de « prioritaire » dont on l'affublait, il n'était pas toujours certain de le mériter, beaucoup de ses camarades n'auraient pas la même chance.

« Je vais louer une boulangerie près d'ici, peut-être à Villers ou à Condé. » René les avait surpris sans plus de manières, devant l'assiette de soupe et le bol de chicorée-café du matin, un mois à peine après son retour.

Et eux, ils l'avaient regardé longuement, Eugène avec sa cuillère brûlante, en suspens, et Victorine avec son pain trempé qui s'amollissait sur le rebord jusqu'à glisser sans bruit. Eugène rompit le silence en premier : « Pourquoi donc ?

— Comme ça je pourrai amasser de l'argent dans un bourg plus important.

— Tu as bien réfléchi ? » Victorine se rebellait ; tout, sauf le perdre. Lui parti, le commerce allait encore friser la catastrophe. Etait-il possible qu'il les abandonnât précisément lorsqu'ils croyaient avoir le plus besoin de lui ?

« J'ai bien réfléchi. J'ai plusieurs offres en vue ; quand

tu estimeras en avoir assez, papa, et que vous me céderez la boutique, alors je reviendrai. »

Eugène lissa sa moustache. « Le patron, hein ? C'est bien ça, tu veux être le patron tout de suite ? » Puis vers Victorine : « C'est comme ça, maintenant ; ils veulent tout et tout de suite ! »

Elle frémit, une écharde dans le cœur qui lui déchirait la poitrine, mais une fois de plus elle se reprit : « Il aurait pu ne pas revenir et cette question ne se serait jamais posée. »

Le silence à nouveau, et brusquement, Eugène hors de lui : « J'ai compris, tu le soutiens, comme toujours ! »

Ils crurent qu'il allait partir en claquant sa cuillère sur la table, excédé, mais il ne bougea pas. Après avoir cassé un morceau de pain dans sa seule main, il le poussa dans sa soupe, assourdit sa voix : « Si c'est votre idée... » Il versa quelques gouttes de vin rouge dans son bouillon puis avala une large rasade en levant les yeux vers Victorine. Elle fit mine de n'avoir rien vu et posa son bol sur l'évier. Le moment n'était pas aux remontrances, avec ou sans provocation.

« La boulangerie ? Le fonds ? » Elle n'avait que ces deux mots en tête. Si près du but et se perdre encore... Pourquoi cette innovation dans la tête de son fils ? Avant, elle aurait pu se confier à Eugène, elle se souvenait : son cran, sa fermeté devant chaque difficulté, chaque péril pour la hisser à la surface, retrouver le fil de l'onde. Mais aujourd'hui, que restait-il de tout cela ? Toujours sous le choc de son infirmité, Eugène ne pouvait plus rien. C'est elle qui devait jouer la comédie, faire semblant devant ses hommes et sa mère de ne craindre ni pour leur avenir, ni pour leur commerce.

L'histoire se reproduisait. Albert devint le confident de ses peines comme Eugène le fut pour Marie-Aimée. « Tu ne dois pas les laisser seuls au fournil, ils vont se battre ! »

Albert la rassurait : « Ne vous inquiétez de rien, madame Fauvel, j'ai l'œil et l'oreille ! »

L'essentiel n'était-il pas de gagner du temps ? Repousser l'échéance de la séparation et, pendant ce temps, construire, bâtir au-delà de la rupture, à l'image du monument que la municipalité se dépêchait d'élever sur la place de l'église. Il devait être prêt pour la première célébration du 11 novembre. Des maçons et un sculpteur de Vire suivirent les travaux sans relâche jusqu'à ce qu'il fût enfin terminé.

Le jour venu, les anciens poilus et leur famille purent s'aligner de part et d'autre de l'obélisque en granit bleu virois pour écouter le discours du maire et recevoir les médailles.

Au sommet de la liste, un nom gravé en lettres d'or : Arthur Fauvel (1865-1917). La pluie intermittente obligeait à ouvrir et à fermer les parapluies, le vent poussait des flopées de nuages comme des magmas grisâtres qui dérapaient sur le ciel sans jamais s'y accrocher. Tous tenaient d'une main leur chapeau des dimanches ou serraient leur manteau, partagés entre la gravité du moment et le souci de bien s'abriter.

Après la remise des décorations et les dernières larmes, ils se retrouvèrent au restaurant de la gare. Eugène pleurait et jurait tout à la fois, car René avait dû longuement courir derrière sa casquette envolée dans une bourrasque au moment où le maire lui avait épinglé sa croix de guerre.

Enfin, la fanfare de Villers donna quelques airs de son meilleur cru sous la conduite du père Godard, marchand de chaussures et musicien zélé que tout le monde connaissait. Victorine se faufila dans les rangs pour lui tendre la main :

« Je vais vous présenter mon fils aîné, il est un peu plus loin avec son père.

— Ma femme et ma fille sont là aussi, je vais les appeler. » Godard ôta sa veste bleu marine, suant sous l'effort et l'émotion qu'il venait d'avoir. Victorine ajusta son petit chapeau gris dont la voilette était relevée. Elle avait son plan. L'urgence d'une intervention sur l'avenir de René lui était apparue aussi nécessaire qu'étayer un bâtiment qui menace de s'écrouler. Il fallait le marier, et vite, avant qu'il ne se mît en tête quelque mauvaise rencontre sans le sou et qu'il les quittât définitivement. Dans ce domaine comme dans d'autres, elle entrevoyait, bien évidemment, le risque d'une hérédité paternelle.

Après d'interminables cogitations solitaires qui l'emmenèrent d'un canton à l'autre, selon une technique de prospection qui n'aurait pas déplu à feu son père, Marcelle Godard, grande et belle fille unique de commerçants honorables, lui sembla le meilleur parti. Victorine se rendit donc à la boutique Godard sous prétexte d'acheter une paire de galoches à Edouard : « Pas trop chères et facilement ressemelables, pensez donc, il use tellement vite ! »

Son œil infaillible avait jugé tout de suite le fonds qui tournait et ce je-ne-sais-quoi de petit confort bourgeois dont elle avait toujours rêvé. A priori, elle ne ressentit pas une réelle sympathie pour la propriétaire : ah ! ces petites rivalités de boutiquières... Comment nommer cela : un brin de jalousie ? Une envie plutôt de se critiquer mutuellement sur leur fameux sixième sens, celui qui faisait dire : « La mère une telle, une vraie vendeuse et quelle amabilité ! »

Elles en étaient donc là pour l'instant, mais des deux, Victorine avait déjà vu plus loin. Le courant ne fut, en effet, pas long à s'établir. Dès le lendemain, René rangea sa médaille dans un tiroir du buffet et reprit ses projets. Victorine l'écouta sans surprise : « Finalement, j'irai à Villers. » Elle avait observé leurs échanges à la dérobée.

René et Marcelle s'étaient d'abord parlé un peu, puis beaucoup. Victorine avait senti le cheminement, la découverte, bulle impalpable qui crevait la surface de leur vie. Le soir même, elle en avait dit un mot à Eugène.

« Il est assez grand pour choisir tout seul ! » Sa réponse ne l'avait même pas désarçonnée, que comprenait-il à tout cela, Eugène ? « Des histoires de bonnes femmes », répétait-il, mais Victorine soudain n'avançait plus. Elle dormait mal, des scènes, des images passées qui peuplaient sa nuit, l'engourdissaient dans une fatigue nouvelle. Elle se souvenait : toutes ces démarches dans les bureaux jusqu'à la préfecture et l'antichambre du député. Souvent pour rien, elle avait ainsi erré de salle en salle, se raccrochant au plus petit espoir. Elle avait tout essayé pour arracher ses deux hommes à l'implacable folie de la guerre dont il ne subsistait que des noms en lettres dorées sur un monument. Pourtant elle n'avait pas été la seule. Des dizaines comme elle l'avaient précédée ou suivie, suppliantes ou pathétiquement dignes, épuisant leurs arguments devant des visages impassibles. A quarante-six ans, courir partout, diriger, cuire le pain... et supporter les coups du destin. « Des histoires de bonnes femmes », disait Eugène. Victorine dans l'obscurité se retournait pour pleurer. Mais ce qui la faisait encore plus souffrir et la désorientait, ce n'était pas cet épuisement, c'était plus sûrement, derrière les durs souvenirs, la sensation brûlante de le perdre. René allait partir et avec une autre femme.

Trois jours plus tard, il amena Marcelle. Victorine les fit entrer. Elle n'en finissait pas d'aller et venir, d'enlever son tablier.

« Vous savez, ma petite, ici, il y a toujours du travail ! » René et la jeune fille s'assirent près de la longue table, derrière eux ; rien qu'à regarder le ciel d'un bleu intense, on entendait craquer les herbes gelées, les crêtes de boue glacées sous les pas prudents. « Il fait un froid ! » René frottait son poing dans le creux de sa main. « La montée au Nid'Chien sera impossible pour papa ! »

Victorine installa deux tasses et leurs soucoupes devant eux, une assiette blanche à rinceaux rouges où s'entassaient des gâteaux secs.

« Albert a dit qu'il essaierait d'y aller à pied. » Elle fixait René puis Marcelle : « Vous prendrez bien une petite goutte de café, mademoiselle ?

— Si ça ne vous dérange pas. » Marcelle intimidée résistait encore. Elle sentait la force du regard de Victorine, sa façon de sourire qui masquait l'envie d'en savoir plus, de la juger plus loin. Le café réchauffé remplit les tasses. Les cuillères tintèrent dans le silence.

« Alors comme ça, vous allez emmener René ? » Victorine n'avait pas pu s'empêcher, Marcelle se défendit : « Je ne l'emmène pas, madame Fauvel ! Il trouve que Villers est un bourg intéressant, et de toute façon, nous reviendrons ici. »

Mais pour revenir, il fallait partir. Victorine se sentait mal à l'aise. Une belle fille pourtant, cette Marcelle, mince, d'épais cheveux bruns ; après tout, c'est elle qui avait voulu les présenter l'un à l'autre !

« C'est une manière de dire, s'excusa-t-elle, vous le comprendrez plus tard, prenez donc un gâteau ! » Les civilités d'usage sauvegardaient les apparences. Un artifice.

« Va voir si ton père est rentré, René, appelle-le ! » Mais Eugène pénétrait déjà dans la salle en enlevant sa casquette : « B'jou à tertous. » Il s'adressa à Victorine : « Y a du monde au café. » Dix heures trente sonnaient à l'horloge, le froid poussait les gens à boire pour se réchauffer.

« J'y vais. » Victorine se leva. « Revenez donc nous voir quand vous voudrez », dit-elle. Elle hésita une seconde : « C'est comme si vous étiez de la famille, maintenant. » Marcelle la vit s'éloigner, son tablier à la main, le dos un peu courbé.

« T'as bon goût ! » s'exclama Eugène. Il sortit une bouteille cachée sous sa chemise. « Chut ! c'en est une à Lebret, dit-il, bouche cousue ! »

Un grand rire les secoua tous les trois.

Une évidence ! Autant que : « Sec et beau, janvier remplit le grenier » ou : « Beau jour aux Rois, blés jusqu'aux toits ». Victorine avait du mal à accepter. Pas seulement parce que René allait les quitter, mais les clauses finales du mariage la décourageaient. Les Godard n'avaient-ils pas décidé de vendre leur magasin pour leur fille à condition de vivre avec le jeune couple ?

« Pourquoi eux ? » répétait Victorine à Eugène. « Ils vont tout le temps être sur le dos de René. »

Eugène s'impatientait un peu : « Tu me répètes toujours la même chose, que veux-tu que je te dise ? C'est à René de voir. » Mais elle s'obstinait, tournait et retournait le problème jusqu'à ce qu'Eugène n'en puisse plus : « Quand t'auras fini avec tes histoires, je reviendrai. » Il se levait brutalement, replaçait sa chaise : « Au fond, c'est bien toi qui l'as voulu, ce mariage ! »

Et voilà, elle se retrouvait seule, prise à son propre piège. Sa mère, trop vieille, ne l'écoutait plus que de loin, d'un cercle de vie restreint d'où ne s'échappaient que les souvenirs. Désemparée, Victorine s'égara devant sa glace, surprit les fils gris de ses cheveux, le ventre marqué d'où ne coulait même plus l'attente.

« A mé (à moi) », lui disait Eugène en arrondissant son bras. Qu'elle s'y blottisse, lui fasse venir le feu comme avant. Mais elle, maintenant, le refus, la dérobade : « Voyons, Eugène, pas à notre âge ! » Elle assimilait son corps au sien, le voulait desséché, assouvi comme sa propre chair. Lorsqu'il lui arrivait, rarement, de céder, elle le faisait vite, pour lui, parce qu'on lui avait dit : « Un homme, ce n'est pas pareil », et qu'elle le croyait.

On célébra le mariage à Villers-Bocage un samedi de septembre 1920. A vingt-six ans, René Fauvel épousait Marcelle Godard qui en avait à peine vingt. Les carrioles décorées de la veille, enrubannées comme des boîtes à bonbons, traversèrent le pays sous les cris et les applaudissements. Eugène jetait des grains de blé sur le couple, s'échauffait comme un écolier une veille de vacances. « Calme-toi ! » tempérait Victorine qui craignait les regards. Une dignité qu'elle s'efforçait de faire respecter à cause des trois prêtres que comprenait la famille Godard. Autour de la grande tablée traditionnellement blanche et fleurie, ils se retrouvèrent tous dans leur réalité. Vestes et chapeaux tombèrent.

Victorine mangea du bout des dents, un malaise au fond du cœur qui ne décollait pas. Edouard, à ses côtés, l'instituteur, grand jeune homme brun à la fine moustache, vérifiait son col blanc, Eugène buvait sans se priver. Et René, là-bas, déjà si loin. Elle avait beau se dire que tout se passait ou presque comme elle l'avait souhaité, quelque chose n'allait pas.

« Tu en fais une tête ! » Marie-Aimée la sortit de son marasme. « Tu n'as même pas touché au gigot. »

Le violoneux et l'accordéoniste grimpèrent sur une estrade improvisée : « On danse, on danse ! » René et Marcelle s'élancèrent les premiers sous les bravos.

Victorine était rentrée en carriole avec Eugène, Edouard et Marie-Aimée. Le ciel bas sans étoiles semblait à portée des arbres. Tous quatre se tenaient tassés par la fatigue, silencieux sur la route pierreuse ; un voyage qui n'en finissait pas après les bousculades de la fête.

« De notre temps, on n'avait pas eu tout ce chemin-là à faire, hein ? »

Eugène plaisantait. Victorine approuva de mauvais gré : « C'est vrai », dit-elle.

Marie-Aimée s'étonna de la voir si morose : « Tu n'as presque rien mangé, si c'est pas malheureux !

— J'ai froid aux pieds, dit encore Victorine, il est temps qu'on arrive. »

Le vent se leva un peu avant la grande côte. Un vent d'ouest doux et mouillé, né de la mer. L'air autour d'eux s'emplissait de bruissements, il ramenait des échos dispersés, des rumeurs lointaines. A trois heures du matin, l'aube tentait de se lever derrière des suites affolées de nuages noirs qui donnaient au ciel une impression de fuite désordonnée. Quelques feuilles roulèrent sur la chaussée. Eugène pointa le nez en flairant comme un animal : « Il vient d'la mé, c'est d'la pluie, dit-il, dépêchons-nous ! »

## 30

« Ce sera autrement, c'est tout ! »
Eugène avait retrouvé Albert et le fournil comme si de rien n'était.
Autrement. Un mot pour Victorine qui naissait avec le jour. Il fallait s'y faire parce que c'était comme ça. Elle vaquait un peu, de-ci, de-là, surtout le matin dans la cuisine entre le fourneau et l'évier. Des pas qui la conduisaient même jusqu'à la réserve, le grand tas de bois abrité dans la cour. Elle ajustait son châle noir d'une main, saisissait les branches sèches qui déchiraient les doigts, un coup d'œil vers le ciel et la route. Les lourdes plaques rondes rivées au crochet de fer glissaient sur le côté, le bois cassé y remplissait les trous puis le feu et l'attente. La chaleur venait quelques minutes après, Victorine laissait errer ses mains dessus, une récompense.
Avec le travail journalier, impérieux, elle se sentait prise dans un courant, s'y soumettait. Seuls les soirs où elle veillait ramenaient le doute, le vertige de l'absence. Eugène partait se coucher tôt, la laissant à côté de la lampe à pétrole. Après les comptes, le court trajet jusqu'à la cheminée, des deux mains elle empoignait la boîte à biscuits en métal qui se logeait au bout du manteau, la posait sur la

table, en sortait des liasses de grandes feuilles pliées en quatre : « Tout ça, ça nous en ferait de l'argent... » Les bons d'emprunt russe s'étalaient devant elle, d'un doigt elle les séparait avec précaution. « Peut-être, sait-on jamais, ils nous les rembourseront ? » Elle parlait à voix haute comme si dans cette pénombre quelqu'un l'entendait, la comprenait. Les feuilles retournaient toujours dans leur boîte après un long soupir. Venait alors le moment du journal : *Le Messager d'Aunay* ou *La Croix du Bocage* qui lui détaillaient les nouvelles du canton. Avant de parvenir à la dernière page, elle s'assoupissait sur sa chaise, les lunettes au bout du nez. Lorsqu'une anecdote l'emmenait à Villers, René soudain se faisait précis. Elle entrevoyait la place des halles avec la boulangerie louée en vis-à-vis et la statue de Pierre Richard-Lenoir. Imaginer la vie là-bas, René, Marcelle... les débuts difficiles et les parents Godard.

Ah ! ceux-là, elle en aurait pleuré. « Ils vont être au courant de tous les comptes, se mêler des affaires, de NOS affaires ! » Elle se prenait le front d'une main, lissait ses cheveux jusqu'au chignon d'un geste appuyé. Surgissait le désarroi comme une ombre marquée derrière la perplexité. « Ils reviendront. » La phrase la soulageait, relâchait un instant la tension de son corps. Victorine se levait, contemplait par la fenêtre les points clignotants, disséminés dans les vallons. Elle tenait la lampe, s'approchait des vitres. La nuit semblait liquide et dense tout à la fois, une coulée de lave qui s'estompait vers l'est dans une aurore à peine perceptible. Le temps s'effaçait avec la fatigue, la joie d'être là et seule. Victorine silencieuse n'avait d'yeux que pour ce pays dont elle portait la sève dans ses veines. D'un bond parfois, elle ouvrait la porte, les odeurs de la nuit lui crevaient au visage, une fête de parfums où la terre dominait. Elle regardait vers la petite maison maternelle : « Bon, elle dort ! » disait-elle. Le verrou soigneusement tiré, du pied elle replaçait le paillasson puis montait. Il était toujours une ou deux heures du matin.

Janvier 1921. Dès huit heures, Victorine sortit la carriole. Un vent d'est glacé soufflait par rafales, des flaques d'eau de la veille avaient gelé par endroits, donnant à la route des miroitements épars.

« Couvre-toi bien ! » Eugène aidait Albert à entasser les pains frais dans la toile blanche, il vérifia les rênes, s'affaira autour des essieux, du frein. « Ça va, c'est bon. » Il se tourna vers le trafic de la route en levant son bras : « Déjà tout ce monde, fais bien attention ! » Quelques voitures à présent mais nombreux, surtout, des vélos qui roulaient près d'eux. A côté, deux hommes badigeonnaient un mur chez Rivière, le marchand d'huile. Eugène et Victorine regardèrent la grande affiche déployée : une réclame pour acheter de l'huile d'olive.

« Tiens ! fit Eugène, il a encore trouvé le moyen de se faire de l'argent ! »

Victorine boutonna son manteau : « Avec sa voiture neuve, il a écrasé deux poules hier chez les Jeanne.

— Quand on a des sous, on peut tout se permettre. » Il aida Victorine à monter dans la carriole. Avant de partir, elle enroula ses jambes dans une couverture de laine. « J'ai quelque chose à te dire. » Eugène s'immobilisa. Le froid lui rougissait le lobe des oreilles et le nez, il remonta son cache-col en laine grise. « Marcelle est enceinte, continua-t-elle, ils pensent revenir dès la naissance ; c'est Mme Godard qui m'a écrit ça. » Ils se regardèrent un moment. Un coup de sonnette tout proche les fit sursauter : « Alors, les amoureux, on se réchauffe ! » Lebret arrêtait sa bicyclette derrière Eugène. « Dis donc, fit-il encore en lui tapant sur l'épaule, j'boirais ben un p'tit coup puisque la patronne s'en va! » Il se mit à rire. Victorine, mécontente de son audace, guidait déjà Bijou vers la grande côte. En se redressant à mi-corps, elle cria : « N'oublie pas la paille sur les pommes de terre ! » Un moyen sûr pour le rappeler à l'ordre !

Elle avait repris les tournées pour se fixer un but. Pas tous les jours, seulement lorsqu'elle se représentait sa solitude, et que les économies qu'elle amassait, billets cachés entre les piles de linge, augmentaient moins vite que prévu.

« Sou à sou, disait Eugène, sinon on n'y arrivera pas ! »
Il lui avait si bien communiqué son souci d'épargne qu'il
ne se passait pas une semaine sans qu'elle calculât les
deniers mis de côté. La vieillesse aidant, la peur de manquer la hantait. Se restreindre ? Chez eux, on savait ce que
cela voulait dire ! Le beurre gratté deux fois sur les tartines, jamais toléré sous la confiture. « L'un ou l'autre, choisissez ! » ordonnait Eugène aux garçons. Et l'eau dont on
mesurait le volume à chauffer, et la graisse de la poêle,
ramassée, conservée au frais pour resservir. Un grignotage
quotidien dont ils soupesaient les bénéfices, proportionnels
à l'insécurité de leur avenir.

« Quand on se retirera, on ne sera à la charge de personne. » En détaillant les chiffres à Eugène, Victorine goûtait à l'orgueil. « Les enfants n'auront pas à nous tendre des
béquilles, nous ne leur devrons rien. » Elle recomptait pour
s'assurer, pensait à quelque investissement rentable, l'achat
de terrain par exemple. Le capital précieux par excellence,
de l'or vert et brun qui ne se dévaluerait jamais, qu'on
pourrait même louer à des cultivateurs pour en tirer profit. Elle en rêvait au cours de ses tournées, oubliait parfois
de diriger le cheval, tellement habitué aux chemins qu'il
tournait seul, sûr de l'endroit quand il n'entendait pas le :
« Holà ! Bijou, allez, à gauche, ma bête ! » accompagné du
tiraillement des brides. Et ce jour de janvier, un scénario
identique s'était reproduit dans la tête de Victorine. Le
retour de René et la naissance dans quelques mois la firent
penser au grand terrain entre la petite maison de sa mère
et la boulangerie. Une acquisition qu'elle estima primordiale. « Par la suite, on pourrait construire, se dit-elle, vivre
tout près des enfants et surveiller de temps en temps le commerce. » Elle se racontait des histoires entre les arrêts aux
fermes qui l'attendaient, esquissait des plans comme on dispose les pions sur un damier.

Elle ne se rendit compte de rien.

Devant le pont de pierres sur l'Odon, vers la route d'Ondefontaine, la roue s'enfonça dans une ornière boueuse,
patina en déséquilibrant la voiture. Bijou ralentit, donna de

l'échine, rien d'étonnant dans ces multiples voies à peine tracées où cailloux et fondrières faisaient bon ménage, il avait l'habitude. Mais à l'amorce du virage, juste à l'entrée du pont, la même roue coinça brusquement dans un des gros blocs de schiste qui dépassait. L'essieu se rompit comme une branche morte. Victorine tira trop tard sur les rênes, la carriole bascula, projetant les pains, la balance et la boîte à monnaie dans les flaques d'eau et l'herbe. Victorine roula sur le chemin tandis que Bijou, entraîné, s'agenouillait en hennissant de douleur. Trois secondes en tout pour que se joue le drame.

Alentour, les portes des fermes s'ouvrirent, des gens accouraient : « C'est la boulangère ! Elle est tombée, faut prévenir. »

On la ramassa à moitié inconsciente, ses vêtements poisseux de boue. Elle eut droit au petit verre qui requinque, allongée sur une couverture, encore toute remuée. Au bout d'un quart d'heure, elle commença à se lamenter : « La fournée, la carriole, perdues ! Et Bijou blessé... » Ils l'installèrent dans une charrette pour la monter à la boulangerie. Auparavant, elle avait demandé qu'on lui donne la boîte et la monnaie. « Pour au moins sauver quelque chose ! »

Eugène connut sa plus grande peur. « Marie-Aimée, Victorine a eu un accident ! » Ils s'avancèrent en hâte jusqu'à la route : « Tu as mal ? Tu es blessée ? » Marie-Aimée se fit tout raconter par ceux qui avaient vu, elle mit l'eau à chauffer pour un bain. « En attendant le médecin, ça va te remettre, lui disait-elle, il te faut de la chaleur.

— On n'avait vraiment pas besoin de ça ! »

Dehors, la carriole du médecin de La B'sace s'éloignait. « Pas de fractures, avait-il dit, de grosses ecchymoses, sans plus. Frictionnez-la bien au camphre ! »

Victorine encore étourdie, assise emmitouflée dans sa robe de chambre en laine, pleurait devant Eugène et Marie-Aimée. Ils avaient essayé de la raisonner, cherché des arguments mais comme toujours elle s'enferrait dans son idée : « Bijou est blessé, et la carriole, va-t-on pouvoir la réparer ?

— Briouze a soigné son genou ; quant à la carriole, Lebret lui remettra un essieu ! »

Eugène avait l'impression de répéter dix fois la même chose, il s'impatienta : « Dites-lui, vous ! » Marie-Aimée posa sa tasse de café, haussa les épaules : « Pire qu'une mule ! Elle a toujours été comme ça.

— Combien ça va coûter encore ? continuait Victorine sans les entendre, et la fournée dans la boue... »

Eugène quitta la salle, rejoignit le café, bientôt suivi par Marie-Aimée. « J'parie, dit-il, qu'elle y retournera demain ! Et personne ne pourra l'en empêcher ! »

Victorine attendit la fin de la semaine après s'être déplacée chez Briouze et Lebret qui lui établirent des factures. La dépense n'était pas bien forte mais elle dut entamer sur ses réserves, ce qu'elle avait accumulé, comme elle le disait, « en se saignant aux quatre veines ». « J'éviterai le pont, décida-t-elle, je préfère rallonger de deux cents mètres plutôt que de risquer encore si gros. »

En peu de jours, il fallut prendre une décision.

« S'ils reviennent pour la fin de l'année, que comptes-tu faire ? » Victorine fermait la boutique devant Eugène, le dernier client s'éloignait avec seulement un restant de pain du matin : « Y'a pu mais qu'cha ! » (il n'y a plus que ça), avait-elle dit.

Eugène poussa la grille, Victorine s'apprêtait à balayer le sol de la minuscule pièce qui leur servait de magasin. Une simple table, une balance et les étagères, un décor rudimentaire. Marie-Aimée l'avait d'ailleurs souvent répété : « C'est l'café qui nous fait vivre ! »

« On va construire là ! » Eugène désigna du doigt l'arrière de la boutique, à côté de chez Marie-Aimée. « C'est le seul moyen, on leur laisse tout, nous, on se retire. » Victorine avait fini de balayer, elle croisa les mains sur son ventre, écoutait Eugène énervé qui ne tenait pas en place. Passer déjà le fonds, tout leur laisser de ce qu'ils avaient fait fructifier à force de travail, de volonté, était-ce donc ainsi que les choses devaient se terminer ? Elle évoqua Marthe, la veuve d'Arthur qui se remariait avec un cultivateur de La Bigne. Le temps, ce vif-argent de la vie qui coulait, coulait plus vivement que son sang, elle se mordit les lèvres.

Eugène l'entraîna vers le terrain acquis depuis six jours : « Ici, ce serait bien. » Il montra en le délimitant d'une main un espace imaginaire. « Et surtout un jardin, un vrai ! » Plus loin, Marie-Aimée qui les avait aperçus ouvrit sa porte, les appela. Une tranche de vie s'achevait ainsi, une autre se levait encore imprécise comme le crépuscule, entre chien et loup.

Un va-et-vient incessant mena Victorine du café aux soubassements puis aux murs qui s'élevaient. « Elle y est encore ! » Eugène touchait Albert du coude. « C'est plus fort qu'elle, tu comprends ? »

Albert surveillait la brie, la pâte fouettée qui devenait onctueuse sous les coups répétés. « Tu sais ce qu'elle veut ? continuait Eugène, tu n'devineras jamais... Un palmier ! »

Albert silencieux empilait les morceaux de bois à chauffer, des branches de vieux pommiers, de bois taillis et d'épines.

« Les femmes avec leurs idées, on n'y comprend rien ; tiens ! c'est comme si tu préparais une belle pâte bien fine et qu'elle prenne pas. Tu t'demanderais pourquoi, hein ? Ben, c'est pareil ! »

Albert riait, enfonçait avec la fourche sa bourrée à brûler. « Elle sera bientôt finie, la maison ?

— Le chef maçon nous a promis pour la fin de l'année. » Eugène, tenant son couteau d'une main, découpait la pâte en tourtes plates ; par la porte ouverte, il regarda Victorine qui s'éloignait.

« Elle s'en va », dit-il, puis après un bref silence, il reprit : « Comment fera-t-elle pour accepter ? » Il s'arrêta de découper. Albert, accroupi devant le four, s'immobilisa aussi.

« Comment savoir ? continua Eugène. Tu comprends, petit ? Elle a tout fait, ici. » Sa gorge se nouait, il prenait soudain conscience de ses manques envers elle, il ferma les yeux. L'odeur des batailles lui revenait, il se souvenait tout à coup : les bombes, la guerre, la caserne où il se trouvait, un château d'allumettes écroulé en cinq secondes et la douleur à l'épaule. Comme aujourd'hui il s'était revu en un éclair de Caumont à la grand-route, de sa mansarde au lit du maître. En toile de fond, le visage, les yeux noirs puis le corps de Victorine, tant d'années. Il se retourna vers Albert qui l'observait. Comme il était placé à contre-jour, le jeune homme ne pouvait détailler son regard. Eugène en profita pour sortir son mouchoir et s'essuyer discrètement les paupières.

## Troisième Partie
*La glane*

# 31

« En somme, c'est eux qui choisissent, c'est eux qui décident ? »
Déjà la fin de l'été. Victorine, debout, face à la route, les mains dans les poches de son tablier, interrogeait. Un rougeoiement sporadique au-delà de la grande côte fixait le jour à son déclin. Eugène, en bras de chemise, secoua sa main :
« Pour l'horloge, on verra plus tard. On a installé l'armoire, c'est déjà bien.
— D'ici la fin du mois ce sera fini, alors ? » Elle s'accrochait, difficile de feindre le détachement. La maison était prête pourtant. Elle ne reprit pas sa question, pivota lentement sur elle-même, la main devant les yeux pour se protéger du soleil. Elle aperçut d'abord le toit neuf en ardoise et la girouette de zinc qui ne bougeait même pas. Un vol de perdreaux la tira de sa rêverie :
« Regarde, dit-elle à Eugène.
— Ils vont sur Brémoy, ça fourmille de bestioles là-bas. »
La main en visière, Eugène les suivit du regard : « C'est une année à gibier, ils auront des civets ! Lebret m'en vendra, je les cuisinerai pour nous !
— Tu auras tout le temps pour ça ! » Elle essayait de le provoquer, maladroite, coincée par son amertume. Eugène

ne répondit pas. Cela faisait plusieurs jours déjà qu'elle l'agressait, depuis qu'ils avaient commencé le transfert des meubles dans la nouvelle maison.

D'abord la naissance d'une petite Simone chez René l'avait toute ravigotée. Eugène avait cru au miracle. Elle avait tout nettoyé de fond en comble dans une allégresse impulsive puis, le soir, elle avait écrit la nouvelle aux cousins et petits-cousins. Par souci d'économie bien sûr, pas question de faire-part, son écriture à la place, son tracé régulier et large, son souci de préserver les liens des uns aux autres. Victorine avait même modifié son franc-parler sur les Godard : « Dans le fond, ils ne sont peut-être pas aussi gênants ? » Eugène n'en était pas revenu, il l'avait regardée à la dérobée, tandis qu'elle plaçait un œuf dans une galette de sarrasin : « Tiens ! mange pendant qu'elle est chaude. On est toujours en train d'imaginer des tas de choses. Mais, au fond, on n'en sait rien ! »

Eugène avait eu envie de répondre mais il avait pris le parti de se taire. « J'voudrais bien ma fourquette », lui avait-il seulement demandé avant de commencer son repas.

Mais avec le déménagement et, simultanément, la mort du curé Anger qu'elle avait appris à estimer, le malaise avait refait surface. Chaque meuble déplacé, chaque malle retrouvée dans la poussière du grenier avaient ressuscité le passé. Dans un coffre à la serrure rouillée, elle avait soulevé en tremblant des robes aux couleurs éteintes, des châles qui se déchiraient presque entre les doigts : les vêtements de Marie-Anne, la première femme de son père. Et sous tous ces habits où des petites branches de lavande avaient été déposées par une main inconnue, elle avait retiré un violon sans cordes ! Aussitôt, elle avait fait le lien, le violon de Victor, ce demi-frère qu'elle n'avait jamais connu mais dont on lui avait souvent parlé, vanté les dons. Une fois de plus la griffe au cœur, l'arrachement.

Après la tournée, Albert amenait la carriole, Eugène et lui entassaient les meubles, le linge. Par moments, des crises de fou rire les pliaient en deux, on les entendait jusque dans le café ou sur la route.

« Votre Ugène, un rude plaisantin ! » Les clients interpellaient Victorine dans la salle, elle restait droite, répondait seulement : « C'est pas Ugène, c'est EUgène ! » Une nuance mal perçue avec leur accent patoisant. « J'vois pas la différence, lançait l'un ou l'autre, de toute manière on sait qu'on parle du même ! » Ils s'esclaffaient à leur tour avant d'abattre des cartes ou de reboire un coup.

Victorine secouait la tête, riait un instant avec eux. Mais le soir, elle retrouvait son agressivité, un trop-plein qui débordait, la brisait : « On ne l'aura jamais, cette petite, c'est encore les Godard qui vont s'en occuper et ils seront chez moi, dans ma maison ! Dis donc quelque chose ! »

Eugène parlait : « Les pommes de terre sont trop cuites. » Son indifférence la choquait et la diversion qu'il espérait ne réussissait pas toujours, alors elle se mettait à pleurer. Il quittait la table. Pourquoi ? Il la laissait là devant les reliefs du repas, pas vraiment une fuite, plutôt une défense, un garde-fou. Il n'aurait pas su de toute façon trouver les mots, l'aider à relever la tête. Il partait chercher un mieux-être, une détente à cette boule qui lui nouait à nouveau la gorge.

Et c'était elle qui revenait. Lorsqu'elle avait débarrassé, lavé assiettes et couverts, Eugène reconnaissait ses pas dans le couloir, sa démarche lente, encore craintive. Elle poussait la porte du fournil comme on regarde le ciel après l'orage : « On va bientôt nous mettre l'électricité, ils sont venus nous prévenir. »

Un signal. Eugène se levait, refermait sa tabatière en buis, la suivait vers la salle. Dans la lumière, il remarquait son visage creusé, vieilli, trop pâle, son souffle un peu court. « Ahannes-tu pês ? » (Es-tu si fatiguée ?) demandait-il. Elle oscillait légèrement en rentrant les épaules, allait dans la cuisine chercher deux tasses : « J'ai fait un peu de tilleul, ça nous fera du bien ! »

« Encore quelques jours, disait René à Marcelle, nous y serons ! » Sa joie du retour...

« Chez nous, enfin, tu t'rends compte ? » Elle aussi

s'épanouissait, embrassait la petite Simone à pleine bouche. « Et ta mère ?

— Elle apprendra à se taire, répondait-il, au début on l'aura toujours dans les jambes, mais après... » Mme Godard s'en mêlait : « On vous aidera, je sais ce que c'est, un commerce ! »

L'avant-veille du départ, sur une lettre de son oncle Pierre, René se rendit à Aunay. Marcelle avait insisté pour le suivre, elle aurait aimé flâner dans la ville en l'attendant. Mais René avait dit non.

Il enfourcha son vélo, bien couvert avec casquette et manteau. L'hiver était proche. Sur le bord des routes, des femmes ramassaient du bois pour les cheminées. René se souvint de l'oncle Pierre : un jour qu'il avait trop bu, dans un chemin de chasse, il en avait aperçu une, courbée vers le sol, la croupe provocante. « Ouvre tes yeux ! avait-il dit à René, mais cache-toi bien là ! » Il s'était élancé et hop ! une grande claque sur les fesses de la malheureuse qui hurlait en se retournant. Mais il avait déjà filé par un autre côté dans ces bois qu'il connaissait mieux que personne. Il se régalait de ces plaisanteries douteuses, saisissait chaque occasion dans une espèce d'avidité juvénile un peu rustre. René sourit, fit quelques zigzags insouciants. Une voiture le dépassa en klaxonnant, un doigt mécontent se tendit vers lui. Il lui fit un bras d'honneur. « J'en achèterai une bientôt, se dit-il, moi aussi je leur montrerai ! »

A l'arrivée, Pierre Fauvel le pressa dans l'arrière-boutique : « T'es en retard, mais peu importe, on n'a pas de temps à perdre.

— Qu'y a-t-il ? demanda René. Il est à peine quinze heures.

— Regarde ! » Le boucher sortit un papier d'un tiroir : « Appel à la manifestation pour le 13 novembre ! Venez nombreux, la France a besoin de vous !

— Qu'est-ce que c'est ? »

Pierre lui donna une bourrade : « Ben quoi ! Tu sais bien ! Maurras, je t'en ai parlé ! Si on ne fait rien, tu comprends, on va se faire bouffer, nous, les petits commerçants, les vrais ! »

René s'assit tranquillement : « J'ai un peu peur, c'est la première fois.

— Alors, t'as pas confiance ? Rends-toi compte, si on n'agit pas, ces salauds d'Juifs vont tout nous prendre ! » Pierre s'emportait, il levait les bras, s'exaltait dans son discours. Il en imposait avec sa haute taille, son embonpoint d'homme qui a toujours eu une assiette et un verre pleins devant lui. Depuis la mort d'Arthur puis de Désiré, leur père, il se démenait comme un diable, trouvait Eugène trop tiède. « Ton père, y s'mouille pas ! C'est pas avec lui qu'on fera la France de demain ; moi, j'ai des enfants encore jeunes, je serai un exemple ! »

Aucun doute possible, il était engagé à fond dans sa politique. Toutes ces soirées se passaient en réunions, en conciliabules et, depuis le procès Dreyfus, c'était pire !

« Alors, tu viens ; oui ou quoi ? T'as fait la guerre, non ? »

René le suivit. Ils sortirent à pied ensemble, traversèrent des rues animées. « C'est par là, sur la place de la Liberté. » Quelques groupes d'hommes attendaient, dansant d'un pied sur l'autre pour se réchauffer. En peu de temps, ils furent une soixantaine environ à se saluer, à parler. René, à l'écart, les dévisageait, des cultivateurs, des commerçants. La classe moyenne, à laquelle il appartenait.

Petit à petit, les rangs se formèrent. « Les banderoles à l'avant ! » cria Pierre Fauvel, dans un haut-parleur. René ne le quittait pas ; les mains dans les poches de son manteau, il hésitait encore. Le cortège se mit en route. « La France aux Français ! » lisait-on sur les étendards encadrés de drapeaux blancs. « L'Action française nous sauvera ! » ou : « Les Juifs dehors ! ». Des slogans s'élevèrent, repris en chœur par l'ensemble des participants. Autour de lui, René sentit une chaleur monter. Pierre à ses côtés y allait à pleine voix, écarlate, et les autres qui s'égosillaient aussi. Les gens s'arrêtaient sur les trottoirs, regardaient le défilé envahir les rues, on commentait, certains applaudissaient, d'autres fermaient précipitamment les volets en fer de leur boutique : « Va y avoir de la bagarre ! Ils ne casseront rien chez moi ! » Ah ! cette houle qui vous prenait aux tripes, ces hommes vociférants, convaincus de leur vérité. René murmura d'abord quelques mots et, comme son oncle l'encourageait d'une tape sur l'épaule, il s'y mit aussi, joignit sa voix à celle des autres : « De-hors, les Juifs ! Voleurs, pilleurs de la nation ! » Une griserie tout à coup, un aveuglement. Il hurlait sans plus se rendre compte, la fraternité des idées qui l'entourait soulevait son cœur ; la main de Pierre sur son épaule l'aidait dans cette ardeur. Bientôt, il n'eut plus froid. Il releva la tête, apprécia les gens qui se massaient sur leur passage. En continuant son charivari, le cortège parvint à la gare. Un homme, proche de René, jura : « Merde ! On les attendait pas, ceux-là ! »

René se haussa sur la pointe des pieds : à deux cents mètres, un groupe identique au leur, brandissant des drapeaux rouges et tricolores, constituait un véritable mur, prêt à tout. René se tut, avala sa salive mais de part et d'autre, les voix s'enflèrent davantage, quelqu'un lui prit le bras puis un autre, une chaîne se formait pour encaisser le choc. D'un côté : « Dehors les Juifs ! » entendait-on, de l'autre : « La République est à tous ! » Il comprit ; les socialistes répondaient à la provocation. Ils lui semblèrent plus nombreux, des ouvriers, des mineurs avec leur foulard, quelques-uns bien habillés également et tous se rapprochaient, braillant comme des bêtes.

Des sirènes hurlèrent dans le lointain, la mêlée commença parmi les premiers rangs, des corps s'affaissèrent. Des femmes poussèrent des cris aigus. Du sang. Des gémissements, les plus durs s'acharnaient dans la bagarre, aveuglés par la haine. Du haut de la grand-rue un martèlement de sabots entrecoupé de coups de sifflet arrivait : la troupe !

A ce moment René, qui avait perdu de vue son oncle, tenta de s'esquiver sur le côté mais il n'en eut pas le temps. Une main s'abattit sur son épaule, l'obligea à pivoter. Il se protégea en repliant son bras, sûr du coup qui allait le

heurter, il n'articula qu'un nom, pétrifié par sa découverte :
« Edouard ! »
Les deux frères se dévisagèrent. Edouard, en blouse grise d'instituteur, un brassard rouge au bras et René bouche bée, la main retombant lentement.
« T'étais là ? » dit-il.
Autour d'eux, la bataille redoublait. Edouard attrapa son frère par un bras : « Par là, fit-il, sinon on y passe ! » Les gendarmes, à présent, assommaient au hasard ceux qui résistaient ; dans les caniveaux, l'eau charriait des bérets, des morceaux d'étoffe blanche, des mouchoirs ensanglantés, quelques tracts. La plupart des manifestants fuyaient, cherchant une issue. Une porte cochère s'ouvrit, Edouard y poussa René : un abri, enfin, après ce carnage. Les deux frères se postèrent dans l'embrasure de la porte. « T'as l'air d'avoir l'habitude », dit René. Edouard ne broncha pas. « S'ils viennent, je claque la porte », fit-il.
Les cris allaient en décroissant. Encore quelques courses effrénées pour échapper au service d'ordre, la manifestation se terminait. Sur le trottoir d'en face, un homme, par terre, se tenait à l'épaule, il se redressa avec effort, à la vue d'un camarade que deux gendarmes traînaient par les mains, sa tête rebondissant sur les pavés. Il chanta en s'époumonant :

*C'est la lutte finale ;*
*Groupons-nous, et demain*
*L'internationale...*

« C'est fini ! dit Edouard en refermant la porte, on va passer par-derrière, je connais le chemin. » Une cour, des escaliers de bois, quelques couloirs sombres qui sentaient l'urine et le tabac. Ils atteignirent la rue de l'Abbaye.

« Des cons ! Voilà ce qu'on est, des cons ! »
René jurait sur son vélo. Huit heures du soir et cette pluie qui pénétrait jusqu'à l'os ! « Ils vont s'inquiéter, c'est pas comme ça qu'il faut s'y prendre ! » Il parlait tout haut. Dans son esprit, un carrousel d'images tournait : un

spectacle qu'il n'oublierait plus. « Et l'oncle ? Qu'est-il devenu ? »

Il retrouva Marcelle, affolée : « Tu es tout mouillé, mais où étais-tu ? » Les parents Godard le saluèrent du bout des lèvres. « T'inquiète pas, répondit-il en s'animant, ces Juifs, on les aura quand même ! »

Le surlendemain, ils revinrent définitivement à La Ferrière. Eugène avait eu son idée de cadeau pour le grand jour : « Viens voir, j'ai quelque chose pour toi ! » Victorine le suivit, délaissant les préparatifs du repas. « Voilà ! » Il lui montra l'angle formé par leur nouvelle maison et celle de Marie-Aimée : le palmier était planté là, à l'abri du vent de Nordé. Emue, Victorine l'avait serré au bras. « Ça ira », avait-elle seulement dit.

Une inévitable et copieuse tablée réunit nouveaux arrivants et partants. Eugène sortit les bouteilles de sa réserve, le père Godard entama son couplet préféré :

> *Toute la famille est fière*
> *Ma sœur Félicité*
> *On l'a nommée rosière*
> *A l'unanimité.*

René avait eu des nouvelles rassurantes de l'oncle Pierre. Pour lui ce n'était que partie remise. « On va leur montrer, tu verras ! » Il avait même abonné son neveu à *L'Action française*. René avait passé sous silence sa rencontre avec Edouard, il n'avait pas soufflé mot lorsque le père Godard, commentant le compte rendu de la manifestation dans le journal, s'était écrié : « Les imbéciles ! Se faire tuer pour ça ! »

Ici, il les fit trinquer : « Nous, on est des bot'chins et on sait bien s'amuser ! » Une impression d'union triomphante les rassemblait, ils riaient bruyamment, choquaient les verres. Ce partage de la fête, un privilège auquel ils tenaient. Ils savaient goûter le gigot tendre piqué d'une pointe d'ail et, parce que Victorine aimait recevoir, il y avait aussi le pot-au-feu longuement mijoté.

Avant de servir, elle avait pensé à retirer l'os de bœuf

pour Eugène, étalé la moelle chaude sur une tartine avec une pincée de sel. Debout, dans la cuisine, il savourait son régal en voulant le faire déguster aussi. « Mais non, c'est pour toi ! » Elle se détournait, alors il allait chercher le grand plat de teurgoule. Une croûte dorée au-dessus qui sentait la cannelle et la vanille, qui donnait une envie immédiate d'y plonger une cuillère ! « Celle-là, ils m'en diront des nouvelles. »

Au dessert, Eugène prit René à témoin : « Tiens, mon gars, on verra comment sera la tienne ! » Tous avaient loué le savoir-faire. Albert, assis au bout de la table, participait à leur joie : « Moi aussi, je m'installerai un jour ! » Victorine le regarda après Eugène et René : « On t'aidera, Albert, promit-elle, on t'aidera !

— C'est du vrai, madame Fauvel ?

— Sûr, Albert, quand tu seras marié. »

René le tira de son rêve : « En attendant, tu travailles toujours pour nous ! Je vais avoir besoin de toi. La concurrence devient trop forte, je vais m'agrandir. » Victorine posa sa fourchette, son regard croisa celui de Marie-Aimée : qu'avait-il donc derrière la tête, René ? Elle but une gorgée d'eau en s'appliquant, la main autour de son verre, le petit doigt tendu en l'air.

## 32

Le pire, ce n'est pas la rupture, c'est de s'habituer au souvenir.

Victorine s'efforçait de changer. Elle soulevait le rideau de sa cuisine : sous la fenêtre, le grand banc vert qui avait eu sa place devant la boulangerie ; plus loin le palmier et la silhouette courbée d'Eugène au milieu du jardin.

« Lui, il a trouvé son bonheur », pensait-elle. Cet horizon limité ne lui suffisait pas, elle enfilait sa pèlerine, sortait. « J'vais voir la p'tite Simone », disait-elle en passant près d'Eugène. Lui savait, devinait l'autre besoin. Il jetait un coup d'œil rapide dans sa direction : « C'est vraiment plus fort qu'elle », murmurait-il. Victorine entrait dans la boutique, embrassait Marcelle :

« Ça va ?

— Ça va bien, maman. »

Elle tournait, retournait. « Et les clients ? contents ?

— Pour l'instant, faut pas se plaindre. »

Et tout à coup, la surprise : « Le café est fermé ?

— René a décidé de le fermer, mes parents aussi. Et puis, vous connaissez René. On a peur qu'il se fasse entraîner question calva et le reste !

— Pour toujours ?

— Je crois bien que oui, c'est mieux comme ça ! »

En une seconde dehors, Victorine courut vers Eugène, sa jupe noire relevée d'une main, l'autre agrippée à sa pèlerine. D'abord, il vit son visage hébété, crispé dans une interrogation douloureuse. Il la saisit à l'épaule : « Je n'ai pas voulu te le dire, j'aurais dû t'en parler. » Elle tituba : « Tu savais ? Tu savais ? » Il la poussa vers la maison. De mauvais nuages s'étaient gonflés au-dessus d'eux, sombres, prêts à se répandre. « René veut ouvrir un autre commerce à la place. »

Elle pesait de tout son poids sur le fourneau, juste au bord où sa main avait échoué. « Que peut-il donc ouvrir à la place ? » Sa voix si petite, presque un sanglot.

« Mais ne te mets pas dans ces états ! Un commerce de grains. Là, tu sais, maintenant ! »

L'agacement d'Eugène et la pluie qui frappait les vitres. Victorine s'assit machinalement. « Ils vont nous ruiner. » Elle venait enfin de se délivrer. Eugène allait partir, elle le sentait ; à cause de son silence, elle se prit à le détester. Elle imaginait l'entente à son insu et elle ici, seule et exclue. Depuis quand ? Depuis quand s'étaient-ils ainsi concertés ?

Eugène ouvrit la porte, avant de disparaître il devina sa question : « Y'a mais d'cha trois s'maines ! » dit-il, puis il la laissa.

Vers le soir, des flocons de neige se mirent à tomber. Victorine essuya la buée sur les vitres : « Sept heures, et il fait noir comme dans un four. » On entendait plus loin les voix d'Eugène et de René.

« Tu as mis du sel ? » Marie-Aimée émergeait de son demi-sommeil, près du fourneau.

« C'est prêt, maman. »

Victorine acheva de dresser la table, posa la bouteille de cidre et le pichet d'eau. « Pour dimanche, Eugène a promis un civet de lapin. » Elle prit sa mère par un bras, l'aida à avancer jusqu'à la table.

« Tu vois, je peux à peine marcher, maintenant. » Marie-Aimée se laissait guider, hésitante. Eugène entra. Avec lui, un courant d'air froid traversa la pièce. « La neige si tôt, dit-il, c'est pas bon signe. » Il se déchaussa, enleva ses sabots de jardin, regardant Victorine par-dessus son épaule.

« Comment comptes-tu le faire ton lapin de dimanche ? » Elle versa deux grandes louches de soupe aux citrouilles par assiette, tendit la salière à Eugène.

« Celui-là, il ne sera bon qu'en sauce », dit-il. On n'entendit plus alors que les cuillères contre les assiettes, les lèvres aspirant le liquide trop chaud. Une tiédeur envahissait la pièce. Un silence interrompu par les craquements du fourneau ou la scie du couteau dans la tourte de pain. Victorine ne parla plus du café.

Un matin d'avril 1925, Marie-Aimée ne put se lever. Son agonie commençait. Quatre longs jours et quatre nuits où Victorine découvrit l'enfer.

« Je ne peux rien faire, dit le médecin de La B'sace, posez-lui quelques ventouses mais son cœur est usé, elle n'ira plus très loin. »

Ils se relayèrent auprès d'elle jusqu'à ce qu'elle perdît conscience de ses paroles. Son esprit déraillait, butait sur les écueils de sa vie. Un terrible dénouement ! Victorine en pleurait. « Comment la faire taire ? Je ne peux plus supporter ça ! » Eugène fermait portes et fenêtres, tirait les rideaux, éloignait parents, amis ou curieux.

Le teint jaune, les yeux exorbités par l'oppression, Marie-Aimée ne contrôlait plus rien de son corps. Il fallait changer les draps deux, trois fois par jour et entendre surtout ! Entendre.

« Salauds ! C'est vous qui me tuez, l'argent, la maison, c'est ça qui vous attire ! » Elle gloussait dans des rires convulsifs, des gouttes de sueur dégoulinaient de son front sur ses tempes.

« Anthénor ! » Elle appelait celui dont elle ne s'était jamais libérée tout à fait, pointait l'index vers le sol. « Sur les sacs de farine, là, prends-moi ! personne ne nous voit... » Elle tentait de reprendre haleine puis repartait sur un ton déchirant : « Jésus, sauvez-moi, sauvez-nous ! Pitié ! » Eugène se dressait comme fou : « Allez-vous vous taire ? Ça suffit ! » Mais elle continuait, engrenage d'un mécanisme qu'on ne pouvait enrayer. « L'Nicolas, ce foutu soûlard ! y sait rien, la Marie non plus... »

Elle suspendait soudain son monologue, s'accoudait sur les trois oreillers empilés derrière sa nuque : « Victorine ! » Quelle force encore dans sa voix ! Victorine arrivait. « T'as rien dit à Françoise, hein ? » Puis elle la menaçait, saisissait sa main en la tordant : « Petite garce, tu m'le paieras, c'est toi qu'as tout dit ! »

Eugène se précipitait, emmenait Victorine chez René, où elle s'effondrait. Il retournait vers ce cauchemar, essayait de mettre un linge mouillé et froid sur le front de la mourante mais elle le repoussait, l'injuriait aussi. Et cela dura trois jours jusqu'à ce que René prît la décision d'aller chercher un autre médecin, celui d'Aunay. Victorine ne dormait plus, ne mangeait plus, elle priait sans cesse, espérant une rémission que le ciel ne lui accordait pas.

Le nouveau curé, l'abbé Amiard, vint plusieurs fois. Devant cette folie, il ne fut d'aucun recours. « Gallot ! criait Marie-Aimée, je veux le père Gallot ! » Amiard la bénit, récita ses prières. Que pouvait-il faire d'autre ?

Le docteur Danjou, après une longue concertation avec Eugène et René, se résolut. La première piqûre interrompit le délire en douceur. Marie-Aimée articula des sons inaudibles, s'assoupit enfin ; à la deuxième, la torpeur fut profonde, la mort gagnait. Elle rendit l'âme dans la nuit. « Surtout ne répétez rien ! supplia Victorine devant ses fils et Eugène, que tout reste entre nous ! » Même Marcelle n'avait pas eu le droit d'entrer dans la chambre ; elle y pénétra avec les Godard lorsqu'on déposa le corps apprêté, délivré, dans son cercueil en hêtre.

L'enterrement déplaça du monde de la commune et des environs. Après le service, il y eut un repas pour les proches chez René. Marcelle et sa mère avaient tout préparé, Victorine n'eut qu'à s'asseoir au bout de la table. Son réconfort, c'étaient les petits-cousins qu'elle n'avait pas vus depuis longtemps, qui se penchaient pour l'embrasser. Certains s'étonnaient : « Vous avez fermé le café ? » Eugène faisait un signe, prenait l'indélicat par le bras . « Dimanche dernier, Briouze a tiré un lièvre gros comme ça ! » Pas dupe, Victorine, mais son esprit encore ailleurs. « On s'en va tous, c'est le destin. » La mère Godard, plantureuse et maternelle, la touchait à l'épaule : « Mangez donc quelque chose ! Pensez à la deuxième naissance, il en faudra des tricots. » Marcelle passait les plats, le ventre en avant : « Cette fois, ce sera un garçon ! » On se voulait rassurant autour d'elle, une attitude qu'elle qualifiait d'une phrase : « Vous êtes gentils. » Impossible pourtant de tout gommer comme ça, le temps allait si vite. L'année dernière, le mariage d'Edouard avec Gabrielle Leglu, une fille d'instituteurs qu'elle avait aussi choisie, la petite Simone qui courait déjà partout. La même fenêtre en face d'elle, un peu plus loin. Par-delà les conversations, la route immobile sous la poussière de printemps.

Les cantonniers des six paroisses de l'Odon avaient creusé le sol, excavé puis aplani durant de longs jours. Elle courait, à présent, lisse et bombée sous les pneus des voitures, pour la Chenard et Walker que René venait juste d'acheter. Un événement que Victorine n'avait pas eu le temps de prendre en compte. « Il n'y a pas si longtemps, pourtant... » Victorine touchait son front, un léger vertige, une absence passagère. Elle entendait encore les roues de bois cerclées de fer entre les pierres, les cris des conducteurs de charrois qui s'arrêtaient au café. Et le chemineau, celui qui poussait son orgue de Barbarie et qui savait faire chanter sa mère ? Et la corne du marchand de glaces, sur son vélo ? Et la Marie-Victoire, ou la Richomme ? Des ombres, rien que des ombres sous le même soleil.

« Mange un peu, maman, ça te fera du bien. » René posa la main sur la sienne. A la fin du repas, Eugène se pencha vers elle à son tour : « Dis donc, ce manteau tout neuf que tu lui avais acheté. Demain, j'irai le reporter à Villers, ils nous le rembourseront.

— Après tout, tu as peut-être raison. » Elle ramassa les couverts, plia la nappe. « J'irai avec toi, on prendra la carriole et Bijou. »

La fraîcheur et le soir tombaient encore vite. Victorine, tête baissée, à côté d'Eugène comptait l'argent du manteau. « Bien commerçants, ces Lefèvre ! » Le long de la route, les haies avaient fleuri.

« Une chance qu'on n'ait pas eu de pluie ! » Elle releva la tête, apaisée. Eugène, qui tenait les rênes dans sa main, se tourna vers elle : « T'as vu ce matin, avec la voiture ?

— Evidemment, dit-elle, ça gagne du temps. » René pour sa tournée avait quitté la boulangerie à huit heures, il y était revenu à dix. Deux heures seulement alors qu'avec la carriole il en fallait quatre. Victorine se tenait droite, son grand châle noir en laine serré autour de sa poitrine. On ne sentait plus les cahots d'autrefois, la route avait vraiment bien changé d'aspect. De temps en temps, à cause d'une voiture, Eugène criait ou tirait les rênes pour empêcher Bijou de se cabrer. « Un gain de temps », avait reconnu Victorine. Eugène comprit qu'elle avait enfin accepté. Il trouva le moment propice. « Que dirais-tu d'aller aider Pierre, le samedi ? » Une idée qu'il s'était forgée pour lui trouver un dérivatif, une occupation. Son frère avait déjà donné son accord, elle pourrait tenir la caisse.

Elle sursauta, un premier mouvement de surprise négative, puis elle se mit à réfléchir. Eugène continua : « Avec l'autocar maintenant, ce serait facile. » Victorine regardait les champs plus loin, les vallons ; on y distinguait encore des touffes d'osier logées entre les mousses et les fougères, les haies de charmilles, de coudriers et d'aubépine. Suivant le chemin, tout à coup, des nappes de senteurs mouillées qui arrivaient puis disparaissaient, dentelles de brume au-dessus des champs.

« Si ça peut rendre service », dit-elle. Eugène pressa légèrement l'allure, les premières fermes du bourg apparaissaient entre les branches des grands *fays* (hêtres). A cet endroit, il redoutait toujours une attaque, se souvenant de ce qui était survenu à Victorine. Il scruta les environs, vers Mesnil-Ozouf et Brémoy, le ciel virait au rose sur la colline. « C'est de la pluie pour demain ! » dit-il, puis, en plissant les yeux, il aperçut le carrefour avec la boulangerie et le palmier dans la cour.

Il descendit avant elle : « La semaine prochaine, nous irons voir les cosaques, j'vais en parler à René ! » Il n'avait pas oublié : l'affiche bleu et rouge sur la place de Villers : « Grande parade de chevaux avec les cosaques de la Volga. »

« Tu vois, avait commenté Eugène, remonté par Pierre et René, eux ce sont les blancs, les vrais, pas ces salopards de communistes. »

Victorine s'était renseignée à la mairie. Des Russes blancs chassés de leur pays par la révolution et qui n'avaient que ce moyen pour survivre. « Qu'est-ce que j'te disais ? » Eugène s'était emporté : « Chassés comme des fis d'garce par les bolchéviks alors qu'ils ont fait la guerre comme moi, comme toi, Edmond ! (Il prenait l'employé à partie.) Les rouges on sait c'que c'est : des bandits ! T'es pas d'accord, toi ?

— Si, si », un acquiescement rassurant plutôt que convaincu. L'autre, derrière son guichet, gardait son calme.

« Ah ! vous les hommes, avec vot'politique. On n'est pas là pour ça ! » Victorine gênée l'avait pris par le bras : « Depêchons-nous, nous n'avons pas beaucoup de temps ! » Il s'était tu parce qu'on ne parle pas de politique aux femmes. Mais le soir, avec René, tout avait recommencé.

Le père influencé par son fils et son frère, d'accord contre les rouges, les partageux, contre Edouard, l'instituteur laïque. Victorine, en fermant la grille, imaginait le dimanche suivant lorsqu'ils seraient tous réunis pour le repas dominical. Combien de fois déjà elle les avait entendus se disputer :

« Toi, l'môsieur fonctionnaire, t'as même pas fait la guerre. » René provoquait son frère, encore plus véhément depuis leur face à face d'Aunay. « Moi, j'étais dans les tranchées, je sais de quoi je parle. » Edouard se levait, quittait la table. Ça les refroidissait tous, d'un seul coup ! Victorine devait courir derrière, le rattraper presque suppliante, il revenait pour elle, s'acharnait avant de se rasseoir : « Le fonctionnaire, tu sais c'qu'il te dit ? »

Eugène intervenait juste avant la relance : « Suffit ! tous les deux ; on les connaît vos histoires ! »

« Assez ! assez ! » Les voix des autres se joignaient à la sienne. Les deux frères attendaient un peu puis se réconciliaient autour du calva et de la tarte aux fruits.

« Tout ça pour en arriver là ! » soupirait Victorine. Mais la scène se déroulait au fond d'elle, machinalement, elle les connaissait tous autant qu'ils étaient, autant qu'elle avait appris à les cerner, les prévoir. Elle essuya ses pieds devant les marches : « Je vais faire une omelette aux cives ce soir, ça suffira bien ! » La porte se referma.

## 33

Le 13 avril 1926, ce fut Andrée, une autre fille. Seul, René, déçu, encore plus déprimé par la naissance récente d'un garçon chez Edouard, se plaignit à son père. « Une pisseuse de plus !
— T'en fais pas, vous en aurez d'autres... » Dans la petite maison de Marie-Aimée transformée à son goût, Eugène préparait les graines à semer. « Ici, je suis chez moi ! Ta mère, elle est gentille, mais toujours à regarder ce que je fais ! » René s'assit. « Demain, tu y vas ? » Il montrait la première page de *L'Action française* : « Exécution publique, demain à Vire. »
« Pour voir guillotiner un curé ? Le spectacle attirera du monde.
— Tu penses ! Un curé qui tue sa maîtresse enceinte. Je suis sûr que ça va dégénérer en bagarre politicarde.
— C'est toujours pareil, dit Eugène, de la récupération, c'est c'qu'ils font tous, moi, j'm'en mêle pas ! c'est une affaire de justice.
— Tout d'même ! Pierre ne devrait pas...
— Quoi ? fit Eugène, il y va ?
— Il voulait m'emmener aussi mais j'ai refusé. Ils sont persuadés que c'est un faux procès. Tu me vois (René se

leva, bomba le torse), tu me vois en train de crier "Vive le comte de Paris !" alors que la tête de ce malheureux...
— Connerie ! coupa Eugène, c'est le vote qui doit sanctionner le choix. Leurs défilés, ça sert à rien ! »
René changea de conversation : « Albert va se marier, il se souvient toujours des promesses de maman, il compte s'installer à Saint-Lô.
— On fera ce que ta mère décide », dit Eugène.
Ils marchèrent jusqu'à la porte ; des gens ralentissaient leur carriole sur la place de l'église, se penchaient pour voir le palmier : « Guêt illo mé cha\* ! » entendait-on.
Il y avait de quoi s'étonner ! Le ciel de ce bocage convenait si peu aux larges feuilles, à cette touche d'exotisme sur fond de grisaille... Pour Victorine, il était devenu un point de ralliement où son regard puisait sa force. De la fenêtre de sa cuisine, elle le contemplait, assistait à son développement comme à celui de la boulangerie-graineterie : en spectatrice. Elle recevait l'argent du bail à la Saint-Michel, une preuve que le commerce se maintenait. Lorsqu'Albert se maria, elle l'aida à s'installer comme convenu, puis Charles fut engagé. Tout juste sorti de son service militaire, il relaya Albert deux jours plus tard.
« Tu vas devoir travailler ici ! C'est pas du repos. » René le bouscula dès le début. « D'abord, tu regardes bien comment je fais, après tu essayeras. »
« Il faut voir tout de suite si on peut en tirer quelque chose, si le travail ne leur fait pas peur. » Victorine conseillait Marcelle tout en préparant la grande lessive. Pour un peu, elle aurait voulu recruter elle-même le nouvel ouvrier. « Un bon apprenti doit aimer son métier, n'est-ce pas, Eugène ? » Eugène inclinait vaguement la tête, occupé à soigner le palmier : « C'était un bon gars, Albert ! »
Victorine et Marcelle apportaient les piles de linge, des draps surtout, dans le cuveau prêt sur la carriole. Deux fois par an, la corvée de la grande lessive. Victorine se tourna vers Eugène : « As-tu les cendres ? » Il se releva lentement,

---

\* Regarde-moi ça !

sa main sur les reins : « J'y vais. » Les deux femmes placèrent les gros savons de Marseille dans un panier. « Manque plus que les cendres », dit Marcelle. Elle aperçut une Citroën qui se garait devant la graineterie. « Voilà Pierre ! Il vient chercher son maïs, je vous laisse, maman. » Elle partit en courant, sa robe de cotonnade battait le bas de ses jambes, se fondait presque dans le décor des arbres fruitiers. Victorine la suivit des yeux, remarqua les fruits au bout de l'allée : « Il ne faut pas oublier les confitures, à la fin de la semaine, je commencerai. »

Eugène revint d'un pas égal. En compagnie de son frère, ils jetèrent un coup d'œil sur les pousses de pommes de terre, les salades, les fraisiers, un travail minutieux, jour après jour. Eugène tendit une pouche à Victorine : « Tiens, elles viennent tout droit du fournil ! » Ils échangèrent encore quelques mots avant que Pierre ne les laissât. On le voyait plus souvent à la boulangerie depuis que la mairie avait accepté l'ouverture de ses abattoirs, à l'extrémité du pays. Maintenant, compte tenu des relations qu'il se faisait par son activité politique, son affaire lui ramenait des clientes inattendues. Par le premier train, en provenance de Caen, des bourgeoises endimanchées demandaient pour elles-mêmes ou pour un de leurs enfants de grands verres de sang chaud, tirés d'une bête encore palpitante. « Avec ça, recommandait l'Académie de médecine, on passe des hivers sans maladies ! » Elles étaient là avec leurs inflexions de voix comme font celles de la ville, feignaient d'être écœurées par le spectacle ahurissant de cette monstrueuse tuerie. « C'est affreux ! Comment pouvez-vous supporter cela ? » Elles posaient une main sur leur gorge, une autre sur les yeux, un petit réticule en velours se balançant mollement à leur poignet. Pierre ironisait :

« Et le pot-au-feu que vous mangerez, dimanche, il vient d'où ? On l'a pas cueilli entre une rangée de jonquilles et des pâquerettes ! »

Elles devaient le trouver, soudain, terriblement « d'ici », avec sa vieille blaude éclaboussée, ses bottes rougies. Elles se détournaient pour faire boire au petit le verre en question ou le buvaient elles-mêmes en réprimant le haut-le-cœur de circonstance. Pierre remarquait les traces autour de leur bouche. Puis, comme s'il fallait que tout se passât vite, elles offraient trois sous au commis, un billet pour « la maison » et repartaient jusqu'à la gare attendre le prochain train.

## 34

Octobre 1931. René, le dos contre le mur, les pieds croisés, mouilla son papier à cigarettes. Il se tourna pour allumer, une main repliée au bord de la casquette. La route devant lui filait jusqu'à la grande côte, sèche et lisse avec des soulèvements de poussière brune. Il perçut le léger grincement de la grille, contrôlé par un mouvement prudent, puis la voix de son père : « Il me semblait bien t'avoir aperçu. »
Ils firent quelques pas ensemble. « Tu n'as pas l'air d'avoir dormi, pourtant. » Eugène regardait son fils, son double. Cette ressemblance, presque un piège qu'il discernait parfois dans un éclair. La même façon de s'habiller, de se tenir. « Sauf les yeux, c'est toi tout craché », disait Victorine. « Pourtant... » Sa phrase en suspens flotta dans l'air, rebondit entre deux courses de vent froid. « J'suis tellement élugé (énervé), j'arrive pas à y croire. »
Ils s'arrêtèrent presque en même temps. L'exubérance de la veille les laissait encore étourdis. René avait toujours dans les oreilles le cri de sa belle-mère avec la porte qui claquait contre le mur sous la violence de la poussée :
« Ça y est, ça y est ! » Il s'était levé d'un seul coup, en

colère contre elle qui ne faisait que battre des mains : « Ça y est quoi ? Parlez, merde ! »

Une explosion en lui, bien plus forte que l'angoisse qui le torturait depuis des heures. Dire qu'un an avant, il y avait eu Denise et l'année d'avant encore, Antoinette...

Suffoquée, Félicité Godard avait dû se reprendre comme après un effort. « Vous avez enfin un fils ! » avait-elle fini par dire froidement avant de claquer la porte dans l'autre sens. René retrouvait les images, sentait aussi la main de son père sur son épaule, quelques tapes chargées d'émotion puis l'air de ce matin d'octobre qui revenait, les herbes déjà rares sous leurs chaussures cloutées.

« On va l'fêter, celui-là ! » Eugène, bon vivant, imaginait la table. « Elle a bien travaillé, Marcelle ! » René sourit, les femmes d'ici, larges et robustes qui accouchaient un jour et partaient au champ le surlendemain, mais Marcelle n'était pas de la terre, elle avait prévenu : « Si c'est une fille, tant pis, de toute façon ce sera la dernière ! » On lui avait donné les éternels conseils : « Dormez sur le côté droit ! Mangez salé et poivré ! Et beaucoup de viande, surtout. » Victorine s'était même déplacée jusqu'à Lourdes !

« Voilà ta mère. » Eugène toucha René du doigt. Devant eux, Victorine avec sa pèlerine noire et son grand tablier gris courait en criant : « Il a eu sa première tétée ! »

Baptême et banquet suivirent de peu, juste le temps pour Marcelle de se remettre. Les passants de la route, les voisins s'amusaient de voir les fenêtres ouvertes, d'entendre le brouhaha familial. Les clients du matin qu'on avait tenu à servir avaient demandé le menu, fait des commentaires. Autour de la table, contre l'avis des femmes, René avait placé le curé Amiard à côté d'Edouard. De temps en temps, il poussait du pied son père ou son oncle Pierre, pouffait en se cachant dans sa serviette. Au moment du trou normand, Eugène avait brandi une bouteille sans étiquette : « Celle-là, c'est pour les hommes, cramponnez-vous ! » L'alcool rude, brûlant, amena des larmes à tous les yeux. « Nom dé gousse ! C'est ben d'la vraie ! Où donc la trouves-tu ? » Eugène secoua la tête. Pas question de leur livrer ses secrets.

« C'est comme les mûches à champignons, on y va mais on s'les garde ! »

Il regarda Victorine qui tenait P'tit René dans ses bras. Elle le fixait sans un mot. « Tenez ! » dit-elle à Marcelle en lui tendant le bébé. Elle se leva brusquement sous les applaudissements : « J'ai une grande nouvelle à vous dire. » Elle portait un corsage blanc, tout neuf, acheté la veille à Aunay ; sur le col officier, elle avait épinglé un petit camée juste à la base du cou. Ses yeux s'attardaient sur Eugène qui cognait la lame de son couteau contre un pied de verre. S'il avait bien voulu la dévisager à ce moment précis, il aurait vu le soleil derrière elle, du côté des landes, avec ses cheveux gris, ça lui dessinait comme une aura de feu et de cendres. « Il lui va bien, ce corsage ! » dit tout bas Marcelle à sa mère mais Victorine continuait : « Edouard et Gabrielle nous invitent à aller voir l'Exposition coloniale à Paris. » Ils applaudirent à nouveau, sifflèrent, sauf Eugène qui se méfiait.

« J'irai, bien entendu, seule, dit-elle spécialement vers lui. Puisque après toutes les bouteilles que tu nous as sorties aujourd'hui, il faudra que tu ailles en rechercher... Deux jours ne seront pas de trop ! » Elle se rassit au milieu des rires et des doigts qui se tendaient vers Eugène, mécontent. « Elle a encore eu le dernier mot ! » pensa-t-il. René en profita pour lever un autre verre : « Au voyage à Paris ! » Victorine fut la seule à ne pas répondre à son geste. René détourna son regard sans insister, heureux sans doute que le banquet permît la diversion.

En fait, cela lui causait un réel chagrin de voir Marcelle si près de lui, épanouie, serrant le bébé, un œil sur les petites qui se glissaient de l'un à l'autre. Personne ici ne semblait la suivre, s'inquiéter. Elle repensait à Aunay, la semaine passée. Dans la boucherie de Pierre, une bavarde comme il y en a tant l'avait narguée : « Depuis qu'il fait de la politique, vot'René, il aime bien venir par chez nous ! » Victorine avait froncé les sourcils tandis que Pierre, gêné, s'était retourné :

« Ah ! madame Regnaud, heureusement qu'on vous a

pour le petit journal ! » Mais la commère en avait déjà trop dit pour s'arrêter. « C'est vrai qu'elle est mignonne, la Georgette... et qu'elle suit son père partout, on dit même qu'elle écrit ses discours ! Allez, à tantôt ! »

La porte refermée avec son tintement de clochette, Victorine interrogea : « Qui est-ce ? Qu'est-ce que cela veut dire ? » Pierre tenta de noyer le poisson mais Clémentine, sa femme, s'épancha : « Ils se sont rencontrés deux ou trois fois chez nous, aux réunions de Pierre. Au début on ne pensait pas et puis voilà que ton René... (elle prit l'air contrit de quelqu'un qui n'y est pour rien mais qui compatit), c'est la fille d'Enguehard, un boulanger de Vire qui se démène comme un fou pour sauver les petits commerces. » Victorine la fit taire d'un signe : « Ça suffit ! Le reste ne m'intéresse pas ! »

Le soir, en rentrant par l'autocar local, plein à craquer de fermiers avec leurs volailles qui revenaient des marchés, elle observa le plus strict silence sur cette nouvelle. Marcelle allait accoucher, il valait mieux éviter le drame et d'ailleurs elle ne parvenait pas à y croire tout à fait. « J'enquêterai moi-même », se dit-elle.

René s'absenta de plus en plus souvent. Tranquillisé par la présence des commis, il expliquait aux Godard, à Marcelle, que la politique était la seule manière de sauver l'avenir. Son avenir à lui avait un teint pâle, des cheveux noirs et la forme de cette inconscience doublée d'illusions qui caractérise les vingt ans. Il aimait la ferveur de ses engagements, la passion qui l'habitait tout entière lorsqu'elle n'hésitait pas à soutenir publiquement son père, l'ami de Pierre. Les réunions dans l'arrière-boutique de son oncle servaient de prétexte à ce face à face dont ils n'avaient ni l'un ni l'autre mesuré le besoin, au début. Veillés par les portraits du colonel de la Roque et du comte de Paris, assemblage curieux dont Pierre était le seul à s'enorgueillir, ils avaient appris à se découvrir, inévitable manœuvre de futurs amants.

René tomba donc, le cœur en premier, dans cette embuscade dont il avait oublié les délices, à la façon dont un enfant se jette sur un dessert après une trop longue punition. Et Victorine ne put rien empêcher, il lui échappait. Malgré la naissance du petit, l'assurance avec lui que le fonds ne serait pas vendu ni leurs biens dispersés, elle entrevit un nouveau gouffre.

René parti pour la journée, elle accompagnait les aînées de ses petites-filles à l'école ; trop chagrinée dans son attente, sa révolte à l'idée de ce fils volage, elle ouvrait son carnet de route, y concentrait son énergie. Elle y décrivit sa visite à l'Exposition coloniale du bois de Vincennes. Son dépaysement incroyable devant les monuments ou les « sauvages » qu'on exhibait comme des pantins. L'horizon exigu dont elle n'avait jamais dépassé les limites et qui soudain avait éclaté. Ses mots sur le papier avaient tout fixé, mieux que les pâles photos d'Edouard. La mosquée du Soudan en argile rouge, la tour d'un palais de Madagascar avec des têtes de zébus sculptées dans le bois, ou bien encore le temple d'Angkor-Vât sous les lumières roses, orange et vertes des projecteurs. Elle en noircit sept pages, sept pages pour deux jours ! Elle si laconique, si parcimonieuse de ses mots comme de ses impulsions. Eugène s'était moqué d'elle : « Les colonies, les colonies... Nous aussi, on a un palmier ! » Une occasion de plus pour rire. Il s'était éloigné en préparant une prise, la laissant contrariée.

« Tu n'te rends pas compte, lui cria-t-elle ; toi, à part le pain... »

Le seul jour où ils se retrouvèrent côte à côte au bord de la route, ce fut pour le passage d'Albert Lebrun. Les journaux régionaux avaient annoncé l'événement trois mois à l'avance, on avait même vu une troupe de cantonniers vérifier les accotements de la grand-route, sans compter les allées et venues des gendarmes. Une préparation d'au moins trois semaines pour un passage de trois minutes. Mais tous, endimanchés et chapeautés pour la circonstance, massés le long du cortège ou grimpés sur des chaises, l'avaient vu. Il s'était dressé à un moment, avait soulevé son chapeau vers la foule. Assez grand, petite moustache et cheveux plaqués. « Il ne me plaît pas ! », avait dit Victorine, déçue.

« Tu t'attendais à quoi ? s'étonna Eugène. C'est un homme qui a d'la tête, pas un guignol ! Vous les femmes, vous êtes bien toutes pareilles, heureusement que vous ne votez pas ! »

Marcelle et les Godard les avaient finalement réconciliés devant une part de tarte et du cidre alors que le chef de l'Etat s'arrêtait à Vire où le boulanger Enguehard devait lui remettre solennellement une pétition. La politique, il est vrai, allait en peu de temps transformer l'activité de toute la boulangerie.

## 35

La glace ébréchée, au-dessus du lavabo, renvoyait en partie les pleins et les déliés de leurs corps sous le drap blanc. Une fois par semaine, ce petit hôtel minable de Langrune les accueillait. Ici, on respectait leur anonymat ; la patronne les saluait d'un clin d'œil, la main sur le billet avancé par René : « J'vous ai gardé la 13, comme d'habitude, ça porte bonheur ! »

René entourait les épaules de Georgette, ils gravissaient les marches lentement jusqu'à l'étage où par endroits la peinture des murs se boursouflait, s'écaillait sous l'humidité.

« Viens. » La porte, le lit enfin... Cette hâte, ce désir accumulés qui les joignaient dans le désordre de leur trouble. Depuis un an, ils fréquentaient les mêmes assemblées, partageaient le même idéal mais c'était elle surtout la fougueuse, l'acharnée.

« Il faut se battre, lui disait-elle, faire confiance à La Roque, sinon nous, les artisans, on s'ra écrasés, mangés sou par sou ! »

Affranchie, elle s'arrachait souvent la première : « Nous deux, ça ne durera pas. »

René n'osait pas répondre, lissait ses cheveux qu'il gominait maintenant pour lui plaire : « N'y pense pas ! » Mais sa lucidité après le plaisir, une tristesse qui le frappait. Elle se rhabillait déjà. Il allumait alors une cigarette sans rien dire, détaillait la courbe de ses hanches, ses jambes fortes de femme solide. « Le gars Mirey, tu le vois toujours ? » Elle refermait le dernier bouton de son corsage, se retournait vivement : « Je suis libre, non ? » René hochait la tête en silence, secouait le bout de sa cigarette au-dessus du cendrier : « Tu as raison, il vaut mieux que tu n't'attaches pas trop à moi. »

Ah ! leurs mots après l'amour... La faculté qu'ils avaient de retrouver leur coquille intacte, de s'y enrouler à leur guise, une fois leur plaisir fini. Elle arrangea ses cheveux devant la glace : « Tu m'dis ça comme les autres, et si la semaine prochaine je n'voulais plus ? » René enfilait la veste du costume qu'il portait encore pour elle. « C'est que quand on est d'la droite, ironisait Edouard, on doit s'habiller en Môssieur ! »

Ils sortirent un peu loin l'un de l'autre, descendirent jusqu'à la plage avant de quitter Langrune. « T'es comme ça ! » dit René en lui montrant la mer. Le vent froid de janvier les rapprocha, ils suivirent le vol alangui de quelques mouettes au-dessus de la grève.

« Je dois rentrer, fit René, ils m'attendent. » Le moment le plus difficile arrivait. Avec sa camionnette, il la déposa à la gare avant de retourner seul vers La Ferrière. « Ne reste pas sur le quai, disait-elle toujours un peu triste, je n'aime pas les adieux ! »

Pour supporter l'éloignement, la perspective oppressante de la séparation, il s'inventait une importance, marchait sur la voie qu'elle lui traçait comme un phare indique la route aux bateaux. Il l'avait acceptée dans sa vie sans se poser de questions, parce que dès le départ, elle avait placé leur rencontre sous le signe de l'éphémère. « Ce qui compte, c'est notre travail, ce que nous aurons fait ensemble pour la corporation, pour le pays. » Elle n'exigeait de lui qu'un attachement, celui à leurs croyances. « Pour le reste, disait-elle, on ne se doit rien ! »

Les jours ne tardèrent pas à lui donner raison. Déjà

étendue aux autres pays, la crise mondiale atteignit fatalement la France. Dès 1933, l'économie commença sa traversée obscure, fit connaître aux campagnes comme aux villes les premières difficultés.

A La Ferrière, par souci d'épargne, les paysans rallumèrent leur four à pain, se vantant de cuire mieux que leur boulanger. La menace était plus que sérieuse. Un matin de juillet, René s'inquiéta : « Bien sûr, nous avons un syndicat maintenant (il tenait dans sa main le premier exemplaire du *Messager de la boulangerie du Calvados*), mais la taxe est lourde ! » Dans leur cuisine, face à lui, Victorine et Eugène l'écoutaient.

« Ça vient de loin, tout ça, dit Eugène, j'y comprends plus grand-chose mais j'ai l'idée que ça va mal tourner.

— Tous les journaux sont d'accord, les faillites vont se multiplier. » Elle avait mal, Victorine, quelque part au fond d'elle une morsure s'avivait. Elle croisa les bras, les décroisa, cherchait un refuge.

« Ils importent même des grains d'Amérique, continua René, et puis nos gens n'ont plus de sous, ils préfèrent manger le produit de leur terre plutôt que d'acheter du pain chez nous. »

Victorine marchait de long en large, une impression de se heurter partout dans cette pièce soudain étroite. Et cette envie de l'attaquer, de lui dire enfin que rien ne pouvait durer ainsi, qu'il devait choisir une fois pour toutes, là devant elle et Eugène. Elle réfléchissait encore, se remémorait les jours anciens, elle qui avait toujours vécu ici. Le moment ne lui paraissait pas opportun, leur commerce passait avant tout. Elle s'immobilisa :

« Si tu reprenais l'échange ? Le père m'a raconté... » Elle persistait à l'appeler ainsi, ne gardait de ce père que des images confuses ou trop précises, une preuve qu'il lui avait manqué. « Il l'a pratiqué et ça marchait assez bien, paraît-il. » René et Eugène se regardèrent. « Tu n'as pas grand-chose à perdre, dit Eugène, essaye donc !

— Je vais écrire au préfet tout de suite ! » Victorine se dirigea vers le buffet, ouvrit un tiroir.

« Et si ça ne marche pas ? demanda René.

— C'est ta seule chance, seulement quelques paysans au début et les autres suivront. » Eugène avait raison. Que quelques-uns acceptent d'échanger leur farine contre du pain, les autres auraient tôt fait de les imiter, du moins pour la plupart.

« C'est bon ! » René fit un signe à Victorine ; elle s'était déjà assise, trempait la plume d'acier dans la bouteille d'encre noire. En un quart d'heure, elle s'était métamorphosée. La force de ses doigts et l'accélération du sang sous la peau de ses joues : le sentiment d'être à nouveau utile. Enfin, elle pouvait encore quelque chose pour le fonds. René, d'un coup de menton discret, la montra à Eugène. Entre eux, juste un regard pour s'accorder. Eugène s'approcha de la fenêtre pour qu'elle ne voie pas son sourire, souleva le rideau :

« Voilà les filles ! » dit-il. Au bout de l'allée, Simone et Andrée revenaient de l'école. Elles agitèrent les mains vers leur grand-père.

« Dis-leur d'attendre un peu, j'ai presque fini. » Victorine donna la lettre à René. L'attente fut certainement la partie la plus lourde de ces tractations. Le préfet ne se décidait pas vite. Chaque jour, en prenant son pain, Victorine interrogeait Marcelle : « Alors ?

— Rien, Bonne Maman, mais pour la mine vous avez entendu ?

— Hier, j'ai vu monsieur le curé, il m'a dit qu'ils allaient se remettre en grève.

— C'est comme si c'était fait. Ce matin, j'ai eu trois femmes de mineurs dans la boutique, elles m'ont dit la même chose : ils n'en peuvent plus.

— C'est mauvais signe ! » Victorine laissa tomber un bras, crispa les doigts sur sa jupe. « A Paris, c'est pire, les ouvriers défilent, se groupent. Pierre et René disent qu'il faut le colonel de la Roque pour remettre de l'ordre.

— Eugène aussi, mais ça ne nous fera pas vendre plus de pain ! » Marcelle mit les mains dans les poches de sa blouse blanche, soupira avant que le quotidien ne reprenne son droit : « P'tit René perce ses grosses dents. »

Au bout du compte, il fallait toujours qu'elles le rejoignent.

Le bouillonnement s'intensifia. De longues semaines plus tard, le préfet donna enfin son accord pour les cantons les plus pauvres. René pouvait échanger farine ou blé contre du pain. En calculant serré, il en gardait pour lui tout en continuant de servir ceux qui préféraient adhérer à l'ancien système. Une manière de préserver la clientèle.

Comme prévu, les mines fermèrent. Victorine s'habitua à voir des groupes d'hommes qui passaient devant chez elle, agités ou tragiquement silencieux. Certains osaient pousser la porte de la boutique, le soir : « S'il vous plaît, j'ai des gosses à nourrir... » Marcelle leur offrait souvent une baguette : « Ne dites rien, surtout ! » Elle les pressait de partir avant qu'on ne la surprenne. Sa mère était plus dure, la sermonnait : « A quoi ça te sert ? Ils n'avaient qu'à continuer de travailler ! »

Un jour, Léon l'avait entendue parler ainsi des grévistes. « Madame Godard, sauf vot'respect, avait-il dit, moi aussi il m'arrive d'avoir faim... » Il n'avait rien ajouté hormis l'insistance d'un regard qu'elle n'avait pu soutenir. C'était bien elle qui était chargée de leurs repas ; elle comptait juste, trop juste ! Combien de fois Charles et lui n'avaient-ils pas grignoté des croûtons de pain rassis ? Léon attendait son tour, il le disait à Charles : « Nous aussi, on aura notre revanche. Dix francs par jour pour quinze heures de travail et rien à bouffer. Tu verras ! » Charles le reprenait maladroitement, pas méchant, le Léon. Mais sa jeunesse l'exaltait. « Fais pas d'conneries, moi, j'tiens à ma place ! » La prudence engrangea d'abord leur colère à la façon dont on amasse des réserves pour l'hiver. Tout cela n'était peut-être qu'un feu de paille, un intermède qui risquait de mal tourner ?

Léon n'avait nulle envie d'abdiquer, ce que pensait Charles, au fond, ce n'était pas son affaire ; lui, il rêvait d'aboutir. Il se fit des amis sûrs parmi les mineurs, les ouvriers qui construisaient l'avenir, le poing tendu, le couplet facile : « C'est la lutte finale... » Mais il y avait les autres, ceux qui comme Pierre ou René, Georgette et Lucien Enguehard, accrochés à leur patrimoine, leur modeste capital sauvé, développé à force de privations et de travail, s'imaginaient, inconscients, uniques détenteurs de la vérité.

Et René dut en faire, à ses dépens, la brutale expérience. Après la terrible fusillade parisienne de février 34, les Croix-de-Feu locaux, doublés des Camelots du roi, décidèrent d'organiser un grand rassemblement à Vire. René pressentit le danger, tergiversa : « Et si je n'y allais pas ? » Mais qui lui pardonnerait son absence ? Certainement pas Pierre Fauvel dont il imagina l'habituelle faconde : « Salaud ! Lâche ! T'as pas d'couilles ou quoi ? ! » Bien entendu, il se débrouillerait pour le provoquer ainsi devant Georgette et son père, tout juste ce qu'il fallait pour le ridiculiser, pour qu'elle le méprise. Au fait ! Quinze jours qu'il était sans nouvelles d'elle. Avec tout ce qui se tramait ici, les calculs fastidieux de l'échangisme et la surveillance des ouvriers, Léon surtout qui affichait de plus en plus son arrogance, il n'avait pas bougé. Le choix lui parut impossible. Ne serait-ce que pour la revoir, il devait s'y rendre, défiler aussi.

Il partit à vélo, laissant en sûreté sa camionnette. Mars retenait sa lumière, un faux printemps jouait encore au froid et à la pluie. La route lui sembla exténuante sous l'eau du ciel et les éclaboussures des voitures qui le dépassaient. A son arrivée, Vire apparut déserte, repliée sur elle-même. C'est à peine si on la devinait vivante tant son silence soumettait chaque maison, chaque pavé. Il posa son vélo contre un mur, enfonça sa casquette avant d'enlever les pinces qui enserraient ses jambes, sous les pans de son manteau.

Avant de descendre la rue du Calvados, René jeta un coup d'œil autour de lui. Il attendait la clameur, savait qu'elle ressemblerait d'abord aux chants des vagues amenées par le vent ; sourde, lointaine, puis elle déferlerait sur la rue de plus en plus précise et tout à coup, elle serait là. Dix petites minutes de patience, le temps de rouler une cigarette pour tromper l'anxiété. Il se posta à l'angle du carrefour. Quinze heures dix ! Ils arrivaient !

Un groupe impressionnant d'hommes en rangs serrés avançait. Bérets, brassards, drapeaux, rien ne manquait. Des fenêtres s'ouvrirent, des têtes apparurent, on applaudissait, on grondait, des poings menaçants se tendaient ou agitaient des bouts d'étoffe rouge. Et eux, en bas, presque impassibles, une masse compacte, déterminée : « A bas la République achetée par les Juifs ! », « A bas les vendus de la nation ! »

Tout en avant, René reconnut Pierre et Lucien Enguehard. Sur le côté, parmi les jeunes qui assuraient le service d'ordre, il aperçut aussi Georgette qui distribuait des tracts aux gens sortis sur le pas de leur porte. Il s'avança. « Ah, tu es venu ! » dit-elle seulement. Elle continua son travail, indifférente à sa présence. A quelques mètres derrière, un jeune homme blond en costume sombre les fixait : Jean Mirey ! René n'insista pas, il rejoignit Pierre et Lucien, les salua. « Merci d'être là ! dit Pierre, je te verrai après. Rendez-vous au café Françoise, rue d'Aignaux ! » Un inconnu le toucha à l'épaule : « Tenez ! voici des tracts, tâchez d'en glisser quelques-uns. » On le poussa amicalement vers un trottoir. René se retrouva les mains encombrées d'un paquet de feuilles : « La France est en danger ! Le gouvernement a protégé l'escroc Stavisky ! Agissons pour sauver notre pays des rapaces juifs ! » La manifestation prenait de l'ampleur. Des nouveaux venus, canalisés à grand-peine, grossissaient les rangs, scandaient à tue-tête les slogans de l'Action française. René perdait pied. Des épaules pressées le bousculèrent : « Alors ? T'avances ou tu restes ? » Il se vit entouré de toutes parts, une sensation de piège qui se refermait dont il ne pourrait plus s'échapper. Un coup plus fort que les autres, sa casquette tomba, foulée, piétinée par des centaines de chaussures. C'en était trop ! il écarta ses doigts, les feuilles de papier s'étalèrent en tapis sur les pavés. Certaines, soulevées par le vent, atterrirent dans des flaques et l'eau des caniveaux. Il obliqua, se faufila à travers l'essaim vociférant ; fuir, abandonner cette foule, il n'avait plus que ça en tête ! Il se retrouva en sueur, les jambes molles contre une façade de maison, étonné d'avoir réussi sa percée. Battre en retraite ne signifiait pas lâcheté. Il avait sous les yeux, dans les oreilles, les mots, le comportement de Georgette. Il trouvait dérisoire d'avoir fait tout ce chemin pour elle, pour ce flot qui s'éloignait, s'enfonçait dans les rues sans lumière. Il mesura le temps, la distance, éprouva le malaise de celui qui doute d'un seul coup.

La boulangerie... Eugène, Victorine et Marcelle la douce, la tendre. « S'ils me voyaient ici ? » Une phrase du père Godard lui revint : « Les Blancs, les Rouges ! Alors t'as fait la guerre pour des couleurs ? ! »

Rentrer ! Reprendre son vélo et partir. René inspira, se mit en marche. Quelqu'un parla près de lui mais il n'y prit pas garde, résolu dans son projet. Une main le tira violemment par son manteau, le plaqua contre le mur. Deux jeunes hommes le forcèrent à les regarder, l'injurièrent : « On t'a vu ! Tu vas pas partir comme ça, ordure ! Torche-cul d'curés ! » Il essaya de lutter mais ces deux gaillards-là avaient la supériorité de la surprise et des armes ! Une pointe de canif se bloqua sur sa gorge. « Tourne-toi ! » Cette fois, il crut qu'ils allaient l'embrocher, le poignarder dans le dos et disparaître impunément sous les yeux des voyeurs qui guettaient la scène derrière leurs rideaux de cretonne, et qui jureraient n'avoir rien vu. Une fulgurante, insoutenable douleur écrasa son crâne, sa nuque. Sans même pousser un cri, René s'affala sur le trottoir.

## 36

« Il va s'en sortir ! » Toute petite, la voix d'Edouard, qui se tenait aux côtés de Victorine et d'Eugène dans la salle d'attente de l'hôpital. Marcelle ne restait pas en place, de la porte d'entrée à la fenêtre sur cour. Qu'est-ce qu'il lui avait pris à René, de venir jusqu'ici ? Victorine, près de Gabrielle, tassée sur sa chaise, les mains inertes sur les genoux, balbutiait des mots qui ne franchissaient pas ses lèvres. Eugène posa sa main sur la sienne, elle leva la tête : il était en tenue de jardinage, son vieux pantalon taché, sa veste au col, aux manches usés, et ses bottes crottées de boue. Quelle importance ? René ailleurs, des mains sur sa tête pour réparer, recoudre. Des mains aussi, autrefois, pour le tirer d'elle doucement, un sanglot avant le cri. On ne les protège pas assez, jamais.

Mois après mois, soin après soin, René s'en sortit. La crosse d'un fusil de chasse lui avait enfoncé une partie du crâne, il en garderait toujours les traces sous sa casquette. Grâce au témoignage d'un marchand de chiffons, la police arrêta les coupables. Mais de l'autre bord, combien d'hommes également attaqués, brutalisés, jetés pour morts ? La haine partout, sans parti, sans tendance, s'alimentait aux vapeurs grises et rouges, dans l'aurore jaspée de 36.

« Quand nous chanterons le temps des cerises... » Marcelle fredonnait sans bien se rendre compte. « Ne chante pas ça ! » disait René, un gros pansement sur la tête, docile avec eux tous depuis son accident. Dès son retour, Victorine l'avait sermonné en évitant le scandale : « Tes voyages, tes manifestations, c'est fini ! Je n'ai qu'un mot à dire à Marcelle et tu te débrouilleras seul. S'il fallait choisir, je te le dis tout net : c'est elle l'innocente, la mère de nos petits-enfants, on la garde avec nous et toi, une fois guéri, dehors ! Chez moi on n's'adonne pas* ! »

Il avait cédé, lassé de ses escapades, sans oser lui demander ce qu'elle savait exactement. D'autres motifs d'inquiétude le tourmentaient : l'ordre aux boulangers de fermer une fois par semaine leur boutique se doublait d'une évidence citée par tous les journaux : à la campagne comme à la ville, on mangeait moins de pain ! Qu'allait-il donc se passer ?

Fin 35, début 36, à l'affût derrière ses rideaux de cuisine, Victorine s'alarma : « Où vont-ils ? Mais où vont-ils ainsi ? » Des files de femmes, d'hommes sans travail et d'enfants poussaient des charrettes pleines, marchaient sur la grand-route de Bretagne vers une seule promesse : ailleurs.

Avec tout cela, Marcel Gautier, un ami de Léon, fonda le Syndicat corporatif indépendant des ouvriers boulangers. René était bien embarrassé : renvoyer Léon ? A coup sûr on l'accuserait. Alors ? Il patienta. Le jeune apprenti participa à Caen au grand défilé unissant tous les travailleurs syndiqués. En tête du rassemblement, un professeur de lettres du lycée Malherbe : Jean Michard. « Unissons-nous ! répétait-il, c'est là notre seule chance et notre force pour combattre le fascisme ! »

Ils s'unirent, et les élections d'avril furent un succès.

« Qu'est-ce qu'on va devenir avec ce Juif de Blum ? Tu l'connais, toi ? »

Dans l'atelier, *La Croix* à la main, René interpellait son

---

* Vivre en concubinage.

père : « Encore un "argentu" ! comme tous les youpins, paraît qu'il a des châteaux et des terres et qu'il mange dans de la vaisselle d'or ! Le socialisme ? Tu parles ! En tout cas, y prendront rien chez moi ! Les bolchéviks, j'en ai pas peur ! » Penché sur une serrure démontée, Eugène se cabrait de colère. « T'en fais pas ! Il a du pain frais tous les matins et c'est pas l'tien ! Va donc demander à ton frère, il doit l'connaître, lui ! » René souleva sa casquette en riant, tâta sur son crâne la marque des cicatrices, geste accompli souvent maintenant. « Edouard le rouge ! dit-il, le défenseur de la laïcité ! le protecteur des causes désespérées ! Tiens ! j'ai trouvé : la sainte Rita du socialisme ! » Le jeu de mots les fit s'esclaffer ; mais René, avant de partir, laissa son journal, gratta ses mains : « Ça va pas durer, ça n'peut pas durer ! Les congés payés, les assurances, et puis quoi encore ? C'est nos sous, tout ça ! »

Eugène le rassura : « Allez ! T'emballe pas, y'a toujours de l'espoir... » Le ton changeait, le dépit face au triomphe d'une politique qu'ils désapprouvaient, à laquelle pourtant ils devaient se plier. A la fin de l'été, la création de l'Office du blé, bureau national de l'Etat qui devait contrôler tout ce qui concernait le blé, la farine et le pain, inquiéta *Le Messager du Calvados* : plus que 60 p. 100 de farine française dans le pain.

René dut apprendre à côtoyer les feuilles d'allocations, d'assurances, les fiches de renseignements. Charles et Léon travaillaient leurs quarante heures par semaine, s'arrêtaient trois semaines en été mais les nouvelles des journaux continuaient de faire stagner l'espoir comme un bourgeon pris dans un gel tardif. Victorine n'y croyait pas ou plus.

« Ce Hitler, que nous prépare-t-il ? » On était à la fin de mars. Assise à côté d'Eugène sur le banc vert, elle allait comme toujours au-devant des choses, une prémonition qu'elle était peut-être seule à ressentir. Depuis quelques jours, le temps était doux, un semblant de printemps qui ne réjouissait pas Eugène :

« C'est trop tôt, ça va encore geler ! Gare à la lune rousse et aux saints de glace !

— Tu n'écoutes jamais ce que j'dis. » Elle s'impatientait de le voir détaché : « Je te parle d'Hitler !
— Les boches, on sait c'que c'est ! (Il désigna son épaule gauche.) Faut s'méfier ! »
Un vague regard sur le journal qu'elle lisait : « Tout ce qu'ils écrivent, c'est pas souvent vrai. En 14, ils nous avaient dit qu'elle ne serait pas longue, elle a duré plus de quatre ans ! »
Il se leva, s'étira comme un chat au soleil.
« J'ai bien envie d'enlever la paille du palmier. « Son quotidien l'emportait, il délimitait volontairement l'horizon comme s'il avait peur de s'égarer. Il lui laissait le doute, les soucis, refusait de les partager pour ne pas entrer dans son jeu.
« De toute façon, Blum ne restera pas, on en a marre ! C'est René qui l'dit ! »
Il marcha jusqu'au palmier, s'accroupit près du massif entouré de buis. Son domaine, pour lui, touchait à l'universel. Le silence alors arrivait, à peine rassurant pour Victorine qui fixait un point dans le ciel : « Mon Dieu, pas une autre guerre ! » Elle priait, passait les doigts devant ses yeux comme pour se protéger d'un danger. « J'en parlerai à Edouard. Lui il m'expliquera ! » Elle avança à petits pas jusqu'à la grille. Mais ni René ni Edouard ne sentaient comme elle la trame de l'avenir nouée, enchevêtrée sous l'apparence.
René ne s'accrochait plus aux vieilles querelles que par nostalgie. La folie du militantisme lui semblait évanouie dans la nuit des temps. Seul parfois le souvenir de Georgette rallumait un feu éteint, passager. Pierre Fauvel ne le talonnait plus ; depuis que Blum avait été élu, il avait décroché les portraits du colonel de la Roque et du comte de Paris. « On n'sait jamais... », avait-il dit. Les combattants se dispersaient ainsi, ensablés dans leurs rêves d'abordage. D'autres se tournaient vers l'est de l'Europe, fascinés par une doctrine qui n'avait pas encore révélé son vrai visage.
Dans son éditorial, *Le Messager* d'avril 1938 fit une large part à Daladier, le nouveau président du conseil : « ... A

une heure singulièrement délicate de notre histoire, le fils d'un boulanger du Vaucluse, où son frère continue à peiner au fournil, vient d'être chargé des destinées de notre pays... »

« Lui, au moins, c'est un Français, et il est de notre bord, cette fois ! »

Robert Thomas, un voisin, coupait court : « Cette fois quoi ? Et l'annexion de l'Autriche ? »

Chaque visiteur qui passait la tête dans le fournil entamait des discussions à n'en plus finir. René haussait le ton pour se faire entendre par-dessus les bruits mécaniques du pétrin ou de la brie : « Si on pouvait lui faire sa fête, au boche !

— L'Italie, l'Allemagne, l'Autriche, c'est trop ! » Thomas prenait la cigarette qu'il se coinçait derrière l'oreille, asseyait son corps pesant sur un tabouret. Il ne se passait pas un matin ou un après-midi sans que l'un ou l'autre voisin ne vînt. La déception avait durci les cœurs, suscité méfiance et rancune chez tous les commerçants. Comme ses collègues, René avait mal réagi devant l'importation de blé d'Amérique et même d'Ukraine. Depuis 36, il s'égosillait de colère devant les journaux ou les nouvelles de la TSF.

« Calme-toi ! disait Marcelle. Ils sont les plus forts. »

Il ne se sentait même plus épaulé. Eugène flânait dans le jardin : « Les poires seront bientôt bonnes pour les bourdelots\*.

— Alors, tu t'en fous ? » demandait rageusement René.

Soudain, la solitude pesait comme une chape sur ses épaules. Son crâne lui faisait mal, juste à l'endroit où la crosse avait frappé. Il fermait les yeux, pensait : « On s'est battus pour rien. »

Le seul qui l'écoutait parmi ses familiers, c'était Léon, le jeune apprenti de dix-huit ans, embauché depuis peu. Avec lui, René ne faiblissait plus : « Prends garde à leur

---

\* Pommes ou poires enveloppées de pâte à pain, cuites dans le four et dorées au jaune d'œuf.

propagande ! disait-il. Nous ne sommes que des marionnettes ; bientôt, tu verras que j'ai raison. »

Après le sursaut qui succéda aux accords de Munich, un faux-semblant de relance économique, il s'attendait au pire. Mais « ce pire » n'était que l'ombre d'une illusion ; qui aurait pu deviner vraiment ?

3 septembre 1939. Dans une fin d'été proche, on entendait seulement à proximité des habitations les appels familiers des laitières, le ronronnement d'une batteuse et, de temps en temps, l'inévitable roulement des voitures ramenant les vacanciers de l'Armor ou les touristes du Mont. De la grand-route, tout au long des prairies, entre les rochers couverts de bruyères et les pentes escarpées, on apercevait les anciens moulins ou les usines de filature et de tissage. Et puis, sans transition, défaite, Victorine courant et sa voix comme un hurlement : « Ecoutez ! Les Allemands se jettent sur la Pologne ! La France, l'Angleterre mobilisent. La guerre, c'est la guerre ! » Elle posa son bras replié sur la porte, y cacha son visage. Atterrés, les quelques clients de la boutique et Marcelle l'entourèrent : « C'est la TSF qui l'a dit ? Vous êtes sûre ? »

Une émotion qui les ravageait tous en un instant. Victorine reprit haleine, hocha gravement la tête : « Ils viennent de l'annoncer à Radio-Normandie. »

Dehors, au pied du palmier, P'tit René refermait son album d'images. Un livre plein de cathédrales, symboles de paix, sculptées par des maîtres d'œuvre qui passaient les frontières pour partager leur génie jusqu'à Budapest, Cracovie, Prague...

René et les ouvriers entrèrent à leur tour dans la boulangerie, les bras tachés de farine : « Et l'on dit que Staline et Molotov ont signé un pacte avec Hitler. » Comme les autres femmes, Victorine se mit à compter : « Eugène est trop vieux, René aussi mais Edouard et Serge ? » Serge, le mari de Simone. Un beau mariage qui datait d'à peine trois mois. Une fête encore si récente qu'elle lui semblait d'hier.

C'est vrai qu'ils l'avaient bien accueilli, ce jeune boulanger de Caen. Une noce peu ordinaire dans la grange louée du père Thomas, de l'autre côté de la route. Ils avaient repeint les grosses poutres, accroché des guirlandes de roses et de lilas. Dans les angles, Victorine avait insisté pour laisser des gerbes de blé sur le sol, elle avait elle-même répandu la sciure de bois. Deux gendarmes avaient barré le trafic pour faciliter le passage des plats d'une maison à l'autre. Trois mois à peine et déjà la séparation, peut-être longue ou définitive ? La peur, l'angoisse sur elle qui surgissaient avec le froid ; une guerre encore, pour qui ? pour quoi ?

A travers tout le village, les attroupements se formèrent, puis le tocsin commença d'envoyer ses ondes de mort de colline en vallon. René, posté en plein carrefour, cria sa hargne : « Salauds d'boches ! On en avait pourtant bien éliminé. » A sa gauche, Victorine avançait. Lente approche à pas mesurés avec ses mains croisées sur le ventre. Une tentative pour le tranquilliser mais le chagrin les rendait tous agressifs, un peu fous.

« C'est vrai, pensait-elle, quand j'étais petite, on m'a raconté que les Allemands sont arrivés jusque dans nos provinces, l'année de Pontmain. » Un arrêt. La frayeur de l'enfance retrouvée, réapparaissant avec ce qui la conjurait : la prière. Elle s'éloigna alors vers l'église, les laissant à leur déroute. Denise, Antoinette et Andrée la rejoignirent : « On va prier avec toi ! » Elles parvinrent au tournant en face de l'enclos sacré où se trouvait l'épicerie. Victorine acheta deux paquets de chicorée et de café mais le magasin était depuis peu vidé de ses réserves de sucre. Après, ce furent l'église et ses bouquets de cierges sous les statues de Notre-Dame de Lourdes ou de sainte Thérèse. Elles s'agenouillèrent à côté des autres femmes.

Eugène dressa la table. Il organisait en même temps son après-midi : « Tout à l'heure, j'irai rentrer la récolte de trèfle du regain, coupé hier à La Pallière. » Il s'imaginait passant devant le palmier, les parterres fleuris face à la grille du *courtil*. « Et l'atelier ? Il y a encore six bons stères de bois en bûches. » Comme si de rien n'était, refaire les gestes de tous les jours, attendre le retour de René des Moutiers, avec les nouvelles. Victorine se mit à le suivre partout, soucieuse, ne tenant pas en place : « Mais les Anglais et les Polonais sont avec nous, les Italiens ne vont pas tarder, on peut gagner rapidement, non ? »

Eugène secouait la tête, replaçait sa casquette dans un geste familier : « Ils vont nous rationner sur tout, même le charbon et le pain. »

Avant de rentrer, ils longèrent les haies de coudriers pleines de noisettes, Eugène en remplit ses poches, mettant les plus grosses dans son mouchoir pour les petits-enfants : « C'est le moment de faire comme l'écureuil », dit-il simplement, il ramassa encore quelques poires tombées.

Il ne fallut que quelques semaines pour voir mobiliser les hommes valides de vingt à quarante ans. A la différence de l'atmosphère passionnée d'août 14, les départs s'effectuèrent dans le découragement, le plus souvent l'incertitude. Aucune exaltation, une morne et accablante résignation. Simone ne put accompagner Serge à la gare, c'est son beau-père qui s'en chargea. Un nouveau choc pour Victorine. Rien n'avait marché, ni les relations ni les paroles rassurantes ou la promesse de garder trois mois à l'arrière les métiers de l'alimentation.

Serge partit et les Allemands le firent prisonnier dès juin 40. Il allait leur manquer atrocement durant cinq longues années.

René, chef de famille à quarante-six ans, ne fut pas appelé. Il put conserver sa voiture en la mettant au gazogène mais diminua considérablement ses tournées. A l'automne, Edouard reçut sa convocation pour Rennes, sa feuille de route pour Vernon la suivit de peu. Gabrielle se retrouvait seule avec Eugène, leur fils de treize ans.

Alors, comme en 14 et 15, les femmes durent remplacer les hommes absents. Elles s'occupèrent des champs, des bêtes sous le regard des vieux mal à l'aise et qui se jugeaient fardeaux supplémentaires voire inutiles. Les drames survinrent, fidélités fêlées dans cette interminable attente, défaillances trop humaines.

« La femme à Jeannière, tu sais, le charpentier. Elle fricote avec l'adjoint au maire, j'les ai surpris un peu avant Brémoy ! »

Victorine entendait René parler fort à Marcelle. « Tais-toi ! lui disait-elle, qu'on ne le sache pas ! » Mais lui faisait exprès, son côté provocateur un peu tartufe. Il reprenait plus haut : « Quand même, faut-y qu'elle ait l'cul chaud ! »

Marcelle pouffait en grondant : « Voyons René, si les filles ou le p'tit arrivaient ! »

Victorine baissait la tête, gênée par le langage grivois et pour Marcelle qui ne s'était jamais doutée des incartades de son mari. Une affaire réglée pour eux certes, mais les autres ? En parler au curé ? Lui saurait peut-être la réprimander, cette Marie-couche-toi-là ! Elle la blâmait de toutes ses forces, un règlement de compte au fond, pour celles qui avaient fait irruption dans la vie de « ses » hommes, sans scrupules, sans moralité. « Si c'est pas honteux ! Et son mari qui se bat à Sedan... »

René ricanait, l'air entendu : « Y'a pas qu'elle, maman, et la grosse Delaunay avec le père Descamps ? Ah ! celui-là, soixante ans, vert comme un chêne. Tu vois, ce qu'il aime, lui, c'est les bonnes croupes ! » En se moquant, il écartait les bras à une large distance l'un de l'autre.

« Tais-toi, ça suffit ! » Victorine se détournait, saisissait son tricot, en colère : « En venir là ! Mais qu'est-ce qu'elles ont toutes ?

— Elles vivent ! » répondait laconiquement Eugène avant de disparaître.

Victorine posait un moment ses aiguilles : « Que veut-il dire ? » Elle le suivait des yeux jusqu'à l'angle du carrefour puis reprenait machinalement son ouvrage, oubliait.

## 37

L'hiver arriva, âpre, sournois. Des semaines de gelée qui figeaient ciel et terre sous un voile blanc. Eugène se démena comme un beau diable avec le palmier. « Tiendra ? Tiendra pas ? » Il rassemblait en lui l'inquiétude et la crainte à l'image de leurs jours, surtout avec l'anormale inaction des adversaires. C'était la drôle de guerre, paralysée aussi par le froid intense avec cette monotonie qui uniformisait tout et les communiqués officiels qui n'avaient rien à signaler.

Simone était revenue s'installer chez ses parents. Elle reçut une lettre de Serge deux mois après son départ, mais mit au monde un garçon que son père ne vit qu'une fois au cours d'une brève permission en janvier 40. Ceux qui restaient éprouvaient le besoin de s'épauler, de s'unir. Pendant les soirées froides, ils se regroupaient pour parler, des mots qui les aidaient à affronter l'aube. L'un ou l'autre voisin venait à eux avec une lettre ou des nouvelles d'un pays différent. Ils s'en entretenaient durant des heures, jouaient l'avenir sur des suppositions, des espérances ou les spéculations des journaux.

Ils connurent les premières restrictions sérieuses : fuel, charbon, essence. La qualité du pain s'altéra avec les farines moins pures et l'avalanche des tickets de rationnement compliqua tout. « L'cul d'l'an » fut triste. Aucune veillée avec les voisins, toutes les pensées étaient tournées vers les absents.

Victorine continuait de tenir son journal, son livre de raison ; elle y inscrivait les menus et grands événements de leur vie. Une période de « méchant pain » ou de « pain d'misère » qui cernait leur univers. Elle confiait au papier ce qui jalonnait ses jours, les décès du canton : la voisine, l'épicier de La Bigne, une lointaine cousine sans oublier les disparus du front ; le poids de ces deuils qu'elle faisait siens. Et le froid continuait. Au détour des chemins, entre les haies, on trouvait des oiseaux morts, les pattes raidies. Des hommes faiblissaient, certains optaient délibérément pour la mort. Victorine et Eugène avaient longtemps parlé du père Ygouf, retrouvé pendu à la porte de sa cave. Il était venu souvent réparer quelques bricoles chez eux. Un homme actif, généreux qui semblait aimer la vie. « J'le comprends, disait Victorine, j'le comprends. » La terre était tellement gelée qu'on ne put l'enterrer tout de suite. Comme autrefois au Fresne pour Marie, la femme d'Anthénor, on déposa le cercueil près des fonts baptismaux jusqu'à ce qu'enfin le trou fût assez profond.

Bien sûr, les problèmes de chauffage s'aggravèrent. Victorine fit venir le père Auvray pour abattre des arbres sur leur terrain : un chêne têtard, quelques frênes et des vieux pommiers qui ne produisaient plus grand-chose.

« Que voulez-vous ? lui demanda-t-elle, des sous ? du pain ?

— L'repas et d'la béchon (le repas et de la boisson), dit-il, j'ai faim, c'est tout ! »

Entre ces événements, il fallait toujours penser à la lessive et à la fameuse soupe à la graisse qu'Eugène et René consommaient matin et soir. Deux fois par trimestre, les femmes faisaient fondre le suif, panne de porc ou gras de bœuf. Victorine ajoutait des légumes du jardin : poireaux, carottes, navets coupés en petits cubes, sans oublier le thym, les oignons piqués de clous de girofle. Elle la laissait cuire à feu doux dans une grande cocotte durant sept heures et demie puis filtrait la graisse et la recueillait dans des pots en grès recouverts de papier huilé. Les hommes, de leur côté, poursuivaient la pilaison des pommes. Eugène les achetait à l'un de ses frères et les transformait en quelques barretées de cidre ou pur jus qui allaient grossir leur réserve. En fait, toutes et tous s'activaient sans cesse pour masquer leur peur. Ce désarroi se renforça à partir d'avril, personne n'avait de nouvelles des soldats, ni du front, ni de Vernon. Gabrielle vivait avec Eugène, son fils, chez l'une de ses sœurs, confrontée au même problème de solitude. Victorine lui écrivait souvent pour la réconforter mais c'est elle, ici, qui guettait chaque matin le facteur. Il passait derrière la grille, agitait sa main : « Rien encore ! » Elle maudissait le sort : « Pourquoi ? Mais pourquoi donc ? » Eugène tâchait d'être prévenant, attentif : « Ne te tourmente pas comme ça, mange donc un peu ! » Mais elle n'avait ni faim ni soif. Seul comptait pour elle ce vide qui la brisait.

De toute la journée, elle grignotait par-ci, par-là mais refusait d'avaler le moindre plat. Dès que possible, elle s'asseyait près de la TSF, écoutait sans relâche tous les bulletins d'information. Elle préparait une feuille de papier, inscrivait en gros caractères la bonne adresse d'un ami demeurant vers la Loire : « En cas d'invasion, on ne sait jamais... », disait-elle. Sur son carnet, elle ne réussit qu'à écrire deux mots du 12 au 18 juin 40 : « Journées d'angoisse. » Enracinées plus que jamais dans leur sol, d'autres femmes, par-delà les collines ou ferrières, virent arriver les premiers réfugiés de Belgique et du Nord. Comme en 14, les maisons du bourg et les fermes des hameaux accueillirent ces malheureux en les harcelant de questions. Avertie de cette affluence, Victorine marchait par n'importe quel temps sur la route de Villers, interrogeant chaque nouvelle voiturée : « D'où venez-vous ? Etes-vous passés par Vernon ? » Elle sortait des photos d'Edouard, de Serge : « Vous les avez vus ? » Mais ces femmes, ces hommes encore choqués, abasourdis, ne savaient que répondre, ils secouaient la tête ou haussaient les épaules : rien, ils ne connaissaient rien sur eux. Elle s'entêtait, s'approchait des autres groupes, elle se retrouvait parmi des femmes comme elle. Des photos passaient de main en main, les questions jaillissaient dans une bousculade sans nom. Victorine repartait toujours déçue, le visage sombre, tourmentée. Elle ne voyait ni la route ni les grands arbres, ne sentait pas le vent qui s'accrochait dans les plis de sa robe. Elle retrouvait Eugène qui comprenait au premier regard : « Viens », disait-il en la prenant par un bras. Elle faiblissait tout à coup rien qu'à la pression de ses doigts, pleurait sans un mot. Les jours qu'ils avaient partagés ensemble, les souvenirs communs reliaient leurs yeux dans cette inhumaine attente. « Que se passe-t-il là-bas ? » Question obsédante, martelant leurs jours et leurs nuits sans trêve, sans pitié. Des vagues de panique se mirent à déferler, des familles d'ici et des environs partirent tout à coup vers le sud. On racontait les pires choses, coulée venimeuse des mots colportés de bouche en bouche sans preuve. René tenait bon, encourageait les siens à rester.

L'image qu'il leur donnait comme réconfort, il l'avait accrochée lui-même dans la grande salle, un matin de juin. « Lui va nous sauver, c'est le seul, tu entends, maman ! » Victorine regardait le portrait du maréchal Pétain encadré d'une bordure dorée qui siégeait à présent entre le buffet et la pendule.

« Tu crois vraiment ? » Elle hésitait un peu, attendait le miracle. Eugène puis les Godard étaient venus admirer. « C'est grâce à lui qu'on a gagné à Verdun, c'est un vrai ! Un grand ! » Respectueux, Eugène avait enlevé sa casquette, saisi par l'uniforme et les décorations.

« Qu'est-ce qu'on pouvait faire d'autre ? » René s'éloignait de la photo, clignait un œil pour évaluer la position du cadre. « Après la débine de la Meuse, il fallait se décider, hein ? » Il regardait son père qui l'écoutait, persuadé des mêmes choses.

« Alors vraiment, ça va être l'armistice ? » Victorine et Marcelle cherchaient à se rassurer, pouvoir enfin croire au retour d'Edouard et même de Serge, pourquoi pas ? Le cercle familial presque reformé, à portée d'un espoir tangible qui les soulevait, les grandissait. Ils y croyaient dur comme fer, avec le père Godard cloué dans son fauteuil à cause de ses crises de goutte, avec Charles, reconnu soutien de famille et qui n'était pas parti (Léon avait préféré louer une boulangerie à Aunay dès fin 38 avant d'être mobilisé à son retour). Ils avaient trinqué sous le regard fixe du maréchal.

Mais le lendemain, le 20 juin 40, les premières colonnes allemandes motorisées étaient descendues de Caen pour se diriger vers la Loire. Un jeune caporal et ses trois hommes creusèrent un fossé en haut de la grande côte. Un espoir démesuré, encore plus fou : la mitrailleuse et les deux Lebel tirèrent jusqu'à épuisement des munitions. Un courage qui côtoyait la dérision. On les retrouva couchés dans les fougères, les yeux tournés vers le ciel.

L'armistice signé, Edouard, plus chanceux, retourna chez les siens à Condé, le 22 juillet, mais Serge ne revint pas. L'occupation ennemie s'étendit, les Allemands choisissaient le plus beau, le meilleur. René, sous le portrait du leurre, ne recula pas dans sa détermination, même jusqu'en 41 : « Il a bien fait d'emprisonner Blum, ce voleur qui nous a ruinés, ce traître ! »

Marcelle servait la soupe un peu claire, plus épaisse pour P'tit René, et son père : « On n'en voit pas des Juifs, chez nous ?

— Ils se cachent, ils ont raison.

— C'est vrai qu'ils ont tous un nez comme ça ? (Elle esquissait un crochet avec son index.)

— On le dit. J'en ai pas tellement vu, mais c'est aussi bien. »

Qui aurait pu le démentir ? Pas les Dégremont, ni les Jeanne, encore moins les Constant, les Lebret ou les Thomas, des voisins ou des petits commerçants comme eux qui partageaient leurs idées sous le même portrait.

Pourtant rien n'allait s'arrêter là, les jours n'avaient pas encore déversé tout leur poison. Sans prévenir, le 3 août, une compagnie de soldats allemands débarqua au pays.

On les avait vus ou plutôt entendus arriver. A droite, à gauche, dans les champs d'orge et de blé, des femmes et des hommes s'étaient redressés, aux aguets. La pétarade des moteurs crachait des vapeurs opaques, âcres qui frôlaient la route avant de s'élever. Singulier contraste avec l'atmosphère légère de ce plein été, avec l'or qui jonchait le sol en gerbes fraîchement coupées.

« Les boches ! les boches ! » L'alerte passait à travers les rangs des faucheurs ; en se relevant les uns après les autres, ils essuyaient la sueur de leur front du revers de la main. Des femmes coururent jusqu'au bord de la route : « Ils vont au bourg ! Dépêchons-nous ! »

Bientôt des groupes d'officiers se disséminèrent, cherchant les maisons les mieux situées. Celle de Victorine et d'Eugène, entre la grand-route et la place, fut réservée à la Kommandantur. Un capitaine accompagné du maire sonna. L'Allemand claqua les talons en saluant : « Madame, monsieur, avez-vous de la place pour me loger avec mon ordonnance ? »

Victorine résista : « Nous n'avons qu'une chambre de libre pour nos enfants, et...

— Pas d'importance, vous nous donnerez la vôtre ! » L'officier s'inclina rapidement avant de s'éloigner. Eugène vit le maire écarter ses bras dans un geste d'impuissance ; rien à faire, ils étaient bien chez eux !

Dès l'après-midi, les deux hommes s'installèrent au premier étage. Le capitaine, qui s'était vanté de son français parfait, faillit glisser dans l'escalier ciré : « C'est bien poli, ici ! »

Victorine ne put s'empêcher d'aller en rire avec les Godard, mais pouvait-elle imaginer que ce rire serait le dernier avant de longs jours ?

Presque aussitôt, d'incessantes allées et venues s'établirent, des claquements de bottes sur le parquet, des commentaires obséquieux sous le portrait du maréchal. Chaque matin, Victorine ouvrait la porte de sa chambre, écoutait. Elle se levait de plus en plus tôt pour ne pas les croiser, réveillait Eugène : « Viens, ils ne sont pas là, on peut y aller. » La peur de les rencontrer, de subir l'inévitable considération sur le temps. Souvent, elle s'approchait d'Eugène : « Mon pauvre Eugène ! Voilà où on en est, avec ton maréchal.

— Laisse, disait-il, c'est pour notre bien, il vaut mieux ça que de voir nos garçons mourir au front.

— Tu as peut-être raison, mais je me sens toute perdue ! »

Il la dévisageait lentement, trouvait son teint étrangement terne, ses yeux cernés. « Elle a vieilli », pensait-il. Il lui donnait une petite tape sur les fesses comme autrefois quand il la taquinait. Un faible sourire. « Voyons, voyons », disait-elle mais cet environnement soudain si perturbé la désorientait. Eugène levait son regard jusqu'au fameux portrait : « Bizarre quand même ! René s'est peut-être trop emballé ? Dire qu'on a fait 14 pour ne plus les voir ! »

Ces phrases-là ne dépassaient pas le stade de sa pensée mais le doute s'insinuait, rongeait la confiance passée.

## 38

Le village apprit à vivre à « la vieulle » ou à l'ancienne. On s'adaptait tant bien que mal aux pénuries en tout genre. Le dimanche, Simone laissait le petit Maurice à ses parents. Sac de sport sur l'épaule, elle allait à pied ou à vélo rejoindre ses amies, des jeunes femmes comme elle dont le mari était prisonnier. Là, parler jusqu'à épuisement des souvenirs, que le corps fatigué se répande jusqu'au bout de lui-même. Elle s'étonnait de ce qu'elle parvenait à dire sur Serge, leur vie, leur enfant, comme si les quatre mois de mariage vécus ensemble valaient les années qu'ils se promettaient entre les lignes de leurs lettres.

Suivant le temps, elles organisaient une partie de foot près de l'école, distraction à laquelle tout le village assistait. Si la pluie empêchait leurs ébats, elles se rabattaient sur la cuisson des pâtés en croûte, des tourtes pour envoyer à ceux qui étaient loin. L'une d'elles avait été rechercher le vieux Regnouf, un ancien valet, spécialisé dans la fabrication du pain à la ferme. A La Monnerie, on avait mis à sa disposition le four des Delasalle. Il leur apprenait, les dirigeait, toujours surpris par la fine farine blanche que les paysans producteurs avaient le droit de garder partiellement. Simone racontait le soir à René, montrait le pain blanc : « Pourvu que le colis lui arrive ! » Marcelle l'aidait à inscrire l'adresse. « Tu trembles ! disait-elle, laisse-moi faire ! » Elle lui caressait les cheveux, le front : « Encore un peu, il va revenir. »

A l'automne, avec leur prudence instinctive, les Bocains s'affairèrent : empiler, amasser, cacher le plus de provisions possible que l'ennemi n'aurait pas. Victorine et la mère Godard salèrent vingt livres de beurre. Elles pensaient même à la saignée du cochon avant « la Nouel ». Un frère d'Eugène qui demeurait à Maisoncelles les faisait profiter chaque année dans sa ferme de la traditionnelle mise à mort.

De temps en temps, avec le seul autocar disponible, Victorine se déplaçait encore à Aunay. Entre les soubresauts, elle appuyait son front sur une vitre latérale, regardait passer les voitures bâchées de toile avec leurs roues en bois cerclées de fer, ressorties des hangars où on les avait oubliées. Elle aussi, autrefois... Victorine se revoyait conduisant la carriole au marché ou sur les chemins rocailleux lorsqu'elle portait le pain à la place d'Eugène. Elle divaguait, se laissait bercer, puis, soudain, il lui suffisait d'apercevoir des motos allemandes ou des convois à croix gammée pour arrêter son rêve, le dissoudre instantanément dans cette odieuse réalité. De plus en plus, elle qui n'avait jamais beaucoup aimé sortir s'éloigna volontiers. « Eugène a son jardin ! » disait-elle à René qui l'emmenait à Caen ; moi, que veux-tu que je fasse ici avec eux ? » « Eux », c'étaient les autres, les intrus qui lui volaient ses matins, ses soirées quand elle les regardait se laver, torse nu, dans la cour, ou quand elle subissait leur conversation. Ils les prenaient à partie. « Grâce à votre maréchal, nous allons former une grande et belle nation ! Et nous allons gagner sur l'Angleterre ! »

Eugène levait la tête : « Et de Gaulle ? » Avec l'arrière de son talon de botte, l'Allemand écrasait un carreau de la cuisine : « Comme ça ! disait-il en riant, comme ça ! »

Victorine sentait la colère brûler sa peau, elle ne pouvait plus supporter leur arrogance, leur manière de s'imposer.

Eugène et elle quittaient vite la cuisine, il grommelait à voix basse, en patois. Au moins ça, ils ne comprenaient pas !

A Caen, René déposait toujours sa mère rue Saint-Pierre où elle flânait un moment. Elle revenait le soir avec des nouvelles pour Eugène : « Sur la grand-place Royale, ils ont arraché toutes les plantations pour mettre un potager, ordre du préfet ! »

L'affolement les gagnait devant toutes ces transformations, comme si chaque mesure entraînait une irréversibilité du temps.

De son atelier au jardin, Eugène s'appliquait à conserver son petit monde. René et lui, gênés par la présence des occupants, ne parlaient presque plus de politique ou du maréchal. Le cadre en verre d'ailleurs se ternissait un peu sous la poussière qu'aucune main ne pensait à essuyer. A côté des vieilles assiettes en faïence de Rouen ou du crucifix en bois avec son buis jauni, il se noyait parmi les objets qu'on ne remarque plus. Après l'enthousiasme, l'indifférence et bientôt la rupture...

Seuls les petits-enfants les reliaient, pont jeté entre leurs vies : Andrée à l'Ecole normale de Caen, Antoinette et Denise dans la classe du certificat d'études, Simone et son Maurice avec eux, P'tit René qui voulait déjà suivre les traces de son père. Malgré le décor plus sombre, l'espérance portait leurs noms, précieux comme des étoiles.

L'hiver les surprit brutalement avec de fortes gelées en décembre et des chutes de neige serrées. La plupart des routes d'un bourg à l'autre ainsi que les chemins de traverse furent bloqués par des congères. Victorine ne quittait pas sa fenêtre, s'inquiétait pour la tournée pourtant bien réduite de René : « Comment va-t-il faire ? La route est impraticable, les tournants de la Bruyère et du ruisseau de la Caîne doivent être dangereux. »

Eugène, qui ne pouvait plus travailler au jardin, restait avec elle dans la seule pièce vraiment chauffée : « Avec ses chaînes, il ne peut pas glisser ! » Elle s'asseyait, prenait son tricot dans une attente qui les tenait l'un à l'autre, un silence complémentaire. De temps à autre, au-dessus, on entendait le bruit des bottes sur le parquet, des pas lourds dans les escaliers. Victorine sursautait, en alerte : « Ils viennent ! » Elle se calmait : « Non, ils s'en vont. » Elle regardait Eugène qui lisait le journal ou bricolait une grille de clapier : « Enfin, on est tranquilles ! »

Les mauvais jours continuèrent après un dégel trop précoce. Il y eut des tempêtes en mars et la neige se remit à tomber début avril 42. Pour comble d'embarras, les coupures d'électricité se firent nombreuses, on allait se procurer des bougies chez Lepiètre, l'épicier du bas de la côte, mais le plus grave c'était pour la pâte qui commençait à lever. René dut plonger ses bras dans la masse en fermentation : « Il vaut mieux qu'on y remette les mains, sinon... une panne de courant et c'est foutu ! » Charles se penchait avec lui, ils brassaient jusqu'à ce que la sueur les aveuglât, les veines de leur cou, de leurs tempes tendues, gonflées. La vieille brie devant la porte ne leur semblait plus tout à coup si démodée ou inutile. René pensait à son grand-père sur la photo sombre que sa mère lui avait montrée : avec une petite voiture attelée à un chien pour les tournées locales.

« Tu vois, disait-il à Charles, il suffit d'un rien pour que tout ça ne serve plus ! » Il tapait du pied contre la maie : « Saloperie d'machine ! J'en peux plus ! » Ils tamponnaient l'eau de leur visage, de leur torse, se laissaient tomber dans un coin : « T'en veux une ? » Le papier glissait entre leurs lèvres. « C'est comme si on fumait du foin ! » Ils partaient d'un seul rire, une tension qui fuyait hors de leur corps par saccades, salvatrice.

Entre ces moments de paix, de rémission brève qui n'appartenaient qu'à eux, la tragédie veillait. Sur la grand-route, l'autocar pris par les Anglais pour un véhicule ennemi fut mitraillé sans pitié au début du printemps. Victorine vit le jet de feu embraser le haut de la côte, elle sortit avec des voisines et Marcelle. Des cris, une course confuse, puis là-bas, au pied du calvaire, le corps déchiqueté d'une fillette. A peine douze ou treize ans.

« Qui est-ce ?
— Mon Dieu, la pauvre... Vous la connaissez ? Elle est d'ici ?
— Non. »

Les parents, qui habitaient vers Mesnil-Ozouf, ne vinrent la chercher qu'à la fin de la journée. Elle était morte, à côté de l'autocar presque intact et du chauffeur légèrement blessé au bras. Jusqu'au soir, on la veilla dans l'église autour d'une chapelle ardente improvisée. Toutes prièrent sans relâche avec l'abbé Amiard tandis qu'Eugène, René et quelques autres juraient comme des charretiers contre ceux qui allaient pourtant devenir leurs libérateurs.

Après des jours d'étrange repli sur soi, les travaux des champs recommencèrent. Victorine continuait d'écrire sur son carnet : « Eugène a commencé de couper la haie à La Pallière, ou : « Eugène a suivi René à la chasse chez Hamel. »

Par-dessus les clôtures, les échanges, les discussions reprirent entre voisins : « Les emblavures de la plaine n'ont jamais donné aussi belle moisson ! » Dans le lointain, on apercevait la gare avec des wagons de bétail et de farine.

« Tiens ! regarde, disait un paysan à René, tout ce qu'ils nous prennent.

— Et à Paris, ils crèvent de faim ! J'vais t'dire, répondait René, tes emblavures, tant mieux si elles sont belles ! C'est encore eux qui en profiteront. »

De colère, le paysan crachait par terre : « Pétain, tiens ! »

Celui qu'ils avaient porté aux nues un an plus tôt, déjà condamné. Des mains irascibles avaient même osé décrocher son portrait pour le cacher dans un grenier.

Bientôt, sur quelques murs, d'immenses affiches apparurent : un ours démesuré, armé de poignards et de flammes qui s'avançait sur l'Europe : « Engagez-vous dans la légion anti-bolchévik ». L'épouvantail de la peur agité devant tous les yeux. Après un premier moment de stupeur, ils s'y habituèrent vite. Seule, l'aventure de plus en plus rentable du marché noir avec la capitale les réveilla, on y succombait souvent dans l'inconscience, guidé par le profit à en tirer.

« Vous savez c'qu'on raconte ? » René arriva dans l'atelier, une fin de matinée. L'automne exaltait les odeurs, les couleurs, du ciel à la terre. Une aubaine. Il était sûr de les trouver là, à l'abri, achevant de fignoler un poste à galène pour écouter clandestinement la BBC. Edouard avait converti sa foi politique en fabrication secrète de radios, car tous les postes disponibles venaient d'être confisqués par les Allemands.

« Ferme bien la porte ! dit Eugène, t'as pas vu d'boches ? »

Avant d'entrer, René jeta un coup d'œil dans le jardin, sur la route. Rien. Il s'assit, poussa des bouts de fil et des vis : « La mère Delasalle, la sage-femme de Villers, vous savez c'quelle a fait ? » Eugène, près de la fenêtre, surveillait les alentours. « Ben quoi ? dit-il, grouille-toi, on n'peut pas s'éterniser ! » « Elle est allée à Paris chez un docteur... » René s'interrompit, il riait encore de l'histoire. « Elle s'est habillée en nounou, avec un landau et dedans, elle a mis une motte de beurre de quinze livres déguisée en poupon ! Les gens lui faisaient du large dans le train : ''Passez donc, madame, prenez ma place !'' »

Rouge, sous le sang qui battait ses joues, René mimait les voyageurs. De ses paumes, entre deux grands gestes, il frottait ses paupières. Devant lui, Eugène et Edouard partageaient son fou rire. « Tu nous fais marcher ! Les gens ont dû s'approcher, voir. » Dubitatif, Edouard entreprit de ranger le poste sous des vieux sacs maculés de terre, derrière l'établi. « Mais non, continua René, elle avait pensé à tout : ''N'approchez pas ! répétait-elle, il a la varicelle, c'est très contagieux !'' »

L'incroyable épisode se colporta dans le village. Pour tous c'était une victoire différente, mieux qu'une pause dans le courant, un véritable pied de nez à l'exigeante fatalité quotidienne.

Ces anecdotes, ils les accumulaient dans leur mémoire, les redisaient en se délectant comme d'une part de dessert dont ils se sentaient frustrés. S'intégrant à ces jeux, le trafic de l'alcool tenta René dont la baisse des ventes s'accentuait de plus en plus. Il prit des risques mais son goût pour la bravade y remporta des galons ! Il connaissait les bonnes fermes où les cultivateurs lui gardaient le bouquet de leur cru.

« Pour toi, c'est quinze francs la bouteille ! » En douce, dans le coffre de sa camionnette ou sous la banquette arrière, il repartait avec sa marchandise. Une autre ferme, un autre propriétaire : « Tiens ! j'te la mets à vingt francs ! Mais c'est un cadeau d'ami ! Motus, hein ! » Le plus inquiétant, c'était encore la route ! Des inspecteurs de la régie se camouflaient au détour des petites départementales, traquaient le modeste fraudeur en lui infligeant des amendes hors de prix. René misait le tout pour le tout, emmenait Edouard dans sa tournée des hameaux : « Fais donc comme moi, lui disait-il, je les revends jusqu'à cinquante francs par litre, tu vois l'bénef ! »

Mais la peur, les leçons de morale ânonnées chaque semaine aux chères têtes blondes et brunes refroidissaient l'instituteur : « Et si tu t'fais pincer ?

— Non, répondait René, on n'y pense pas. »

Et justement ! Un dimanche pluvieux de la mi-novembre, Edouard les aperçut en premier, garés sur la route de La Bigne. « Merde ! jura René, comme si les boches ne suffisaient pas !

— Arrête-toi, sinon ils te rattraperont et tu paieras encore plus ! »

Que faire ? Les vingt bouteilles de calvados, sagement alignées, protégées par des vieilles pouches, dormaient à l'arrière. Les deux hommes en uniforme faisaient déjà signe. René n'avait pas le choix, il accéléra.

« T'es fou ! » Cramponné à la portière, Edouard s'affolait. « Bon d'là ! Arrête, j'te dis ! » La camionnette fit une embardée sous l'appel de son conducteur, elle força le barrage des deux légères barrières en bois, prit de l'allure. Les inspecteurs avaient bondi dans leur voiture plus rapide. « T'es cuit ! dit Edouard, ils arrivent ! »

La poursuite qui s'engageait s'annonçait serrée ! Pour comble, un troupeau de vaches déboucha d'un pré, juste après un tournant vers Ondefontaine. Cette fois, le jeu se terminait.

« On est foutus ! » dit encore Edouard.

René comptait sur les brumes qui se dispersaient à travers les champs, les chemins. « Ils n'ont pas pu relever le numéro ! » Mais ce troupeau devant lui... Il crispa ses mains sur le volant, avertit Edouard par un laconique : « J'y vais ! » et fonça. La camionnette parut quitter le sol, le choc projeta Edouard en avant qui n'eut que le temps de se protéger avec ses mains. Plusieurs embardées, des mugissements lugubres, ils étaient passés !

Edouard osa se retourner : un veau gisait sur le sol et la régie, entourée de vaches épouvantées, avait dû stopper. René en profita pour emprunter un chemin de traverse : « Sauvés ! » fit-il.

Edouard ne lui adressa plus la parole pendant trois semaines !

## 39

Dès la fin de 1942, une autre fascination combien plus grave et passionnée surgit. La Résistance s'organisait, tissant un filet dense, secret, favorisée par cette région boisée où les cachettes poussaient comme des champignons sous l'humus. Un matin de livraison, en se retournant à mi-côte, le vieux Dégremont, charretier de La Ferrière, aperçut des uniformes motorisés venant dans sa direction. Il hésita. Un peu plus loin devant lui, la boulangerie Fauvel, à portée des yeux, pointait son enseigne neuve comme un drapeau de métal. Visiblement, le chemin n'était pas long. Dégremont leva son fouet et jura. Ses deux chevaux repartirent mais la montée terriblement raide et le chargement de bois destiné à son boulanger firent grincer les essieux. Les bêtes s'arrêtèrent à nouveau.

« Cesse donc de cogner, tu vois bien que ces chevaux n'en peuvent plus, nous allons te signaler à la préfecture. » Les gendarmes, arrivés à sa hauteur, l'obligèrent à s'immobiliser. Dégremont descendit en titubant puis, calmement, appuyé contre le haut de la roue, il sortit une blague de sa poche et du papier de son gilet : « Permettez que j'en roule une ?

— Du tabac ? Personne n'a le droit d'en cultiver. » Les gendarmes s'impatientaient, tournaient autour de la carriole.

Consciencieusement, le vieil homme mouilla son papier, continua de rire, la bouche comme une fente édentée, les joues mal rasées, plissées dans un rictus qui lui aplatissait la face : « Faut remarquer que question de goutte, j'serai jamais à sec dans le pays ! » Il dressa son index, le posa sur le bras d'un gendarme : « Pour les cigarettes, j'peux bien cultiver de la chique et du céleri si ça me fait plaisir, en mélangeant d'avec ce que j'trouve à droite, à gauche, ça m'suffit, si vous voulez y goûter, messieurs ! »

Dégremont inclina la tête, esquissa une révérence mal assurée. Rien à en tirer. Les deux policiers haussèrent les épaules, enfourchèrent leurs motos. Le vieux les regarda s'éloigner, il savait que les p'tits gars avaient eu tout le temps pour rentrer dans le bois.

Du virage de la côte où il se trouvait, il en avait compté dix-neuf à deux cents pas devant lui. Ils surgissaient un par un venant du côté de La Cabosse, se laissaient glisser dans le fossé avant de se mettre à quatre pattes sur la berme et de franchir la grand-route en quelques sauts. Parmi les derniers, deux hommes portaient une civière garnie de fougères. Un parachutiste ou un maquisard blessé ? Dégremont caressa la croupe de ses chevaux, ils venaient de rendre un bon service.

Malgré la belle étendue de landes et de terrain encore couvert (les Allemands avaient déjà déboisé tout le mont Pinçon), le périmètre de sécurité se réduisait chaque jour comme une peau de chagrin. Sans doute les résistants pouvaient-ils se réunir dans une ferme écartée, blottie au bout d'un chemin fangeux, inaccessible autrement que par les Pièces ou les échaliers, comme au temps de la chouannerie, mais une trahison était toujours à craindre. Ils tournaient alors dans les landes et le bocage autour de Montchamp ; sur la colline dominant le village dans la lande du Corps nu, c'était parfois au milieu des alignements de menhirs que le guetteur voyait atterrir les messagers.

Les représailles ne tardèrent pas. Les soldats arrivaient par groupes, forçaient la porte des maisons ou des fermes, leurs mots hachaient le silence immédiat en pluie drue. Sous les yeux des parents, des amis, ils attrapaient les jeunes, les bousculaient, les traînaient. Ne restait alors, en un laps de temps fort court, que la poussière des routes sous les pneus des camions et des motos.

La première fois, Victorine avait vomi.

Précisément au moment où, des carrières de la mine, retentissaient les claquements secs, exacts des fusils. Elle avait senti en elle sourdre la douleur juste après l'angoisse qui l'avait fait suffoquer. Près de l'évier, elle s'était laissée tomber sur une chaise : « Seigneur, Seigneur... », disait-elle, mais rien d'autre, rien que la pensée de ces quatre jeunes de Saint-Pierre-La Vieille et de Danvou qu'ils avaient emmenés dans une rafle sommaire. Elle avait essayé de se boucher les oreilles pour ne pas entendre l'écho qui franchissait la colline, amplifié par le cirque de pierre. Et puis là, affalée sur sa chaise, des haut-le-cœur de dégoût, d'impuissance et de colère l'avaient secouée trois fois de suite.

Eugène prit la bouteille d'alcool de menthe : « Sur un sucre, ça va te faire du bien. » Il regardait son teint jaune, les mèches grises échappées du chignon, il lui tenait la tête, versait quelques gouttes entre ses lèvres, tendait le sucre.

« Ça va mieux, ça passe... » Victorine reprenait le cours du temps, ouvrait les yeux sur le fourneau, la table, le reste de son univers qui venait de basculer. « Ne pleure pas, ça ne sert à rien », répétait Eugène. Il tentait de la calmer mais lui aussi, une colère inouïe qui montait, viscérale, impérieuse. « Salauds, fi d'putains, foutez-nous la paix avec vot'maréchal de merde ! »

Il ouvrait la porte de la cuisine, criait vers l'étage. Victorine se déplaçait avec peine : « Tais-toi ! Ils vont nous tuer ! » Heureusement, à trois heures de relevée, les Allemands n'étaient pas dans la maison. Eugène sortit un verre, la bouteille de calva devant elle qui ne disait plus rien. Il but quelques bonnes gorgées, respira.

Les représailles continuèrent, épisodiques, impitoyables.

La liste des martyrs s'allongeait sans arrêt. A Pontécoulant, les plus acharnés des FFI, barricadés dans une chaumière en haut du bourg, se battirent jusqu'à épuisement avant d'être capturés. Déportations, fusillades sur place, otages. Au hasard des bois, des fleurs marquaient le souvenir, ponctuaient les traces des corps traînés dans la glaise.

Le service du travail obligatoire amena un espoir chez les Fauvel. Enfin, Serge allait pouvoir revenir, l'enjeu en fin de compte valait la peine : « Un travailleur parti pour l'Allemagne, un prisonnier libéré. » Qui n'y aurait pas cru ? René le premier vanta cette entente. Encore une idée qui devait améliorer les relations franco-allemandes, un pas de plus dans la cordialité de ces deux « grands peuples » comme le disait Radio-Paris.

« Serge va revenir, maintenant, y'a pas de raison. » René s'évertuait à rassurer les siens un peu perplexes. Pour lui, après tout, les Allemands n'étaient ni pires ni meilleurs que les autres, il leur prêtait même sa camionnette de temps en temps ou les emmenait à Caen, il valait mieux être en bons termes avec eux. Laval et Pétain avaient d'ailleurs assez soin de le conseiller.

« Tu fais ce que tu veux, moi, je n'marche pas ! » Eugène ne l'approuvait plus. Il ne s'agissait pas d'une lassitude mais plutôt d'une réaction de méfiance devant les décrets de Vichy. De Gaulle ? Non, il ne le considérait pas comme un vainqueur possible, Edouard pas davantage. Lorsqu'ils écoutaient ensemble la BBC sur le fameux poste, le doute se levait.

« Les Anglais avec les Américains peuvent faire quelque chose.

— Quand même, les boches sont partout, au nord, au sud maintenant, c'est une vraie paralysie. Dire qu'ils n'ont pas encore compris même après la tabassée de Stalingrad.

— De Gaulle, la résistance, t'y crois ? »

Eugène écartait son bras en signe d'impuissance : « Après leurs soi-disant sabotages, c'est nos p'tits gars qui payent, pourquoi ? »

Il se souvenait, les coups de fusil, les cris des femmes, des mères, les tombes vite creusées. Où était la vérité ? La nuit s'accrochait au jour, progressait dans les mémoires, diluant la révolte. Les derniers jours de 43 se profilèrent dans cette ambiance déchirée où tout le monde soupçonnait tout le monde. Les soldats allemands qui se succédaient chez l'habitant devenaient de plus en plus jeunes et surtout moins courtois. Eugène et Victorine comparaient les nouveaux venus avec les autres : « Tu te souviens, le capitaine Hermann ? Il avait drôlement peur. » Peur ? Victorine faisait le lien : « Ah ! oui... le front russe. Il en parlait tout le temps. »

Lorsqu'il les croisait dans la salle ou au jardin, il n'avait qu'une crainte, une obsession : ne pas partir là-bas, ne pas échouer dans cette horreur. Hermann, Ritter, Lust... Des noms passés, des reflets imprécis, sauf le regard perdu de ce jeune officier envoyé vers Stalingrad. « A-Dieu et merci pour votre hospitalité », avait-il dit en saluant, puis plus bas : « *Gott möge mir helfen* » (que Dieu me vienne en aide !).

Sans doute était-il tombé parmi les milliers d'autres. Comment savoir ? Eugène sortait de la pièce, allait chercher les grands sacs et la paille pour couvrir le palmier. Un hiver de plus à affronter, depuis 40 ils se ressemblaient tous, curieuse impression de confusion, de répétition monotone.

Le temps allait et venait, en ricochet de leurs fronts à leurs cœurs, et les nazis étendaient leur fanatique détermination, s'interposaient dans cet espace pour mieux s'en rendre maîtres.

Novembre. Un matin comme les autres avec son ciel ardoise, son vent de Nordé qui frisait le sol en y agitant les dernières feuilles. Victorine souleva le rideau de sa cuisine, un geste qu'elle répétait chaque jour, regarda le baromètre fixé sur le bord : « Pas fameux », pensa-t-elle. La route était encore inanimée. Des flaques d'eau s'éparpillaient par endroits, frissonnaient sous l'air vif. Vers La Hyguière, un agglomérat de nuages noirs cavalcadait, indécis de son point de chute.

Entre son Butagaz et l'évier, Victorine ne vit pas entrer

les « locataires ». Elle les entendit seulement tout à coup, bruyants, marcher en bottes, sauter et crier au-dessus d'elle, près de la rampe d'escalier.

Ils vont jusqu'à courir avec des brocs pleins d'eau qui débordent sur le tapis, les parquets cirés. Victorine n'en peut plus, entrebâille la porte, interpelle ce grand enfant habillé en soldat qui se détourne. Elle s'interpose : « Arrêtez ! Ce n'est pas une soue à cochons ici, c'est MA maison, vous entendez ?

— *Alte Hexe, heraus schnell\**. » C'est la seule réponse. Le soldat est déjà sur elle, il lève une main, la plaque violemment sur sa bouche en poussant. Crier, appeler Eugène ou René, mais son corps léger, si petit ne peut rien. Elle voit encore un autre Allemand arriver sur elle en gesticulant et, d'une nouvelle secousse, la projeter par terre ; surviennent la chute, la nuit. De son atelier, Eugène a perçu la dispute. Il n'hésite pas à sortir le fusil de chasse de sa cachette, court maladroitement jusqu'à la cuisine où gît Victorine évanouie. Elle respire mal, la main crispée sur sa poitrine.

« Lâches ! brutes ! Vous n'avez pas honte ? »

Eugène vocifère, pointe son fusil épaulé sous son bras coupé vers les deux Allemands mais un troisième, en passant par-derrière, a tôt fait de ceinturer le septuagénaire.

Précédé d'un sergent casqué de la police militaire, portant dans la main gauche le fusil de la rébellion, suivi d'une sentinelle qui le touche du canon de son arme, Eugène et son cortège descendent la rue du village vers la grand-route. Des attroupements se forment aussitôt. Des amis qui serrent les poings et le fixent en silence, on n'entend que le bruit des bottes et le froissement du cuir qui se plie. P'tit René crie vers la boulangerie : « Ils ont arrêté grand-père ! » Marcelle s'affole ; il faut faire vite, téléphoner au maire, c'est là qu'ils vont l'emmener à coup sûr.

René les rejoint peu après. Devant les autorités, il explique, justifie la conduite de son père, évoque les services rendus : « J'ai amené plusieurs de vos officiers à Caen, ils ont

---

\* Hors de là, vite, vieille sorcière !

toujours été contents de notre hospitalité, mon père est âgé, il ne s'est pas bien rendu compte. »

L'Oberst (colonel) dresse un procès-verbal sévère : « Insultes et outrages à l'armée allemande, recel et usage d'arme interdite. »

Eugène écoute, puis aux questions qu'on lui pose, il répond obstinément : « Vos soldats ont voulu tuer ma femme ! » Les notables du pays qui n'ont jamais été les derniers à se faire bien voir, le maire viennent en renfort défendre leur ancien boulanger. Ils parlementent, discutent jusqu'à la clémence, verdict dû essentiellement à l'âge du prévenu et à sa qualité d'ancien combattant mutilé.

Victorine entourée de Marcelle et de ses petites-filles reprend ses esprits, elle demande une liqueur sur un sucre, de la Bénédictine de Fécamp dont la bouteille se trouve en haut de l'armoire, elle gémit : « Eugène traîné comme un bandit à travers le pays ! Ils vont l'enfermer, le déporter peut-être ? » Marcelle la rassure, la réconforte, René connaît du monde, il va le tirer de là. Et tout à coup c'est Eugène qui pousse la porte, qui entre calmement sous les regards stupéfaits : « Les fi d'garce, dit-il seulement, ils ont gardé mon fusil ! »

Une histoire qu'ils évoquèrent souvent parce qu'elle s'était bien finie. Seule, depuis ce jour, Victorine changea, elle se terrait dans sa cuisine, suppliait Eugène de ne pas la laisser. Lorsqu'il s'éloignait, il devait la conduire chez René. Là, elle acceptait de se faire dorloter, choyer plus que de coutume. Elle aimait leur empressement, se calait dans les coussins d'un fauteuil : « Je suis bien ! disait-elle, qu'on me laisse ! » Elle s'endormait parfois ainsi. *L'Echo de Condé* tombait sur le tapis, glissant de ses doigts. Denise ou Antoinette ramassait discrètement le journal en souriant. Elle vieillissait doucement, se plissait comme les pétales d'une fleur séchée. Elle avait encore ses crises de coquetterie qui la poussaient une fois tous les six mois à s'acheter un nouveau chapeau : « L'aimes-tu ? demandait-elle à Eugène, tu ne me dis rien. »

Eugène écarquillait les yeux : « J'y connais rien, à vos bazars. »

Il attendait un peu puis, prudemment, questionnait : « Combien ça coûte ? » Victorine se fâchait : « Il n'y a que ça qui ait de l'importance pour toi ! » Elle se reprenait quelques secondes plus tard : « C'est une affaire, je l'ai eu à moitié prix ! » Eugène ne discutait pas, pour avoir la paix, il jetait un vague coup d'œil : « Il te va bien. » Toutes ces questions le dépassaient. Dans le fond, la vie pour lui n'avait jamais été tellement plus loin qu'hors des limites de la boulang' et de la chasse, du temps où il avait ses deux bras. Une occupation qui lui faisait cruellement défaut, surtout en ce moment où l'on surprenait des lièvres ou même des sangliers se faufiler à travers les taillis, courir d'une haie à l'autre. Avec la réquisition des armes et l'interdiction d'employer le collet, le gibier s'était mis à pulluler, labourant les champs, mangeant les graines. Mécontents, les cultivateurs écrivirent au préfet et aux autorités allemandes ; en réponse, ils reçurent la simple permission d'utiliser un furet ou un bâton !

C'était mieux que rien. Avec Thomas le voisin, Eugène et René se décidèrent.

« Vers Roucamps, les bois sont encore touffus ou vers la Haute Bruyère...

— A cette heure, on les aura comme rien. »

Eugène plaça le furet dans un sac. Il l'avait trouvé blessé quelques mois auparavant. Patiemment il lui avait construit une petite cage et le nourrissait chaque jour. Les trois hommes se retrouvèrent devant la grange ; le petit matin encore froid s'étirait en nappes roses et blondes sur les collines. Les boues de la veille que la pluie nocturne avait amollies en ornières plus ou moins profondes collaient à leurs bottes en paquets, freinaient leur marche.

« Quelle pourriture ! C'est pire que du purin. » René ouvrait le chemin, avançait en repérant les endroits où l'herbe empêchait l'adhérence. Ils s'enfoncèrent jusqu'au Camp romain dans les taillis qui griffaient leurs vestes aux bras, aux épaules ; enfin le chêne Amé, centenaire imposant, les arrêta. Il fallut un œil expert pour choisir dans ces masses de terre et de glaise : « Tiens donc, dit Eugène, y'en a quelques-uns par ici. »

Disposés en demi-cercle à la lisière de la butte, les trois hommes lâchèrent le furet dans un premier terrier. Une fois l'animal dans le trou, ils mirent un sac devant l'entrée. L'attente ne fut pas longue, le lapin s'engouffra rapidement dans le sac, il ne restait plus qu'à bien le maintenir avant de l'assommer au bâton. Ils répétèrent plusieurs fois l'opération. A part quelques échecs, les captures se suivaient à un bon rythme.

« J'en compte sept, dit Thomas, ça suffit, on reviendra ! »

En milieu de matinée, d'un commun accord, ils descendirent retrouver la route. Un peu avant la dernière pente qui donnait sur une allée praticable, des froissements anormaux les alertèrent : « Des chevreuils ? »

Thomas s'immobilisa le premier, s'accroupit imité par René et son père.

« Plus sûrement des maquisards ou des contrebandiers, dit René, avec la masse des arbres et des broussailles, ils peuvent se cacher facilement, je vais voir.

— Attention, sois prudent, on ne sait jamais. » Le père Thomas et Eugène s'assirent à même le sol. René se coula prudemment ; en quelques foulées, il rejoignit l'endroit suspect. Un homme qui l'avait vu arriver l'attendait.

« Fauvel !

— Bayeux ! »

Ils se reconnurent en peu de temps. Bayeux, le boulanger de Vassy avec ses deux fils et un noyau de résistants. René n'en revenait pas : « Tu chasses aussi ?

— Oui, mais nous, c'est du gros gibier, du *Schwein* (cochon), si tu vois ce que je veux dire », répondit Bayeux en riant.

René comprit, donna des précisions sur l'état des routes alentour. Depuis la dernière réunion syndicale, ils ne s'étaient pas revus. Un chemin différent pour tous les deux, une distance qui, soudain, les portait en sens contraire. Ils se serrèrent la main, se quittèrent marqués du sceau de leur choix. Ce même soir, plusieurs camions militaires sautèrent sur la route d'Aunay à Condé, ailleurs les bonnes gens avaient fêté des civets de lapin, avant une veillée paisible auprès de la cheminée, les rideaux soigneusement tirés sur le monde extérieur.

Ils prirent goût à cette chasse sauvage où ils se retrouvaient les mains nues devant le gibier. Une partie de leurs nombreuses prises fut réservée à la confection de pâtés en croûte que René cuisait aussi dans son four et qu'on envoyait aux prisonniers.

Les campagnes d'ici, malgré les tickets de rationnement, ne connaissaient pas la faim. C'est de ces plaines que partaient les meilleurs colis pour les absents, ceux qui n'étaient pas revenus malgré les promesses.

Serge écrivait tous les mois. On se réunissait dans la boutique autour de Simone, les voisins, les enfants, les clients. « Une lettre de Serge ! » Simone criait à la ronde, entraînait son fils pour lui faire partager cette joie. Ils se tassaient dans le magasin, attendaient les nouvelles, émus devant les mains tremblantes de la jeune femme. Serge finissait toujours ses lettres par la même formule : « Je pense à vous tous, à ceux qui partent, à ceux qui luttent, je t'embrasse, toi, ma Simone et le petit ; prenez bien soin de vous. »

Des nouvelles qui semblaient réellement venir d'un autre monde. Serge parlait de ses camarades comme si tous ici les connaissaient. Il disait l'attente des colis, le partage, l'échange ; les fameuses cigarettes qui achetaient la barre de chocolat qu'on mangeait en cachette. Et toujours le cachet de la Wehrmacht avec l'aigle dans le coin supérieur de la lettre : le visa de la censure. On devait se pencher davantage, soupeser les mots, les phrases pour percevoir la détresse. Simone savait, elle regardait Marcelle ou Victorine : oui, elles la suivaient dans cette démarche intérieure, ce périple silencieux, des femmes comme elle qui comprenaient.

« Bon, ça va, ça va », disait Victorine. Elle croisait ses bras comme pour les renvoyer tous. Ils s'éloignaient, les uns à la suite des autres, après quelques commentaires que Simone jugeait presque indécents. Ne valait-il pas mieux le silence ? Elle s'éclipsait discrètement avec le petit Maurice, montait les escaliers jusqu'à sa chambre.

« Elle est partie se reposer, elle a raison, disait Marcelle, on l'embête après tout. »

« Tant qu'il est là-bas, disait Victorine, c'est comme s'il nous appartenait à tous un peu. »

Au début de 44, le pays continua d'être déboisé, rasé même par les exploitants forestiers et les « doryphores ». Un vrai massacre ! Les plus jeunes arbres ne furent pas épargnés, des camions militaires entiers remplis de baliveaux qu'on expédiait par centaines vers les plaines et les marais normands. C'était là en effet qu'on repiquait « les asperges à Rommel » pour prévenir l'atterrissage des planeurs et les commandos de paras.

Bientôt la campagne offrit sa chair à nu, les collines, les vallons, tout ce qui animait le paysage en formes rondes et vivantes disparut dans cette avidité implacable. On ne reconnaissait plus le mont Pinçon où les talus pelés vagabondaient d'un horizon à l'autre, déchargés de leurs couronnes vertes et denses. A la place : blockhaus et batteries d'artillerie lourde des ennemis qui surveillaient la côte du Havre jusqu'à Grandchamp. Eugène et René avaient mal. « Il en faudra du temps pour que ça repousse. » Victorine elle-même n'osait plus s'aventurer trop loin, la peur d'être surprise, de se heurter à cette souffrance : « Quand s'arrêteront-ils, disait-elle, ils ont tout saccagé ! »

On se mit à parler de débarquement à voix basse. Mais rien n'était sûr, ni définitif. La boulangerie était envahie de tracasseries administratives, comptes rendus des ventes, taux de blutage ; René se démenait avec les 75 p. 100 maximum de farine attribués à la fabrication du pain. Il fit comme ses confrères : son et fèves complétèrent le reste mais faute d'approvisionnement, il ferma la graineterie.

Dans les premiers jours de juin, les ondes anglaises diffusèrent des fragments du poème de Verlaine :

*Les sanglots longs*
*Des violons*
*De l'automne...*

C'était l'avertissement qui annonçait le jour J. Le 4 juin, les Allemands en alerte creusèrent des abris au sommet des côtes normandes pour installer des mitrailleuses.

Victorine écrivit à Edouard sa dernière lettre avant l'arrivée des alliés et les événements qui allaient suivre :

« *... Nous n'avons pu assister à l'inhumation de Madame Bonaventure chez vous à Condé car comment voyager dans les cars avec tout ce qui se passe.*

« *Rien de nouveau depuis ce que je vous ai écrit mardi, il est tombé un peu d'eau ici mais pas grand-chose, on pensait qu'il en serait revenu car le tonnerre grondait toujours. Dans la région de Saint-Georges d'Aunay, beaucoup de grêle.*

« *Recevez, chers enfants, nos bons baisers de nous deux.*
                              « *Votre mère, Victorine.* »

Le sourd pilonnement des escadrilles géantes et celui de la marine de guerre ébranlèrent terre et ciel durant la nuit du 5 au 6. On en ressentit les secousses jusqu'à soixante-dix kilomètres du front. Dans la journée qui suivit, l'autocar roulant de Caen vers Rennes fut mitraillé par les Lightnings. René avec sa camionnette conduisit cinq blessés à l'hôpital d'Aunay qui n'avait pas encore été bombardé.

Le cours des choses s'accéléra, des alarmes successives qui précipitaient le temps. Les jours clouaient la vie sur fond de drames et d'épreuves. Quand l'avant-garde britannique atteignit Villers-Bocage le 6 juin, René rentrant du carrefour de l'Embranchement sentit que tout allait se jouer bientôt : « C'est la fin, j'en suis sûr ! »

Eugène, d'accord, renchérit : « Les Allemands ont déguerpi comme des lapins, on va être libérés, c'est une question d'heures. »

Mais, seul à leur tenir tête, Godard n'y croyait pas : « Les renforts de Rommel remontent du sud vers nos côtes, rien n'est encore gagné. »

Comme pour l'approuver, sur les routes venant d'Isigny, de Caen, Victorine découvrit des files de réfugiés des côtes et des villes qui se repliaient vers l'intérieur : « Ça recommence, dit-elle à Eugène, il faut demander ce qui se passe. »

Elle courut sur la route, arrêta les moins affolés : « Qu'y a-t-il ? Pourquoi partez-vous ? »

On la renseigna : Vire, Saint-Lô, Falaise, Caen venaient d'être bombardées. Il ne restait déjà que des ruines, des corps mutilés et eux, sans abri, qui fuyaient ce cauchemar. Elle prit peur. Un écrasement. Edouard ? sa femme ? leurs fils ? « Eugène, Eugène, ils sont peut-être morts ? » Il la reçut contre lui dans ce vertige qu'elle ne contrôlait pas et qu'il ne pouvait apaiser, personne ne savait.

Dès le lendemain, René et lui filèrent jusqu'à Villers avec l'espoir d'apprendre quelque chose. Il fallut déchanter, les nazis avaient repris la ville. Un paysan rencontré sur la route leur raconta comment, le 7 juin, il avait vu les filles déjà tondues, promenées à moitié nues. Dans l'euphorie d'une délivrance qu'ils avaient crue décisive, les résistants de la dernière heure s'en étaient donné à cœur joie. « Et c'est pour ça qu'on a fait 14, dit Eugène, ils sont bien avancés maintenant. »

Un règlement de compte arbitraire et de courte durée. Les Allemands avaient regagné la place perdue. « C'est grave, dit René, j'ai pourtant bien cru que c'était fini. » Ils repartirent déçus, à nouveau angoissés.

# 40

Victorine se penchait pour mieux voir les étoiles. Chaque nuit semblait creuser son front comme un ravinement invisible dont elle était seule à sentir la blessure. Pourquoi, comment dormir ? Elle soupçonnait même Eugène de faire semblant. Elle écoutait dans le silence la respiration régulière puis le ronflement, lui en voulait de ce qu'elle pensait être de l'indifférence. Parfois, il se tournait sur l'oreiller blanc à côté du sien : « Tu ne dors pas ? » demandait-il. Elle soupirait : « Mais si, mais si, dors, toi ! » Quand elle percevait le rythme apaisé, elle se levait dans l'obscurité, descendait l'escalier pieds nus pour ne pas faire de bruit. Elle s'étonnait dans la cuisine : le contraste du jour et de la nuit sur les objets familiers. Lorsque la lune était assez haute, la pièce s'éclairait d'une lumière en sourdine, ternie comme dans un vieux miroir. Elle aimait voir les arbres de la route, ceux qu'on avait laissés, osciller sur fond de paysage figé ; presque malgré elle, le nom des étoiles venait à sa mémoire : la Grande, la Petite Ourse, l'Etoile polaire... En somme, une manière de retrouver l'enfance, l'école pourtant peu fréquentée. Elle pensait en même temps à Edouard. « Je lui apprenais aussi leurs noms lorsque j'allais le chercher le soir chez ma mère. » Elle le revoyait avec son nœud lavallière, bien arrangé pour le dimanche. « Il ne sera pas boulanger », disait Eugène, cette différence immédiatement perçue, ce penchant pour l'étude, les livres qu'il caressait du plat de sa main avant de les ouvrir. Edouard ? « Je le sentirais s'il y avait eu quelque chose. » Une pudeur presque superstitieuse pour ne pas dire le mot redouté : « mort ».

Elle essayait de refréner la montée du chagrin, priait maladroitement en répétant : « Sainte Marie, aidez-nous, aidez-moi ! » Et partout autour d'elle, cette impassibilité environnante, ce temps qui continuait à battre, lancinant, éprouvant. Elle se chauffait une tasse de lait dans une casserole émaillée, la buvait lentement pour se calmer puis remontait vers la chambre, machinalement.

Dès le 7 juin, des convois motorisés s'infiltrèrent partout dans les collines. De Méré par Saint-Pierre-La Vieille et Le Plessis, toute une colonne blindée de la deuxième armée allemande déboucha avant midi devant la boulangerie. Marcelle vit un général commander aux engins de se replier dans le chemin des Moulins, le long des talus et des haies. Sans transition, il entra dans la boutique.

« Madame, je suis pressé, je dois réunir mes officiers ici avant de continuer, nous ne resterons pas longtemps. » René n'était pas là, il n'y avait rien à faire d'autre qu'à les laisser. Seuls, ils commencèrent alors à déplier une grande carte sur le marbre.

Le 8 juin, les bombardiers alliés vinrent en reconnaissance, lançant des fusées au-dessus du carrefour où passaient les renforts allemands vers Saint-Lô. Pas un habitant n'avait lu une des feuilles parachutées quelques heures auparavant pour prévenir la population :

MESSAGE URGENT AUX HABITANTS DE CETTE VILLE

*Les armées alliées vont attaquer tous les centres de transport et de communication vitaux pour l'ennemi.*

> *Vous qui lisez ce tract, il faut sans délai vous éloigner avec votre famille pendant quelques jours de la zone de danger où vous vous trouvez.*
>
> *N'encombrez pas les routes, dispersez-vous dans la campagne, partez sur-le-champ, vous n'avez pas une minute à perdre.*

Ces messages d'avertissement aux civils tombèrent sur les bois d'Ondefontaine. Un boucher en ramassa bien un ou deux mais comment y prêter attention ? Ils étaient plus sûrement destinés aux riverains des côtes. Il les chiffonna. Dix minutes plus tard, les premières bombes étaient lâchées. Près du carrefour, ce fut vite l'affolement. La population sortit des boutiques, des ateliers, des maisons, les habitants comprenant d'un seul coup paniquaient. René lui-même se précipita sur la route en hurlant : « Partons d'ici, ils visent le bourg, courez sous les arbres, couchez-vous au pied des piliers du pont ! »

Seul Godard l'infirme ne put obéir. Tassé dans son fauteuil, il pâlissait de frayeur. René attendit seulement quelques secondes, juste le temps de voir Marcelle, les filles, P'tit René et la mère Godard courir en se tenant par la main, vers les champs derrière la route. Eugène et Victorine suivirent de peu. Alors, il évalua l'effort à fournir : « Passez vos bras à mon cou, accrochez-vous bien ! » Il se plia, presque accroupi, saisit les jambes de l'infirme qu'il maintint à califourchon sur son dos. Puis ce fut la fuite le plus vite possible avec un seul but : les arbres fruitiers vers l'église où se trouvaient déjà les autres.

A peine arrivés, une gigantesque flamme jaillit toute proche à droite puis à gauche, en même temps qu'une incroyable explosion les plaquait au sol. Eugène réalisa : « Ils ont touché notre garage et le tas de bourrées avec les cordes de bois qui sont à côté. » Des réserves de bois accumulées là pour deux années, brûlées en quelques instants. Les chasseurs s'attaquèrent ensuite à la petite bourgade et prirent en enfilade la route de traverse de La Besace vers La Bigne.

Ils lâchaient sans répit, du levant vers le couchant, des chapelets de bombes sur les paisibles habitations qui s'écroulaient dans un souffle. Partout des incendies, d'immenses nuages de poussière qui dévoraient les chemins vicinaux, enveloppant même les vallons. Une troisième, une quatrième vague d'avions prirent le pays dans un autre sens, cette fois dans l'axe de la grand-route depuis la place de la gare jusqu'à la côte. Aplatis sur le sol, les Fauvel comme le reste des habitants vivants fermaient violemment les yeux. Les ongles s'arc-boutaient sur la terre, des mains se joignaient sur les têtes : protections dérisoires. Des cris partout, la vie ne coulait plus, elle était ramassée en boule au bord des lèvres, prête à se répandre dans un dernier soubresaut. A chaque bombardement en piqué, on se rétractait tout entier de la nuque au ventre noué. Pleurs, attente, froid. Un ultime assaut du feu et les alliés volèrent du côté d'Aunay. Le tout venait de durer vingt minutes.

Lentement, sans encore oser regarder vers le village, les gens s'agenouillèrent, se relevèrent, les visages décomposés.

« Ils ont tout détruit !

— On est vivants ! » P'tit René courut de l'un à l'autre.

Mais ce n'était vrai que pour eux. Là-bas, plus loin vers le bourg, on comptait déjà sept tués et des dizaines de blessés.

Victorine faillit basculer en se redressant, devant elle il n'y avait plus rien. « Eugène ! » articula-t-elle en portant la main à sa gorge. La boulangerie démolie fumait encore de la poussière grise qui retombait en pluie sur les plâtres et les gravats. Sa maison, sa propre maison réduite en un gros tas de morceaux informes... Une vision de cauchemar, un anéantissement. « La maison ! la boulangerie ! » répétait-elle en s'agrippant à Eugène comme s'il pouvait faire quelque chose. Il l'entoura de son bras, baissa la tête pour qu'elle ne voie pas son envie de pleurer. Marcelle la fit asseoir d'autorité sur un tronc d'arbre qui gisait là : « Il faut remercier le ciel qu'on soit en vie ! » lui dit-elle.

La mère Godard lui prit la main à son tour : « Ce qui

importe, c'est qu'on soit tous là ! » Victorine n'écoutait plus, n'entendait plus. Pourtant le tocsin venait de se mettre à sonner, les gens couraient dans tous les sens, appelaient, mais si près, sa vie rompue, pulvérisée en vingt petites minutes dans ce feu. Ce feu qui l'avait tant narguée, poursuivie !

P'tit René suivit son père qui cherchait à découvrir ce qui pouvait être encore utilisé. René enjamba des pierres, des poutres : « Ah ! mon four n'est pas détruit, il penche un peu sur le côté mais il peut servir, la cave aussi a résisté. » En soulevant des débris, des monticules, il se figea : un cadavre sur pied, devant lui, au fond du fournil ! « Briouze ! » Le maréchal-ferrant avec un sac plein... Plusieurs bonnes volontés accoururent aussitôt, il n'était que commotionné, mais l'effroi l'avait paralysé sur place. Il fallut le sortir, le réchauffer avec une petite goutte. Il émergea peu à peu de son enfer.

Eugène s'éloigna pour regarder au-delà de la route toute défoncée. Il ne restait plus une seule maison debout. A côté du monument aux morts de 14-18, avec sa stèle criblée d'éclats, la vieille église aux murs béants ne dressait que son clocher. René s'approcha, il remarqua le dos voûté de son père, les mains décharnées aux veines soudain gonflées, bleuâtres, ces mêmes veines qui serpentaient, ressortaient aux tempes sous les pulsations du sang. Il posa ses doigts sur son épaule : « Ça n'a pas été bombardé au-delà de la gare, La Sauvegarde ou La Jatte-du-Val peuvent nous accueillir ». Eugène fit oui de la tête. « Et ta mère ? demanda-t-il.

— Ça lui a fait un coup terrible ! On dirait qu'elle est avec nous sans y être, elle flotte. (René fit aller sa main comme une vague imaginaire.)

— J'ai peur, dit Eugène, peut-être qu'ils l'ont tuée. »

Ils trouvèrent un asile précaire dans une ferme de La Bigne. Comme eux, des dizaines de familles s'entassèrent au hasard des abris préservés dans les hameaux environnants. Le lendemain, René se retrouva seul à cuire deux fournées par jour pour les sinistrés et les autres, malgré les batailles qui continuaient. Durant cinq, six jours, des petits groupes, généralement des jeunes gens équipés de sacs de toile, venaient chercher du ravitaillement après avoir longé les haies ou rampé dans les endroits les plus menacés.

Mais vers le 15, tout changea.

Thomas, dont la grange avait été miraculeusement épargnée, vint prévenir René : « Tu ne vois plus grand monde, non ? Je préfère te le dire, on s'en va. Leurs mitrailles chaque jour et les obus anglais, y'en a marre, on déguerpit ! » René haussa les épaules, c'était pourtant évident, le client se raréfiait depuis peu. Il s'assit sur une pierre en fixant son ancien voisin qui s'éloignait. Le carrefour formait une cible permanente et la route, labourée par les explosifs, avait déjà littéralement éclaté. La zone devenait tellement dangereuse que les habitants avaient résolu de fuir les points stratégiques et trouvé un refuge à l'ouest, à La Monnerie où les Delasalle avec la famille du maire avaient prêté leur four de campagne et abattu les bêtes inutiles.

René se tourna vers l'est, les fermes de La Bigne y fondaient un autre pôle de retrouvailles. Les gens campaient le jour sous les pommiers, heureusement qu'il ne pleuvait pas depuis trois semaines ! « On n'est pas mieux là, pensa-t-il, avec les Chleuhs à côté ! »

La proximité de la présence ennemie leur compliquait l'existence. Ce n'était pas tant la promiscuité des paillasses alignées pour la nuit ou les toilettes sommaires à l'eau du ruisseau, que ces jeunes soldats allemands qu'il fallait éviter ou regarder vivre à la dérobée. Surprenants ! Ces départs dans le petit matin à quatre, cinq heures vers le front des combats à Cahagnes ou Caumont. Eugène avait bien observé, raconté : le pâtissier apportait des plateaux entiers de gâteaux encore tièdes, arrosés de café fort et de liqueurs. Parmi les grandes tablées, on poussait des cris de joie, d'allégresse inconsciente car il n'y avait qu'à se pencher pour apercevoir au bas des clos les tombes récentes des Kameraden à qui on venait de rendre les armes et les honneurs, quelques heures à peine auparavant.

Sous un ciel dégagé, les chars, au petit matin, sortaient avec leurs toiles de camouflage, grossissaient la colonne blindée qui descendait jusqu'aux anciens moulins avant de disparaître quelque temps au fond du val. En fin de compte, René avait rejoint le reste de la famille à La Bigne. Adossé au gâble de la maison qui surplombait les *côtils*, il l'entrevoyait à nouveau quand elle remontait la côte, chenille monstrueuse se glissant entre les ramures. Ainsi, il avait cru plus sage de partir, d'abandonner son fournil à un kilomètre et demi du carrefour où les obus pleuvaient sans discontinuité.

A ce moment, la cité-refuge s'éveillait vraiment, une hâte mêlée de soulagement les gagnait tous. René se retourna, fit un signe. Tout était prêt : pâte fermentée dans un petit pétrin paysan, couteaux à découper, pelle à enfourner. Charles aussi était là, fidèle, avec Eugène qui retrouvait un ancien souffle, les trois hommes s'activaient près d'un vieux four de ferme ranimé d'un long sommeil.

Charles plaça deux bourrées dans le four pendant qu'Eugène raclait les bords du bahut pour ne rien perdre de la pâte. Le pain redevenait aliment essentiel. Ils attendaient la boule dorée, débitée en tranches fines, presque vénérée comme une manne. René et son brigadier se démenaient pour nourrir les familles présentes tandis que d'autres restaient groupées dans les mines de fer sous la colline.

La surveillance du tirage qui ne se faisait qu'avec la lourde porte en fonte entrouverte exigeait un coup d'œil permanent. Une épaisse fumée montait, remplissait la pièce exiguë du fournil avant de s'élever par le manteau de la cheminée. A l'aide de son tablier, Charles chassait le surplus, poussait la porte : « Les pierres sont noires, dès qu'elles commenceront à blanchir, on peut enfourner. »

Il construisait des barrages de cendres pour empêcher l'air chaud de passer autour de la porte usée. Pour s'éclairer, il avait même inventé de disposer des bûchettes en demi-cercle sur la sole, petites bougies improvisées qu'il rapprochait avant de les enflammer.

Des villages alentour, les jeunes arrivaient : toujours avec de grands sacs à remplir.

« La maie est trop petite, répétait René, on manque de pains. »

Charles les envoyait plus loin, vers d'autres fournils de campagne qu'on réutilisait. Mais la distance les effrayait, le parcours déjà fait rendait leurs vêtements méconnaissables sous la poussière, l'effort trempait leurs aisselles et leurs cheveux. Eugène eut pitié : « Et le vieux pétrin ? »

René s'interrompit quelques instants de façonner des boules de pâte : « Celui en chêne ?

— Oui, celui du grand-père.

— Il n'a pas été touché, il doit y être encore, je l'ai caché. »

Ils trouvèrent une charrette et trois hommes qui acceptaient le risque. Le pétrin de Nicolas-Victor Cantelou fut dégagé, hissé sur la carriole pendant qu'Eugène guettait ciel et terre. Une magnifique maie de 2,4 m sur 0,8 m en chêne massif avec des initiales gravées près du bord : N.V.C. et la date : 1860. La seule à s'émouvoir réellement de ce retour fut Victorine, elle qui n'avait cessé de s'inquiéter depuis les premiers bombardements, de se morfondre sans nouvelles d'Edouard et de sa famille. Elle se consumait jour après jour, nuit après nuit dans cet éreintement, passait son temps à aller et venir de leur groupe jusqu'à la route, de l'aube au crépuscule. Elle s'était remise à questionner, surtout les nouveaux arrivants ou les motards de la Croix-Rouge. Sans arrêt, l'ombre de la mort planait autour d'elle sous un ciel effrontément bleu.

Avec la trouée vers le sud de la division britannique, s'arrachant enfin des collines de Caumont, un ordre d'évacuation immédiate fut donné. Nouveaux préparatifs fébriles d'exode. Seul le père Chapelle, propriétaire du fournil, décida de rester à cause des prochaines moissons et pour empêcher les bêtes de piétiner les pousses. « Avec ma vache et mon four, ça ira, ne vous en faites pas pour moi. »

Mais les combats se rapprochaient tellement vite qu'on n'avait pas le temps de discuter, il fallait partir. Les premières familles évacuées quittèrent le centre et le sud du Calvados pour l'Orne, département voisin. Là encore, la soudaine transformation des attaques en guerre de percées menaça tout aussi vite cette région. Les civils s'éloignèrent alors vers la Sarthe ou la Mayenne.

Eugène et Victorine partirent dans un des derniers groupes, accompagnés du maire. A nouveau l'arrachement, le supplice, surtout dans la traversée de Saint-Pierre-La Vieille avec une dramatique alerte sous des escadrilles agressives. Les plus vieux avaient droit à une place assise à tour de rôle dans une carriole. Victorine s'affaiblissait, elle avait beaucoup maigri sous l'effet d'une dysenterie dont elle ne connaissait pas l'origine, et toujours le tourment de rester sans nouvelles la laissait pantelante.

Les quelques renseignements qu'elle avait réussi à glaner dans les pays traversés, à Montsecret ou à Tinchebray, faisaient état de centaines de morts à Condé. Une raison supplémentaire de redouter le pire. De la même façon, elle apprit par hasard la faillite d'Albert, devenu alcoolique, cet ancien ouvrier qu'ils avaient aidé à s'installer.

Elle se sentait dépossédée, vaincue par le passé qui la hantait et le tunnel obscur de l'avenir où elle s'engageait. « Je suis comme soûle, je ne sais plus où je vais », leur disait-elle.

Eugène ne la quittait pas, il lui prenait la main lorsqu'elle gémissait ou se décourageait : « Allez ! Laissez-moi ici, partez ! Je suis trop vieille, à quoi bon ? » Il retrouvait les mots qu'elle lui avait dits lors de son retour, en 18 : « Tais-toi ! Tu n'as pas le droit, pour Antoinette, Denise, P'tit René qui te demandent. Tu n'as pas le droit ! » Il passait son bras sous le sien, unis comme deux épis poussés sur la même tige.

Ils échouèrent enfin près de Lonlay-L'Abbaye. René et les siens, partis fin juillet, parvinrent à pied à La Chapelle-Craonnaise dans la Mayenne, après de multiples étapes émaillées d'alertes incessantes.

Le père Godard avait été confié à une voiture de passage qui l'amena dans un hospice voisin. Un des oncles de Marcelle, curé de Cheux, s'occupa de les placer au mieux :

« Ces gens-là, j'en réponds comme de moi-même ! » Il leur dénicha deux pièces chez des habitants du bocage manceau, aux confins de la Bretagne. Trop contents d'avoir la vie sauve, ils s'habituèrent aux repas frugaux dont le plus fréquent était la soupe au lait (l'émiée) ou à la citrouille. Les réfugiés, en fait, n'avaient qu'une idée : rentrer au pays. Un véritable besoin de se retrouver, grouper les bras et les énergies pour rebâtir la vie d'avant. Ces deux mois passés sous les bombes leur avaient tant coûté, tant enlevé.

A peine deux semaines plus tard, un motard vint prévenir René : « Le préfet vous prie de reprendre le travail pour ceux qui regagnent le pays. » Il tendit en même temps le message. René n'avait pas le choix. « Je suis obligé d'y aller, dit-il à Marcelle. En attendant de s'organiser, tu vas rester avec les enfants, je reviendrai vous chercher. »

Marcelle prit le petit Maurice par la main, Simone s'approcha : « Regarde bien encore sous les décombres, je n'ai même pas pu prendre la moindre lettre de Serge ! » Elle se mit à pleurer sans pouvoir dire autre chose. René caressa sa joue, embrassa ses cheveux : « Toi aussi, tu l'as bien eue, ta part ! »

Il se tourna vers Andrée : « Si tu veux, à nous deux on ne sera pas de trop, moi, je boulangerai et toi, tu chercheras. » Il échangea un bref regard avec Simone. « Merci », dit-elle. Ils partirent sur deux vélos prêtés, roulèrent deux jours après avoir dormi dans une grange et s'être nourris de fromage et de pain. Il avait fallu sept jours de marche durant l'exode.

Le village était tellement méconnaissable que ses habitants semblaient errer comme des fantômes. En chemin, ils avaient croisé le père Chapelle, survivant indéracinable ; René le héla en bordure du champ : « Alors, toujours là ?

— Comme tu vois ! On a été libérés par les Canadiens, huit jours avant la mi-août, et toi ? »

René raconta en quelques mots, parla des uns et des autres avant de s'en aller. Chapelle le salua d'un coup de casquette : « J'vous emmerde tous, y'en a pas eu deux comme moi dans l'pays ! J'suis un héros, parfaitement, un

HÉ-ROS. » Il cria ce dernier mot vers les bicyclettes qui s'éloignaient déjà. René tourna son index contre sa tempe : « Encore un qui rêve d'une médaille ! » Andrée riait.

Quelques hommes dévoués aidèrent tout de suite le boulanger, car les premières rafales d'équinoxe risquaient de mouiller le fournil. Ils réussirent à dégager deux madriers des ruines et trois bouts de tôle ondulée pour protéger le four. Un maçon récemment rentré cimenta les fissures : René pouvait à nouveau faire cuire.

« Je reprendrai mes tournées dès l'année prochaine, dit-il à Andrée, j'apprendrai le métier à ton frère, il a l'âge. » Il imaginait l'avenir, seul remède à ce mal au cœur qui le serrait devant les restes de leur maison.

Peu à peu, les clients de La Bigne, Brémoy, Sainte-Anne, du Fresne, des Haies-Tigard rentrèrent chez eux. Aux environs du 15 septembre, tous les réfugiés avaient regagné leur commune. René partit alors chercher les siens avec une carriole et un cheval de Brémoy.

Malgré l'absence de courrier, le journal *Ouest-Eclair*, devenu *Ouest-France*, apportait des nouvelles d'un pays à l'autre. Les familles y mettaient régulièrement des messages pour prévenir ou s'enquérir d'amis ou de parents. Victorine ne tenait plus en place à Lonlay-L'Abbaye, elle talonnait Eugène pour rejoindre le village : « A La Ferrière, nous serons plus proches pour les nouvelles. » Les propriétaires qui les avaient abrités la voyaient trop faible, trop mal en point : « Restez donc encore, reposez-vous, vous retournerez plus tard ! »

Victorine s'obstinait, la nuit elle réveillait Eugène : « Edouard, où est-il ? sa femme ? son fils ? » Elle recommençait à pleurer, tenait sa tête à pleines mains : « Rien, il ne reste rien. Et moi, je suis là, pourquoi ?

— Pour moi, répondait Eugène en l'entourant, pour Maurice ou P'tit René qui t'attendent. » Elle soupirait, tentait de s'endormir dans la minuscule chambre qu'on leur avait attribuée. Mais ses yeux demeuraient ouverts jusqu'au matin. Au petit jour, elle détaillait les grosses fleurs vert tendre du papier peint, écartait un volet de bois, la lumière la heurtait de plein fouet ; sans comprendre, elle se mettait à trembler à la vue du petit jardin qui entourait l'habitation.

« Tu t'souviens ? disait-elle à Eugène qui s'asseyait sur le bord du lit. Le palmier, tu l'avais planté pour moi. » Il ne répondait pas, Eugène, il tapait du plat de sa main sur la couverture comme pour se donner du courage : « Viens, on va descendre déjeuner. »

Une famille bocaine qui rentrait à Cahagnes accepta de les ramener dans une mauvaise voiture où l'on ressentait chaque soubresaut comme une piqûre d'aiguille. Hébergés dans une ferme en attendant la construction d'un baraquement, Eugène et Victorine feuilletèrent, épluchèrent le journal chaque jour. Un peu à l'écart, une petite maison appartenant aux Lebret, abîmée mais encore habitable, abritait René et sa famille en attendant mieux.

Le plus dur pour tous, ce fut de prendre en charge Victorine. Elle qui les avait épaulés, secondés dans tous les moments difficiles leur échappait à présent à l'image d'une vie qu'on ne retient plus. Elle s'entêtait, trompait leur surveillance pour marcher jusqu'au lieu où se dressaient sa boulangerie et sa maison. Un pèlerinage maudit qui l'attirait sans qu'elle pût y résister. Par tous les temps, les Thomas ou les Lebret la voyaient divaguer à travers les ruines. « Regarde ! disait l'un ou l'autre, la mère Fauvel revient. » Ils la prenaient en pitié, s'émouvaient devant son manège.

Parfois, elle arpentait les anciens chemins qu'elle avait connus, faisait des détours avant d'arriver jusqu'aux tas de pierres et de gravats. Elle s'y traînait comme un bateau en mal d'ancre. Derrière ses mains tachées, flétries qu'elle promenait sur les décombres, les ombres de ses parents dansaient une ronde qu'elle était seule à percevoir. Eugène prévenu la retrouvait invariablement là, même sous une pluie battante. Il approchait de ses épaules une pèlerine ou un manteau : « Viens, ma Torine, ça ne sert à rien d'être ici. » Elle le fixait sans le voir vraiment, prenait une voix d'enfant pour dire tout bas : « L'armoire de maman est pourrie et tout le linge à l'intérieur aussi. »

Il l'étreignait avec force de son bras tandis que Marcelle ou René accourait avec un parapluie.

16 septembre 1944.
Une journée qui répand un arrière-goût d'été. Des combats continuent quelque part, mais plus loin, à l'est de Paris. René est bien le premier à reconnaître Edouard qui arrive sur son vélo. Il gesticule, crie : « Edouard est là ! Venez vite ! » Des portes claquent, une course effrénée précipite la famille sur le perron.

« Va prévenir les grands-parents, dépêche-toi ! » dit Marcelle à Denise. La jeune fille enfourche à la hâte la bicyclette d'Andrée. Pour aller à la ferme de l'autre côté du pays, elle doit inévitablement passer par l'ancienne boulangerie. Elle roule vite mais, comme à chaque fois, elle ne peut s'empêcher de ralentir pour regarder. Quelque chose l'intrigue, elle s'arrête. Au milieu de ce que fut la cour, presque à l'endroit où se tenait le palmier, elle découvre une silhouette assise, un peu tassée : Victorine !

« Bonne Maman ! Bonne Maman ! »

Son cri n'entraîne aucune réponse. Elle pose alors son vélo, court. Victorine est bien là, devant elle, mal assurée sur un morceau de poutre noircie.

« Bonne Maman, Ed... »

La phrase s'éteint dans sa gorge. Victorine ne bouge pas.

Denise se penche, touche le corps si menu, mais c'est le visage qui la fait reculer, il est tout entier tourné dans une attente intense, les yeux grands ouverts, rivés à la carcasse broyée de la route.

## *Epilogue*

Comme il l'avait dit, René reprit ses tournées dès 1945 mais La Ferrière se modifia considérablement. Le village ne fut pas reconstruit dans sa totalité. L'absence de chemin de fer, la fermeture définitive des mines, l'exode de la population rurale affaiblirent sa vitalité.

Serge, libéré au début de 1945, se réinstalla avec Simone et Maurice dans la boulangerie paternelle à Caen. Il y finit ses jours dans les années 60, atteint d'un mal incurable.

Andrée devint institutrice et se maria avec un marchand de bois du Mesnil-Ozouf dont elle eut deux fils. Malgré l'avis défavorable de René, Antoinette opta pour la vie religieuse et prit le voile. La dernière née des filles Fauvel, Denise, consacra ses jours et son dévouement à ses parents jusqu'à la mort de Marcelle en 1980. Enfin, selon la tradition familiale, P'tit René, formé au métier par son père, l'imita dans ses débuts. Il épousa Arlette L. en 1956, loua une boulangerie à Lisieux, dont il devint propriétaire quelque vingt années plus tard.

Quant à Eugène, il ne survécut pas longtemps à Victorine. Il mourut à son tour en 1946, sans avoir vraiment pu se remettre des conséquences de la guerre et de la disparition de celle qu'il n'avait jamais quittée depuis 1890.

Pour tous, des vies exemplaires aux destins sinueux ou tragiques, dominés par un modèle qui leur avait tracé le chemin, ouvert la voie.

Victorine n'était plus, mais à elle seule, elle peuplait toutes leurs mémoires.

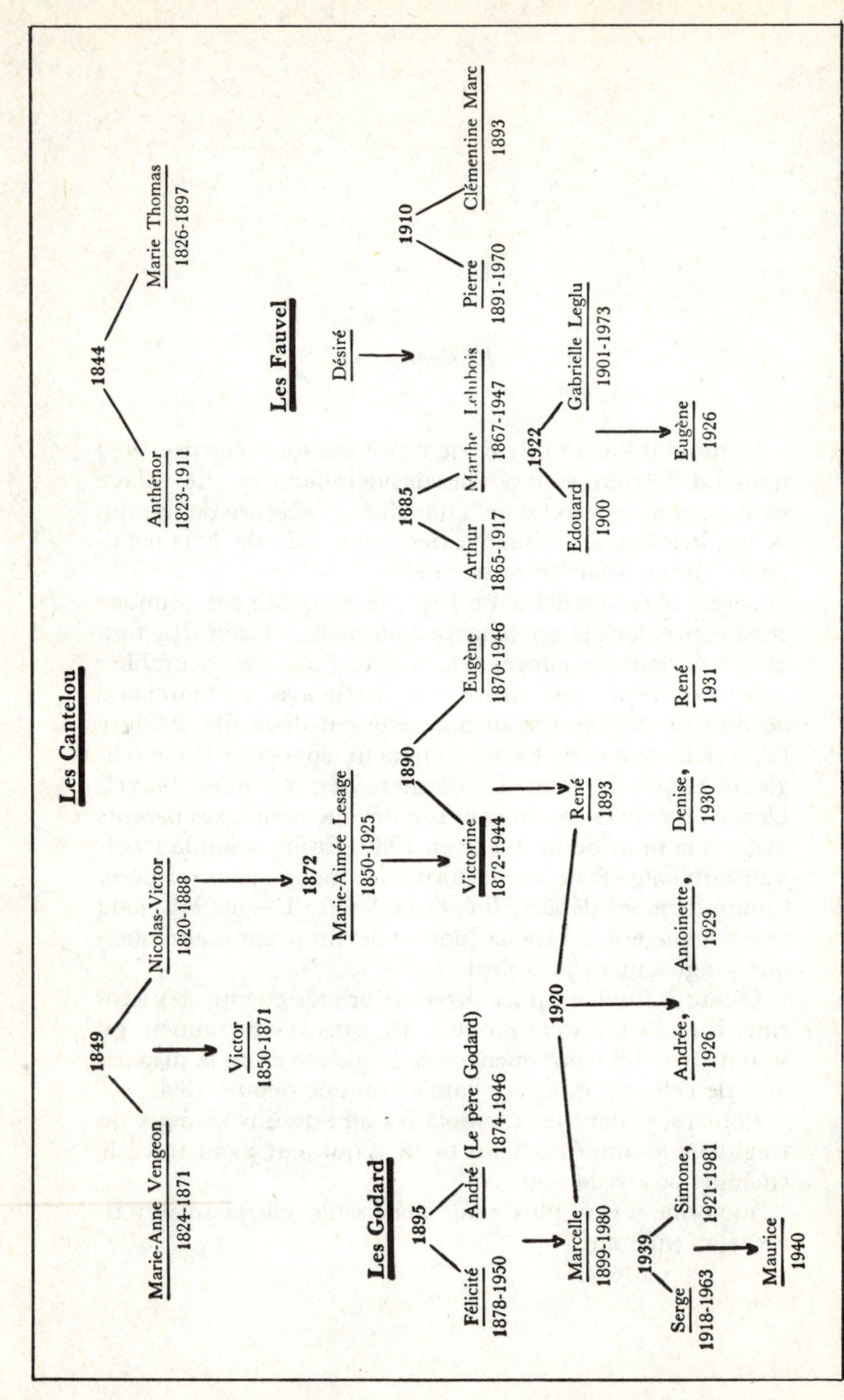

## Table

Première Partie : *L'épi*, 11.
Deuxième Partie : *La moisson*, 149.
Troisième Partie : *La glane*, 267.
Epilogue, 355.

Cet ouvrage a été composé par Facompo
et imprimé par la S.E.P.C. à Saint-Amand-Montrond (Cher)
pour le compte des éditions Presses de la Renaissance

Achevé d'imprimer en janvier 1985

Dépôt légal : janvier 1985.
N° d'impression : 2294.
*Imprimé en France*